Celeste Ng

Celeste Ng est américaine et vit dans le Massachusetts. Ses deux premiers romans, *Tout ce qu'on ne s'est jamais dit* (2016) – récompensé par le Massachusetts Book Award et par le Medici Book Club Prize – et *La Saison des feux* (2018), adapté en mini-série en 2020 avec Reese Witherspoon et Kerry Washington, ont été salués par la critique. *Nos cœurs disparus* est son troisième roman.

NOS CŒURS DISPARUS

ÉGALEMENT CHEZ POCKET

Tout ce qu'on ne s'est jamais dit
La Saison des feux
Nos cœurs disparus

CELESTE NG

NOS CŒURS DISPARUS

Traduit de l'anglais (États-Unis)
par Julie Sibony

SONATINE ÉDITIONS

Titre original :
OUR MISSING HEARTS

Éditeur original : Penguin Press, une maison du groupe
Penguin Random House LLC

ISBN 978-2-266-34121-9
Dépôt légal : août 2024

Pour ma famille

Au cours des années terribles du règne de Iéjov, j'ai passé dix-sept mois à faire la queue devant les prisons de Leningrad. Une fois, quelqu'un m'a pour ainsi dire « reconnue ». Ce jour-là, une femme qui attendait derrière moi, une femme aux lèvres bleuies qui n'avait bien sûr jamais entendu mon nom, a soudain émergé de cette torpeur dont nous étions tous la proie et m'a demandé à l'oreille (là-bas, tout le monde parlait à voix basse) :
« Et ça, vous pouvez le décrire ? »
Je lui ai répondu :
« Je peux. »
Alors un semblant de sourire a effleuré ce qui avait été autrefois un visage.

Anna Akhmatova, *Requiem*[1]

Mais le PACT est bien plus qu'une loi. C'est une promesse que nous nous faisons les uns aux autres : la promesse de protéger nos idéaux et nos valeurs américains ; la promesse que, pour les gens qui affaiblissent notre pays par des idées antiaméricaines, il y aura des conséquences.

Tout savoir sur le PACT :
un guide pour les jeunes patriotes

1. Traduction de Sophie Benech, Éditions Interférences, 2005. (*N.d.l.T.*)

PREMIÈRE PARTIE

La lettre arrive un vendredi. L'enveloppe ouverte et refermée par un autocollant, bien sûr, comme toujours : *inspecté pour votre sécurité – PACT*. Elle a semé une certaine confusion au bureau de poste, l'employé dépliant la feuille à l'intérieur, l'examinant, la transmettant à son superviseur, puis au chef. Mais finalement, jugée inoffensive, elle a fini par être expédiée à son destinataire. Pas d'adresse de retour au dos, seulement un cachet de la poste de New York, daté de six jours plus tôt. Au recto, son nom – Bird –, et c'est grâce à cela qu'il sait que ça vient de sa mère.

Ça fait longtemps qu'il n'est plus Bird.

On t'a appelé *Noah* en l'honneur du père de ton père, lui a dit sa mère un jour. *Bird*, c'était ton choix.

Un mot qui, quand il le prononçait, semblait lui correspondre. Une petite chose rapide qui n'avait pas sa place sur terre. Un pépiement inquisiteur, une boule de plumes recroquevillée sur elle-même.

À l'école, ça n'avait pas plu. Bird, ce n'est pas un nom, disaient-ils ; il s'appelle Noah. Sa maîtresse de maternelle, furibonde : il ne répond pas quand je l'appelle ; sauf si je l'appelle Bird.

Oui, parce que c'est son nom, avait rétorqué sa mère. Il répond quand on l'appelle Bird, alors je vous suggère de l'appeler comme ça, quoi qu'en dise son certificat de naissance. Sur tous les documents qui arrivaient à la maison, elle prenait un marqueur indélébile pour rayer *Noah* et inscrire *Bird* à la place sur la ligne en pointillé.

Elle était comme ça, sa mère : redoutable et féroce quand on s'en prenait à son fils.

Au bout du compte, l'école avait cédé, même si, après ça, la maîtresse écrivait Bird entre guillemets, comme un pseudonyme de gangster. *Cher « Bird », n'oublie pas de faire signer ton autorisation à ta mère. Chers M. et Mme Gardner, « Bird » est un élève respectueux et studieux, mais il doit participer davantage en classe.* Ce n'est qu'à neuf ans, après le départ de sa mère, qu'il est devenu Noah.

Son père assure que c'est pour son bien, il ne veut plus que personne l'appelle Bird.

Si quelqu'un t'appelle comme ça, insiste-t-il, tu le corriges. Tu dis : pardon, mais ce n'est pas mon nom.

Ça fait partie des nombreux changements qui se sont produits après le départ de sa mère. Un nouvel appartement, une nouvelle école, un nouveau travail pour son père. Une vie complètement nouvelle. Comme si son père avait voulu tout transformer radicalement pour que, dans le cas où sa mère reviendrait un jour, elle ne sache même pas comment les retrouver.

L'année précédente, en rentrant chez lui, il avait croisé dans la rue son ancienne maîtresse de maternelle. Tiens, bonjour Noah, avait-elle lancé, comment ça va ? Et il ne savait pas si c'était de la suffisance ou de la pitié qu'il avait perçu dans sa voix.

Il a douze ans, maintenant ; ça fait trois ans qu'il est devenu Noah, mais c'est un nom qui lui fait toujours l'effet d'un masque en latex, semblable à ceux qu'on met pour Halloween, quelque chose avec lequel il ne se sent pas très à l'aise.

Et d'un coup, comme tombée du ciel, une lettre de sa mère. Ça semble être son écriture, et personne d'autre ne l'appellerait comme ça. *Bird.* Après toutes ces années, il lui arrive d'oublier la voix qu'elle avait ; quand il essaie de s'en souvenir, elle lui échappe telle une ombre qui se dissout dans l'obscurité.

Il ouvre l'enveloppe d'une main tremblante. Trois ans sans le moindre mot, mais, enfin, il va pouvoir comprendre. Pourquoi elle est partie. Où elle est passée.

Sauf que, à l'intérieur : juste un dessin. Une pleine page recouverte d'un bord à l'autre de croquis pas plus grands qu'une pièce de dix *cents* : des chats. Des gros, des petits, des chats au pelage rayé, tricolore ou noir et blanc, des chats à la mine espiègle, qui se lèchent les pattes ou se prélassent au soleil. Des gribouillis, en fait, comme ceux que faisait sa mère sur les sachets repas qu'elle lui donnait pour la cantine, ou ceux que lui-même dessine parfois dans ses cahiers d'école. À peine plus que quelques traits sinueux, mais reconnaissables. Vivants. Et c'est tout. Pas de message, pas même un mot, seulement des dizaines de chats griffonnés au stylo bille. Il y a quelque chose là-dedans qui semble réveiller un écho dans sa tête, mais il n'arrive pas à mettre le doigt dessus.

Il retourne la feuille, à la recherche d'indices, mais le verso est vierge.

Tu as des souvenirs de ta mère ? lui a demandé Sadie un jour. Ils étaient dans la cour, au sommet de la cage à poules, le toboggan béant devant eux. Dernière année d'école primaire, après ça ils n'auraient plus de récréations. Tout était déjà trop petit pour eux, conçu pour de plus jeunes enfants. À l'autre bout de la cour, ils regardaient leurs camarades se courir après : c'est toi le chat.

La vérité, c'était qu'il avait des souvenirs, mais qu'il n'avait pas envie de les partager, même avec Sadie. L'absence de mère les unissait, pourtant ce n'était pas pareil, ce qui leur était arrivé à tous les deux. Ce qui était arrivé à leur mère.

Pas tellement, avait-il répondu, et toi, tu as des souvenirs de la tienne ?

Sadie avait attrapé la barre au-dessus du toboggan pour se hisser comme si elle voulait faire une traction.

Je me souviens juste que c'était une héroïne, avait-elle dit.

Bird s'était tu. Tout le monde savait que les parents de Sadie avaient été jugés inaptes à s'occuper d'elle, et que c'était pour ça qu'elle avait atterri dans sa famille d'accueil, et dans cette école. On entendait toutes sortes de rumeurs à leur sujet : que, même si la mère de Sadie était noire et son père blanc, c'étaient des sympathisants pro-chinois, qui trahissaient l'Amérique. Toutes sortes de rumeurs sur Sadie aussi : que, lorsque les policiers étaient venus la chercher, elle en avait mordu un et était repartie en hurlant vers ses parents, et qu'ils avaient dû l'emmener menottée. Que ce n'était même pas sa première famille d'accueil, qu'il avait fallu l'en changer à plusieurs reprises en raison de tous les problèmes qu'elle causait. Que, même après qu'on leur avait enlevé leur fille, ses parents avaient continué à attaquer le PACT, comme s'ils se moquaient pas mal de la récupérer ; qu'ils avaient été arrêtés et croupissaient quelque part en prison. Bird supposait qu'il y avait aussi des rumeurs sur lui, mais il n'avait pas envie de les connaître.

De toute façon, avait poursuivi Sadie, dès que je serai assez grande, je rentrerai à Baltimore et je les retrouverai.

Elle avait un an de plus que Bird, bien qu'ils soient dans la même classe, et elle ne manquait jamais de le lui rappeler. Elle avait dû redoubler, murmuraient les parents à la sortie de l'école, avec de la pitié dans la voix. À cause de son « éducation ». Mais un nouveau départ ne suffirait pas à la remettre dans le droit chemin.

Comment tu vas faire ? avait demandé Bird.

Sadie n'avait pas répondu, et au bout d'une minute elle avait lâché la barre et s'était affaissée à côté de lui, vibrante de défi. L'année suivante, juste avant les grandes vacances, Sadie avait disparu – et maintenant, en cinquième, Bird est de nouveau seul.

Il est un peu plus de dix-sept heures, son père va bientôt rentrer et, s'il voit la lettre, il obligera Bird à la brûler. Ils n'ont gardé aucune affaire de sa mère, pas même ses vêtements. Après son départ, son père avait détruit ses livres dans la cheminée, fracassé le téléphone portable qu'elle avait laissé, et sorti tout le reste en tas sur le trottoir. Il faut l'oublier, avait-il dit. Le lendemain matin, le tas avait été redistribué par les clochards. Quelques semaines plus tard, quand ils avaient déménagé dans leur nouvel appartement sur le campus, ils avaient même abandonné le lit que ses parents partageaient. À présent, son père dort à l'étage du bas de leurs petits lits superposés, en-dessous de Bird.

Il devrait brûler la lettre lui-même. C'est risqué de garder quoi que ce soit de lié à elle. Et puis, quand il voit sur l'enveloppe son propre nom, son ancien nom, il y a une porte en lui qui s'entrouvre en grinçant et laisse pénétrer un courant d'air. Parfois, lorsqu'il passe devant des silhouettes qui dorment blotties dans la rue, il les scrute attentivement à la recherche d'un indice familier. Il lui arrive d'en trouver un – un foulard à pois, un chemisier à fleurs rouges, un bonnet en laine enfoncé jusqu'aux yeux – et, l'espace d'un instant, il croit que c'est elle. Ce serait plus facile de savoir qu'elle est partie pour de bon, qu'elle ne reviendra jamais.

Soudain, la clé de son père racle dans la serrure récalcitrante.

Bird fonce dans la chambre, soulève sa couverture et glisse la lettre dans sa taie d'oreiller.

Il n'a pas beaucoup de souvenirs de sa mère, mais il se rappelle d'une chose : elle avait toujours un plan. Elle ne se serait pas donné la peine de chercher leur nouvelle adresse, et elle n'aurait pas pris le risque de lui écrire, sans une bonne raison. Cette lettre doit donc signifier quelque chose. Il se le répète en boucle.

Elle était partie, c'est tout ce que son père avait bien voulu lui dire.

Puis, en s'agenouillant pour regarder Bird dans les yeux : c'est mieux comme ça. Oublie-la. Moi, je ne pars pas, tu n'as pas besoin d'en savoir plus.

À l'époque, Bird ignorait ce qu'elle avait fait. Si ce n'était qu'avant ça, pendant des semaines, il avait entendu les voix étouffées de ses parents dans la cuisine longtemps après l'heure du coucher. D'habitude, c'était un murmure rassurant qui le berçait et l'endormait en quelques minutes, le signe que tout allait bien. Mais, les derniers temps, c'était plutôt un affrontement : d'abord la voix de son père, puis celle de sa mère, arc-boutée, à cran.

Il avait pourtant compris qu'il valait mieux ne pas poser de questions. Alors il s'était contenté de hocher la tête et de laisser son père le serrer dans ses bras, chauds et robustes.

C'est seulement plus tard qu'il avait appris la vérité, qu'on lui avait jetée dans la cour de récréation comme un caillou à la figure : *ta mère est une traîtresse*. D. J. Pierce, crachant par terre juste à côté des baskets de Bird.

Tout le monde savait que sa mère était une Personne d'origine asiatique. Une « Kung-POA », comme les appelaient certains enfants. Ce n'était pas un scoop. On le voyait sur le visage de Bird, en regardant bien : toutes les parties de lui qui ne ressemblaient pas exactement à son père, les indices dans l'inclinaison de ses pommettes, la forme de ses yeux. Être une POA, tenaient à rappeler les autorités, n'était pas un crime en soi. Le PACT n'était pas une question de race, s'évertuait à répéter le président, mais de patriotisme et d'état d'esprit.

Sauf que ta mère a provoqué des émeutes, avait ajouté D. J. C'est ce que disent mes parents. Elle représentait un danger pour la société, alors ils allaient l'arrêter et c'est pour ça qu'elle s'est enfuie.

Son père l'avait mis en garde. Les gens vont raconter n'importe quoi, l'avait-il prévenu. Reste concentré sur l'école. Tu n'as qu'à dire qu'on n'a rien à voir avec elle. Qu'elle ne fait plus partie de ta vie.

Il l'avait dit.

On n'a rien à voir avec elle, mon père et moi. Elle ne fait plus partie de ma vie.

Au fond de lui, son cœur se serrait dans un crissement. Sur le goudron de la cour, le crachat de D. J. moussait, luisant.

Le temps que son père ouvre la porte et entre, Bird s'est rassis à la table, ses manuels scolaires devant lui. Un jour normal, il aurait bondi de sa chaise pour lui faire un câlin. Mais cette fois, encore préoccupé par la lettre, il reste penché sur ses devoirs afin d'éviter son regard.

L'ascenseur est encore en panne, déclare son père.

Ils habitent au dixième et dernier étage d'une des résidences du campus. Un des bâtiments les plus récents, mais l'université est tellement vieille que même les bâtiments récents sont vétustes.

On existait déjà avant que les États-Unis soient un pays, aime à répéter son père. Il dit « on » comme s'il était encore professeur, bien que ce ne soit plus le cas depuis des années. Désormais, il travaille à la bibliothèque, où il tient les registres de prêt et reclasse les livres, un poste qui s'accompagne d'un logement de fonction. Bird sait que c'est un avantage, que le salaire de son père n'est pas mirobolant et qu'ils ne roulent pas sur l'or, mais à ses yeux ça n'a rien d'une promotion. Avant, ils avaient toute une maison, avec une cour et un jardin. Maintenant, ils ont un minuscule deux-pièces : une seule chambre, qu'il partage avec son père, et un salon avec une kitchenette sur un des angles. Une plaque à deux feux, un mini frigo trop petit pour pouvoir y ranger une brique de lait debout. Aux étages plus bas, les étudiants vont et viennent, de sorte que, chaque année, ils ont de nouveaux voisins ; le temps qu'ils se familiarisent avec leurs visages, ils sont déjà partis. L'été, il n'y a pas d'air conditionné ; l'hiver, les radiateurs pétaradent, au maximum de leur puissance. Et quand l'ascenseur têtu refuse de marcher, il n'y a pas d'autre solution que l'escalier.

Bref, ajoute son père en desserrant d'une main son nœud de cravate, je préviendrai le gardien.

Bird garde les yeux rivés sur son cahier, mais il sent le regard de son père s'attarder sur lui. Comme s'il attendait qu'il relève la tête. Il ne s'y risque pas.

Ses devoirs d'anglais du jour : *En un paragraphe, expliquez ce qu'est le PACT et en quoi il est crucial pour notre sécurité nationale. Donnez trois exemples précis.* Il sait exactement ce qu'il doit écrire ; ils l'étudient en cours tous les ans. Le « Preserving American Culture and Traditions Act », ou « Loi sur la sauvegarde de la culture et des traditions américaines ». En maternelle, ils appelaient ça une promesse : *Nous promettons de protéger les valeurs américaines. Nous promettons de veiller les uns sur les autres.* Chaque année, ils apprennent la même chose, mais avec des mots plus compliqués. En général, durant ces leçons, les professeurs fixent Bird d'un air lourd de sous-entendus, et le reste de la classe finit aussi par se tourner vers lui.

Bird laisse sa rédaction de côté pour se concentrer d'abord sur les maths. *Imaginons que le PIB de la Chine soit de 15 000 milliards de dollars et qu'il augmente de 6 % par an. Si le PIB des États-Unis est de 24 000 milliards de dollars mais qu'il n'augmente que de 2 % par an, en combien d'années le PIB de la Chine aura-t-il dépassé celui des États-Unis ?* C'est plus facile avec les chiffres. Quand il peut être sûr de la bonne réponse.

Tout va bien, Noah ? demande son père. Bird hoche la tête en désignant son cahier d'un geste vague.

Juste beaucoup de devoirs, répond-il, et son père, apparemment satisfait, part dans la chambre se changer.

Bird retient un, entoure d'un trait bien net le résultat final. Ça ne sert à rien de raconter sa journée à son père : toutes les journées se ressemblent. Le trajet à pied jusqu'à l'école, toujours par le même chemin. Le serment, l'hymne, et puis passer d'une classe à l'autre en gardant la tête basse, en essayant de ne pas attirer l'attention dans les couloirs, de ne jamais lever la main. Les bons jours, tout le monde l'ignore ; la plupart du temps, on l'embête ou on le plaint. Il ne saurait dire ce qui le dérange le plus, mais dans les deux cas, il tient sa mère pour responsable.

Ça ne sert pas à grand-chose non plus de demander à son père comment s'est passée sa journée. À ce qu'il en sait, les journées de son père sont immuables : pousser le chariot entre les rayons, remettre les livres à leur place, et rebelote. De retour dans la réserve, un autre chariot l'attend. *Sisyphéen*, disait son père quand il a commencé. Avant, il était prof de linguistique. Il adore les livres et les mots ; il parle six langues couramment et peut en lire huit autres. C'est lui qui a raconté à Bird l'histoire de Sisyphe, qui roule éternellement le même rocher vers le sommet de la montagne. Son père aime les mythes, les racines grecques obscures et les mots tellement longs qu'il faut s'entraîner avant de pouvoir les réciter à toute allure comme un chapelet. À l'époque, il avait la manie de s'interrompre au milieu de ses phrases pour expliquer un terme compliqué, s'écartant du cheminement de sa pensée pour faire un détour par une route en zigzag et raconter à Bird l'histoire du mot en question, ses origines, son évolution et celle de tous ses frères et cousins. Dépiauter toutes ses couches de sens. Bird adorait ça, lui aussi, quand il était plus petit, quand son père était encore professeur, que sa mère était encore là et que tout était différent. Quand il pensait encore que les histoires pouvaient tout expliquer.

À présent, son père ne parle plus beaucoup des mots. Il est fatigué par ses longues journées à la bibliothèque, qui lui rougissent les yeux. Il rentre à la maison dans un halo de silence, un silence qui semble l'avoir imprégné au milieu des rayonnages, de l'air froid qui sent le renfermé, de la pénombre envahissante, à peine atténuée par une unique lumière dans chaque allée. Et Bird ne lui pose plus de questions non plus, pour la même raison qui fait que son père n'aime pas lui parler de sa mère : ni l'un ni l'autre n'a envie de réveiller le manque de tout ce qu'ils ne peuvent plus avoir.

Pourtant, elle lui revient par flashes inopinés. Comme des bribes de rêves à moitié oubliés.

Son rire, aussi soudain qu'un rugissement de phoque, bruyante éruption qui lui faisait renverser la tête en arrière. Pas très distingué, disait-elle avec fierté. Sa façon de pianoter du bout des doigts pendant qu'elle réfléchissait, ses pensées si agitées qu'elle ne tenait pas en place. Et aussi : tard dans la nuit, Bird souffrant d'un mauvais rhume. Se réveillant en panique d'un sommeil moite, toussant, pleurant, la poitrine en feu et les bronches engluées. Convaincu qu'il va mourir. Sa mère qui couvre la lampe de chevet d'une serviette et se blottit près de lui, posant sa joue fraîche contre son front. Qui le berce jusqu'à ce qu'il se rendorme, qui le garde toute la nuit contre elle. Chaque fois qu'il émerge, elle le tient encore dans ses bras, et la peur qui se dressait en lui, tout hérissée, retombe instantanément, lisse et soyeuse.

Ils sont tous les deux autour de la table, Bird tapotant un crayon sur sa feuille d'exercices, son père épluchant soigneusement le journal. La terre entière lit les nouvelles en ligne, zappant entre les gros titres sur un écran, sortant un téléphone de sa poche au moindre *ding* annonciateur d'une info fraîche. Son père en faisait autant, autrefois, mais depuis qu'ils ont déménagé il a renoncé à son téléphone et à son ordinateur portables. Je suis vieux jeu, c'est tout, a-t-il répondu quand Bird s'en est étonné. Dorénavant, il lit le journal, de la première à la dernière page. Tous les mots, dit-il, et tous les jours sans exception. Dans sa bouche, ça sonne presque comme de la vantardise. Entre deux problèmes de maths, Bird évite de regarder en direction de la chambre, où l'attend la lettre. À la place, il examine les titres sur la une qui lui dissimule le visage de son père. « UNE MILICE DE QUARTIER DÉJOUE UNE POTENTIELLE INSURRECTION À WASHINGTON. »

Bird calcule. *Si une voiture coréenne coûte 15 000 dollars mais ne dure que 3 ans, alors qu'une voiture américaine coûte 20 000 dollars mais dure 10 ans, combien d'argent aura-t-on économisé en 50 ans en n'achetant que des voitures américaines ? Si un virus se propage de façon exponentielle dans une population de 10 millions de personnes et double son taux de reproduction tous les jours…*

En face de lui, son père retourne son journal.

Il ne lui reste plus que la rédaction. Bird s'y attelle tant bien que mal, construisant mot après mot un paragraphe bancal. *Le PACT est une loi très importante qui a mis fin à la Crise et protège notre pays, car…*

Il est soulagé quand son père replie enfin son journal et consulte sa montre, qu'il peut abandonner sa rédaction et poser son crayon.

Presque dix-huit heures trente, déclare son père. Viens, on va manger un bout.

Ils traversent la rue pour aller prendre leur dîner au réfectoire. Encore un prétendu avantage de ce boulot à la bibliothèque : plus besoin de cuisiner, pratique pour un père isolé. Si, à cause d'un retard imprévu, ils ratent l'heure limite, son père se débrouille comme il peut, par exemple en sortant un paquet de pâtes du placard ; un maigre repas qui les laisse tous les deux sur leur faim. Avant le départ de sa mère, ils dînaient tous les trois ensemble à la table de la cuisine. Ses parents riaient et bavardaient en mangeant, puis sa mère chantonnait pendant qu'elle faisait la vaisselle et que son père l'essuyait.

Ils repèrent une place au fond du réfectoire, où ils vont pouvoir dîner seuls. Autour d'eux, les étudiants sont attablés par deux ou par trois, le faible murmure de leurs conversations chuchotées formant comme un courant d'air dans la salle. Bird n'en connaît aucun de nom, et très peu de vue ; il n'a pas pour habitude de regarder les gens en face. Continue de marcher, lui dit toujours son père quand des passants les observent, leurs yeux comme autant de mille-pattes sur le visage de Bird. Il est content de ne pas avoir à sourire ou à hocher la tête devant les étudiants, de ne pas devoir faire la conversation. Eux non plus ne connaissent pas son nom et, de toute façon, ils seront partis d'ici la fin de l'année.

Ils ont presque fini de manger quand éclate un grand raffut dehors. Une échauffourée suivie d'un choc et d'un crissement de pneus. Des sirènes.

Reste ici, lui ordonne son père. Il se précipite à la fenêtre, rejoignant les étudiants qui s'y pressent aussi pour observer la rue. Dans tout le réfectoire, des assiettes abandonnées refroidissent. Des flashs blancs et bleus clignotent sur le plafond et les murs.

Bird ne se lève pas. Quoi que ce soit, ça va passer. Évite les ennuis, lui recommande toujours son père, par quoi il entend tout ce qui risque d'attirer l'attention. Dès que tu flaires un problème, lui a-t-il dit un jour, tu t'enfuis dans l'autre sens. Son père tout craché, qui avance dans la vie en traînant les pieds, tête baissée.

Mais le murmure enfle dans le réfectoire. D'autres sirènes, d'autres gyrophares qui projettent au plafond des ombres menaçantes, monstrueuses. Dehors, un brouhaha de voix courroucées et une bousculade de corps, le martèlement de bottes sur le trottoir. Il n'a jamais rien entendu de tel, et une partie de lui a envie de courir à la fenêtre pour voir ce qui se passe. L'autre partie a plutôt envie de se tapir sous la table, comme la petite créature apeurée qu'il se sent devenu. Dans la rue résonne l'éclat grésillant d'un mégaphone : *Ici la police de Cambridge. Merci de rester à l'abri et de vous tenir éloignés des fenêtres jusqu'à nouvel ordre.*

Dans le réfectoire, tous les étudiants regagnent précipitamment leur place tandis que Peggy, la responsable, fait le tour de la salle pour fermer les rideaux. L'air vibre de chuchotements. Bird imagine une foule en colère dehors, des barricades faites de meubles et d'ordures, des cocktails Molotov, des flammes. Toutes les photos de la Crise qu'ils ont étudiées à l'école lui reviennent à l'esprit. Il laisse son genou tressauter contre le pied de la table jusqu'à ce que son père revienne, après quoi le tressautement se déplace à l'intérieur de lui, dans la cavité de sa poitrine.

Qu'est-ce qui se passe ? demande Bird.

Son père secoue la tête.

Des perturbations, dit-il. Je crois. Puis, voyant les yeux écarquillés de Bird : Tout va bien, Noah. Les autorités sont là. Elles ont la situation en main.

Pendant la Crise, il y avait tout le temps des perturbations ; on le leur a sans cesse rabâché en cours, du plus loin qu'il s'en souvienne. Tout le monde au chômage, les usines à l'arrêt, des pénuries dans tous les secteurs ; les émeutiers pillaient les magasins et mettaient des quartiers entiers à feu et à sang. Le pays était paralysé par les troubles.

Il était impossible de mener une vie productive, leur avait expliqué son professeur de sciences sociales.

Puis il avait passé la diapositive suivante : des rues dévastées, des vitres cassées. Un char au milieu de Wall Street. De la fumée qui flottait comme une brume orange sous la fameuse arche de Saint-Louis.

Voilà pourquoi vous avez de la chance, mes enfants, de vivre à une époque où le PACT a relégué aux oubliettes les manifestations perturbatrices.

Et c'est la vérité : pendant la majeure partie de la vie de Bird, les perturbations ont été quasi nulles. Cela fait plus d'une décennie que le PACT a été promulgué, voté à une majorité écrasante aussi bien à la Chambre qu'au Sénat, signé par le président en un temps record. Sondage après sondage, les chiffres montrent encore un très large soutien de l'opinion.

Sauf que, depuis quelques mois, des choses curieuses se produisent un peu partout : non pas des grèves, des manifestations ou des émeutes comme lors des perturbations qu'ils ont étudiées en classe, mais quelque chose de nouveau. Des canulars étranges et apparemment gratuits, trop bizarres pour ne pas être signalés à la police, tous anonymes, et tous dirigés contre le PACT. À Memphis, des personnes dissimulées derrière des masques de ski ont vidé un camion benne de balles de ping-pong dans le fleuve avant de prendre la fuite, laissant derrière elles un panache de boules blanches. Sur chacune était dessiné un cœur rouge miniature avec, inscrit au-dessus, « À BAS LE PACT ». Il y a une semaine à peine, deux drones ont déroulé une banderole sur le pont de Brooklyn, d'une arche à l'autre. « FUCK PACT » y était-il inscrit. En moins d'une demi-heure, la police avait fermé le pont, fait venir une nacelle élévatrice au pied des deux piles et retiré la banderole… mais Bird a vu les photos, capturées par des téléphones portables et publiées en ligne ; tous les sites et les chaînes d'information les ont diffusées, et même certains journaux. Une grande banderole avec d'épaisses lettres noires et, dessous, un cœur rouge baveux, comme une tache de sang.

À New York, la circulation a été ralentie pendant des heures à cause du pont fermé. Les gens ont posté des vidéos montrant de longues files de voitures, une guirlande de lumières rouges s'étirant dans la nuit. Un conducteur racontait aux journalistes qu'il n'avait pas pu rentrer chez lui avant minuit. Sous ses yeux s'étalaient de gros cernes sombres, comme des coulures de suie. En gros, disait-il, on était pris en otage, et personne ne savait ce qui se passait ; c'est du terrorisme. Les reporters calculaient l'essence gaspillée, les émissions de monoxyde de carbone, le coût économique de toutes ces heures perdues. D'après la rumeur, on continuait à retrouver des balles de ping-pong flottant dans le Mississippi ; la police de Memphis avait publié la photo d'un canard qui s'était apparemment étouffé, le cou déformé par ce qui ressemblait à d'énormes tumeurs.

Des comportements totalement inacceptables, déplorait son professeur de sciences sociales. Si jamais vous avez vent de quelqu'un qui prépare des perturbations comme celles-là, il est de votre devoir civique d'en référer aux autorités.

Le professeur en avait profité pour leur donner une leçon impromptue et des devoirs supplémentaires : *Rédigez une dissertation en cinq paragraphes pour expliquer comment les récentes atteintes à l'ordre public ont mis en péril la sécurité de tous.* Bird avait senti sa main se raidir.

Et voilà qu'une perturbation survient juste devant le réfectoire. Bird est à la fois terrifié et fasciné. De quoi s'agit-il ? D'une attaque ? D'une émeute ? D'une bombe ?

Son père se penche par-dessus la table et lui prend la main. Un geste qu'il faisait souvent quand Bird était petit, mais quasiment plus jamais maintenant qu'il est grand, ce que Bird regrette secrètement. La main de son père est lisse et douce ; c'est celle d'un homme qui exerce un travail intellectuel. Ses doigts se referment, chauds et robustes, autour de ceux de Bird pour les empêcher de s'agiter.

Tu sais d'où vient le mot « perturbation » ? demande son père. Du latin *perturbatio*, lui-même dérivé du verbe *perturbare*, composé du préfixe intensif *per-* et de *turbare* qui signifie « troubler, agiter ».

La plus vieille habitude de son père : disséquer les mots comme il démonterait le mécanisme d'une horloge pour voir comment ça marche à l'intérieur. C'est sa façon d'essayer de rassurer Bird, comme s'il lui racontait une histoire avant de dormir. Pour le distraire, peut-être pour se distraire lui-même.

Et *turbare* provient de *turba*, qui désigne une « foule en désordre », ajoute son père. Sa voix monte d'une demi-octave dans l'excitation, telle une corde de guitare qu'on ajuste progressivement.

Bird imagine des rails arrachés, des autoroutes barricadées, des immeubles écroulés. Il repense aux photos qu'on leur a montrées en classe, de manifestants jetant des pierres, de policiers antiémeute recroquevillés derrière un mur de boucliers. Ils entendent dehors les crépitements indistincts des radios de la police, des voix qui se rapprochent et s'éloignent. Autour d'eux, les étudiants sont rivés à leur téléphone, cherchant des explications, postant des mises à jour.

Ne t'en fais pas, Noah, lui dit son père. Ce sera bientôt fini. Il n'y a pas à avoir peur.

Je n'ai pas peur, répond Bird. Et c'est le cas, il n'a pas vraiment peur. Ce n'est pas la peur qui lui picote la peau, mais plutôt une sorte d'électricité dans l'air, comme avant un orage, un immense et violent potentiel.

Environ vingt minutes plus tard, une nouvelle annonce au mégaphone grésille à travers les rideaux tirés et le double vitrage des fenêtres. *Vous pouvez désormais reprendre une activité normale. Merci de prévenir les autorités de tout comportement suspect.*

Tout autour, les étudiants commencent à se lever, déposant leur plateau au poste de lavage avant de regagner leur chambre à la hâte en se plaignant du retard. Il est vingt heures trente passées et, brusquement, tout le monde est attendu quelque part. Pendant que Bird et son père rassemblent leurs affaires, Peggy se met à rouvrir les rideaux, révélant la pénombre de la rue. D'autres employés de cantine se précipitent de table en table, armés de chiffons et de vaporisateurs de détergent, tandis qu'un dernier passe un rapide coup de balai sur le carrelage pour ramasser les céréales et autres miettes de pain éparpillées.

Je m'en occupe, Peggy, déclare le père de Bird, et Peggy lui répond d'un hochement de tête reconnaissant.

Faites attention à vous, monsieur Gardner, dit-elle en retournant en vitesse vers les cuisines. Bird trépigne en attendant que son père ait fini de rouvrir tous les rideaux et qu'ils puissent rentrer chez eux.

Dehors, l'air est frais et immobile. Tous les véhicules de police ont disparu, et tous les gens aussi ; la rue est déserte. Bird cherche des traces de la perturbation – des cratères, des bâtiments calcinés, du verre brisé. Rien. Puis, comme ils traversent pour rejoindre leur résidence, il le voit par terre : peint à la bombe, rouge sang sur le bitume, pile au milieu du carrefour. De la taille d'une voiture, immanquable. Un cœur, exactement comme celui sur la banderole de Brooklyn. Et, tout autour cette fois, un cercle de mots : « RENDEZ-NOUS NOS CŒURS DISPARUS ».

Un frisson lui parcourt le corps.

Au moment de traverser, il ralentit pour relire les mots. « NOS CŒURS DISPARUS ». La peinture à moitié sèche colle aux semelles de ses baskets, et sa respiration, brûlante, lui colle dans la gorge. Il jette un coup d'œil à son père, guettant un signe sur son visage. Mais son père le tire par le bras. L'entraînant à l'écart sans même baisser les yeux. Sans croiser son regard.

Il se fait tard, dit-il. On ferait mieux de rentrer.

C'était une poétesse, sa mère.

Et une poétesse célèbre, avait ajouté Sadie.

Bird avait haussé les épaules : est-ce que ça existait seulement ?

Tu plaisantes ? avait rétorqué Sadie. Tout le monde a entendu parler de Margaret Miu.

Après quoi elle avait marqué une pause.

Ouais, enfin, avait-elle repris, tout le monde a au moins entendu son poème.

Au début, c'était juste une formule comme une autre.

Peu de temps après le départ de sa mère, Bird avait trouvé un bout de papier dans le bus, fin comme une aile de papillon mort, dans l'interstice entre son siège et la paroi. Un parmi des dizaines. Son père le lui avait arraché des mains et l'avait froissé en boule avant de le jeter par terre.

Ne ramasse pas les détritus, Noah, avait-il dit.

Mais Bird avait eu le temps de lire les mots en haut de la page : « TOUS NOS CŒURS DISPARUS. »

Une expression qu'il n'avait jamais entendue jusque-là mais qui avait surgi un peu partout dans les mois, puis les années, après le départ de sa mère. Taguée dans le tunnel à vélos, sur le mur du terrain de basket, sur la palissade en contreplaqué autour d'un chantier à l'abandon. « N'OUBLIEZ PAS NOS CŒURS DISPARUS. » Tracée au pinceau sur les affiches de la milice du quartier : « OÙ SONT PASSÉS NOS CŒURS DISPARUS ? » Et sur des tracts qui avaient fait leur apparition comme par magie un matin mémorable, glissés sous les essuie-glaces des voitures garées, jonchant les trottoirs, amassés contre les socles en béton des lampadaires. De la taille d'une main, des prospectus photocopiés sur lesquels on pouvait simplement lire : « TOUS NOS CŒURS DISPARUS. »

Le lendemain, les tags avaient été recouverts de peinture, les affiches remplacées, les tracts balayés telles des feuilles mortes. Tout était redevenu si propre qu'on pouvait croire avoir rêvé.

À l'époque, ça ne lui évoquait rien de particulier.

C'est juste un slogan anti-PACT, avait sèchement répondu son père quand Bird lui avait posé la question. De la part de gens qui veulent renverser le PACT. Des fous, avait-il ajouté. De vrais cinglés.

Il fallait en effet être fou, avait reconnu Bird, pour vouloir renverser le PACT. Le PACT avait permis de mettre fin à la Crise ; le PACT garantissait la paix et la sécurité. Même les enfants de maternelle savaient ça. Le PACT était une question de bon sens, au fond : si vous aviez un comportement antipatriotique, il y aurait des conséquences ; sinon, à quoi bon s'inquiéter ? Et si vous voyiez ou entendiez quelque chose d'antipatriotique, il était de votre devoir d'en informer les autorités. Bird n'avait jamais connu le monde sans le PACT ; c'était un principe aussi fondamental que la gravité, ou *Tu ne tueras point*. Il ne comprenait pas que des gens veuillent s'y opposer, ni quel était le rapport avec des cœurs, comment un cœur pouvait avoir disparu. Comment pouvait-on survivre sans un cœur qui battait à l'intérieur de soi ?

Tout ça lui échappait complètement, jusqu'à ce qu'il rencontre Sadie. Qui avait été retirée à sa famille et placée dans une autre parce que ses parents avaient protesté contre le PACT.

Tu ne savais pas ? s'était-elle étonnée. Quelles étaient les conséquences ? Bird ! Arrête !

Elle avait tapoté du doigt la feuille d'exercices qu'on leur avait distribuée : *Les trois piliers du PACT. Interdire la promotion des valeurs et comportements antiaméricains. Exiger la participation de tous les citoyens pour signaler les menaces potentielles envers notre société.* Et enfin, sous le doigt de Sadie :

Protéger les enfants des environnements qui les exposeraient à des opinions nocives.

Même là, il n'avait pas voulu y croire. Peut-être qu'il y avait quelques mesures d'éloignement liées au PACT ici et là, mais ça ne devait pas être si fréquent… sinon, pourquoi personne n'en aurait parlé ? Certes, on entendait de temps en temps un cas comme celui de Sadie, mais c'étaient sûrement des exceptions. Pour que ça vous arrive, il fallait sans doute avoir fait quelque chose de dangereux, et que votre enfant ait *besoin* d'être protégé – contre vous, contre vos agissements ou vos discours. Et puis quoi, disaient certains, vous trouvez aussi que les gens qui maltraitent ou battent leurs enfants méritent de les garder sous leur toit ?

Il avait répété ça à Sadie sans réfléchir et elle s'était tue. Après quoi elle avait malaxé son sandwich en une boule de thon et de mayonnaise qu'elle lui avait écrasée sur le visage. Le temps qu'il s'essuie les yeux, elle s'était volatilisée, et tout l'après-midi il avait gardé une odeur de poisson dans les cheveux et sur la peau.

Quelques jours plus tard, Sadie avait sorti quelque chose de son cartable.

Regarde, avait-elle dit – les premiers mots qu'elle lui adressait depuis l'incident. Bird, regarde ce que j'ai trouvé.

Un journal, les coins abîmés, l'encre un peu délavée, qui datait de deux ans plus tôt. Et là, juste sous la pliure, un gros titre à la une : « UNE POÉTESSE LOCALE LIÉE AUX INSURRECTIONS ». Une photo de sa mère, son sourire en coin dessinant une fossette. Autour de lui, le monde était devenu flou et gris.

Où est-ce que tu as trouvé ça ? avait-il demandé.

Sadie avait haussé les épaules.

À la bibliothèque.

C'est devenu le cri de ralliement des émeutes anti-PACT aux quatre coins du pays, mais ses racines sont là, terriblement proches de nous. La formule de plus en plus répandue pour attaquer la très populaire loi sur la sécurité nationale est née de l'imagination d'une femme de la région, Margaret Miu, tirée de son recueil de poèmes Nos cœurs disparus. *Miu, fille d'immigrés chinois et mère d'un jeune garçon…*

Les mots s'étaient alors brouillés sous ses yeux.

Tu sais ce que ça veut dire, Bird ? avait demandé Sadie en se hissant sur la pointe des pieds, comme toujours quand elle était excitée. Ta mère…

Il avait compris, d'un coup. Pourquoi elle était partie. Pourquoi ils ne parlaient plus jamais d'elle.

Elle est des leurs, avait poursuivi Sadie. Elle doit être quelque part en train d'organiser des actions pour combattre le PACT. Pour essayer de le renverser et de ramener les enfants dans leur famille. Comme mes parents.

Son regard s'était assombri et avait revêtu une sorte d'éclat lointain. Comme si elle arrivait à voir à travers Bird et à y lire quelque chose.

Peut-être qu'ils sont ensemble quelque part, avait-elle ajouté.

Bird avait estimé que c'était encore une lubie de Sadie. Sa mère, la meneuse de tout ça ? Improbable, sinon impossible. Pourtant c'étaient bien ses mots qui étaient inscrits sur toutes ces pancartes et banderoles visant à renverser le PACT, partout dans le pays.

Comment les médias appelaient les gens qui protestaient contre le PACT ? *Des éléments subversifs séditieux* ; *des traîtres, des sympathisants pro-chinois* ; *les tumeurs de la société américaine*. Des termes qu'il avait dû chercher dans le dictionnaire de son père, à l'époque, de même que « exciser » et « éradiquer ».

Chaque fois qu'ils tombaient sur les mots de sa mère – aux informations, sur le téléphone de quelqu'un –, Sadie donnait un petit coup de coude à Bird, comme s'ils venaient de croiser une célébrité. Une trace de sa mère, quelque part, ailleurs, préoccupée par les enfants des autres bien qu'elle ait abandonné le sien. Une ironie qui pénétrait jusque dans ses veines.

Mais cette fois, ce n'est pas ailleurs. Les mots de sa mère sont là, étalés en rouge sang dans sa propre rue. Et sa lettre là-haut, sous son oreiller. La même tache en forme de cœur écarlate que sur le pont de Brooklyn, là, sur le trottoir, à ses pieds. Il jette un coup d'œil par-dessus son épaule pour inspecter les recoins sombres de la cour, sans savoir si ce froid dans sa gorge est de l'espoir ou de la peur, s'il a envie de se jeter dans ses bras ou de la faire sortir de sa cachette pour la traîner dans la lumière. Mais il ne voit personne, et son père le tire par la main, alors il le suit dans le hall et dans l'escalier.

De retour dans l'appartement, fatigué et en sueur d'être monté à pied, son père ôte son manteau et le suspend à la patère. Bird s'installe à la table pour finir ses devoirs, mais son esprit bourdonne, indocile. Il lance un regard vers la fenêtre qui donne sur la cour en contrebas, mais la seule chose qu'il voit, c'est le reflet de leur appartement miteux dans la vitre. Devant lui, sa dissertation inachevée s'effiloche dans le vide.

Papa, dit-il.

À l'autre bout de la pièce, son père lève les yeux de son ouvrage. Il est en train de lire un dictionnaire, dont il tourne les pages oisivement : une vieille habitude, que Bird trouve à la fois curieuse et touchante. Dans le temps, ses parents étaient capables de passer des soirées entières comme ça, sur le canapé avec leur bouquin, et parfois Bird venait se lover contre l'épaule de son père, puis de sa mère, en essayant de prononcer tout haut les mots les plus longs qu'il arrivait à trouver. Désormais, les dictionnaires sont les seuls livres qu'ils ont à la maison, les seuls livres qu'ils ont gardés dans le déménagement. Bird devine au regard de son père qu'il était à des années-lumière de là, sans doute en train de remonter le passé louvoyant de quelque terme archaïque. Il regrette de devoir l'arracher à ce paisible éden doré. Mais il a besoin de savoir.

Tu n'as pas… – il s'éclaircit la voix –, tu n'as pas eu de nouvelles d'elle, n'est-ce pas ?

L'espace d'un instant, le visage de son père se fige. Bird n'a pas prononcé son nom, c'est inutile : tous les deux savent de qui il parle. Il n'y a qu'une « elle », pour eux. Alors son père referme le dictionnaire d'un coup sec.

Bien sûr que non, dit-il, et il vient se poster à côté de Bird. Il le surplombe de toute sa hauteur. Et lui pose une main sur l'épaule.

Elle ne fait plus partie de ta vie. En ce qui nous concerne, elle n'existe plus. Tu comprends, Noah ? Dis-moi que tu comprends.

Bird sait exactement ce qu'il devrait répondre – *Bien sûr, je comprends* –, mais les mots restent bloqués dans sa gorge. Non, a-t-il envie de rétorquer. Non, je ne comprends pas. Elle existe, elle a des choses à dire, elle a quelque chose à *me* dire, il reste beaucoup de questions en suspens. Pendant ces quelques secondes d'hésitation, son père jette un coup d'œil à la dissertation en cours sur la table.

Fais voir, dit-il.

Son père n'est plus professeur depuis des années, mais il ne peut s'empêcher de vouloir lui faire la leçon. Son cerveau est comme un gros chien enfermé dans son crâne, agité, impatient, démangé par l'envie de sortir gambader. Le voilà déjà penché sur le devoir de Bird, tirant sur la feuille coincée sous son coude.

Je n'ai pas fini, proteste Bird, qui se met à mordiller la gomme au bout de son crayon. Le caoutchouc et le graphite s'effritent sur sa langue. Son père secoue la tête.

Il faut que ce soit plus clair, dit-il. Regarde… Là, quand tu écris que « le PACT est très important pour la sécurité nationale », il faut être beaucoup plus précis, beaucoup plus affirmatif : *Le PACT joue un rôle crucial pour préserver l'Amérique du travail de sape des influences étrangères.*

Il passe le doigt sur une autre phrase, faisant baver l'écriture cursive de Bird.

Ou là. Tu dois montrer à ton professeur que tu as vraiment compris ; il ne doit y avoir aucun doute là-dessus. *Le PACT empêche que des parents inaptes et antipatriotiques n'endoctrinent des enfants innocents avec des idées erronées, subversives et antiaméricaines.*

Il tapote la feuille.

Vas-y, écris ce que je viens de dire.

Bird dévisage son père, qui a la mâchoire serrée et les yeux rageurs, liquides. Jamais il n'a vu ses yeux comme ça : deux silex crachant des étincelles.

Fais-le, insiste-t-il, et Bird s'exécute. Son père laisse échapper un grand soupir et part se retirer dans la chambre, dictionnaire à la main.

Après avoir terminé ses devoirs et s'être brossé les dents, Bird éteint les lumières dans l'appartement et se faufile derrière les rideaux. De là, il aperçoit le réfectoire en face, fermé à présent, éclairé uniquement par la faible lueur rouge des issues de secours. À un moment, un camion se gare le long du trottoir et coupe ses phares. Une silhouette sombre et masculine en sort, transporte quelque chose jusqu'au milieu de la chaussée et commence à s'affairer. Bird met une minute à comprendre ce que fait l'homme : le quelque chose est un seau de peinture et un gros rouleau ; il est en train de repeindre le cœur, qui sera effacé au matin.

Noah, lance son père qui se tient sur le seuil. C'est l'heure de dormir.

Cette nuit-là, pendant que son père ronfle paisiblement en dessous de lui, Bird glisse une main dans sa taie d'oreiller et cherche l'enveloppe à tâtons. Il en sort prudemment la lettre, la déplie. Il a toujours une lampe-stylo à disposition sur la couchette du haut, pour pouvoir lire quand son père dort. Il l'allume.

Dans cette pâle lumière, les chats ne sont plus qu'un méli-mélo d'angles et de lignes. Un message secret ? Un code ? Des lettres cachées dans leurs rayures, peut-être, dans les pointes de leurs oreilles ou la courbe de leur queue ? Il tourne la feuille dans tous les sens, balaie de son faisceau les traits de stylo. Sur un chat tigré, il croit repérer un M ; la patte cambrée d'un chat noir ressemble à un S, ou peut-être à un N. Mais il n'en est pas sûr.

Il est sur le point de replier la feuille quand il le voit, soudain révélé par le petit rond de lumière comme par une loupe grossissante. Dans le coin tout en bas, là où il aurait pu y avoir un numéro de page : un rectangle, de la taille de l'ongle de son petit doigt. Et, à l'intérieur, un autre rectangle, un peu moins grand. Les chats, bien entendu, n'y prêtent aucune attention ; à moins de regarder très attentivement, on ne le voit pas au milieu de tous ces dessins. Mais Bird le remarque. Qu'est-ce que c'est ? Un cadre vide, peut-être. Un poste de télé à l'ancienne, l'écran éteint. Une fenêtre à une seule vitre.

Il l'examine de plus près. Un point d'un côté, deux minuscules charnières de l'autre. Une porte. La porte d'une armoire fermée à clé. Une légère brise agite une page au fond de son cerveau, et retombe aussitôt. Une histoire que lui a racontée sa mère, il y a très longtemps. Elle lui a toujours raconté des histoires – des contes de fées, des fables, des légendes, des mythes – tout un arc-en-ciel de mensonges différents et magnifiques. Mais à présent, en voyant cette image, quelque chose lui paraît familier. Des chats, une armoire et un petit garçon. Il n'arrive pas à s'en souvenir tout à fait, mais il sait que c'est là. Ça commençait par…

Il était une fois. Il était une fois… un petit garçon qui adorait les chats.

Il attend, en espérant que la voix de sa mère lui revienne et complète l'histoire. Comme une balle à laquelle on donnerait une petite pichenette en haut d'une pente. Mais il n'y a rien d'autre que le murmure du souffle de son père. Bird ne se souvient pas de la voix de sa mère. Celle qu'il entend dans sa tête est la sienne.

Après le cours de sciences, ses camarades de classe se ruent vers la cantine pour le déjeuner, impatients d'acheter leur hot dog et leur lait chocolaté, de se bousculer pour avoir une chaise aux meilleures tables. Bird n'a jamais aimé la cantine, avec tous ses murmures… Pendant des années, il s'installait à la table du coin, à moitié cachée derrière le distributeur de boissons. Et puis, vers la fin du CM2, Sadie était arrivée, sans complexes ni scrupules, prête à jouer des coudes pour leur faire une place à tous les deux. Durant toute une merveilleuse année, il n'avait plus mangé seul. Le jour même où ils s'étaient rencontrés, elle l'avait attrapé par la main et l'avait entraîné dehors, sur le petit carré de pelouse. Là, l'air était frais et calme, et le silence lui avait rempli les oreilles, amplifiant le moindre son, si bien qu'en s'asseyant sur l'herbe à côté d'elle il avait l'impression d'entendre absolument tout : le froufrou des sacs en plastique contenant les sandwiches des élèves, le raclement de la basket de Sadie sur le béton lorsqu'elle repliait une jambe sous elle, le bruissement des jeunes feuilles des arbres au-dessus d'eux quand le vent agitait leurs branches.

Alors, les murmures avaient changé pour devenir des chansons : *J'ai donné mon cœur à Noah, Noah, Noah. J'ai donné mon cœur à Sadie, Sadie. Voulez-vous bien m'épouser, oui ou non ?*

Les enfants d'aujourd'hui chantent encore ça ? s'était étonné son père quand Bird le lui avait raconté. Cette comptine idiote survivra à l'apocalypse ! Quand ils auront brûlé tous les livres, c'est ce qu'il nous restera.

Il s'était interrompu.

Ignore-les, c'est tout. Ils se lasseront.

Puis il avait ajouté : Mais ne traîne pas trop avec cette Sadie. Il ne faudrait pas laisser croire aux gens que tu lui ressembles.

Bird avait acquiescé mais, après ça, Sadie et lui avaient déjeuné ensemble tous les jours, par tous les temps, recroquevillés sous l'auvent quand il pleuvait, tremblant l'un contre l'autre sous la neige fondue en hiver. Après que Sadie avait disparu, il n'était pas retourné à la cantine mais avait continué à manger à leur endroit habituel. Il avait retenu la leçon, entre-temps : parfois, rester seul était l'option la moins pire.

Ce jour-là, au lieu de sortir avec les autres, il s'attarde dans la salle de sciences, faisant mine de fouiller dans son cartable jusqu'à ce qu'il n'y ait plus personne. À son bureau, Mme Pollard rassemble ses papiers en une pile bien ordonnée et lui jette un regard intrigué.

Tu cherches quelque chose, Noah ? demande-t-elle. Elle sort d'un tiroir un sachet en papier kraft au rabat soigneusement plié : son déjeuner. Au mur derrière elle, une rangée d'affiches colorées. « TOUS UNIS », proclame l'une, sur laquelle une ribambelle de bonshommes en papier bleu, blanc et rouge s'étire en travers d'une carte des États-Unis. *Chaque bon citoyen est une bonne influence*, affirme une autre. *Chaque mauvais citoyen est une mauvaise influence.* Et, naturellement, il y a comme dans toutes les classes un drapeau, qui en l'occurrence pend au-dessus de son épaule gauche telle une hache brandie.

Je pourrais utiliser un des ordinateurs ? demande Bird. Je voudrais regarder quelque chose.

Il désigne d'un geste vague la table contre le mur du fond, où cinq ou six portables sont à la disposition des élèves. La plupart de ses camarades font leurs recherches sur leur téléphone, mais le père de Bird refuse qu'il en ait un. Il n'en est pas question, dit-il, si bien que Bird est l'un des rares à se servir des ordinateurs de l'école. Derrière cette table se dresse une bibliothèque vide. Bird n'y a jamais vu le moindre livre, mais elle est toujours là, fossile d'une époque révolue.

Savez-vous, leur avait expliqué leur professeure l'année précédente, que les livres en papier sont obsolètes dès l'instant où ils sortent de l'imprimerie ?

Le traditionnel discours de bienvenue en début d'année. Tous les élèves sagement assis en tailleur sur la moquette à ses pieds.

Parce que le monde change à la vitesse de l'éclair, avait-elle ajouté en claquant dans ses doigts. Et la compréhension que nous en avons aussi. Nous voulons être sûrs que vous disposez des informations les plus récentes. Comme ça, nous sommes certains que vous n'utiliserez rien qui soit dépassé ou inexact. Vous trouverez ici, en ligne, tout ce dont vous avez besoin.

Mais où est-ce qu'ils sont passés ? avait demandé Sadie, intrépide, encore nouvelle dans l'établissement. Les livres, avait-elle précisé. Il devait bien y en avoir, avant, sinon il n'y aurait pas de bibliothèque. Du coup, où est-ce que vous les avez mis ?

Le sourire de la professeure s'était élargi, puis raidi.

On a tous des capacités de stockage limitées, avait-elle répondu. Alors on a éliminé les livres qui nous semblaient inutiles, inadaptés ou périmés. Mais…

Donc vous avez interdit tous ces livres, l'avait coupée Sadie, et la professeure l'avait dévisagée un instant en clignant des yeux derrière ses lunettes.

Oh non, ma grande, avait-elle fini par dire. C'est ce que pensent parfois les gens, mais non. Personne n'interdit rien du tout. Tu n'as jamais entendu parler de la Déclaration des droits ?

La classe avait ricané, et Sadie avait rougi.

Chaque école fait ses propres choix de façon autonome, avait ajouté la professeure. Pour décider quels livres seront utiles à ses élèves et quels livres risquent de les exposer à des idées dangereuses. Laissez-moi vous poser une question : qui ici a des parents qui veulent que ses enfants traînent avec de mauvaises personnes ?

Elle avait balayé le cercle des yeux. Aucune main ne s'était levée.

Évidemment. Vos parents veulent que vous soyez en sécurité. C'est ce qui fait d'eux de bons parents. Vous savez tous que je suis maman, moi aussi, n'est-ce pas ?

Murmure d'approbation général.

Imaginez un livre qui raconterait des mensonges, avait-elle poursuivi. Ou qui vous dirait de faire des mauvaises choses, comme de blesser des gens, ou de vous blesser vous-mêmes. Vos parents ne mettraient jamais un livre pareil dans votre bibliothèque à la maison, pas vrai ?

Tous les enfants du cercle avaient secoué la tête, les yeux écarquillés. Seule Sadie était restée immobile, les bras croisés, la bouche serrée en une ligne droite.

Eh bien, c'est la même chose, avait continué la professeure. Nous voulons tous que nos enfants soient en sécurité. Nous ne voulons pas les exposer à de mauvaises idées – des idées qui pourraient les heurter, ou les encourager à de mauvaises actions. Que ce soit envers eux-mêmes, leur famille ou notre pays. Alors nous retirons ces livres-là et nous bloquons les sites qui pourraient s'avérer nocifs.

Elle leur avait souri en les regardant à tour de rôle.

C'est notre mission en tant qu'enseignants, avait-elle dit, d'une voix douce mais ferme. De prendre soin de vous tous, exactement comme je prendrais soin de mes propres enfants. De décider de ce qui vaut la peine d'être gardé ou pas. C'est une simple question de choix.

Son regard avait fini par se poser sur Sadie.

Et c'est ce qu'on a toujours fait, avait-elle conclu. Rien n'a changé.

À présent, Bird retient son souffle en voyant Mme Pollard hésiter. Il n'est entré en cinquième que depuis un mois, mais il aime déjà Mme Pollard ; sa fille, Jenna, est une année en dessous de lui, et Josh, son fils, est en CP. Elle a les cheveux gris-blond et porte des pulls à poches et de grosses boucles d'oreilles rondes qui ressemblent à des bonbons. Contrairement à son professeur de sciences sociales, elle ne le regarde jamais fixement quand il est question du PACT, et chaque fois qu'elle entend un autre élève l'embêter, elle dit en tapant de petits coups sur son bureau : *Les enfants, s'il vous plaît, on se concentre sur ce qu'on est en train de faire.*

C'est pour l'école ? lui demande-t-elle.

Quelque chose dans la voix de Mme Pollard met Bird sur ses gardes – à moins que ce soit sa façon de le dévisager, les yeux plissés, comme si elle savait ce qu'il manigançait. Il aimerait avoir cette assurance-là. La certitude qu'il n'est pas en train de courir après une chimère. Elle porte, épinglé à son pull, un petit drapeau métallique qui scintille dans la lumière des néons.

Pas exactement, répond-il. C'est juste une chose qui m'intéresse. Sur les chats, ajoute-t-il au pied levé. Avec mon père… on pense à prendre un chat. Je voulais regarder les différentes races.

Mme Pollard hausse imperceptiblement un sourcil.

Ah, d'accord, dit-elle avec entrain. Un nouvel animal à la maison. C'est merveilleux. Dis-moi si tu as besoin d'aide.

Elle désigne d'un hochement de menton la rangée d'ordinateurs, argentés et brillants, et se met à déballer son pique-nique.

Bird s'installe au poste le plus éloigné du bureau. Sur chaque portable, une petite plaque en cuivre indique : *Don de la famille Liu.* Deux ans plus tôt, la famille de Ronny Liu a équipé toutes les classes d'ordinateurs et abonné l'établissement à l'Internet haut débit. Une manière de rendre à la société ce qu'elle lui a donné, a déclaré M. Liu lors de la cérémonie d'inauguration. C'est un homme d'affaires – quelque chose dans l'immobilier –, et le principal l'a remercié pour sa généreuse donation, disant qu'ils étaient infiniment reconnaissants que des particuliers se substituent à la municipalité là où les budgets n'étaient pas suffisants.

Il a félicité les Liu d'être des membres aussi fidèles de la communauté. La même année, les parents d'Arthur Tran ont donné de l'argent pour rénover la cantine, et le père de Janey Youn a offert à l'école un nouveau drapeau et un nouveau mât.

Bird agite la souris, et l'écran sort de sa veille en affichant une photo du mont Rushmore sous un ciel bleu immaculé. Il clique sur l'icône du navigateur et une fenêtre s'ouvre, en haut de laquelle clignote le curseur, lent et paresseux.

Que taper ? *Où est ma mère.* Est-ce trop espérer d'Internet qu'il puisse répondre à cette question ?

Il réfléchit. À son bureau, Mme Pollard scrolle sur son téléphone tout en mangeant son sandwich. Au beurre de cacahuète, d'après l'odeur. Dehors, une feuille brune virevolte d'une branche au trottoir.

Histoire d'un garçon avec plein de chats, tape-t-il, et aussitôt les mots affluent à l'écran.

Le Chat noir (nouvelle). Liste des chats de fiction dans la littérature. Il clique sur tous les liens les uns après les autres, attendant de reconnaître quelque chose qui lui serait familier, une illumination. *Le Chat chapeauté. L'Histoire de Tom Chaton. Les Contes du chat perché.* Rien qui lui dise quoi que ce soit. Il continue, poussant ses recherches de plus en plus loin. *Histoires vraies de chats extraordinaires. Cinq chats héroïques dans l'Histoire. Apprendre à nourrir et soigner son chat.* Tous ces livres sur des chats, et aucun en rapport avec sa mère. Il a dû rêver. Mais il persévère quand même.

Finalement, trop fatigué pour résister à la tentation, il se risque à une dernière recherche, qu'il n'a jamais osé essayer jusque-là.

Margaret Miu.

Une pause, puis un message d'erreur apparaît : *Aucun résultat*. D'un coup, il ressent son absence encore plus fort, comme s'il l'avait appelée à l'aide et qu'elle n'était pas venue. Il jette un coup d'œil par-dessus son épaule. Mme Pollard a fini de manger, elle est en train de corriger des copies. Il clique sur le bouton « PAGE PRÉCÉDENTE ».

Nos cœurs disparus, tape-t-il, et l'écran se fige un moment. *Aucun résultat*. Cette fois, il a beau cliquer partout, plus rien ne bouge.

Madame Pollard, dit-il en s'approchant de son bureau, je crois que mon ordinateur a buggé.

Ne t'en fais pas, mon grand, répond-elle, on va réparer ça. Elle se lève et le suit jusqu'à la table, mais quand elle voit l'écran, la recherche qu'il a tapée, quelque chose change dans son attitude. Une tension que Bird perçoit, même de dos.

Noah, dit-elle après quelques instants, tu as douze ans, c'est ça ?

Bird acquiesce.

Mme Pollard s'accroupit près de sa chaise pour qu'ils soient à la même hauteur.

Noah, reprend-elle. Ce pays est fondé sur l'idée que chacun peut décider de quelle façon il veut vivre sa vie. Tu le sais, n'est-ce pas ?

Bird a le sentiment que ça fait partie de ces phrases que les adultes disent et qui n'appellent pas de réponse, alors il reste silencieux.

Noah, insiste Mme Pollard, et cette manie qu'elle a de répéter son nom – qui n'est même pas son nom, en plus – lui fait serrer les dents si fort qu'elles se mettent à grincer. Noah, chéri, écoute-moi, s'il te plaît. Dans ce pays, nous pensons que chaque génération peut faire de meilleurs choix que la précédente. D'accord ?

Tout le monde a la même chance de faire ses preuves, de montrer qui il est. On ne tient pas rigueur aux enfants des erreurs de leurs parents.

Elle le dévisage avec des yeux inquiets, brillants.

Tout le monde a le choix, Noah, de reproduire les mêmes erreurs que les gens qui les ont précédés, ou de prendre un chemin différent. Un chemin meilleur. Tu comprends ce que je te dis ?

Bird opine, bien qu'il n'en soit pas sûr du tout.

Je dis ça pour ton bien, Noah, vraiment, poursuit Mme Pollard d'une voix plus douce. Tu es un brave garçon, je n'ai pas envie qu'il t'arrive quoi que ce soit. Et je dirais la même chose à Jenna et à Josh, crois-moi. Ne fais pas d'histoires. Simplement… sois sage et respecte les règles. Tiens-toi à carreau. Fais-le pour ton père si tu ne le fais pas pour toi.

Elle se redresse, et Bird comprend qu'il doit y aller.

Merci, parvient-il à articuler.

Mme Pollard hoche la tête, satisfaite.

Si tu te décides pour un chat, prends-le chez un bon éleveur, ajoute-t-elle alors qu'il franchit la porte. En adoptant un chat errant, on ne sait jamais sur quoi on va tomber.

Une perte de temps, songe-t-il. Tout l'après-midi, pendant ses cours d'anglais et de maths, il peste contre lui-même. En plus du reste, son déjeuner est toujours dans son cartable, intact, et son estomac gronde. En cours de sciences sociales, il a la tête ailleurs et le professeur le rappelle sèchement à l'ordre.

Monsieur Gardner, dit-il, j'aurais pensé que ça vous intéresserait particulièrement.

Il tapote le tableau avec un morceau de craie, semant des flocons de poussière blanche sous les mots : « QU'EST-CE QUE LA SÉDITION ? »

À la table voisine, Carolyn Moss et Kat Angelini lui lancent un regard en biais, et quand le professeur se retourne vers le tableau, Andy Moore lui jette une boule de papier sur la tête. Qu'est-ce que ça peut faire ? pense Bird. Cette histoire de chats, quelle qu'elle soit, n'a rien à voir avec lui, rien d'utile ni d'intentionnel. C'est juste une histoire, comme toutes celles que sa mère lui a racontées. Un conte pour enfants, qui ne rime à rien. Et encore, si sa mémoire ne le trahit pas, s'il y a bien une histoire derrière tout ça.

Il est en chemin pour rentrer chez lui quand il voit la scène. D'abord la foule, puis un attroupement d'uniformes bleu marine au milieu du parc de Cambridge Common… mais une seconde plus tard, il ne voit plus que les arbres. Rouges, rouges, rouges, de la cime aux racines, comme si on les avait entièrement trempés dans de la peinture. La couleur des cardinaux, des panneaux STOP, des sucettes à la cerise. Trois érables côte à côte, les bras écartés. Et, accrochée à leurs branches, tissée entre les feuilles mourantes, une gigantesque toile rouge, qui flotte dans l'air comme une brume de sang.

Il est censé rentrer directement à la maison, suivre l'itinéraire que son père lui a prescrit : couper à travers la vaste esplanade entre les bâtiments des sciences, puis à travers la cour du campus, avec ses résidences en brique. Éviter les rues au maximum, en restant autant que possible sur le terrain de la fac. C'est plus sûr, dit son père. Quand Bird était petit, son père l'accompagnait et venait le chercher à l'école tous les jours. N'essaie pas de prendre des raccourcis, Noah, lui répète-t-il toujours, fais comme je te dis. Promets-le-moi, a-t-il insisté quand Bird a commencé à aller à l'école tout seul, et Bird lui a promis.

Mais, cette fois, il rompt sa promesse. Il traverse la rue en courant vers le Common, où s'est rassemblé un petit groupe de badauds.

De là, il voit encore mieux. Ce qu'il prenait pour de la peinture rouge est en fait de la laine, un napperon rouge géant enroulé autour de chaque arbre, branchages compris, comme un gant bien ajusté. La toile aussi est en laine, des fils rouges qui s'étirent de brindille en brindille, formant un entrelacs qui s'épaissit en caillots à certains endroits et se réduit à un seul brin à d'autres. Enchevêtrées dans cette toile, tels des insectes pris au piège, des petites poupées en tricot de la taille d'un doigt, marron, ocre ou beiges, le visage encadré par quelques franges plus foncées. Autour de Bird, les passants chuchotent et tendent le bras tandis qu'il se rapproche, se faufilant dans la foule.

Il trouve ça effrayant, cette chose. Un tricot géant. Une nasse écarlate. À côté, il se sent petit, vulnérable, exposé. Mais, en même temps, ça le fascine, ça l'attire. Comme un serpent vous hypnotise par son regard tout en reculant pour mieux attaquer.

Un groupe de policiers se tient au pied des arbres, en grande conversation, tâtant la laine du bout des doigts. Ils discutent de la meilleure façon d'enlever tout ça. Mais c'est trop tard : déjà, des passants sortent des téléphones de leur poche ou de leur sac, prenant discrètement des photos à la volée sans même ralentir le pas. Bientôt, elles seront envoyées par messages et postées partout. Sous les arbres, les policiers font le tour des troncs, pistolet à la ceinture. L'un d'eux remonte la visière de son casque ; un autre pose son bouclier en Plexiglas sur la pelouse. Ils sont équipés pour la violence, mais pas pour ça.

Circulez, messieurs-dames, tonne un troisième qui s'interpose entre la foule et les arbres, comme s'il pouvait masquer cet étrange spectacle derrière son corps. Il dégaine sa matraque, en frappe sa paume. Nous sommes sur une scène de crime, tout le monde dégage, ceci est un rassemblement illégal.

La brise agite les branches et fait danser les poupées dans la toile. Bird les observe, les formes sombres qu'elles dessinent sur le bleu innocent du ciel. Autour de lui, les badauds s'éloignent docilement, la foule s'amenuise, et c'est alors qu'il repère la phrase, peinte en blanc au pochoir sur le trottoir : « COMBIEN DE CŒURS DISPARUS PRENDRONT-ILS ENCORE ? » Juste à côté, une tache rouge – non, un cœur.

Il sait que c'est improbable – impossible –, mais il regarde quand même. Par-dessus son épaule, tout autour de lui, comme si elle pouvait être tapie derrière un arbre ou un buisson. Il espère apercevoir son visage dans la pénombre. Mais, bien sûr, il n'y a personne.

Il faut rentrer, mon petit, lui dit le policier, et Bird se rend compte que la foule s'est dispersée, qu'il ne reste que lui. Il baisse la tête – *pardon* – et s'en va, tandis que le policier retourne vers ses collègues. Des véhicules de police, gyrophare allumé, bloquent la rue des deux côtés pour dévier la circulation. Pour empêcher l'accès au parc.

Bird traverse la chaussée mais traîne un peu, jetant des coups d'œil furtifs, caché derrière une voiture en stationnement. Sa mère tricotait-elle ? Il ne lui semble pas. De toute façon, personne n'a pu faire ça tout seul : la laine autour des troncs, la toile, les poupées qui pendillent comme des fruits trop mûrs, tricotées sur place, tels des champignons qui auraient poussé à même les arbres. Comment ont-ils pu installer tout ça ? se demande Bird, sans trop savoir qui ce « ils » désigne. À travers les vitres de la voiture, il voit les policiers débattre sur la manière de gérer cette situation insolite. L'un d'eux passe les doigts dans la toile, tire brusquement, et une petite branche se brise dans un craquement qui résonne comme un coup de feu. Un long brin de laine se décroche et se détricote centimètre par centimètre. À l'intérieur de Bird, quelque chose craque et se délite aussi à la vue d'une œuvre aussi délicate et complexe en passe d'être détruite. Les poupées tremblent, prisonnières de leur filet rouge. Bird se sent trop petit pour les pensées qui le traversent.

Puis un des policiers sort un cutter et se met à taillader la toile de haut en bas. Les brins de laine dégringolent en cascade. Un autre policier arrive avec une échelle, grimpe dans les branches, arrache une poupée et la jette à terre. Ce ne sont pas des poupées, pense soudain Bird, mais des enfants. Des grosses têtes, des moignons de jambes et de bras, des cheveux foncés. Ils ont des yeux mais pas de bouche, juste deux boutons sur un visage nu, et au moment où le petit corps s'écrase dans la boue, Bird se détourne, le ventre noué. Il ne peut pas supporter de voir ça.

Il croyait que Sadie était une exception. *Les replacements liés au PACT demeurent extrêmement rares.*

Pas du tout, lui avait rétorqué Sadie.

Mais combien, alors ? avait-il demandé un jour. Dix ? Vingt ? Plusieurs centaines ?

Sadie l'avait dévisagé, les mains sur les hanches.

Bird, avait-elle soupiré avec un air de pitié horripilant, tu ne comprends rien à rien, pas vrai ?

Les gens n'aimaient pas en parler, encore moins en entendre parler, du fait que le patriotisme du PACT était lourd de menace. Pourtant, quelques-uns avaient tenté de raconter ce qui se passait, de l'expliquer aux autres, et à eux-mêmes. La mère de Sadie en faisait partie. Il existe une vidéo d'elle, filmée dans une rue proprette de Baltimore. Ça pourrait être n'importe quelle rue en Amérique, si ce n'est qu'elle est déserte : pas de voitures, personne en train de promener son chien ou de faire un tour dehors, juste la mère de Sadie en blazer jaune, tenant devant sa bouche le bulbe en mousse noire de son micro au logo de la Chaîne 5.

Hier matin, dit-elle, *dans cette rue tranquille, des agents des Services familiaux se sont présentés au domicile de Sonia Lee Chun et ont emmené son fils de quatre ans, David. La raison ? Un récent post de Sonia sur les réseaux sociaux, affirmant que le PACT était utilisé pour cibler les citoyens américains d'origine asiatique.*

Derrière elle arrivent deux véhicules de police, gyrophares éteints, dans un silence lugubre, qui se garent de manière à bloquer la rue. On voit au loin quatre policiers sortir de cette barricade de voitures et s'approcher lentement, comme un balai qui nettoierait inexorablement le trottoir. La caméra reste calme, la voix de la journaliste aussi. *Il semble que nous ayons attiré l'attention de la police. Bonjour monsieur, nous sommes ici pour la Chaîne 5, voici ma carte de presse, nous…* Un échange étouffé puis, face caméra, elle annonce, imperturbable : *Ils me placent en état d'arrestation.* Comme si elle décrivait quelque chose en train d'arriver à quelqu'un d'autre.

Un policier lui arrache son micro. On voit ses lèvres continuer à bouger, mais il n'y a plus de son. Un autre lui tord les bras derrière le dos pour la menotter tandis qu'un troisième s'avance vers la caméra, une main sur son holster, sa bouche aboyant des ordres muets. Le cameraman invisible pose son appareil au sol et l'horizon bascule à la verticale, tel un fil à plomb entre le ciel et la terre. Alors qu'on les embarque tous les deux, la caméra – toujours allumée – ne filme plus que leurs pieds qui s'éloignent vers le haut puis sortent du cadre.

Bird a vu cette vidéo car Sadie en avait une copie sur son téléphone. En théorie, c'était une pièce à conviction – on y voit sa mère *pratiquer, promouvoir ou soutenir une activité antipatriotique en privé ou en public* –, mais Sadie avait réussi Dieu sait comment à se la procurer et à la transférer obstinément, au fil des années, de téléphone en téléphone. Y compris sur le portable rudimentaire que les parents de sa famille d'accueil avaient daigné lui fournir – « ma laisse », disait-elle avec sarcasme – pour qu'ils puissent la joindre en toutes circonstances, et la traquer par GPS au besoin –, cachée dans un dossier intitulé *Jeux*. Parfois, Bird trouvait Sadie accroupie dans un coin de la cour, ou dans le cagibi que les plus petits avaient aménagé en cabane pour jouer à la dînette. En boucle sur l'écran, sa mère. D'un calme implacable dans le chaos autour d'elle. Qui s'éloignait tranquillement vers le ciel.

C'était sa première arrestation, expliquait Sadie, mais ça n'avait fait que décupler son courage. Après ça, sa mère s'était mise en quête d'autres familles dont les enfants avaient été enlevés au titre du PACT, pour essayer de les convaincre de témoigner face caméra. Pour essayer de trouver l'endroit où les enfants avaient été emmenés ; pour filmer en direct un replacement PACT, en faisant jouer tous ses contacts aux Services familiaux, au cabinet du maire, dans l'espoir d'obtenir un indice sur qui pourraient être les prochains.

Peu de temps après, la mère de Sadie avait reçu un mail de sa supérieure, Michelle : et si elles prenaient un café ce week-end ? Juste une conversation amicale, rien d'officiel. Michelle était passée chez eux avec deux gobelets de café à emporter, qu'elles avaient sirotés ensemble à la table de la cuisine. Sadie les espionnait du couloir, incognito. Elle avait onze ans.

Erika, avait déclaré Michelle, je m'inquiète des répercussions.

Un journaliste de la chaîne locale WMAR avait récemment écopé d'une amende pour avoir dit que le PACT encourageait la discrimination à l'encontre des personnes d'origine asiatique ; les autorités affirmaient que son reportage suscitait de la compassion pour des gens susceptibles de mettre en péril l'ordre public. La chaîne avait réglé l'amende, presque un quart de son budget annuel. Dans la ville d'Annapolis, une autre chaîne de télé s'était vu retirer sa licence. Par coïncidence, sans doute, elle aussi avait diffusé un certain nombre de sujets critiques envers le PACT.

Je suis journaliste, avait rétorqué la mère de Sadie. C'est mon travail de parler de ces choses-là.

Mais nous sommes une petite chaîne, avait répondu Michelle. Le fait est qu'avec les coupes budgétaires nous sommes déjà en sous-effectif. Et si nos financeurs se retirent…

Elle s'était interrompue, pendant que la mère de Sadie faisait tourner mécaniquement la bague cartonnée autour de son gobelet.

Est-ce qu'ils menacent de le faire ? avait-elle demandé.

Deux se sont déjà retirés, avait dit Michelle. Mais ce n'est pas seulement ça. Ce sont les répercussions pour toi, Erika. Pour ta famille.

Les deux femmes se connaissaient depuis des années, l'une blanche, l'autre noire. Des barbecues et des pique-niques ensemble, des repas pour les fêtes. Michelle n'avait pas d'enfants, elle ne s'était jamais mariée. Cette chaîne est mon bébé, aimait-elle à dire. À la naissance de Sadie, Michelle lui avait tricoté un petit pull jaune et des chaussons assortis ; au fil des années, elle l'avait emmenée en excursion au zoo, à l'aquarium, au fort McHenry. Sadie l'appelait tata Shellie.

J'entends des choses, avait-elle poursuivi. Des choses vraiment terrifiantes. Il n'y a pas que les POA et les protestataires qui ont lieu de s'inquiéter du PACT, Erika. Ce serait peut-être mieux qu'on te change de service pendant un moment. Que tu couvres des sujets moins politiques.

Qu'est-ce qui serait moins politique ? avait demandé la mère de Sadie.

C'est juste que je n'ai pas envie qu'il t'arrive quelque chose si tu continues comme ça. Ni à toi ni à Lev. Et encore moins à Sadie.

Erika avait bu une longue et lente gorgée. Son café était froid.

Qu'est-ce qui te fait croire qu'il ne nous arrivera rien si j'arrête ? avait-elle fini par dire.

Quelques semaines plus tard, ils étaient venus chercher Sadie.

C'était la nuit, d'après ce qu'elle avait raconté à Bird. Après dîner. Elle venait de prendre sa douche et elle était enroulée dans une serviette quand la sonnette avait retenti. Sa mère était en train de lui démêler les cheveux, qu'elle avait épais et frisés, prompts à former des nœuds, et elles avaient soudain entendu son père crier en bas. Puis des voix inconnues – un homme, deux hommes. Sa mère avait soulevé une touffe de cheveux dans une main pour y passer doucement le peigne, et voilà ce dont Sadie se souvenait le plus nettement : une goutte d'eau qui lui coulait dans la nuque, la main sûre de sa mère qui venait patiemment à bout des nœuds.

Elle n'avait pas tremblé, disait Sadie avec fierté. Pas une seconde.

Peut-être qu'elle ne savait pas ce qui se passait, avait suggéré Bird.

Sadie avait secoué la tête.

Elle savait, affirmait-elle.

Sa mère l'avait prise dans ses bras, embrassée sur le front. Sadie n'avait pas encore compris ce qui se préparait, mais la peur s'était insinuée en elle comme un souffle froid sur sa peau humide. Elle s'était blottie contre sa mère, avait enfoui le visage dans le creux douillet de son cou, si fort qu'elle pouvait à peine respirer.

Ne nous oublie pas, d'accord ? avait dit sa mère, et Sadie était encore perplexe quand la porte de la salle de bains s'était ouverte. Un homme, en uniforme de police. En bas, son père criait toujours.

Il s'avéra finalement qu'il y avait quatre policiers. Deux étaient restés au rez-de-chaussée avec son père, un à l'étage avec sa mère, et le dernier montait la garde devant la chambre de Sadie pendant qu'elle s'habillait. Ne sachant trop que faire, elle avait enfilé son pyjama à rayures arc-en-ciel, comme si elle allait simplement se coucher par une soirée ordinaire. Laissez-la retourner se changer, avait demandé sa mère quand Sadie était ressortie dans le couloir. Laissez-moi au moins lui faire des nattes. Mais l'homme dans le couloir avait secoué la tête.

À partir de maintenant, avait-il dit, elle n'est plus sous votre responsabilité.

Il avait posé la main sur l'épaule de Sadie pour lui faire descendre l'escalier, et elle avait alors compris qu'il se passait quelque chose de terrible, mais en même temps elle était certaine que ça n'était pas possible. Elle avait essayé de se tourner vers sa mère pour détecter un signe de sa part – est-ce qu'il fallait qu'elle crie, qu'elle se débatte, qu'elle s'enfuie, ou au contraire qu'elle obéisse ? –, mais la seule chose qu'elle voyait, c'était le large torse bleu du policier derrière elle, qui lui masquait tout, à part un bout du bras de sa mère. Alors elle s'était souvenue de ce qu'on lui avait toujours répété : *Fais très attention avec les policiers, dis-leur merci, s'il vous plaît, appelle-les monsieur et madame. Quoi que tu fasses, ne les mets pas en colère.* Ils l'avaient escortée jusqu'à une grosse voiture noire, l'homme lui avait attaché sa ceinture sur la banquette arrière et elle l'avait remercié. Une fois qu'ils avaient démarré, qu'ils l'avaient emmenée au commissariat, puis à l'aéroport, puis dans une famille d'accueil, une fois qu'elle avait compris qu'elle ne rentrerait pas chez elle,

elle avait regretté ce merci, elle avait regretté d'être partie aussi sagement.

Les parents de sa première famille avaient voulu la rebaptiser. Un nouveau prénom pour un nouveau départ, avaient-ils suggéré, mais elle avait refusé tout net.

Je m'appelle Sadie, avait-elle dit.

Pendant deux semaines, ils avaient essayé de la convaincre, mais ils avaient fini par laisser tomber.

Tellement de nouveautés pour elle dans les premiers temps. Certaines contre lesquelles elle ne pouvait rien – une nouvelle famille, une nouvelle maison, une nouvelle ville, une nouvelle vie –, alors elle résistait là où c'était possible. Un jour, en partant à l'école, elle s'était arrêtée sur le perron pour enlever la robe plissée à fleurs qu'ils lui avaient mise, elle l'avait abandonnée sur la pelouse et elle avait fait le chemin en sous-vêtements. Un coup de fil du principal ; une sévère remontrance de ses parents adoptifs. Le lendemain matin, elle avait recommencé. Vous voyez ? disaient les gens. Quel genre de parents… C'est quasiment une enfant sauvage.

La mère de sa deuxième famille d'accueil peinait à démêler le dense nuage de ses cheveux. On va devoir te les lisser, avait-elle décrété en désespoir de cause, et ce soir-là, alors que tout le monde dormait, Sadie s'était faufilée au rez-de-chaussée pour aller chercher les grands ciseaux dans la cuisine. Après ça, elle se coupait régulièrement les cheveux elle-même, ne gardant qu'un court halo frisé autour de la tête. Je ne sais pas quoi faire d'elle, avait un jour confié sa tutrice à une amie, sans savoir que Sadie l'entendait. On dirait qu'elle se fiche complètement de son apparence.

C'étaient de braves gens, qui pensaient bien faire. Ils avaient été sélectionnés par le gouvernement comme des parents convenables, certifiés personnes *de bonne moralité*, aptes à transmettre les bonnes valeurs patriotiques.

Il y a quelque chose qui cloche chez elle, avait-elle entendu dire la dernière de ses mères adoptives lors du rendez-vous téléphonique hebdomadaire avec les Services familiaux, tandis qu'elle essayait de les convaincre que Sadie devait rester chez eux. Elle n'a pas pleuré une seule fois depuis qu'elle est arrivée. Je suis même restée devant la porte de sa chambre toute une nuit, pour écouter. Elle ne pleure jamais. Franchement, dites-moi, quel genre d'enfant peut endurer tout ça sans même verser une larme ? Oui, c'est ce que je pense aussi. Quel genre de parents elle a dû avoir, pour devenir aussi froide et insensible ? On fait ce qu'on peut, avait-elle fini par conclure en soupirant. On va essayer de réparer les dégâts qui ont déjà été faits.

Quelques semaines plus tard, Sadie avait trouvé une lettre sur le bureau de la femme : *À la lumière des graves traumatismes affectifs causés par la situation domestique antérieure de l'enfant, un placement permanent est recommandé. La garde définitive est accordée à la famille d'accueil.*

Et c'était vrai, Sadie ne pleurait jamais. Plusieurs fois, elle avait donné à Bird des lettres à poster à son ancienne adresse, griffonnées sur des pages de cahier, mais la dernière était revenue avec un tampon « INCONNU À CETTE ADRESSE ». Même là, Bird ne l'avait pas vue pleurer.

Parfois, cependant, quand il l'apercevait accroupie dans un coin de la cour, la tête appuyée contre le grillage de la clôture, il détournait le regard, pour qu'elle n'ait pas à faire semblant d'être courageuse. Pour la laisser seule avec son chagrin, ou avec quoi que ce soit d'encore plus lourd qu'elle avait mis dessus pour que ça ne déborde pas.

En mai de l'année précédente, elle lui avait proposé de fuguer avec elle.

On part et on va les retrouver, avait-elle déclaré.

Sadie, il le savait, avait déjà fugué par le passé, même s'ils l'avaient rattrapée à chacune de ses tentatives. Cette fois, insistait-elle, elle y arriverait. Elle venait d'avoir treize ans – quasiment une adulte, affirmait-elle.

Viens avec moi, Bird, avait-elle dit. Je suis sûre qu'on peut les retrouver.

« Les », à savoir ses parents à elle et sa mère à lui. Sadie avait la certitude chevillée au corps qu'ils étaient quelque part, trouvables, peut-être même ensemble. Un joli conte de fées réconfortant.

Ils te rattraperont, avait dit Bird.

Non, avait-elle rétorqué sèchement. Je vais…

Mais il l'avait coupée. Ne me dis rien. Je préfère ne pas savoir. Au cas où ils me demanderaient où tu es partie.

Il l'avait regardée sur la balançoire voisine, battant des jambes de plus en plus fort, jusqu'à ce que ses pieds dépassent la barre transversale et que la chaîne se détende et se cabre brusquement sous elle. Alors Sadie avait poussé un grand cri de joie et avait tout lâché pour se catapulter dans le vide. Quand il était petit, Bird adorait sauter comme ça des balançoires, se jeter dans les bras de sa mère qui l'attendait dessous. En plus, songeait-il, Sadie n'avait rien fait, elle ne méritait pas ce qui lui arrivait, et il en voulait à ses parents de lui faire subir ça. Pourquoi ne s'étaient-ils pas arrêtés après la première alerte, comment avaient-ils pu être aussi irresponsables ? Sadie avait atterri en boule dans l'herbe et s'était redressée en position assise. Elle n'était pas blessée. Elle le regardait en riant.

Saute, Bird, avait-elle crié. Mais il ne l'avait pas fait, il avait attendu que la balançoire ralentisse jusqu'à ce que le bout de ses baskets racle sur le gravier, qui avait laissé des éraflures grisâtres sur la toile.

Il repense à elle, à présent : Sadie, suspendue dans les airs, les bras écartés en grand, jaillissant dans le ciel. Après sa disparition, personne ne semblait savoir où elle était passée. Ses camarades de classe, et même ses professeurs s'étaient contentés de continuer leur routine comme si elle n'avait jamais existé.

Planté sur le trottoir, il sait que les photos du Cambridge Common doivent déjà commencer à apparaître en ligne, ces arbres qui tiennent des petites figurines entre leurs doigts et les soulèvent vers la lumière. Un millier de petites Sadie se découpant à contre-jour sur le bleu du ciel.

Le lendemain matin, sur le chemin de l'école, il aperçoit les mêmes arbres, à l'écorce de nouveau nue. Comme si de rien n'était. Il y a pourtant la vive entaille qui balafre chaque tronc telle une cicatrice ; il y a les trous aux endroits où la toile, arrachée à la va-vite, a entraîné des branches avec elle. Et là, dans la boue, un seul brin de laine rouge, oublié. Il s'est bel et bien passé quelque chose ici, et Bird est déterminé à découvrir quoi. En pensant à Sadie, il lui vient soudain une idée et il sait par où commencer.

Après l'école, il est censé rentrer directement chez lui. Reste à la maison, lui dit son père. Et fais tes devoirs. Mais, ce jour-là, il dévie de son trajet habituel. Il tourne sur Broadway, qu'il suit jusqu'au bout en direction du lycée, celui où il ira dans quelques années, puis se dirige vers la grande bibliothèque municipale, où il n'a jamais mis les pieds.

Du grec *biblion*, lui a expliqué son père. « Livre ». Lui-même dérivé de *biblos*, qui désigne l'écorce intérieure du papyrus, car dans l'Antiquité c'était à partir de ça que l'on fabriquait le papier.

Un jour, lors d'une promenade automnale, son père avait caressé le tronc fin d'un bouleau, récoltant de petites pelures blanches comme du papier.

Mais je préfère le voir comme des couches successives d'écorce qu'on épluche jusqu'à révéler le sens intérieur des choses, disait-il.

Au musée des sciences, il y a longtemps, il y avait une gigantesque tranche découpée dans un tronc d'arbre, plus haute que son père. Des cercles caramel sur fond de bois crème. Ils les avaient comptés, de l'écorce jusqu'au cœur, puis dans l'autre sens. Son père suivait du bout du doigt. Là, c'est quand l'arbre a été planté ; là, quand George Washington était enfant. Voilà la guerre de Sécession, la Première Guerre mondiale, la Seconde. Là, la naissance de son père. Et là, quand tout s'est effondré.

Tu vois ? avait dit son père. Ils portent leur histoire en eux. Il suffit d'éplucher suffisamment de couches pour qu'ils t'expliquent tout.

On dirait un château, lui avait raconté Sadie. Elle allait à la bibliothèque tous les jours, cinq minutes volées sur le chemin du retour de l'école. Marchant au petit trot pour y arriver le plus vite possible, puis courant à toutes jambes pour rentrer chez elle après s'être attardée autant qu'elle osait s'y risquer. Sadie, je crois que tu devrais te doucher plus souvent, lui disait sa mère adoptive en la voyant revenir en sueur, toute dépenaillée. Tu vas te faire attraper, l'avertissait Bird, mais Sadie ne se laissait pas démonter. Ses parents avaient l'habitude de lui lire des livres tous les soirs, et si les histoires étaient comme du sable dans les souvenirs de Bird, dans ceux de Sadie c'était un baume onctueux. Un château, je te jure, avait-elle insisté, la voix gonflée d'émerveillement. Il avait roulé les yeux, mais à présent il s'aperçoit que c'est plus ou moins ça : la bibliothèque est un gigantesque bâtiment en grès avec des arches et une tourelle, bien qu'une aile moderne en verre ait été ajoutée récemment, tout en angles droits et vitres étincelantes, si bien qu'en montant les marches il a la curieuse impression de pénétrer à la fois dans le passé et le futur.

Il a rarement eu l'occasion d'être entouré d'autant de livres et, l'espace d'un instant, c'est étourdissant. Des rayonnages à perte de vue. Tellement qu'on pourrait s'y perdre. La bibliothécaire à l'accueil – une femme châtain vêtue d'un pull rose – lève les yeux vers lui. Elle le toise par-dessus la monture de ses lunettes, comme si elle savait qu'il n'avait rien à faire ici, et Bird s'empresse de disparaître entre les rayons. De près, il se rend compte que des livres ont été retirés çà et là, laissant des trous dans les rangées comme des dents arrachées. Mais il devine quand même qu'il y a des réponses dans tout ça, cachées quelque part entre les pages. Il ne lui reste qu'à les trouver.

À l'extrémité de chaque rayonnage, un panneau indique la liste des sujets qu'il contient, classés et numérotés de façon impénétrable. Certaines sections sont encore foisonnantes : *Transports. Sports. Serpents/Lézards/Poissons*. D'autres sont arides et dépeuplées : quand il arrive dans les 900, il ne reste presque plus rien, seulement une succession allée après allée d'étagères squelettiques qui découpent la lumière du jour en carrés. Les quelques livres encore présents forment de petites taches sombres dans toute cette nudité. *L'Axe sino-coréen et la nouvelle guerre froide : la menace intérieure. La Fin de l'Amérique : la montée de la Chine.*

Comme il erre entre les rayons, il remarque autre chose : la bibliothèque est déserte, il est le seul visiteur. Au premier étage se trouvent des rangées de pupitres individuels inoccupés ainsi que de longues tables de travail avec des chaises en bois, toutes libres. Pareil au sous-sol : rien que des sièges vides et une pancarte solitaire qui dit « VOUS AVEZ CHANGÉ D'AVIS ? MERCI DE REPOSER LES LIVRES QUE VOUS NE VOULEZ PLUS SUR LE CHARIOT CI-DESSOUS ». Mais il n'y a plus de chariot dessous, juste le sol en lino. C'est une ville fantôme où lui, encore en vie, s'immisce dans le royaume des morts. Il promène un doigt sur une étagère nue, traçant une ligne nette dans l'épaisse couche de poussière.

Tout en bas, dans un coin reculé, il trouve la section poésie et parcourt les rayons jusqu'à la lettre M, Christopher Marlowe, Andrew Marvell, Edna St. Vincent Millay. Il n'est pas surpris de constater qu'on passe ensuite directement de Milton à Montagu, même s'il est triste de ne pas voir le nom de sa mère.

C'était une erreur de venir ici, songe-t-il. L'endroit lui fait l'effet d'un territoire interdit, et tout ça ne lui paraît pas très raisonnable de sa part. Dans ses narines flotte une vive odeur de fer et de chaud. Il repart vers l'accueil, où la bibliothécaire est en train de trier une caisse de livres avec une efficacité implacable. Il craint d'attirer de nouveau son attention. Quand elle se retournera, pense-t-il, il se faufilera vers la sortie.

Il l'observe à travers l'interstice d'un rayonnage, guettant le bon moment. La femme sort un énième livre de la caisse en plastique bleue posée sur son bureau, consulte une liste, y inscrit une croix. Puis – et là, Bird est intrigué –, elle feuillette rapidement l'ouvrage, faisant défiler les pages à toute allure, avant de le refermer et de le placer sur la pile. Idem avec le livre suivant. Et le suivant. Elle cherche quelque chose, comprend Bird, et, quelques livres plus tard, elle le trouve. Cette fois-ci, elle parcourt la liste de haut en bas, recommence et finit par poser son stylo. À l'évidence, ce livre n'y figure pas. Lentement, elle tourne les pages, une à la fois, et s'arrête enfin pour en extraire un petit bout de papier.

De là où il est, Bird parvient seulement à y distinguer quelques lignes griffonnées à la main. Il se penche au coin de l'étagère pour essayer de mieux voir, et c'est à cet instant que la bibliothécaire relève la tête et le surprend à l'espionner.

Aussitôt, elle replie le papier en deux, le dissimule et s'avance vers lui.

Hé, dit-elle, qu'est-ce que tu fais caché là ? Oui, toi. Je te vois. Debout ! Lève-toi.

Elle l'attrape par le coude et le fait se lever.

Depuis combien de temps es-tu là ? demande-t-elle. Qu'est-ce que tu fabriques ?

De près, elle paraît à la fois plus vieille et plus jeune qu'il ne s'y attendait. De longs cheveux châtain foncé mêlés de gris. Plus vieille que ne le serait sa mère aujourd'hui, pense-t-il. Mais elle a aussi quelque chose de juvénile : un petit piercing argenté à la narine, une vivacité dans le regard qui lui rappelle quelqu'un. Au bout d'une minute, il retrouve qui : Sadie. La même lueur de défi dans les yeux.

Pardon, dit-il, c'est juste que… Je recherche une histoire, c'est tout.

La femme le dévisage par-dessus ses lunettes.

Une histoire, répète-t-elle. Il va falloir être plus précis.

Bird balaie des yeux le dédale de rayonnages autour d'eux, la main de la bibliothécaire agrippée à son bras, son autre poing fermé… sur quoi ? Il se sent rougir.

Je ne connais pas le titre, dit-il. C'est une histoire… que quelqu'un m'a racontée il y a longtemps. Avec un petit garçon et plein de chats.

C'est tout ce que tu sais ?

Elle va sans doute le mettre à la porte. Ou appeler la police et le faire arrêter. En tant qu'enfant, il comprend instinctivement l'arbitraire de la punition. Le pouce de la femme s'enfonce encore plus fort dans le creux de son coude.

Mais soudain, elle ferme à demi les yeux. Elle réfléchit.

Un petit garçon et plein de chats, marmonne-t-elle. Elle desserre l'étau de ses doigts sur son bras, puis le lâche complètement. Hum… Il y a un livre d'images qui s'appelle *Des chats par millions*. C'est un homme et une femme qui veulent le plus beau chat du monde. *Des millions, des billions, des trillions de chats*. Ça te dit quelque chose ?

Non, ça ne lui dit rien. Bird secoue la tête.

Il y a un petit garçon dans l'histoire, répète-t-il. Un petit garçon et une armoire.

Une armoire ? La bibliothécaire se mordille la lèvre. Ses yeux s'illuminent et tout son être semble se mettre aux aguets, comme si elle-même était une chatte à l'affût, les oreilles dressées et la moustache frémissante. Il y a bien un garçon dans *Kaspar, le chat du Grand Hôtel*, dit-elle, mais pas d'armoire, si je me souviens bien. Et il y a des tas de chats dans les contes de Beatrix Potter, mais pas de garçons. C'est un livre d'images ou un roman ?

Je ne sais pas, concède Bird. Il n'a jamais entendu parler des livres que la dame lui décrit et ça lui donne un peu le tournis, toutes ces histoires dont il ignorait même l'existence. C'est comme d'apprendre qu'il y aurait de nouvelles couleurs qu'il n'a jamais vues. Je ne l'ai pas lu moi-même, dit-il. Je pense que c'est peut-être un conte. Quelqu'un me l'a raconté une fois, c'est tout.

Hum…

La bibliothécaire pivote sur ses talons avec un empressement qui le fait sursauter. Allons voir, suggère-t-elle, et elle se met en route, tout en glissant discrètement le bout de papier dans sa poche.

Elle marche tellement vite qu'il peine à la suivre. Rayon après rayon, le monde défile par microcosmes successifs : *Coutumes et Étiquette. Costumes et Mode.* C'est un monde qu'elle connaît comme sa poche, constate-t-il, une carte qu'elle a arpentée si souvent qu'elle pourrait la redessiner de tête.

Voilà, déclare-t-elle, nous y sommes. Folklore.

Tapotant le dos des livres du bout des doigts, elle parcourt les étagères, soupesant chaque ouvrage mentalement.

Je sais qu'il y a là-dedans une histoire intitulée *Toutes-Fourrures*, dit-elle en attrapant un volume qu'elle tend à Bird. Sur la couverture, des lettres dorées et un groupe de chevaliers et de dames aux cheveux d'or.

Et dans celui-ci, il y en a une qui s'appelle *Chat et souris associés*. Ça finit comme tu peux te l'imaginer. Mais pas de petit garçon, en revanche. Bien sûr, il y a *Le Chat botté*, mais je ne dirais pas que le fils du meunier est un petit garçon… et il n'y a certainement pas d'armoire. Et puis, c'est l'histoire d'un seul chat.

Avant que Bird ait pu répondre, elle est déjà passée à autre chose.

Voyons voir : Hans Christian Andersen ? Non, je ne pense pas. Il existe une vieille légende sur un chat qui calme le petit Jésus dans son berceau… c'est un peu comme une armoire. À moins que ce soit un mythe ? Il y a Freyja et son char tiré par deux chats, et bien sûr la déesse égyptienne Bastet, mais aucun rapport avec un petit garçon ni une armoire. Et je ne me souviens pas que les Grecs se soient beaucoup intéressés aux chats.

Elle se frotte la tempe. On dirait presque qu'elle l'a oublié, songe Bird, qu'elle se parle à elle-même. Ou bien qu'elle parle aux livres, comme si c'étaient des êtres à part entière qui pouvaient lui répondre. À son grand soulagement, elle semble aussi avoir oublié qu'il l'espionnait et qu'il l'a vue sortir d'un livre ce mystérieux bout de papier.

Tu ne te souviens pas d'autre chose ? demande-t-elle.

Pas vraiment, non, dit-il.

Il baisse les yeux vers le recueil de contes qu'il a entre les mains, le retourne. Au dos, un dragon terrassé, empalé sur une pique, sa langue rouge pendouillant telle une corde flasque. Bird sent sa gorge le brûler, il ferme les yeux et avale sa salive pour essayer de dissiper cette sensation.

C'est ma mère qui me l'a raconté, dit-il. Il y a longtemps. Mais ce n'est pas grave. Tant pis.

Il fait demi-tour pour s'en aller.

Tu sais, reprend la bibliothécaire en baissant la voix, je crois que je me souviens d'un vieux livre d'images. Un conte populaire japonais.

Elle hésite un moment, jette un coup d'œil à l'étagère, puis au poste de consultation à l'extrémité du rayon.

Mais il ne sera pas là, ajoute-t-elle.

Alors elle claque des doigts et regarde Bird en opinant. Comme si c'était lui qui avait trouvé la réponse.

Viens avec moi, dit-elle.

Bird la suit entre les rayonnages, jusqu'à une porte marquée « ACCÈS RÉSERVÉ AU PERSONNEL ». La femme sort un trousseau de clés et l'ouvre. C'est une pièce remplie de piles de livres, avec un bureau englouti sous les papiers. Des armoires de rangement, un ventilateur. De la poussière. Mais ils passent devant le bureau sans s'arrêter, en direction d'une porte en métal rouillée d'un gris-vert couleur de moisi. Elle la pousse d'un coup d'épaule et tire du bout du pied une corbeille à papier qu'elle coince dans l'entrebâillement pour l'empêcher de se refermer. À voir la forme cabossée de la corbeille, il est clair que ce n'est pas la première fois qu'elle sert à ça.

Il y a encore un endroit où on pourrait chercher, annonce-t-elle en lui faisant signe d'approcher.

Ils se trouvent dans une sorte de zone de chargement, séparée de l'extérieur par un rideau en fer grillagé. À une époque, les camions devaient déposer leur cargaison ici : des livres, vraisemblablement, venus d'autres bibliothèques. D'après les piles de caisses et de cartons un peu partout, Bird comprend que cet endroit ne doit plus être utilisé depuis un moment ; impossible qu'un camion puisse seulement s'y ranger.

De moins en moins de prêts, ces derniers temps, explique la bibliothécaire. Environ une caisse par semaine. Alors c'est plus facile de passer par l'entrée principale.

Elle commence à soulever les caisses une par une, et quand Bird vient l'aider il s'aperçoit qu'elles sont posées sur quelque chose : un énorme meuble en bois, plus grand que sa commode à la maison, composé de dizaines de petits tiroirs.

Ça fait des années qu'on a arrêté de s'en servir, depuis qu'on a numérisé le catalogue, dit la bibliothécaire en dégageant les dernières caisses. On l'avait stocké là pour gagner de la place. Et puis il y a eu la Crise. Ils ne nous ont toujours pas rétabli notre budget. La mairie ne veut pas le prendre, et on n'a pas les fonds pour le faire évacuer.

Elle passe une main sur les petites plaques en cuivre des tiroirs et se décide à en ouvrir un.

Là, déclare-t-elle. Voyons voir. Le livre auquel je pense est assez ancien.

Au grand étonnement de Bird, le tiroir est plein de fiches cartonnées soigneusement tapées à la machine. La femme les fait défiler à coups d'habiles pichenettes, si rapidement qu'il arrive à peine à lire les mots écrits dessus. *Chats–littérature. Chats–mythologie.* Il comprend que chacune de ces fiches représente un livre. Jamais il n'aurait cru qu'il pouvait y en avoir autant.

Ah, s'exclame la bibliothécaire avec un soupir de satisfaction. C'est le ton de quelqu'un qui vient de résoudre un mystère, ou qui a décodé une énigme et trouvé le trésor. Elle extrait une fiche bien précise et la lui tend.

Chats–folklore–japonais–adaptations. Le Garçon qui dessinait des chats.

Cette fois, c'est l'illumination, comme une cloche qui se met à tinter en lui et fait vibrer tout son corps. Un son étranglé monte dans sa gorge.

C'est ça, acquiesce-t-il. Je crois… Je crois que c'est ça.

La femme retourne la fiche et en parcourt le verso.

C'est ce que je craignais, dit-elle.

Vous ne l'avez pas ? demande Bird, et elle secoue la tête.

Retiré. Il y a trois ans, apparemment. Quelqu'un a dû se plaindre. Que ça encourageait les sentiments pro-POA, ou quelque chose comme ça. Certains de nos donateurs ont… des opinions. Sur la Chine ou, en l'occurrence, tout ce qui y ressemble de près ou de loin. Et nous avons besoin de leur « générosité » pour rester ouverts. Ou bien – c'est possible aussi – quelqu'un a pris peur et s'en est débarrassé de façon préventive. En tant que bibliothèque publique, on ne peut pas prendre de risques. Il est trop facile pour n'importe quel citoyen bien intentionné de dire qu'on promeut des valeurs antipatriotiques. Qu'on est trop bienveillants envers nos ennemis potentiels.

Elle soupire et remet la fiche à sa place dans le tiroir.

Il y a un autre livre que je voulais trouver, ajoute Bird prudemment. *Nos cœurs disparus.*

La bibliothécaire se tourne vivement vers lui. Pendant un long moment, elle l'examine. Le jauge.

Je suis désolée, dit-elle d'un ton sec. Ce livre, je sais qu'on ne l'a plus. Et je doute que tu le trouves où que ce soit.

D'un geste brusque, elle referme le long tiroir étroit.

Ah, fait Bird. Même s'il savait que c'était peu probable, au fond de lui il avait encore un soupçon d'espoir, qui d'un coup s'évapore en un petit nuage de fumée noire.

Qu'est-ce qu'ils en ont fait ? finit-il par demander. De tous ces livres.

Il se souvient d'une photo en cours d'histoire : un énorme tas de livres sur la place d'un village, en train de flamber. Comme si elle lisait dans ses pensées, la bibliothécaire lui jette un regard en coin et laisse échapper un ricanement.

Oh non, dit-elle, on ne brûle pas les livres, chez nous. C'est l'Amérique, pas vrai ?

Elle le dévisage en haussant un sourcil. Sérieuse, ou ironique ? Il n'arrive pas à le dire.

On ne brûle pas nos livres, poursuit-elle. On les pilonne. Beaucoup plus civilisé, n'est-ce pas ? On en fait de la pulpe et on les recycle en papier toilette. Ça fait longtemps que ces livres ont servi à torcher les fesses de quelqu'un.

Ah, lâche Bird. Voilà donc ce que sont devenus les livres de sa mère. Tous ces mots écrabouillés en une pâte grisâtre, puis emportés par une chasse d'eau dans un tourbillon de pisse et de merde. Il sent un liquide chaud mouiller ses yeux.

Hé, dit la femme, ça va ?

Bird renifle et acquiesce. Oui, ça va.

Elle ne lui pose pas d'autres questions, ne cherche pas à savoir pourquoi il pleure, mais se contente de sortir un mouchoir de sa poche et de le lui donner.

Putain de PACT, murmure-t-elle, et Bird en reste sans voix. Il ne se rappelle pas avoir jamais entendu un adulte dire de gros mot.

Tu sais, reprend-elle au bout d'une ou deux minutes, il est possible qu'une bibliothèque ait encore en réserve un exemplaire de cette histoire de chats. Une grande bibliothèque, comme celle de l'université. Parfois elles arrivent à garder plus de choses que nous. Dans un but de *recherche*. Mais, même si c'est le cas, tu devras le demander au bureau des prêts. En présentant des références et un motif pour y avoir accès.

Bird hoche la tête.

Bonne chance, ajoute-t-elle. J'espère que tu le trouveras. Et, Bird ? Si je peux faire quoi que ce soit pour t'aider, reviens me voir et j'essaierai.

Il est tellement touché qu'il n'y pensera que bien plus tard – à se demander comment elle connaissait son nom.

Quand son père rentrera à la maison, décide Bird, il lui demandera.

Il lui demandera s'il peut lui chercher un exemplaire du livre à son travail. Il est convaincu que, quelque part à la bibliothèque de l'université, se trouve un recueil de contes populaires japonais avec cette histoire dedans. Ils possèdent encore des milliers de textes asiatiques, il le sait car de temps en temps des pétitions réclament de purger le fonds – pas seulement de ceux qui viennent de Chine, du Japon, du Cambodge et d'ailleurs, mais aussi de ceux qui en parlent. Aux informations, ils présentent la Chine comme *notre plus grande menace à long terme*, et les politiciens s'inquiètent que les livres en langues asiatiques puissent contenir des sentiments antiaméricains, voire des messages codés ; parfois, des parents en colère se plaignent quand leurs enfants choisissent d'étudier le mandarin ou l'histoire de la Chine. *Je l'ai envoyé à l'université pour qu'il reçoive une éducation, pas un lavage de cerveau.* Chaque fois, ça fait les gros titres du journal de la fac, puis de la presse locale ; un député ou un sénateur désigne, dans un discours enflammé, les universités comme des *incubateurs d'endoctrinement* ; le doyen publie un communiqué en réponse, dans lequel il défend les collections de sa bibliothèque. Bird l'a déjà vu dans le journal pendant que son père tournait les pages. *Quand on craint quelque chose, il est d'autant plus impératif de l'étudier de façon approfondie.*

Il demandera simplement à son père de vérifier. Juste pour voir si ce livre existe encore et, le cas échéant, de le lui rapporter à la maison pour que Bird puisse y jeter un coup d'œil. Une seule journée. Il n'a pas besoin de mentionner la lettre, ni sa mère. C'est juste un livre qui l'intéresse ; juste une histoire, un conte qui parle d'un petit garçon et de chats, qu'est-ce qu'il peut y avoir de mal à ça ? Ce n'est même pas un livre chinois, après tout. Quand son père rentrera, il lui demandera.

Sauf que son père ne rentre pas, toujours pas, et toujours pas. Ils n'ont pas le téléphone ; plus personne n'a de ligne fixe, désormais, ça fait des années que les câbles ont été arrachés dans toutes les résidences du campus, si bien que Bird ne peut rien faire d'autre qu'attendre. Arrivent dix-huit heures, puis dix-neuf. Ils ont raté le dîner. Dans le réfectoire, les employés vont retirer les bacs des bains-marie, jeter les restes desséchés à la poubelle et récurer les cuves en inox. Par la fenêtre, Bird regarde les lumières s'éteindre une à une, et un fin tentacule de peur ondule à l'intérieur de lui. Où est son père ? Est-ce qu'il a pu lui arriver quelque chose ? Quand sonnent vingt heures, il repense soudain à son excursion à la bibliothèque dans l'après-midi, à l'écran de l'ordinateur de l'école qui affichait *Aucun résultat.* À Mme Pollard penchée par-dessus son épaule. À la bibliothécaire cachant dans sa poche son mystérieux bout de papier. Au policier du Common frappant sa paume de sa matraque. À Sadie et à sa mère, posant des questions, fourrant leur nez dans les recoins. Il se rend compte qu'il y a toujours quelqu'un qui vous surveille. Si quelqu'un l'a vu à la bibliothèque, est-ce que son père peut être considéré comme fautif, est-ce que son père…

Il n'est pas loin de vingt et une heures quand il entend la porte de l'escalier grincer et se refermer dans un claquement – l'ascenseur est toujours en panne, après trois jours –, puis des pas sur le palier. Son père. Bird a brusquement envie de courir à sa rencontre, comme il le faisait quand il était petit, quand ses bras faisaient à peine le tour de ses genoux et qu'il pensait encore que c'était l'homme le plus grand du monde. Mais il a l'air si fatigué, si transpirant et abattu après avoir monté tous ces étages à pied, que Bird hésite. Comme s'il craignait de le faire tomber.

Quelle journée, soupire son père. Le FBI a débarqué juste après le déjeuner.

Bird a des sueurs froides.

Ils enquêtent sur une professeure de la fac de droit. Ils voulaient la liste de tous les livres qu'elle a empruntés. Et une fois qu'ils ont eu les titres, ils ont voulu tous les emporter. Il m'a fallu six heures et demie pour les rassembler. Quatre cent vingt-deux livres.

Bird reprend son souffle ; il ne s'était pas aperçu qu'il le retenait.

Pourquoi est-ce qu'ils les voulaient ? demande-t-il prudemment.

C'est une question qu'il n'aurait pas posée une semaine plus tôt. Une semaine plus tôt, il n'aurait rien trouvé d'inquiétant ni d'inhabituel à tout ça. Peut-être, songe-t-il soudain… peut-être que ça n'a rien d'inhabituel.

Son père pose sa sacoche par terre, lâche bruyamment ses clés sur la table.

Apparemment, dit-il, elle est en train d'écrire un livre sur le premier amendement et le PACT. Ils pensent qu'elle est peut-être financée par les Chinois. Pour essayer de provoquer des troubles chez nous.

Lentement, il desserre le nœud de sa cravate.

C'est le cas ? demande Bird.

Son père se tourne vers lui, l'air plus épuisé que jamais. Pour la première fois, Bird remarque qu'il a quelques cheveux blancs, et quelques rides au coin des yeux, comme des sillons pour les larmes.

Honnêtement ? répond son père. Sans doute pas. Mais c'est ce qu'ils pensent.

Il consulte sa montre puis ouvre le placard, qui ne contient guère qu'un demi-pot de beurre de cacahuète. Et pas de pain.

Viens, on sort dîner, suggère-t-il.

Ils descendent l'escalier en vitesse et se pressent jusqu'à la pizzeria à quelques rues de là. Le père de Bird n'aime pas les pizzas – trop gras, dit-il, avec tout ce fromage –, mais il est tard, ils ont faim et c'est l'endroit le plus proche, ouvert jusqu'à vingt et une heures.

L'homme derrière la caisse prend leur commande et met quatre parts à réchauffer dans le four. Bird et son père patientent, adossés à un mur poisseux. Bird a l'estomac qui gargouille. Un courant d'air frisquet pénètre par la porte laissée volontairement ouverte, et les quelques annonces affichées dans la vitrine palpitent dans la brise. Un chat trouvé. Des cours de guitare. Un appartement à louer. Sur le côté, juste au-dessus du macaron de l'inspection de l'hygiène, une petite pancarte aux couleurs de la bannière étoilée : « DIEU BÉNISSE LES AMÉRICAINS LOYAUX ». La même pancarte qu'on retrouve dans presque toutes les boutiques, vendue dans toutes les villes, au profit des différentes milices de quartier. Les rares commerces qui ne l'affichent pas sont regardés avec suspicion. *N'êtes-vous pas un Américain loyal ? Alors pourquoi faire une histoire pour une petite pancarte de rien du tout ? Vous ne voulez pas soutenir la milice de quartier ?* L'énorme four en acier craque et fume. Derrière son comptoir, le coude posé sur la caisse, le pizzaïolo a les yeux rivés sur son téléphone, un sourire en coin.

Il est vingt heures cinquante-deux quand un vieux monsieur entre. Visage de type asiatique, chemise blanche et pantalon noir, cheveux grisonnants coupés courts. Chinois ? Philippin ? Bird ne saurait le dire. L'homme pose un billet de cinq dollars sur le comptoir.

Une part aux pepperoni, dit-il.

Le pizzaïolo ne relève même pas la tête. On est fermés, répond-il.

Vous n'avez pas l'air fermés, il reste des clients, rétorque l'homme en jetant un coup d'œil à Bird et à son père, qui fait un demi-pas en avant pour se positionner devant son fils, comme un paravent.

On est fermés, répète le pizzaïolo, plus fort. Son pouce glisse vers le bas de son téléphone, faisant défiler sur l'écran un flot ininterrompu de posts et d'images. Bird sent la petite tape de son père sur son épaule. Le même geste que lorsqu'ils passent devant un policier ou un animal écrasé dans la rue, qui signifie : tourne la tête, ne regarde pas. Mais cette fois, Bird ne tourne pas la tête. Ce n'est pas de la curiosité, mais une nécessité. Le besoin morbide de savoir ce qui est tapi dans l'ombre, invisible.

Écoutez, reprend le vieil homme, je veux juste une part de pizza. Je viens de sortir du travail, j'ai faim.

Il pousse le billet de cinq dollars sur le comptoir. Il a les mains parcheminées, robustes, les doigts noueux.

On dirait un grand-père, songe Bird, et soudain une pensée le traverse : si lui-même avait un grand-père, il pourrait ressembler à ce monsieur.

Le pizzaïolo pose son téléphone.

Vous ne comprenez pas l'anglais ? dit-il calmement, comme s'il commentait la météo. Il y a un restaurant chinois un peu plus loin, sur Massachusetts Avenue. Allez vous chercher des nems et du riz cantonais si vous avez faim. On est fermés.

Il croise les bras tel un professeur patient et fixe le vieux monsieur avec insistance. *Alors, qu'est-ce que tu vas faire, hein ?*

Bird est paralysé, il n'arrive pas à détourner les yeux. Il regarde le vieil homme, qui a la mâchoire serrée et les jambes légèrement fléchies, comme s'il s'apprêtait à bondir. Il regarde le pizzaïolo, son tee-shirt maculé de taches d'huile, ses grosses mains épaisses. Il regarde son père, dont les rides autour des lèvres dessinent presque des moustaches, et qui scrute les annonces dans la vitrine comme si de rien n'était, comme s'ils passaient une soirée parfaitement normale. Bird voudrait que le monsieur décoche au pizzaïolo une repartie cinglante, qu'il lui balance son poing dans la figure, qu'il s'en aille avant que le pizzaïolo ne dise – ou ne fasse – quelque chose de pire. Avant qu'il ne pose sur lui ses grosses mains qui passent leur temps à pétrir et aplatir des boules de pâte. L'air se tend, telle une corde de guitare qu'on a accordée trop haut.

Alors, sans un mot, le vieil homme récupère son billet sur le comptoir et le rempoche. Il ignore le sourire hilare du pizzaïolo et se tourne à la place vers Bird et son père, qu'il dévisage longuement tour à tour. Après quoi il murmure quelque chose au père de Bird, quelque chose que Bird ne comprend pas.

Il n'a jamais entendu ces mots, ni même cette langue, pourtant il est clair, à l'expression de son père, que non seulement ce dernier la reconnaît mais qu'il la comprend, qu'il a compris ce que l'homme lui a dit. Et il a le sentiment diffus qu'ils parlent de lui ; la façon dont le vieux monsieur le fixe, puis fixe son père, ce regard pénétrant qui transperce la peau et la chair de Bird pour ausculter ses os. Pourtant son père ne répond pas, il ne bouge même pas, se contentant de détourner brusquement les yeux. Alors le vieil homme se dirige vers la sortie d'un pas vif, la tête haute, et disparaît.

Un minuteur retentit et le pizzaïolo va ouvrir le four. L'air chaud et enfumé dessèche la gorge de Bird.

Il y a des gens, franchement…, soupire le pizzaïolo.

Il glisse la longue pelle en bois dans le four brûlant et en extrait les quatre parts, qu'il dépose dans un carton à pizza. Les yeux plissés, il dévisage un instant Bird, puis son père, comme s'il essayait de les remettre. Finalement, il fait glisser vers eux le carton sur le comptoir.

Bonne soirée, lance le père de Bird en l'attrapant et en guidant Bird vers la porte.

Qu'est-ce qu'il a dit ? demande Bird une fois dehors. Le monsieur. Qu'est-ce qu'il a dit ?

Allons-y, répond son père. Viens, Noah, on rentre.

Au coin de la rue, une voiture de police glisse en silence, tous feux éteints, et ils attendent qu'elle soit passée pour traverser. Ils arrivent à la résidence juste au moment où le clocher de l'église en face se met à sonner vingt et une heures.

C'est seulement de retour dans l'appartement que son père retrouve la parole. Il pose le carton à pizza sur la table, enlève ses chaussures et reste planté là, les yeux dans le vague.

Cantonais, dit-il. Il parlait cantonais.

Mais tu l'as compris, réplique Bird. Et tu ne parles pas cantonais.

En prononçant cette phrase, il se rend compte qu'il n'en sait rien, en fait.

Non, aboie son père, je ne parle pas cantonais. Et toi non plus. Noah, écoute-moi bien. Tout ce qui peut avoir un lien avec la Chine, la Corée, le Japon, tout ça… tu t'en tiens éloigné. Si tu entends quelqu'un parler une de ces langues, ou parler de ces choses-là, tu t'en vas. Compris ?

Il sort une part de pizza de la boîte et la tend à Bird, puis en prend une pour lui et s'affale lourdement sur une chaise sans même aller chercher d'assiette. C'est la seconde fois en une heure, songe Bird, que son père monte toutes ces marches à pied.

Mange ta pizza, dit-il tendrement. Avant qu'elle refroidisse.

Bird comprend alors que, même s'il le lui demande, son père ne se donnera pas la peine de retrouver ce livre. Il va devoir chercher un autre moyen.

Ce n'est pas facile de s'introduire dans la bibliothèque de l'université ; ça ne l'a jamais été. Il y a des livres très anciens là-bas, des livres précieux. Une Bible de Gutenberg et une première édition de Shakespeare, lui a confié un jour son père, bien que Bird n'ait qu'une très vague idée de ce que ça signifie. Une foule de vieux documents irremplaçables. Et même, avait ajouté son père en agitant en l'air un doigt menaçant, un ouvrage d'anatomie relié en peau humaine. À l'époque, il venait de changer de métier

– de professeur de linguistique à magasinier en bibliothèque – et Bird, qui avait alors neuf ans et commençait tout juste à développer un sens du cynisme, avait décrété que tout ça était une tentative pour rendre son nouveau travail plus intéressant, et l'avait ignoré.

Ce qu'il sait, en revanche, c'est qu'il faut un passe magnétique pour accéder au bâtiment, massif et impressionnant, tel un presse-papiers en marbre géant posé à une extrémité du campus ; et même avec le passe, seul le personnel est autorisé à s'aventurer dans le labyrinthe ouaté des rayonnages où sont conservés tous les livres. Plus jeune, pourtant, les jours où il n'avait pas école, il lui était arrivé d'accompagner son père dans la réserve, où l'attendaient les chariots de livres qu'il devait remettre à leur place. Tu peux m'aider, avait suggéré son père, et une fois ou deux Bird avait poussé le chariot dans les allées étroites jusqu'à ce qu'ils trouvent le bon rayon, actionnant au passage les antiques interrupteurs pour allumer les lumières. Pendant que son père parcourait les étagères et glissait les livres un à un à leurs emplacements d'origine, Bird faisait courir ses doigts sur le dos des reliures, dont les lettres avaient perdu leur dorure depuis belle lurette, en respirant l'odeur si caractéristique de la bibliothèque : un mélange de poussière, de cuir et de glace à la vanille fondue. Tiède, comme une odeur de peau.

Il trouvait ça à la fois troublant et apaisant, cet épais silence, comme une couverture en laine qui enveloppait tout ; et, dessous, une grosse créature tapie, à l'affût. Ça n'en finissait jamais, les piles de livres qu'il fallait remettre en rayon, la constante et insistante réitération de l'ordre, et l'idée était vertigineuse : savoir que, derrière telle ou telle étagère, il y en avait des centaines d'autres, des milliers de livres, des millions de mots. Parfois, quand son père venait de réinsérer un ouvrage à sa place et de réaligner les dos, Bird avait la tentation de balayer toute la rangée d'un grand geste, de la faire basculer comme des dominos sur la suivante, puis la suivante encore, à l'infini, déchirant en lambeaux le silence étouffant. Ça l'effrayait, et il se trouvait des excuses pour ne plus accompagner son père dans les rayons. Il était fatigué, il préférait l'attendre en prenant son goûter dans la réserve, il préférait rester jouer à la maison.

Cela fait des années qu'il n'a plus mis les pieds à la bibliothèque ; la dernière fois, il avait dix ans.

Ce soir-là, pendant que son père se brosse les dents, Bird fouille dans ses affaires. Son père est un homme d'habitudes ; quand il rentre à la maison, il range toujours son passe dans la poche extérieure de sa sacoche, prêt pour le lendemain. Bird glisse le passe dans sa poche et referme la sacoche. Son père ne vérifie jamais qu'il l'a avant de partir le matin : depuis trois ans, il l'a toujours trouvé en arrivant au travail, exactement là où il l'avait rangé la veille. Demain, exceptionnellement, il n'y sera pas. Mais le garde le connaît, il le voit tous les jours depuis des années, il le laissera passer pour cette fois. Et le soir, quand il rentrera à l'appartement et qu'il le cherchera partout, il le trouvera par terre, sous la table, pile à l'endroit où il pose toujours sa sacoche. Il l'aura sans doute fait tomber en croyant le ranger, pensera-t-il, et l'affaire en restera là.

Au début, le plan fonctionne à merveille. Après l'école, Bird se dirige vers le complexe de l'université et grimpe l'immense escalier jusqu'à l'entrée principale de la bibliothèque. Dans le hall, il imite la mine impatiente et vaguement agacée que les étudiants semblent toujours avoir et présente d'un geste preste le passe magnétique de son père devant le lecteur. Le tourniquet affiche une lumière verte et Bird le franchit sans s'arrêter ni se retourner. Comme s'il avait une mission urgente à remplir, sur la trace de quelque savoir important. L'agent de sécurité ne relève même pas les yeux de son écran.

Prochain problème : comment accéder aux rayonnages. Autrefois, lui a raconté son père, ils étaient ouverts à tout le monde. Chacun pouvait s'y promener et explorer tout ce qui lui tombait sous la main. Désormais, personne n'est autorisé à s'y rendre comme ça. Il faut remplir un formulaire à l'accueil, expliquer pourquoi on a besoin de tel ou tel livre, montrer une pièce d'identité. Et si vraiment on a une bonne raison – un traité sur les ratés qui ont conduit à la Crise, peut-être, ou sur les nouvelles stratégies pour repérer les ennemis intérieurs –, quelqu'un comme son père s'aventurera dans les rayons et ira vous chercher l'ouvrage en question. Son père n'a pas dit ce qui a changé entretemps, mais Bird le comprend : c'est le PACT, bien sûr, qui a tout changé ; qui a jugé certains livres dangereux, ne pouvant être conservés qu'à condition d'être hors de portée.

Bird pénètre dans la salle des prêts en scrutant l'entrée des rayons à l'autre bout. Un chariot grinçant apparaît entre deux étagères et Bird reconnaît la femme qui le pousse : Debbie, une des magasinières. Du temps où il accompagnait son père au travail, elle lui donnait des caramels enveloppés dans du papier doré. À vrai dire, elle n'a pas changé – longue robe ample, cheveux gris frisés attachés en un nuage improbable autour de la tête –, et bien que Bird ait grandi, il est sûr qu'elle le reconnaîtra aussi. Alors il file se cacher derrière un des postes de consultation, laissant passer Debbie et son chariot dans une odeur de tabac froid.

Ce qui lui rappelle quelque chose. Debbie est une grosse fumeuse ; parfois, dès qu'elle arrivait dans la pièce, les autres bibliothécaires levaient la tête en reniflant, comme s'ils se souvenaient brusquement du risque d'incendie. Officiellement, les fumeurs devaient sortir du bâtiment et s'éloigner à quinze mètres minimum avant de s'allumer une cigarette, mais personne ne semblait respecter cette règle. À la place, Debbie et les autres quittaient la réserve puis le bâtiment lui-même par deux portes de service successives qu'ils bloquaient avec une brique, et fumaient leur cigarette furtivement à l'ombre de l'imposante structure avant de retourner vite fait au boulot. Le père de Bird se plaignait souvent de l'odeur qui s'insinuait dans le couloir, et il en profitait pour lui faire la leçon sur les méfaits du tabac. *Tu vois à quel point c'est une pente dangereuse ? Une fois qu'on commence, on ne peut plus s'en défaire.*

Quand Debbie et son chariot sont passés, Bird descend au rez-de-chaussée, là où donne la porte de service de la réserve. Bien qu'il n'y ait pas de pancarte, il est certain que c'est la bonne porte. Pile en face se trouve une issue de secours, sur laquelle il est clairement indiqué « LAISSER FERMÉ ». Mais surtout, juste à côté est posée une vieille brique rouge fatiguée. Il n'a plus qu'à attendre en espérant un coup de chance. Il se positionne au coin, où, si quelqu'un vient à surgir, il pourra aisément faire mine d'aller aux toilettes ou d'en revenir.

Pendant vingt minutes, personne ne passe, et il comprend pourquoi les employés utilisent cet endroit pour leurs pauses cigarettes : à l'étage, il y a toujours du va-et-vient, mais ici c'est quasiment désert. Puis, juste au moment où il hésite à renoncer, il entend une poignée grincer, le raclement d'une brique sur le sol en pierre, le choc sourd d'une lourde porte stoppée nette. Une seconde plus tard, une autre porte s'ouvre et les bruits distants du dehors s'engouffrent à l'intérieur : le souffle du vent, des pépiements d'oiseaux, un éclat de rire au loin.

Bird penche la tête pour regarder. L'issue de secours est bloquée par la brique : quelqu'un doit être dehors en train de fumer en catimini et, comme il l'avait espéré, la porte conduisant aux rayonnages est, elle aussi, restée entrouverte. Il n'a pas beaucoup de temps. Aussi discrètement que possible, il s'avance dans le couloir et pousse la porte en grand. Elle émet un léger couinement et il jette un coup d'œil par-dessus son épaule pour voir si la personne qui fume dehors l'a entendu. Pas de réaction. Bird prend une profonde inspiration et se faufile à l'intérieur.

Il met une bonne minute à trouver ses repères. Tous les titres autour de lui sont dans une langue qu'il ne connaît pas, des mots qu'il ne sait même pas prononcer : *Zniewolony Umysł. Pytania Zadawane Sobie.* Il se précipite dans une des allées et remonte à l'étage, loin de la porte. La personne sortie fumer aura bientôt fini et il ne faut pas qu'elle le croise sur son chemin quand elle reviendra. Les rayons sont incroyablement silencieux – un calme absorbant, vigilant, presque prédateur, prêt à engloutir tout bruit que vous oseriez faire. Une employée s'approche, une feuille à la main et un livre coincé sous le bras tandis qu'elle parcourt les étagères pour localiser le suivant. Bird attend qu'elle ait tourné la tête avant de continuer. Il doit y avoir quelque part un poste de consultation… Il finit par en trouver un dans un coin et tape sur le clavier *Le Garçon qui dessinait des chats*. Une longue pause, puis un numéro s'affiche à l'écran. Il le griffonne sur un bout de papier et se réfère au tableau affiché près de l'ordinateur, avec la liste des cotes : niveau D, soit le dernier sous-sol. Quatre étages sous terre. Dans l'angle sud-ouest.

Avant de partir, il ne peut résister à la tentation de taper une autre recherche.

Nos cœurs disparus.

Nouvelle pause, plus longue cette fois-ci, puis, à la place d'un numéro, un message : « SUPPRIMÉ ». Bird avale sa salive et efface sa recherche. Après quoi il saisit son bout de papier et se dirige vers l'escalier.

Celui-ci l'amène du mauvais côté du bâtiment, au nord-est au lieu du sud-ouest. Mais, au moins, le niveau D est désert. Seules les allées principales sont éclairées, et encore, faiblement ; les rayonnages de part et d'autre sont plongés dans l'obscurité. Il ne s'était jamais vraiment rendu compte de la taille de cette bibliothèque : c'est l'équivalent d'un pâté de maisons, des kilomètres et des kilomètres de rayons. Quelque chose que son père lui a dit un jour lui revient : les étagères autour de lui ne sont pas seulement des supports pour les livres, mais l'ossature métallique du bâtiment lui-même, qui le maintient debout. Le plus simple, décide-t-il, est de longer les bords ; s'il commence à slalomer entre les rayons, il se perdra à coup sûr. Il entreprend de suivre prudemment le mur en direction du sud. Mais ce n'est pas aussi facile qu'il l'espérait. Parfois, une pile de vieilles chaises ou de tables se dresse en travers de son chemin et il doit bifurquer, faire un détour par les allées avant de pouvoir retrouver le fil. Quelque part au-dessus de lui, des pas résonnent au niveau C. Une chaudière se met en route en cliquetant et un courant d'air chaud, comme un geyser thermique, souffle à travers les grilles du sol.

Bird voit défiler rayonnage après rayonnage, glissant les doigts dans les interstices où se trouvaient jadis des ouvrages qui ont été supprimés. Il en manque moins ici qu'à la bibliothèque municipale, où certaines étagères présentent davantage de vides que de livres. Mais quand même, presque toutes ont au moins un trou, parfois plus. Il se demande qui a décidé quels titres étaient trop dangereux à garder, et qui a été chargé de localiser et de collecter tous les condamnés, tel un bourreau les conduisant à l'échafaud. Il se demande si c'est son père.

Arrivé dans le bon rayon, il ralentit puis s'arrête, promenant un doigt sur le dos des volumes impeccablement alignés, dont les cotes sont classées par ordre décroissant. Et soudain, le voilà. Fin et jaune. Pas vraiment un livre, en fait, à peine plus gros qu'un magazine. Il a failli le rater.

Il le penche pour pouvoir le sortir. *Le Garçon qui dessinait des chats : conte populaire japonais.* Bien qu'il n'ait jamais vu ce livre, il comprend tout de suite à la couverture que c'est la même histoire. Un conte japonais, certes, mais sa mère, chinoise, avait dû le lire ou l'entendre quelque part, s'en était souvenue et le lui avait raconté de mémoire. Sur la couverture est dessinée à l'aquarelle un petit garçon japonais tenant un pinceau à la main, en train de peindre un énorme chat sur un mur. Le garçon ressemble même un peu à Bird : des cheveux bruns en bataille sur le front, les mêmes yeux foncés et le nez légèrement arrondi. L'histoire lui revient peu à peu, telle que sa mère la lui racontait, comme si elle avait été emballée dans du polystyrène il y a très longtemps et qu'il la ressortait maintenant à la lumière du jour. Un garçon qui s'aventure seul loin de chez lui. Une maison perdue dans la nuit. Des chats qui jaillissent à l'infini sous les poils de son pinceau. Bird a les doigts qui tremblent en essayant de décoller la couverture des pages intérieures. Oui, pense-t-il, c'est presque là, comme quelque chose qui sort de l'ombre et commence à prendre forme. Dès qu'il lira l'histoire, il s'en souviendra, il se souviendra de ce qui se passe, de ce que sa mère lui racontait ; d'ici quelques secondes, il comprendra tout.

C'est à cet instant qu'une main se pose sur son épaule, et en pivotant brusquement il se retrouve nez à nez avec son père.

Ils m'ont laissé venir te chercher, dit son père, plutôt que la sécurité.

Il aurait dû s'en douter : évidemment, la bibliothèque a des caméras de surveillance ; évidemment, ils auront remarqué que quelqu'un était entré avec le passe de son père seulement quelques heures après que ce dernier – toujours responsable et respectueux des règles – l'avait déclaré perdu.

Papa, commence Bird, je voulais juste…

Son père fait demi-tour sans lui répondre, et Bird le suit alors qu'il s'éloigne d'un pas raide et rageur entre les rayons, puis qu'il remonte l'escalier jusqu'à la réserve, avec ses interminables rangées de chariots, où les attendent deux agents de sécurité. Juste avant que les gardes se retournent, Bird glisse le livre dans son dos et le coince dans la taille de son jean, sous son tee-shirt.

C'est bon, déclare son père sans que les gardes aient encore rien dit. C'était juste mon fils, comme on le pensait. J'avais laissé mon passe dans son cartable par erreur, et il est venu me chercher pour essayer de me le rendre.

Bird fixe le sol en lino en retenant son souffle. Son père ne lui a pas posé une seule question sur ce qu'il faisait là, et son mensonge ne lui paraît absolument pas crédible. Pourquoi serait-il allé chercher son père dans les rayons ? Comment espérer retrouver quelqu'un dans ce labyrinthe ? Les agents hésitent, semblent presque le croire. L'un des deux se penche pour dévisager Bird de plus près. Celui-ci cligne des yeux, s'efforçant de prendre un air innocent, et il serre les poings si fort que ses ongles s'enfoncent dans ses paumes.

Son père laisse échapper un éclat de rire forcé, un hennissement sonore qui traverse la pièce au galop et disparaît. Tu voulais jouer au grand, hein, Noah ? dit-il. Mais ne vous en faites pas, maintenant il a compris.

Il donne une grande tape sur l'épaule de Bird et, à contrecœur, le garde finit par hocher la tête.

La prochaine fois, lui dit l'autre, arrête-toi à l'accueil, d'accord ? On appellera ton père pour toi.

Bird sent ses jambes flageoler de soulagement. Il opine, déglutit et réussit à articuler *Oui, monsieur*, parce qu'il comprend à la poigne de son père sur son épaule que c'est ce qu'il est censé faire.

Une fois les deux agents partis, Bird passe une main dans son dos et ressort le livre de sous son tee-shirt.

Papa, murmure-t-il d'une voix tremblante, est-ce que je peux…

Son père jette à peine un coup d'œil au livre. Et il évite clairement le regard de Bird.

Pose ça sur un chariot, répond-il. Quelqu'un le remettra à sa place. Viens, on s'en va.

Jusque-là, Bird n'a eu d'ennuis qu'une seule fois. La plupart du temps, il écoute les conseils de son père :

n'attire pas l'attention ; fais profil bas. Et : dès que tu flaires un problème, tu t'enfuis dans l'autre sens, compris ?

Sadie, ça la rendait folle. Elle qui, au moindre effluve de problème, le suivait à la trace tel un limier.

Bird, disait-elle, arrête de faire ta poule mouillée.

C'étaient les affiches qui avaient retenu son attention ce jour-là, celles placardées un peu partout dans la ville, dans les vitrines des épiceries, sur les panneaux municipaux et parfois même aux fenêtres des maisons, pour rappeler à tout le monde d'être patriote, de surveiller le voisinage, de signaler tout début de perturbation. Chacune dessinée par un artiste célèbre, histoire d'être accrocheuse et de devenir un objet de collection. Un barrage bleu, blanc, rouge sur un immense fleuve marron-jaune, avec une minuscule lézarde : *Même les petites fissures s'élargissent*. Une femme blonde épiant quelque chose derrière ses rideaux, téléphone à l'oreille : *Prudence est mère de sûreté*. Deux maisons mitoyennes, une tarte passant de main en main au-dessus d'une palissade blanche : *Surveillez vos voisins*. Au bas de chaque illustration, quatre majuscules en caractères gras : PACT.

Cet après-midi-là, Sadie s'était arrêtée devant une rangée d'affiches collées sur un Abribus, et elle avait passé la main dessus. La colle s'était effritée sous ses doigts, comme de la craie.

Le soir même, deux policiers se présentèrent au domicile de Bird et de son père.

Il paraît que votre fils fait partie d'un groupe qui a dégradé des affiches de la sécurité publique, déclara l'un des deux.

Sadie avait sorti un marqueur de la poche de son jean pour barbouiller les appels à la vigilance et à l'unité.

Un groupe, répéta son père. Quel groupe ?

Naturellement, expliqua le policier, nous sommes très inquiets des raisons qui ont pu le pousser à faire ça. Quel genre de messages reçoit-il à la maison pour se croire autorisé à manifester un comportement aussi antipatriotique et, franchement, dangereux ?

C'est cette fameuse Sadie, n'est-ce pas ? demanda son père, cette fois à Bird, qui déglutit sans rien dire.

Monsieur Gardner, poursuivit le policier, nous avons consulté votre dossier, et vu le passif de votre épouse…

Cette femme ne fait plus partie de la famille, le coupa sèchement son père. Nous n'avons plus aucun contact avec elle depuis qu'elle est partie.

C'était comme si son père avait giflé sa mère sous les yeux de Bird.

Et nous n'avons aucune sympathie pour les positions radicales qu'elle soutenait, ajouta-t-il. Absolument aucune.

Il jeta un regard à Bird, qui raidit sa colonne vertébrale en une barre d'acier et hocha la tête.

Noah et moi savons pertinemment que le PACT protège notre pays, continua son père. Si vous doutez de ma sincérité, vous n'avez qu'à vérifier. Je donne régulièrement de l'argent à des groupes de sécurité et d'unité depuis deux ans et demi. Et Noah est un élève modèle. Il n'y a pas d'influences antipatriotiques dans cette maison.

Peut-être bien, insista le policier, mais votre fils n'en a pas moins dégradé une affiche officielle du PACT.

Le policier dévisageait son père, comme s'il attendait une réponse de sa part, et c'est alors que Bird perçut le bref coup d'œil en coin de son père en direction du tiroir de la cuisine, où il rangeait son carnet de chèques. Son salaire à la bibliothèque n'était pas extraordinaire, Bird le savait ; à la fin de chaque mois, il passait une bonne heure penché sur son livre de comptes, à calculer péniblement ce qui leur restait. Et là, il le voyait évaluer mentalement combien il lui en coûterait de se débarrasser d'eux. Il savait déjà que c'était plus que ce qu'ils avaient.

C'est l'influence de cette fille, expliqua son père. Celle qui a été placée en famille d'accueil. Sadie Greenstein. J'ai cru comprendre que c'était un cas difficile.

Bird était sous le choc.

Nous avons déjà eu affaire à elle, en effet, reconnut le policier.

C'est de là que ça vient, réitéra son père. Vous savez comment sont les garçons, à cet âge. Les filles peuvent leur faire faire ce qu'elles veulent.

Il posa une main sur l'épaule de Bird, ferme et lourde.

Je m'assurerai que ça ne se reproduise pas, monsieur l'agent. Notre loyauté est sans faille dans cette maisonnée.

Le policier hésita, et le père de Bird le sentit.

Nous sommes très reconnaissants aux gens comme vous qui protégez notre sécurité, ajouta-t-il. Sans vous, qui sait où on en serait.

Nulle part de bon, répondit le policier en opinant du chef. Nulle part de bon, ça c'est sûr. Bref. Je crois qu'on en a fini avec vous. Juste un malentendu, à l'évidence. Mais toi, mon grand, tiens-toi à carreau, d'accord ?

Une fois les policiers partis, le père de Bird porta ses doigts à ses tempes, comme s'il avait la migraine.

Noah, dit-il après un long, long silence. Ne refais plus jamais ça.

Il ouvrit la bouche pour ajouter quelque chose, mais tout l'air semblait s'être échappé de lui, comme une tente dont les piquets se seraient effondrés sur eux-mêmes. Bird n'était pas sûr de comprendre ce qu'il entendait par « ça » : abîmer des affiches ? Parler à la police ? S'attirer des ennuis ? Au bout d'un moment, son père finit par rouvrir les yeux.

Garde tes distances avec cette Sadie, ordonna-t-il avant de disparaître dans la chambre. S'il te plaît.

Aussi Bird ne s'assit-il pas à côté d'elle le lendemain, il ne déjeuna pas avec elle le jour suivant, et une semaine plus tard il ne lui parlait toujours pas quand elle arrêta de venir à l'école sans que personne ait l'air de savoir où elle était passée.

Cette fois, son père ne prononce pas un mot pendant qu'ils sortent de la bibliothèque, descendent le grand escalier et traversent le parvis pour regagner la rue. Bird le suit en silence jusqu'à l'appartement, bien qu'on soit en milieu d'après-midi et que son père n'aurait dû finir que deux bonnes heures plus tard. Même de derrière, au rectangle rigide de son dos, Bird sait que son père est furieux. Il ne marche de cette façon – raide, anguleux, comme si ses articulations étaient rouillées – que lorsqu'il est trop en colère pour parler. Bird traîne les pieds, laissant la distance entre eux s'allonger de quelques mètres, puis d'un peu plus. Et encore plus. S'il ralentit suffisamment, peut-être qu'ils n'arriveront jamais à la maison, qu'ils n'auront jamais à en reparler, que Bird n'aura plus jamais à affronter le regard de son père.

Le temps qu'ils atteignent le parc du Common, son père a presque une rue d'avance sur lui, si loin de Bird que, de là où il est, ça pourrait être un parfait inconnu.

Juste un homme en manteau marron, une sacoche à la main. Un étranger. Il n'y avait pas seulement de la colère dans la voix de son père à la bibliothèque, mais quelque chose d'âcre que Bird ne parvient pas tout à fait à nommer, jusqu'à ce que, soudain, il comprenne. C'était de la peur. La même peur vibrionnante que celle qu'il a entendue le jour des affiches, quand son père parlait aux policiers. Un musc métallique brûlant, le sifflement des griffes sorties.

Le regard de Bird se pose une nouvelle fois sur les trois grands arbres qui, à peine quelques jours plus tôt, étaient rouges ; sur la cicatrice à vif qui balafre leur tronc. Une blessure comme ça ne guérira jamais complètement, lui a dit un jour son père. L'écorce repoussera par-dessus, mais elle restera là, sous la peau, et quand on coupera l'arbre tu la verras toujours, comme une entaille sombre dans les cernes du bois.

Bird est tellement absorbé par cette idée qu'il se cogne dans quelqu'un qui arrive dans l'autre sens. Quelqu'un d'imposant, pressé et en colère.

Regarde où tu marches, espèce de niakoué, entend-il, et une grosse main le saisit par l'épaule et le fait tomber par terre.

Tout est tellement rapide qu'il ne reconstitue ce qui s'est passé qu'après coup, une fois étendu dans l'herbe humide, la respiration coupée, les paumes et les genoux maculés de boue froide. Là-bas, en train de s'enfuir, l'homme qui l'a poussé, la main plaquée sur son nez qui pisse le sang. Sur le trottoir devant Bird, une grosse goutte rouge visqueuse, telle une éclaboussure de peinture sur le bitume. Et juste au-dessus de lui, son père, qui le surplombe de toute sa hauteur.

Ça va ? lui demande-t-il, et Bird hoche la tête. Son père lui tend la main, les phalanges rougies. Bird prend conscience que son père est un type costaud, lui aussi, même s'il n'en a pas l'air. La voix douce, les épaules toujours voûtées comme par pudeur, il paraît plus petit qu'il n'est, mais à la fac il faisait de la course à pied, et il a une carrure d'athlète. Il est assez rapide pour voler à la rescousse d'un fils en danger ; assez fort pour flanquer un coup de poing à quelqu'un qui menace son enfant.

Viens, on rentre, dit-il en aidant Bird à se relever.

Ni l'un ni l'autre ne parle jusqu'à ce qu'ils arrivent à la résidence.

Papa, commence Bird alors qu'ils pénètrent dans le hall.

Pas maintenant, lui rétorque son père en se dirigeant vers l'escalier. Attends qu'on soit là-haut.

Une fois à leur étage, son père referme la porte de l'appartement derrière eux et donne un tour de verrou.

Il faut que tu fasses attention, dit-il en attrapant Bird par les épaules.

Bird se raidit.

Je n'ai rien fait. C'est lui qui m'a poussé !

Mais son père secoue la tête. Cet homme n'est pas un cas unique, dit-il. Pour certains, il suffit de voir ton visage, ils n'ont pas besoin d'autre provocation. Et le coup de cet après-midi à la bibliothèque…

Il s'interrompt.

D'habitude, tu respectes les règles, reprend-il.

C'était juste un livre.

C'est moi qui suis responsable s'il t'arrive des ennuis, Noah. Tu sais quelles auraient pu être les conséquences ?

Je suis désolé, répond Bird, mais son père n'a pas l'air de l'écouter.

Il s'attendait à des cris, à une explosion de rage parentale, mais la voix de son père est un sifflement de colère et, d'une certaine manière, Bird trouve ça encore plus terrifiant.

J'aurais pu me faire renvoyer, poursuit son père. La bibliothèque n'est pas ouverte à tout le monde, tu le sais. Il faut être chercheur. Ils doivent surveiller qui ils laissent entrer. L'université a beaucoup de latitude grâce à sa réputation, mais elle n'est pas à l'abri pour autant. Si quelqu'un causait des problèmes et qu'ils pouvaient retracer la source comme étant un livre emprunté là-bas…

Il secoue la tête.

Et si je perds mon boulot, on perd aussi l'appartement. Tu le sais, n'est-ce pas ?

Bird ne le savait pas, et un frisson glacé lui parcourt le corps.

Pire que ça : s'ils se rendent compte que c'est *toi* qui a emprunté ce livre, et qu'ils décident de se pencher d'un peu plus près sur notre cas… sur ton cas…

Son père ne l'a jamais frappé, pas même une fessée, mais il le dévisage avec une telle violence que Bird tressaille, prêt à recevoir un coup. Alors, dans un geste brusque, son père le tire contre lui et le serre si fort dans ses bras qu'il en a le souffle coupé. Il le garde un moment comme ça, dans une étreinte tremblante.

Et soudain, un déclic se produit dans l'esprit de Bird. Pourquoi son père est toujours aussi prudent, pourquoi il le harcèle pour qu'il suive tel ou tel itinéraire, qu'il ne s'éloigne jamais tout seul. Pourquoi son père l'a rejoint aussi rapidement tout à l'heure, dans le parc. Ce n'est pas seulement dangereux de faire des recherches sur la Chine ou sur les contes populaires japonais. C'est dangereux d'avoir la tête qu'il a.

C'est dangereux d'être le fils de sa mère, à bien des égards. Son père l'a toujours su, s'est toujours préparé à quelque chose de ce genre, il a anticipé depuis longtemps ce qui finirait inévitablement par arriver à son fils. Ce dont il a peur : qu'un jour quelqu'un regarde Bird et voie en lui le visage de l'ennemi ; que quelqu'un le voie comme le fils de sa mère, par le sang ou les actes, et qu'il l'emmène.

Bird enlace son père à son tour, et son père resserre encore son étreinte.

Ce monsieur à la pizzeria, demande Bird timidement. Qu'est-ce qu'il a dit ?

Il est comme nous. La voix de son père est à moitié étouffée contre les cheveux de Bird et résonne dans son crâne.

Et il a raison, poursuit-il. Ce qu'il voulait dire, c'est que ce genre de choses… ça pourrait t'arriver à toi aussi.

Son père recule un peu pour tenir Bird à bout de bras.

Noah, reprend-il, c'est pour ça que je te répète sans arrêt de faire profil bas. De ne jamais attirer l'attention sur toi.

D'accord, acquiesce Bird.

Son père va à l'évier et fait couler de l'eau froide sur ses doigts meurtris. Et parce que Bird a l'impression que la porte entre eux est encore entrouverte, il pose la main à plat dessus et pousse.

Est-ce que ma mère aimait les chats ? demande-t-il.

Son père se fige. Quoi ? fait-il, comme si Bird lui avait parlé dans une langue étrangère, une des rares qu'il ne connaît pas.

Les chats, répète Bird. Est-ce qu'elle les aimait ?

Son père coupe le robinet. D'où tu sors ça ? s'enquiert-il.

C'est juste pour savoir, répond Bird. Alors ?

Son père jette des regards en tous sens, comme chaque fois qu'il est question de la mère de Bird. Dehors, tout est calme, à part une sirène de temps en temps.

Les chats, souffle-t-il en baissant les yeux vers sa main rougie. Oui, elle adorait les chats.

Il fixe Bird avec insistance, d'un regard plus perçant que Bird ne lui en a connu depuis longtemps. Comme s'il avait repéré quelque chose d'inhabituel sur son visage, comme si une gaine de protection était tombée.

Miu, dit son père tout doucement. Son nom de famille.

Il trace le caractère dans la poussière d'une étagère : un carré quadrillé qui représente un champ, et deux petites croix qui germent juste au-dessus.

苗

Ça désigne un jeune plant, ou parfois une récolte. Quelque chose qui commence juste à pousser. Mais, phonétiquement, on dirait un miaulement de chat. *Miao.*

Sa voix se réchauffe, comme chaque fois qu'il s'anime quand il se met à parler des choses qu'il aime, les mots par exemple. Ça fait un moment que ça ne lui était pas arrivé.

Et, poursuit son père, si tu mets ça devant, ça signifie « animal »…

Il ajoute quelques traits qui suggèrent de façon épurée un animal dressé sur ses pattes.

貓

… alors le tout signifie « chat ». L'animal qui produit le son *miao*. Mais, bien sûr, tu peux aussi voir ça comme l'animal qui protège les récoltes.

Son père est dans son élément. Bird ne l'a pas vu comme ça depuis des années. Il avait presque oublié qu'il avait ça en lui, que ses yeux et son visage pouvaient s'éclairer à ce point.

L'histoire, développe son père, c'est qu'autrefois il n'y avait pas de chats en Chine. Pas de chats domestiques, en tout cas. Seulement des chats sauvages. Et, classiquement, le mot « chat » s'écrivait comme ça (il dessine un autre caractère) :

貍

… ce qui désignait en fait un animal sauvage, par exemple un renard. Puis les marchands persans ont appris aux Chinois à domestiquer les chats, et ils ont ajouté ça…

Il dessine un troisième caractère, composé de deux parties. D'abord le caractère de la femme. Et, à côté, si proche qu'ils se chevauchent presque, le symbole de la main :

奴

« Esclave », annonce son père. Chat sauvage plus esclave, ça donne un chat domestiqué. Tu vois ?

Ensemble, ils contemplent les caractères tracés dans la poussière. *Miu.* Sa mère. « Animal » plus « jeune plant » signifie chat. Quel genre d'animal aurait-elle été ? Un chat, c'est sûr. « Femme » plus « main » signifie esclave. Sa mère a-t-elle jamais été domestique, ou domestiquée ?

D'un geste vif, son père passe la paume sur le dessus de l'étagère pour effacer ses dessins.

Bref, dit-il. On parlait beaucoup de ce genre de choses, avec ta mère. Il y a longtemps.

Il s'essuie la main sur sa cuisse, laissant une légère traînée grise sur son pantalon.

Elle aimait cette idée, ajoute-t-il au bout d'un moment. Que seuls quelques petits traits la séparaient d'un animal sauvage.

Je ne savais pas que tu parlais chinois, dit Bird.

Je ne le parle pas, répond son père. Pas vraiment. Mais je comprends un peu le cantonais. Je l'ai étudié pendant un moment. Avec ta mère. Il y a longtemps.

Il pivote pour s'éloigner, puis, tout aussi soudainement, se tourne à nouveau vers Bird.

Ce livre... dit-il en laissant passer un long silence. Puis il ajoute : Ta mère te racontait cette histoire, c'est ça ?

Bird hoche la tête.

Je m'en souviens, déclare son père.

Et tandis qu'il commence à parler, Bird comprend que tout lui revient en mémoire. Tout. Pas juste les mots sur les pages du livre, pas juste les grandes lignes de l'histoire que son père lui résume à présent, mais la façon dont il l'a entendue, avec la voix de sa mère. Et une image se dessine sur le mur blanc de son esprit. Une image longtemps restée enfouie. Qui remonte à l'air libre en craquelant la surface.

Il était une fois, il y a très longtemps, un garçon qui adorait dessiner des chats. C'était un garçon pauvre et il passait le plus clair de ses journées dans les champs avec ses parents et les autres villageois, à planter le riz au printemps et à le récolter en automne. Mais, dès qu'il avait un moment de libre, il dessinait. Et ce qu'il aimait le plus dessiner, ce qu'il dessinait la plupart du temps, c'étaient des chats. Des gros chats, des petits chats, des chats au pelage rayé, tricolore ou tacheté. Des chats aux oreilles pointues et aux yeux en amande, aux pattes et au museau noirs, des chats avec des taches blanches sur le poitrail, comme les aigles. Des chats hirsutes, des chats tout lisses, des chats en train de bondir, de chasser, de dormir ou de se lécher la fourrure. Sur les rochers plats au bord de la rivière, il les dessinait à l'aide d'un bâton brûlé. Ou bien il les esquissait dans le sable sur les berges du lac voisin où les pêcheurs tiraient leurs filets. Les jours secs, il les traçait dans la poussière du chemin qui menait chez lui, et après les pluies il les gravait dans la boue compacte une fois les flaques évaporées.

Les villageois trouvaient que c'était une perte de temps. À quoi bon dessiner des chats ? se moquaient-ils.

Ça ne fait pas bouillir la marmite, ça ne rentre pas les récoltes. L'homme le plus riche du village avait de magnifiques estampes aux murs de sa maison : des montagnes aux cimes noyées de brouillard, des jardins raffinés, toutes choses lointaines qu'aucun habitant n'avait jamais vues de ses propres yeux. Alors qu'il suffisait de sortir dans la rue pour voir un chat ; il y en avait partout. On n'avait jamais entendu parler d'un artiste qui se consacrait à dessiner des chats. Quel intérêt ?

Mais les parents du garçon, eux, n'étaient pas de cet avis. Même s'ils devaient travailler de longues heures à la rizière – et que leur fils devait souvent les aider –, ils étaient fiers de son talent. Quand ils avaient fini leur labeur quotidien, le père cueillait des tiges de bambou de la longueur de la main qu'il donnait à son fils en guise de manches de pinceaux. La mère coupait les pointes de ses cheveux et les liait en petites touffes pour en former les poils. Le garçon ramassait des cailloux – de toutes les couleurs qu'il trouvait, du rouge profond au noir le plus pur – et les concassait pour s'en faire des pigments. Et, tous les soirs, il peignait des chats – sur des morceaux d'écorce plats, sur des bouts de papier et de vieux chiffons – jusqu'à l'heure du coucher.

Une année, le village fut frappé par une épidémie et les parents du garçon moururent. Aucun autre habitant ne voulut le recueillir, car il n'avait pas bonne réputation. Un garçon qui perdait son temps, qui faisait des choses inutiles. De plus, les villageois n'avaient pas beaucoup d'économies. Eux aussi avaient été malades ; ils avaient à peine de quoi manger, et pas de quoi nourrir une bouche supplémentaire. Chaque famille préleva une poignée de riz de sa réserve, et le tout fut enveloppé dans un linge et offert au garçon. Bon courage, lui dirent-ils. Que la chance te sourie. Il les remercia, posa son balluchon sur son épaule, glissa ses pinceaux dans sa poche et se mit en route.

C'était l'hiver et il faisait un froid mordant. Le garçon erra des heures dans le noir, jusqu'à ce qu'il parvienne à un petit village où toutes les portes étaient résolument fermées. Il avait beau apercevoir la lueur d'un feu par les fenêtres, personne ne lui ouvrait quand il toquait. Un vent glacial se mit à souffler, et des flocons de neige à tourbillonner autour de lui comme des fantômes qui lui griffaient le visage. À la dernière maison, une vieille femme entrouvrit sa porte. Je suis désolée, dit-elle, si je te laisse entrer, mon mari me tuera. Personne n'ose accueillir d'étranger chez lui, tout le village a peur. Peur ? répéta le garçon. Peur de quoi ? Mais la femme se contenta de secouer la tête.

Désespéré, le garçon balaya du regard la rue déserte. Tout au bout, juste à la sortie du village, il repéra un petit bâtiment qu'il n'avait pas remarqué jusque-là. Et là-bas ? demanda-t-il. Cette maison abandonnée ? Je peux peut-être y dormir, juste cette nuit ?

La vieille femme lui attrapa les mains. Cet endroit est dangereux, souffla-t-elle. Maudit. On raconte qu'un monstre y habite. Quiconque y pénètre de nuit n'en ressort plus jamais.

Je n'ai pas peur, rétorqua le garçon, et de toute façon j'aime autant me faire dévorer par un monstre que de mourir gelé dans la rue.

La vieille femme baissa la tête et lui tendit une torche qu'elle avait allumée à la flamme de son poêle. Prends ça, dit-elle. Et fais-toi petit. Puis elle le bénit en essuyant une larme à ses yeux. Puisses-tu revoir la lumière du jour, dit-elle. Et si c'est le cas, j'espère que tu nous pardonneras.

Le garçon se dirigea vers la maison abandonnée. La neige commençait à tenir sur le sol et sur les branches nues des arbres, et en atteignant la maison il trouva une petite congère qui s'était amoncelée devant la porte, mais celle-ci n'était pas fermée à clé et il réussit à entrer. Il alluma un feu dans la cheminée et regarda autour de lui. Il n'y avait qu'une pièce, avec un seul meuble : une petite armoire, comme celle dans laquelle sa mère rangeait leurs couvertures. Il n'y avait pas de tapis par terre, aucune décoration, seulement des murs blanchis à la chaux et un sol en terre battue, propre.

Eh bien, songea-t-il, cet endroit est peut-être maudit, mais au moins il y fait chaud et sec. Il s'apprêtait à dérouler sa couverture par terre pour se coucher quand les murs blancs attirèrent son attention. Ils paraissaient si nus, si vides. Comme un visage sans traits. Alors il sortit ses pinceaux de sa poche et, avant même d'y avoir vraiment réfléchi, il avait peint un chat sur un des murs. Un petit chat, juste une minuscule chose à rayures blanches et grises. Un chaton, en fait. Voilà, pensa-t-il, c'est mieux comme ça. Et, de nouveau, il se prépara à se mettre au lit.

Mais le chaton avait l'air bien esseulé, au milieu de ce grand mur blanc ; il y avait tellement de place autour de lui. Alors le garçon lui dessina un ami, un plus gros chat tigré, assis à côté de lui, en train de se lécher la patte. Et ensuite il se laissa totalement emporter. Il peignit un troisième chat, un gros matou orange, assoupi près du feu. Puis un chat noir prêt à bondir, un chat blanc avec de grands yeux bleus, un calico agrippé aux poutres. Il peignit des chats jusqu'à ce que les murs soient entièrement recouverts, toute une galerie de chats pour lui tenir compagnie, et c'est seulement quand il fut à court de place – et que le feu fut réduit à des braises – qu'il reposa ses pinceaux.

Le garçon était fatigué. Qui ne l'aurait pas été, après avoir fait surgir du néant une centaine de chats ? Il déroula sa couverture mais, malgré tous ces chats, il se sentait seul. Ses parents lui manquaient, il aurait tant voulu être chez lui, dans sa propre maison, son propre lit, tandis que ses parents dormaient à côté. Il songea à ses pinceaux, fabriqués à partir des bambous de son père et des mèches de sa mère. Il se remémora les petits gestes qui lui manquaient le plus : la façon dont sa mère lui passait la main dans les cheveux pour lui dégager le visage ; la façon dont son père fredonnait en travaillant à la rizière, si bas qu'on aurait dit le bourdonnement des abeilles. Il se sentait petit, et tout à coup il se souvint des mots de la vieille femme : fais-toi petit. *Il attrapa sa couverture, ouvrit l'armoire et se confectionna un lit à l'intérieur. Ça lui rappelait le sien, chez lui. Alors il s'y glissa avec toutes ses affaires et referma la porte.*

Au beau milieu de la nuit, il fut réveillé par un terrible gémissement. C'était une plainte lugubre, tel le sanglot des vieux arbres qui se fendent en tombant, tel le hurlement de cent vents d'hiver, tel le cri strident de la terre qui s'ouvre et se déchire. Même ses cils se dressèrent au garde-à-vous. Il colla son œil contre une fente de l'armoire, mais tout ce qu'il voyait était une terrifiante lumière rouge, comme si la pièce était remplie de sang. Alors il ferma les yeux, retint son souffle et tira la couverture sur sa tête. Quoi que tu fasses, pensa-t-il, pas un bruit.

Après un long moment – il n'aurait su dire combien de temps –, le silence revint. Mais il continua à attendre. Une heure s'écoula. Deux. Il colla de nouveau son œil contre la fente et, cette fois, pas de rouge : seulement la pâle lueur du jour. Les mains tremblantes, il poussa la porte de l'armoire et en ressortit. Ses chats étaient toujours là, sur les murs, tels qu'il les avait peints. Mais ils avaient tous la gueule rouge. Et, partout sur le sol, des centaines et des centaines d'empreintes de chats, imprimées dans la terre, ainsi que des griffures, des traînées, les traces d'une bataille. Des éclaboussures de sang et de bave sur tous les murs. Et là, dans un coin, une énorme créature poilue, morte. Silencieuse, désormais, déchiquetée à coups de griffes. Un rat gros comme un bœuf.

Alors, qu'est-ce que ça peut bien vouloir dire ? se demande Bird, allongé dans son lit ce soir-là. Il est minuit passé, et sur la couchette du dessous, son père laisse échapper un unique ronflement, se tourne sur le côté et ne bouge plus. Dehors, la ville est silencieuse, à part le hurlement occasionnel d'une sirène dans le noir. *Nous promettons de veiller les uns sur les autres.*

Sur la pointe des pieds, Bird va dans le salon, écarte le bord du rideau, se glisse derrière et observe la rue. Tout ce qu'il distingue, ce sont les masses sombres des immeubles, les halos lointains des réverbères. Le ruban plat et sombre de la chaussée. Fraîchement regoudronnée, mais quelque part dessous, un cœur de peinture rouge bat toujours. Tellement risqué, songe-t-il, et pour quoi faire puisque, quelques heures plus tard, il n'en reste aucune trace ?

Sauf que ce n'est pas vrai, il en reste une trace. Il ne peut plus regarder ce bout de bitume sans y penser, sans que cette vive éclaboussure ne lui revienne à l'esprit, aussi criarde qu'un feulement de chat sauvage.

Est-ce qu'ils n'ont pas eu peur ?

Il essaie de s'imaginer à la place de ce graffeur clandestin. Se faufilant dans la rue. Le souffle aussi brûlant que celui d'un dragon sous son masque, le cœur battant à tout rompre. Appliquant un pochoir sur la chaussée d'une main tremblante, vaporisant un crachin de peinture rouge. Et puis s'enfuyant à toutes jambes, les poumons en feu sous l'effet de la peur et des vapeurs toxiques, trouvant un recoin abrité pour se cacher. Les taches de peinture comme des traces de sang sur ses mains.

Et tout d'un coup, ça lui revient. Un déferlement, comme si quelqu'un avait ouvert une vanne.

Un jeu entre sa mère et lui, quand il était tout petit. Avant l'âge d'entrer à l'école, alors qu'il n'avait pas d'autre univers qu'elle. Son jeu préféré, auquel il la suppliait de jouer. Un jeu rien qu'à eux, qu'ils faisaient seulement pendant que son père était au travail, en secret.

Fais le monstre, maman. Je me cache, et toi tu fais le monstre.

Elle scotchait de grandes feuilles de papier aux murs et Bird y dessinait des dizaines et des dizaines de chats ; au pastel, avec des marqueurs à moitié desséchés ou des moignons de crayons de couleur. Des chats assez simplistes, juste un gribouillis avec des oreilles, mais quand même, des chats. Des chats partout dans sa chambre. Puis, quand il en avait assez de dessiner, venait la seconde partie du jeu. Au fond de sa penderie se trouvait un vide que ses parents avaient découvert en rénovant la maison. Sous l'extrémité mansardée de la pièce, trop petit pour en faire quoi que ce soit d'utile, mais sa mère l'avait conservé. Exprès pour lui. Une cabane idéale pour un enfant, qu'elle avait fermée par un panneau coulissant, et garnie d'un oreiller, d'une couverture et d'une lampe de poche. Un antre de dragon. Un repaire de bandit. Et, parfois, la tanière dans laquelle se cachait l'enfant en question.

Il rampait à l'intérieur, refermait le panneau, bâillait bruyamment, se couchait et se mettait à ronfler.

De l'extérieur jaillissait alors un grognement qui lui donnait la chair de poule. Puis une série de miaulements féroces. Dans sa cachette, Bird remontait la couverture sur sa tête et frissonnait délicieusement. Au bout de quelques minutes, tout redevenait silencieux et il ressortait de sa cabane, de la penderie elle-même, et là, au milieu de la moquette de sa chambre, gisait sa mère, sur le dos, les bras recroquevillés sur la poitrine. Mortellement immobile. Et tous les chats qu'il avait dessinés avaient la gueule barbouillée de rouge.

Alors il se jetait sur elle, elle le réceptionnait entre ses bras, chauds et forts, et le chatouillait en riant. Il avait toujours un instant de terreur en la voyant par terre, puis un élan de soulagement quand elle revenait à la vie. Ils y avaient joué encore et encore, à ce jeu, sa mère acceptant toujours de céder à sa demande. Ça remontait à si longtemps qu'il avait oublié. L'école, de nouveaux amis, de nouveaux jeux étaient arrivés depuis et l'avaient remplacé. Ensuite, après le départ de sa mère, il avait empaqueté ce souvenir et l'avait laissé avec tout le reste dans leur ancienne maison. Où peut-être – peut-être seulement, bien qu'il ose à peine se le formuler – il pourrait éventuellement la retrouver.

Une chose qu'il n'a jamais dite à personne, pas même à Sadie, c'est qu'il est souvent retourné là-bas, au fil des années. C'est seulement à quelques rues de sa nouvelle école, et même s'il est censé rentrer directement après les cours, il lui arrive de faire le détour, un tout petit détour, pour pouvoir passer devant la maison. Juste pour la voir. Ce sont les seules fois où il s'écarte de son itinéraire. Des travaux, s'imagine-t-il raconter à son père, l'avenue principale était bloquée, j'ai dû contourner. Ou bien : la police faisait dévier les gens, je ne sais pas pourquoi. Son père ne le lui reprocherait jamais, lui qui rappelle toujours à Bird d'éviter les ennuis, de fuir la police.

Mais son père ne lui pose jamais la question, tant il est convaincu que Bird suit toujours les règles, tant il a confiance en sa totale obéissance, et ces jours-là – planté sur le trottoir, le regard levé vers cette maison où ils ne vivent plus, vers ses fenêtres aux stores baissés, comme si elle fermait les yeux –, Bird lui en veut de penser qu'il n'y a rien en dehors du chemin prescrit qui puisse lui manquer, dont il puisse avoir besoin ou envie.

Personne n'a emménagé dans cette maison depuis trois ans. Son père ne l'a pas vendue – il ne peut pas, sans la signature de sa mère –, et personne ne semble disposé à la louer en connaissant l'identité de ses occupants précédents. À chaque visite de Bird, c'est la même chose : les fenêtres masquées par les stores, le grand portail de derrière toujours résolument fermé. Dans ce quartier, aucune maison n'a de cour à l'avant : elles donnent toutes directement sur la rue, comme des voisins sans gêne jouant des coudes pour être aux premières loges. Une plate-bande de gazon hirsute sépare le trottoir de la chaussée, et c'est la seule chose qui change d'une fois sur l'autre : d'abord touffue et envahie de mauvaises herbes, puis lui arrivant aux genoux et desséchée, et enfin couverte d'une épaisse couche de neige jamais déblayée. Une année, au printemps, il a trouvé un tapis de jonquilles : il avait oublié que sa mère en avait planté là, et leur jaune guilleret – la couleur préférée de sa mère – l'a rendu tellement triste qu'il n'est pas revenu pendant un mois, jusqu'à ce que les fleurs aient fané et qu'il ne reste plus que des tiges avachies et des feuilles flétries.

Il déduit de tout ça que la maison est toujours vide. L'endroit parfait pour se cacher.

Le lendemain, après l'école, au lieu de rentrer chez lui, il prend le long du fleuve en direction de leur ancienne adresse. Pendant qu'il marche, des souvenirs éclosent à chacun de ses pas, comme autant de petits cailloux éclairant un chemin dans la forêt. Voilà l'énorme sycomore gris-brun, qui lui faisait penser à un pied d'éléphant géant et dont, même en s'y mettant à deux, ils ne pouvaient pas faire le tour avec les bras. Voilà la maison blanche biscornue, vieille de deux siècles, tout en angles et en extensions successives ; lui l'appelait la maison bric-à-brac, sa mère la demeure aux trente-sept pignons. Voilà le monastère derrière son haut mur d'enceinte, toujours aussi impénétrable et imperturbable. Des moines y vivaient, lui avait dit sa mère, et quand il lui avait demandé *C'est quoi un moine*, elle avait répondu : quelqu'un qui veut fuir le monde. Tous les repères de son enfance lui reviennent, lui indiquant patiemment la route. Il s'arrête un moment, désorienté, devant le creux béant d'une vieille souche d'arbre, jusqu'à ce qu'il comprenne : le grand érable dont il se souvient a été abattu. Chaque automne, une pluie de feuilles rouges en tombait sur le trottoir, dont les plus petites avaient la taille de son visage. Sa mère en avait ramassé une dans laquelle elle avait percé deux yeux pour lui en faire un masque. Puis elle s'en était fabriqué un aussi. Deux lutins des forêts errant dans la ville. L'arbre avait dû pourrir de l'intérieur pendant tout ce temps, se désagrégeant comme une éponge. C'est une tragédie qui l'accable, jusqu'à ce qu'il se penche sur la souche et aperçoive au fond de petites pousses vertes qui jaillissent au centre du bois opiniâtre.

Dans leur ancienne rue, toutes les maisons sont d'une nuance morose différente : marron clair, beige sale, le gris délavé du linge défraîchi… comme si toutes les couleurs avaient déteint depuis son enfance. Les épaules tombantes, légèrement penchées d'un côté, on dirait des vieilles dames dont les vêtements seraient devenus trop grands et élimés. Il y a des poubelles derrière les clôtures, çà et là un journal détrempé sur le trottoir, encore dans son emballage plastique, mais tout est calme. Et soudain elle est là : leur maison, telle qu'elle a toujours été. D'un vert poussiéreux, comme le dessous d'une feuille. Les marches en bois du perron, gracieusement affaissées, les angles arrondis par le temps. La porte, autrefois rouge cerise, désormais du même ocre brun que les vieilles briques.

Si son père ne l'a jamais vendue, raisonne Bird, c'est qu'elle est encore à eux. Il ne commet donc pas d'infraction en y pénétrant. *Stricto sensu*, il n'enfreint aucune règle. Il se retourne quand même pour balayer la rue du regard alors qu'il se fraie un chemin entre les mauvaises herbes vers le portail de derrière. Les fenêtres des autres maisons semblent le surveiller d'un œil noir.

Après le départ de sa mère, certains voisins s'étaient mis à les éviter. Avant, ils leur faisaient coucou, ils disaient bonjour, parfois ils s'extasiaient sur le fait que Bird avait tant grandi, ou commentaient la météo. Après : plus un mot, à peine un hochement de tête. Ils rentraient chez eux précipitamment, comme s'ils avaient oublié quelque chose ou laissé la gazinière allumée. Un jour, à Harvard Square, Bird et son père étaient tombés sur Sarah, qui vivait à deux numéros de chez eux et venait de temps en temps leur apporter des muffins à la rhubarbe ou emprunter le sécateur de Margaret. Elle avait traversé la rue en les voyant arriver, avec autant de naturel que d'empressement, à croire qu'elle devait soudain attraper un bus. La fois suivante, quand ils l'avaient vue dans leur rue, en train de rentrer ses poubelles après le passage du camion à ordures, elle n'avait même pas croisé leur regard.

Pire que les voisins qui les ignoraient, il y avait ceux qui s'étaient mis à passer chez eux à tout bout de champ. Pour vérifier que vous n'avez besoin de rien, disait l'un. Juste comme ça, pour prendre des nouvelles. Pour voir si vous arrivez à tenir. Bird se demandait ce qu'ils étaient censés *tenir*, au juste, jusqu'à ce qu'il finisse par comprendre que c'était eux-mêmes. Et c'est vrai que c'était un peu ça, dans les premiers temps, les matins où il avait dû manger ses céréales à sec parce que le lait dans le frigo avait tourné. On aurait dit que son père et lui étaient des marionnettes, et que les ficelles qui les *tenaient* avaient lâché. D'habitude c'était sa mère qui faisait toutes ces choses, mais elle n'était plus là et ils allaient devoir apprendre à survivre sans elle ; tâche qui semblait relever de l'impossible, les premières semaines.

Le jour où l'alarme incendie s'était déclenchée, les pompiers avaient débarqué et son père avait dû leur expliquer que, non, rien de grave, c'étaient juste les pancakes qui avaient un peu accroché dans la poêle. Oui, il savait qu'il ne fallait jamais laisser la gazinière sans surveillance, mais Noah l'avait appelé dans l'autre pièce ; non, Noah n'était pas en danger, tout allait bien. Un autre après-midi, Bird s'était écorché les genoux en tombant de vélo au coin de la rue et était rentré en courant et en hurlant, avec du sang qui lui dégoulinait sur les tibias. Il était assis sur le couvercle des toilettes, en train de renifler pendant que son père le nettoyait avec un Sopalin humide – ce n'est rien, Bird, regarde : juste une égratignure – quand des policiers étaient arrivés. Une voisine les avait appelés.

Le petit garçon, tout seul, en pleurs. Son vélo abandonné, la roue avant qui tournait encore. *Je voulais juste m'assurer qu'il n'était pas livré à lui-même. Vous savez, maintenant que sa mère n'est plus là. Juste vérifier qu'il y avait quelqu'un pour le surveiller.*

Il y avait toujours quelqu'un pour le surveiller, apparemment : quand Bird sortait sans bonnet et attendait le bus en grelottant ; quand il oubliait son Tupperware pour la cantine et que sa maîtresse lui demandait si son père lui donnait assez à manger. Toujours quelqu'un pour surveiller. Toujours quelqu'un qui voulait vérifier.

Ce n'est sans doute rien, mais…

J'ai préféré prévenir, au cas où…

Je suis sûr que tout va bien, cependant…

Des affiches commençaient alors à fleurir un peu partout, aux quatre coins de la ville. Aux quatre coins du pays. *Un quartier uni est un quartier paisible. Veillons les uns sur les autres.* Des années plus tard, Bird verrait Sadie sortir un marqueur de la poche de son jean et déplacer le « sur » : *Surveillons les uns ~~sur~~ les autres.* Leur voisine d'en face, qui ne les avait jamais aimés, qui disait que leur jardin était mal entretenu, que leur maison avait besoin d'un sérieux coup de peinture et qu'ils garaient leur voiture trop près de la sienne, prenait un malin plaisir à appeler la police pour un oui, pour un non. Le jour où son père s'était brûlé la main avec la poêle en fonte et qu'il l'avait lâchée par terre dans un fracas tonitruant en poussant un juron, un agent était arrivé un quart d'heure plus tard. Motif : signalement de querelle familiale. M. Gardner avait-il pour habitude de proférer des grossièretés devant son fils ? Dirait-il qu'il avait mauvais caractère ? Et à Bird, en privé : lui arrivait-il d'avoir peur de son père, son père l'avait-il déjà frappé, se sentait-il en sécurité chez lui ?

Régulièrement, des objets menaçants faisaient leur apparition dans leur boîte aux lettres ou sur le perron : du verre brisé, des sacs d'ordures, et même, une fois, un rat mort. Des petits mots en lettres majuscules que son père déchirait avant que Bird ait pu les lire. C'était peu de temps avant, se rend-il compte à présent, que son père change de boulot, inscrive Bird dans une nouvelle école, et qu'ils déménagent sur le campus. Pour la première fois, il imagine ce que son père a pu subir au travail, ce qu'on a pu lui déposer devant la porte de sa classe ou sur son bureau. Ce que ses supérieurs ont pu lui dire, ou ne pas lui dire, de tout ça.

Bonne nouvelle, avait-il annoncé un jour, de but en blanc. L'université a accepté de nous attribuer un appartement dans une des résidences.

Son nouveau boulot était mal payé, à peine de quoi couvrir les dépenses de nourriture et d'habillement, pas assez pour un loyer à Cambridge. Mais grâce à des faveurs et des services, il avait réussi à leur dégotter un refuge en lieu sûr. En haut d'une tour, protégé par une cour intérieure, un passe magnétique et un ascenseur. À l'abri des regards indiscrets.

Alors que Bird pousse le portail à l'arrière de la maison, quelque chose s'agite entre les hautes herbes, une petite boule marron et blanc : un lapin, surpris pendant qu'il broutait tranquillement. Il détale et disparaît dans un trou au pied de la clôture. Bird s'avance prudemment. Après trois ans sans entretien, les mauvaises herbes lui arrivent à la taille et ont quasiment envahi l'allée. Çà et là, une branche trop longue s'accroche à sa manche, tel un mendiant réclamant l'aumône. Un conte lui revient : un château, entièrement couvert de ronces. *Si épaisses qu'on ne voyait plus le château, pas même le drapeau sur le toit.* Tous les princes bataillaient pour s'y frayer un chemin. Lorsqu'arriva le prince légitime, après cent ans, la haie s'écarta pour le laisser passer. Petit, il adorait cette histoire ; sa mère la lui racontait et il y croyait dur comme fer, au premier degré.

Tandis qu'il regarde autour de lui, les souvenirs volettent à sa rencontre avant de se poser sur ses épaules comme des libellules. Ils avaient des fleurs, dans le jardin, à l'époque : de la lavande, du chèvrefeuille et de grosses boules violettes, les préférées de son père. Des roses blanches de la taille de son poing, dans lesquelles se glissaient en frétillant de dodues abeilles dorées. Une plante grimpante qui faisait des fleurs pourpres en forme d'étoiles. Et là, ils avaient un potager : des courges aux feuilles poilues, qui s'enroulaient sur elles-mêmes, et des tomates tentaculaires. Les bottes en caoutchouc vertes de sa mère, les semelles pleines de boue. Les siennes étaient orange. Un jour, il s'était fait piquer et sa mère avait collé ses lèvres à son poignet pour aspirer le dard.

Bird s'aventure un peu plus loin, écartant les herbes sur son passage. Voilà le piquet sur lequel était tendu un tipi de ficelles où les haricots grimpaient en s'entortillant. Une cachette fraîche et naturelle, dans le temps. Son père avait la même quand il était petit, et sa mère lui en avait fait pousser une exprès pour lui. À présent les ficelles sont nues, ternies par les intempéries, certaines complètement distendues ou effilochées. Au sol, un enchevêtrement de lianes sèches et flétries.

Quelque part, il s'en souvient, quelque part dans ce jardin, il y a une clé. Il en est sûr. Près de l'escalier qui monte à la galerie couverte, peut-être, ou sous la galerie. Une pierre avec une clé cachée dessous.

Il se souvient d'un jour où il était là avec sa mère. Quel âge pouvait-il bien avoir ? Quatre ans ? Cinq ans ? Son père était au travail, et sa mère jardinait : elle arrachait les mauvaises herbes, taillait les arbustes, attachait à leur tuteur les branches lourdes de fruits mûrs. Bird avait fermé la porte à l'arrière de la maison et n'arrivait plus à l'ouvrir. Il avait fondu en larmes, persuadé qu'ils étaient coincés dehors à jamais. Ne t'en fais pas, lui avait dit sa mère. Écoute, je vais te raconter une histoire. Elle lui racontait souvent des histoires en jardinant, pendant qu'il creusait la terre, ramassait des brindilles ou restait allongé dans l'herbe à côté d'elle. *Il était une fois une sorcière qui avait un jardin magique. Il était une fois un jeune homme qui parlait le langage des animaux. Il était une fois une époque très lointaine où brillaient neuf soleils dans le ciel, et où il faisait si chaud que rien ne poussait sur la terre.*

Ce jour-là, en essuyant la traînée de boue sur la joue mouillée de Bird : *il était une fois un garçon qui avait trouvé une clé en or.* Elle s'était agenouillée au pied des marches, avait retourné une pierre et abracadabra ! La clé était là.

Elle faisait toujours ça, lui raconter des histoires. Ouvrir des brèches par où la magie pouvait s'insinuer, faisant du monde un lieu de tous les possibles. Après son départ, il avait cessé de croire à ces fables, des rêves vaporeux et mensongers qui se désintégraient à la lumière du matin. Mais maintenant il se dit qu'ils comportaient peut-être une part de vérité, après tout.

Ça lui prend un certain temps, mais il finit par la trouver. Enfoncée dans la terre, les bords ourlés de rouille, pourtant elle est bien là, dure, solide et réelle dans sa main. Elle entre toujours dans la serrure, s'enclenche toujours quand il la tourne, actionne toujours le pêne de sorte qu'il peut appuyer sur la poignée et s'introduire à l'intérieur.

Dedans, l'odeur de renfermé d'une maison inoccupée depuis des années. La moiteur rance d'un air qui n'a pas été attendri par la chaleur des corps, mais ça, il s'y attendait. Ce à quoi il ne s'attendait pas, c'est à quel point tout lui est resté familier. Le long couloir étroit de la cuisine au salon, où son père et lui faisaient des courses de petites voitures mécaniques, la cheminée en brique encastrée dans le mur, l'escalier qui se dresse devant lui, abrupt, et se dissout dans la pénombre de l'étage. Comme un endroit qu'il aurait visité en rêve, qu'il connaît sans le reconnaître, un endroit dans lequel il sait s'orienter mais dont il serait incapable de dessiner le plan. Partout où se pose son regard, les souvenirs clapotent et enflent. Il se souvient des meubles qui ont disparu, autrefois imposants et robustes : le fauteuil en cuir adoré de sa mère, la table basse en verre où ils jouaient à des jeux de société tous les trois. Il se souvient de la couleur de la lumière le soir, quand arrivait l'heure du dodo : une couleur de miel chaude, qui nappait tout d'un sirop sucré.

À l'intérieur du château, le temps s'était figé. La servante dormait dans la cuisine, un poulet à demi plumé sur les genoux. Le cuisinier ronflait, une main encore en l'air, qui s'apprêtait à frapper le garçon de cuisine.

Hé ho ! lance-t-il, mais personne ne répond.

Il n'y a plus rien ici, à part la poussière en suspension dans les rayons de soleil qui filtrent sur le côté des stores baissés. Un rectangle plus foncé sur le parquet, là où le tapis a protégé le bois pendant des années. Un tas de cendres dans la cheminée, couleur d'os blanchis. C'est là que son père a empilé les livres de sa mère avant d'y jeter une allumette.

Plus aucune trace d'elle, mais des traces d'elle partout.

Il pose une main sur la rampe et commence à monter l'escalier. Sur chaque marche, ses pieds laissent des empreintes dans la poussière.

À l'étage, le palier est uniquement éclairé par les rais de lumière que laissent passer les stores. La chambre de ses parents. La salle de bains, avec la baignoire montée sur pattes, désormais tachée de coulées de rouille. Et là, au bout du couloir, sa chambre à lui, avec sa porte à la forme si particulière : un angle coupé en biais pour pouvoir passer sous le plafond mansardé. Il la pousse timidement, mais il n'y a personne à l'intérieur. Dans le coin est resté un sommier sans matelas, comme un squelette de lit. Contre le mur d'en face, une bibliothèque nue et une commode aux tiroirs de guingois. Il jette un œil dedans : rien. La coquille vide de son ancienne vie. Un lointain souvenir lui revient, et il frotte la couche de crasse sur l'encadrement de la porte jusqu'à trouver ce qu'il cherche : des traits au crayon comme les barreaux d'une échelle, chacun identifié par une date et deux lettres. BG. Bird Gardner. Son nom de l'époque. Quatre-vingt-onze centimètres. Quatre-vingt-seize. Un mètre zéro six. Une lente et irrésistible ascension.

Les gonds de la penderie grincent quand il l'ouvre. Vide, elle aussi. Un cintre solitaire se balance à la tringle. Et, sur la paroi du fond, le panneau qui est en fait une porte coulissante, le secret qu'il a gardé farouchement, au point de ne même jamais le montrer à ses amis. C'était quelque chose qu'il ne partageait qu'avec sa mère. Exactement tel que dans son souvenir, c'en est presque troublant. Comme sorti de sa propre imagination.

Prudemment, Bird soulève le loquet et fait coulisser le panneau, révélant une cavité qui, même pour un enfant de cinq ans devait être exiguë. Il s'allonge sur le sol de la penderie, parvient à y introduire la tête et une épaule. Il n'y voit rien, mais il tâtonne à l'aveuglette, passant les paumes partout où il peut. Dans son souvenir, c'était un vaste volume, une immense caverne, mais en vérité c'est une toute petite niche. Même s'il arrivait à se glisser par l'ouverture, il n'y tiendrait pas accroupi.

À l'intérieur, il trouve une vieille lampe de poche qu'il essaie d'allumer, mais, bien sûr, la pile est morte depuis belle lurette. Un oreiller tout élimé. Un bout de Cellophane froissé qui, après examen, se révèle être un emballage de biscuit plein de poussière. Et c'est tout. Il se sent idiot, à présent, d'avoir pu penser qu'il la trouverait là.

Bird s'agrippe au cadre du panneau pour s'extraire tant bien que mal de la cavité, et c'est là qu'il sent quelque chose. Une petite carte, coincée dans la baguette du rail coulissant du côté intérieur. Non, pas une carte : un morceau de papier. Poussiéreux, comme tout le reste, comme s'il était là depuis très longtemps. Un seul mot écrit au stylo noir – « DUCHESSE » – et, dessous, une adresse à New York, sur Park Avenue. L'écriture est celle de sa mère.

Le lendemain, après l'école, il retourne à la bibliothèque municipale, et les mots de la bibliothécaire lui reviennent tandis qu'il approche de l'entrée : *si je peux faire quoi que ce soit pour t'aider.* Il n'est pas sûr qu'elle puisse, mais s'il y a bien une chose qu'il a retenue de toutes les histoires qu'il a lues, c'est qu'il ne faut jamais ignorer les gens qui vous proposent leur aide en chemin… que ce soit pour vous orienter vers le trésor ou vous avertir d'un danger.

Cette fois-ci, au grand dam de Bird, la bibliothèque n'est pas tout à fait déserte. Il y a un autre visiteur : un vieux monsieur noir au département des livres pratiques, pas très loin de l'accueil. Grand et mince, portant une barbe poivre et sel et de longues dreadlocks grises soigneusement nouées dans la nuque. Bird s'attarde au rayon cuisine, à l'abri des regards, d'où il observe l'homme qui ouvre et referme des livres à la chaîne en les reposant sans avoir l'air de s'intéresser à ce qu'ils contiennent. Il va devoir attendre que ce monsieur s'en aille avant d'aller parler à la bibliothécaire sans risquer d'être entendu.

Mais, après presque dix minutes à feuilleter négligemment tout ce qui lui tombe sous la main, l'homme est toujours là. Qu'est-ce qu'il peut bien fabriquer ? Parfois, Bird le sait, des gens viennent ici juste pour se mettre au chaud. On est au mois d'octobre ; la température baisse de jour en jour et, dix ans après la Crise, il reste encore beaucoup de gens à la rue, qui traînent sur les trottoirs ou sur les bancs des parcs en cherchant à éviter la police et les milices de quartier. Mais cet homme n'a pas l'air d'un SDF. Il est vêtu d'un jean noir et d'un blazer marron clair bien taillé, de chaussures en cuir vernies. Contrairement à Bird, il semble à l'aise dans cet endroit, malgré son désœuvrement apparent. Mais il se dégage aussi de lui une certaine tension, comme s'il se préparait à une tâche difficile.

Tout à coup, l'homme sort de sa poche un petit bout de papier et l'insère prudemment dans un manuel de réparation de lave-linge, qu'il referme aussitôt. Un marque-page, pense Bird. Mais quelque chose dans son attitude éveille sa curiosité : le coup d'œil furtif qu'il jette par-dessus son épaule, la façon dont il réaligne soigneusement les livres de part et d'autre sur l'étagère, jusqu'à ce qu'on ne puisse plus voir que l'un d'entre eux a disparu. Bird se souvient alors de la bibliothécaire qui feuilletait les volumes un par un à son bureau la fois précédente, et du petit mot qu'elle a récupéré. De son côté, l'homme se redresse, comme s'il avait enfin pris une décision, coince le livre sous son bras et se dirige vers le comptoir de prêt d'un air déterminé.

Excusez-moi, dit-il à la bibliothécaire, j'ai trouvé ce livre qui traînait dans un rayon. Je ne suis pas sûr, mais j'ai l'impression qu'il a été déplacé.

Bird le voit mieux, à présent. Le marron-noir de ses yeux, le col blanc impeccable de sa chemise. Les contours soigneusement taillés de sa barbe.

La bibliothécaire relève la tête et, quand elle lui répond, il y a comme une excitation contenue dans sa voix. Merci, dit-elle, je vais regarder.

L'homme pose le livre sur le comptoir. Je ne suis pas sûr, vous comprenez, répète-t-il, mais il se pourrait que quelqu'un le cherche.

Il fait glisser le livre vers elle, la main toujours plaquée sur la couverture, comme s'il ne pouvait pas se résoudre à le lâcher.

Cette personne doit être très, très inquiète, reprend-il d'une voix étranglée, comme en essayant de retenir ses larmes.

Je vais faire de mon mieux pour retrouver d'où il vient, promet la bibliothécaire.

Bird, qui observe la scène depuis le rayon cuisine, perçoit qu'il se joue là quelque chose qui lui échappe. Il le sent plus qu'il ne le comprend : une légère vibration au plus profond de ses os. On n'a jamais vu quelqu'un pleurer pour un livre mal rangé.

Je n'en parlerai à personne, dit la bibliothécaire.

Sa voix est si basse que Bird doit tendre l'oreille pour l'entendre.

Merci de m'avoir prévenue, ajoute-t-elle.

Elle lui sourit et pose la main sur la couverture à côté de celle du monsieur, sans tirer le livre vers elle, se contentant de le tenir et d'attendre qu'il soit prêt à le lâcher, ce qu'il finit par faire.

Je n'aurais pas pu me regarder dans une glace si je ne l'avais pas fait, répond-il tout doucement. Mon frère et moi avons grandi dans une famille d'accueil. On nous disait que nos parents n'avaient pas les moyens de nous élever. J'étais presque majeur quand ils nous ont récupérés.

Et, sur ce, il s'en va.

La bibliothécaire vient juste de sortir le bout de papier quand elle aperçoit Bird, et elle s'empresse de refermer le livre. Cette fois-ci, Bird a eu le temps de le voir avant qu'elle le fourre dans sa poche : quelques mots griffonnés qui pourraient ressembler à un nom et une adresse. L'excitation qui se lit sur le visage de la femme se mue en méfiance quand elle reconnaît Bird.

Tiens, bonjour, dit-elle. Tu es revenu. Tu as besoin d'autre chose ?

Vous aviez dit que vous pourriez m'aider, répond-il. La dernière fois. Vous aviez dit… que si vous pouviez faire quoi que ce soit pour m'aider, je n'avais qu'à revenir vous voir.

La bibliothécaire ne dit pas oui, mais elle ne dit pas non. Le livre toujours entre les mains, elle observe Bird.

Je peux essayer, finit-elle par répondre. Qu'est-ce que tu veux ?

Bird s'éclaircit la voix.

Je voudrais aller à New York, risque-t-il. J'ai quelqu'un à voir là-bas.

La femme éclate de rire. C'est en dehors de mon domaine de compétence, explique-t-elle. Je parlais de te chercher un autre livre. Ou une information.

Justement, il s'agit de chercher une information, insiste-t-il. Il y a quelqu'un là-bas à qui je dois parler.

Il y a réfléchi toute la nuit. Sa mère lui a transmis cette adresse pour une bonne raison, il en est persuadé. Il n'y a qu'elle qui pouvait connaître la cachette, et encore plus lui laisser quelque chose dedans. Sa lettre, le conte japonais, ce petit mot : ça fait beaucoup pour être une coïncidence. Aux yeux de Bird, tout ça revêt la certitude d'une prophétie, ou d'une mission ; il le sent avec l'arrogante assurance dont seul un enfant peut faire preuve. Cette « duchesse », qui qu'elle soit, aura quelque chose à lui dire au sujet de sa mère. Sa prochaine étape est donc d'aller la trouver.

La bibliothécaire se frotte la tempe. Je suis désolée, dit-elle, je ne peux vraiment pas t'aider pour ça.

S'il vous plaît, implore-t-il. C'est pour une bonne raison. Je vous le jure.

Mais elle secoue la tête.

Je ne suis pas une agence de voyages. Et même si c'était le cas, je ne peux pas aider un gamin à fuguer.

Je ne veux pas fuguer, rétorque Bird, mais elle ne l'écoute déjà plus.

Je suis désolée, répète-t-elle en lui tournant le dos.

Alors il décide de bluffer.

Je sais ce que vous trafiquez, dit-il, même si en fait il ne sait pas vraiment, sinon que c'est quelque chose d'illicite, de honteux, voire peut-être d'illégal, et qu'il peut donc s'en servir comme levier, ou comme contrepartie.

Elle ne répond pas mais se fige, le dos à moitié tourné, et au léger raidissement de sa posture il devine qu'elle l'écoute à nouveau et décide de tenter le tout pour le tout.

J'ai vu cet homme, poursuit-il sans la quitter du regard. Et ce que vous faisiez, l'autre jour. Le petit mot dans le livre.

Puis, prenant son courage à deux mains, il se jette à l'eau. J'ai vu ce que vous avez mis dans votre poche.

Ça fonctionne. La femme se retourne face à lui et, bien que son visage soit calme et immobile, il y a une tension nouvelle dans sa voix.

Viens, dit-elle, on va parler dans mon bureau.

Alors elle l'agrippe fermement par le coude, comme une tenaille, et l'entraîne à travers les rayonnages jusqu'à la porte marquée « ACCÈS RÉSERVÉ AU PERSONNEL », comme la fois précédente. Mais ce coup-ci, dès qu'ils sont dans la pièce, elle l'attrape par les épaules et le fusille du regard.

Je savais que tu m'espionnais, lance-t-elle. L'autre jour. Je savais que tu allais me faire des histoires. Tu ne dois répéter à personne – *à personne* – ce que tu as vu. Tu comprends ?

Bird essaie de se dégager, mais n'y arrive pas. J'ai juste besoin de votre aide, dit-il.

Personne ne doit savoir, insiste-t-elle. Il y a des gens qui le paieraient cher, très cher, si ça venait à se savoir.

Comme cet homme, par exemple ? demande Bird.

Il a dit ça au hasard, mais apparemment il a vu juste. La bibliothécaire le lâche et s'adosse au mur en serrant le livre contre sa poitrine.

Il essaie d'aider, soupire-t-elle. Et il prend déjà un risque énorme juste en essayant. La plupart des gens ne vont même pas jusque-là. Ils préfèrent fermer les yeux, du moment qu'il ne s'agit pas de leur enfant.

Elle se tourne vers Bird.

Quel âge tu as ? Douze ans ? Treize ? Tu es assez grand pour comprendre, non ? Il y a des vies en jeu. Des vies d'enfants.

Je ne veux pas créer de problèmes, assure Bird.

Sa langue est bizarrement lourde et rétive dans sa bouche, comme un poisson tressautant sur la berge.

Je suis désolé. Vraiment. S'il vous plaît. Puisque vous les aidez, vous pouvez bien m'aider aussi, non ?

Il sort de la poche de son jean le papier avec l'adresse, tout froissé à présent.

J'essaie simplement de retrouver ma mère, dit-il, et en prononçant ces mots il se rend compte que c'est l'argument qui devrait la convaincre. Elle connaissait son nom, la dernière fois. Et comment l'aurait-elle connu si ce n'est par sa mère elle-même ? Tous les morceaux se recollent dans son esprit : la peinture rouge dans la rue, la banderole à Brooklyn, les tracts éphémères éparpillés dans les quartiers. Les poèmes de sa mère, les enfants volés, « nos cœurs disparus ». D'un coup, il voit tout, aussi nettement qu'une toile d'araignée perlée de rosée dont les maigres filaments s'entrelacent pour former une magnifique structure cristalline. Ils sont dans le même camp, elle et lui.

Ma mère fait partie des meneurs, déclare-t-il avec fierté.

C'est un sentiment qu'il n'a jamais osé revendiquer, et le dire tout haut lui donne l'impression de se tenir enfin droit après des années à rester voûté. La femme le regarde bizarrement, avec un air amusé, comme s'il s'apprêtait à lui raconter une blague qu'elle connaissait déjà.

Ta mère… dit-elle.

Bird se racle la gorge. Margaret, précise-t-il, et sa voix se casse très légèrement sur le M, une fêlure fine comme un cheveu. Margaret Miu.

Il ne se souvient pas quand il a prononcé son nom pour la dernière fois. Peut-être jamais. Ça sonne comme une incantation. Puis il attend. Quoi, au juste ? Un tremblement de terre. Des éclairs. Des coups de tonnerre. Mais tout ce qu'il voit est le demi-sourire narquois de la bibliothécaire. Il pensait que ce serait le sésame qui lui ouvrirait les portes de quelque salle secrète étincelante. Au lieu de quoi il s'est cassé le nez contre un mur.

Oh, je sais parfaitement qui est ta mère, finit par dire la bibliothécaire.

Elle examine Bird, en se penchant si près de lui qu'il sent l'odeur amère du café dans son haleine et qu'il s'affaisse sous son regard.

Tu sais, reprend-elle, au début je ne t'ai pas reconnu. La dernière fois que je t'ai vu, tu étais tout petit. Elle t'amenait ici dans un porte-bébé. Mais quand tu m'as interrogée sur son livre, j'ai compris à qui tu me faisais penser. Pourquoi ton visage m'était familier. Tu lui ressembles beaucoup, en fait, maintenant que j'ai fait le lien.

Bird a une foule de questions à poser, mais elles se bousculent toutes dans son esprit et s'enchevêtrent en un magma confus. Il essaie de se représenter la scène : sa mère, ici, au milieu de ces rayonnages ; lui, blotti contre sa poitrine.

Elle venait là ? s'étonne-t-il, ayant encore du mal à croire que sa mère ait pu se tenir ici, toucher ces mêmes livres qui l'entourent.

Tous les jours, répond la femme. Pour emprunter des livres, à l'époque où elle écrivait encore ses poèmes. Avant de devenir « la voix de la révolution ».

Elle laisse échapper un petit rire teinté d'amertume. Puis elle ferme les yeux et récite d'une voix chantante :

Tous nos cœurs disparus
Disséminés, partis germer ailleurs.

Bird reste un moment à digérer ces mots, à les absorber comme la roche absorbe la pluie, laissant une tache sombre et mouillée à la surface. Ce n'est pas seulement un livre, mais aussi un poème, et un vers à l'intérieur du poème.

Je n'avais jamais entendu la phrase entière, confesse-t-il.

La bibliothécaire s'adosse au mur, les mains sur les hanches. Toutes ces affiches et ces banderoles qui reprennent le slogan de sa mère. Quel fantastique coup de pub ! Et toutes ces photos devenues virales.

C'est quand même plus facile d'écrire des textes courageux que de faire concrètement le boulot, reprend la femme.

C'est donc ça que vous faites ? demande Bird. Vous retrouvez les enfants et vous les ramenez chez eux ?

Ce n'est pas si simple, soupire-t-elle. Il y a tellement de peur autour de ça. La plupart des gens ne veulent même pas reconnaître publiquement qu'on leur a enlevé leurs enfants. On leur promet que, s'ils ne disent rien, ils les récupéreront. Mais…

Elle s'interrompt et se pince l'arête du nez.

Nous, on s'efforce de les convaincre, poursuit-elle. On tient une liste à jour avec les noms, les âges, une description physique. Et quand on entend parler d'un enfant placé, on essaie de savoir qui c'est. Parfois ça donne quelque chose, parfois pas.

Mécaniquement, sa main tâte sa poche, et le petit mot du monsieur froufroute à l'intérieur.

C'est risqué, tu sais… Beaucoup de gens refusent de se mouiller. Mais on essaie de trouver des personnes de confiance, à droite, à gauche.

Comme cet homme, devine Bird.

Elle hoche la tête.

Le plus souvent, personne ne sait où les enfants ont été emmenés. Les plus petits, en tout cas, sont placés en famille d'accueil. Mais il y en a dont le prénom est modifié. Certains sont si jeunes qu'ils ne se souviennent même pas du nom de leurs parents. Et, en général, ils sont placés loin de chez eux. Pas par hasard.

Bird repense à Sadie, aux centaines de kilomètres entre Cambridge et ses parents à Baltimore. Il serait impossible, pour un enfant, de parcourir une telle distance tout seul.

Et après, quoi ? demande-t-il.

Pour l'instant, rien, répond-elle, et il perçoit le goût amer que doivent avoir ces mots sur sa langue. Pour l'instant, on ne peut rien faire pour les ramener chez eux. En tout cas, tant que le PACT est en vigueur. Mais on a réussi à en localiser quelques-uns, et je crois que ça aide les familles de savoir au moins où sont leurs enfants, qu'ils vont bien. On essaie juste de tenir les comptes. De ceux qui ont été perdus, et de ceux qui ont été retrouvés. Autant que possible.

Qui, « on » ?

Nous sommes quelques-uns, répond-elle prudemment. Dans tout le pays. On s'échange des petits mots, ajoute-t-elle avec un demi-sourire. Ça fait partie de notre mission, tu sais : l'information. La collecter, la conserver, aider les gens à trouver ce qu'ils cherchent.

Depuis le début, une question taraude Bird.

Mais pourquoi ? s'étonne-t-il. Puisque c'est tellement risqué. Est-ce que vous aussi, vous ne serez pas punis si vous êtes découverts ?

Bien sûr que si, dit-elle, la mâchoire crispée. Moi, comme tous les gens qui essaient de retrouver ces enfants. Cet homme, ou toute autre personne qui nous transmet des informations. Bien sûr que c'est un risque. Mais…

Elle s'interrompt, se frotte les tempes.

Mon arrière-grand-père était élève à Carlisle, déclare-t-elle, comme si ça expliquait tout.

Puis, voyant la mine perplexe de Bird, elle ricane.

Tu ne sais pas de quoi je parle, hein ? reprend-elle. C'est normal. On ne vous enseigne rien de tout ça. Ce serait trop antipatriotique, n'est-ce pas, de vous raconter les choses horribles que notre pays a faites au cours de son histoire. Les camps d'internement pour les Japonais à Manzanar, ou ce qui se passe à la frontière mexicaine. On vous apprend sûrement que la plupart des propriétaires de plantations étaient gentils avec leurs esclaves, et que Christophe Colomb a « découvert » l'Amérique, non ? Parce que vous dire la vérité, ce serait encourager des opinions antiaméricaines, et c'est ce qu'on veut éviter à tout prix.

Bird ne comprend pas vraiment ce qu'elle dit, en revanche il comprend soudain, et avec une force vertigineuse, l'ampleur de tout ce qu'il ne sait pas.

Je suis désolé, marmonne-t-il docilement.

La bibliothécaire laisse échapper un soupir.

Comment pourrais-tu savoir ces choses si personne ne vous les enseigne, que personne n'en parle jamais et que tous les livres qui traitent de ça ont disparu ?

Un long silence s'étire entre eux.

Je ne voulais pas faire de problèmes, finit par dire Bird. Vraiment. Je… je veux juste retrouver ma mère.

Je ne l'ai pas bien connue, réplique-t-elle d'un ton plus doux. Et ça remonte à loin. Mais je me souviens d'elle. C'était quelqu'un d'adorable. Et une bonne poétesse.

Mais une mauvaise mère, songe Bird.

C'est seulement quand la bibliothécaire lui répond qu'il s'aperçoit qu'il a parlé tout haut.

Tu ne devrais pas dire ça, le rabroue-t-elle. Pas de ta propre mère.

Elle lui pose de nouveau une main sur l'épaule. Plus gentiment, cette fois. Dans un geste de tendresse.

Je ne dis pas qu'il n'y a pas de mauvaises mères, ajoute-t-elle. Juste qu'on ne sait pas tout. Ce qui les pousse à faire ou ne pas faire certains choix. La plupart d'entre nous, on fait simplement de notre mieux.

Quelque chose dans sa voix aiguise la curiosité de Bird. Une certaine fragilité. Comme une pâte trop fine, avec plus de trous que de matière.

Vous avez des enfants ? demande-t-il.

Deux, dit-elle tout bas. J'en avais deux.

À l'imparfait. Coupant la phrase en deux : avant, après.

Qu'est-ce qui leur est arrivé ? s'enquiert Bird.

Ma petite fille est tombée malade. Pendant la Crise. On n'avait pas les moyens de payer l'hôpital. Personne n'avait les moyens. Et puis mon garçon n'a plus eu assez d'insuline, vers la fin.

Son regard s'est détaché de Bird pour se poser quelque part derrière son épaule, sur le mur d'en face.

Où que soit ta mère, quoi qu'elle fasse, poursuit-elle, je suis sûre d'une chose : elle serait heureuse de savoir que tu as grandi et que tu es resté en bonne santé. Que tu es toujours là.

Après quoi elle cligne plusieurs fois des yeux et revient dans le présent, avec lui.

Mais écoute, Bird, si tu veux aller à New York… il va falloir te débrouiller tout seul. Je ne peux faire passer que des informations, pas des gens.

Il hoche la tête.

Et je ne peux pas te laisser repartir avant que tu m'aies promis de ne parler de tout ça à personne.

Vraiment, Bird. Tu es bien placé pour comprendre, non ? Tu dois faire comme si tu ne savais rien de tout ça. Strictement *rien*. Il y a des vies en jeu.

Je ne dirai jamais rien, promet-il. Je ne pourrais pas.

Puis, pour prouver sa bonne foi, il ajoute d'une voix étranglée : Ma meilleure amie, Sadie, faisait partie de ces enfants.

Un long silence étonné.

Tu connaissais Sadie ? demande la femme.

C'est alors que Bird se souvient : bien sûr ! Sadie, tous les jours après l'école, qui s'arrêtait en chemin à la bibliothèque, même pour quelques minutes.

On discutait, elle et moi, explique la bibliothécaire. Difficile de ne pas remarquer une petite fille qui venait comme ça, toute seule.

Un élan d'espoir jaillit brusquement en Bird.

C'est pour ça qu'elle est partie ? demande-t-il avec excitation. Vous l'avez renvoyée chez elle ? Chez ses vrais parents ?

Mais la bibliothécaire secoue la tête.

Je n'ai pas réussi à retrouver leur trace, dit-elle. Personne ne savait où ils étaient passés, à part qu'ils n'habitaient plus chez eux. Et puis, du jour au lendemain, Sadie a disparu aussi.

Un moment de silence, pendant lequel la femme le couve d'un regard doux et bienveillant. Ça fait un bien fou, curieusement, de parler de Sadie avec quelqu'un qui l'a connue. De se souvenir d'elle.

Écoute, reprend la bibliothécaire, je ne peux pas t'amener à New York. Et je ne connais personne qui puisse faire ça. Mais je peux faire autre chose.

Elle le prend par la main et le guide pour sortir du bureau et retraverser les rayons jusqu'à un épais classeur bordeaux. À l'intérieur, des pages et des pages d'horaires imprimés en colonnes bleu clair.

Dans ce classeur, tu as les lignes et les horaires de trains, annonce-t-elle. Dans cet autre, les cars. À la gare, tu peux acheter ton billet au guichet, mais il y a aussi des machines. Au cas où tu préfères… éviter les questions.

Merci, parvient-il à peine à articuler.

Elle lui sourit. Je t'avais dit que c'était mon métier. L'information. La faire passer. Aider les gens à trouver ce qu'ils cherchent.

Elle repose le classeur, ouvert, sur l'étagère et le fait glisser vers lui.

Après, ajoute-t-elle, ce que tu fais de cette information ne me regarde pas.

Le lundi matin, son père l'attend déjà, sa sacoche à la main, quand Bird sort de la chambre. Il a caché ses livres de classe sous la couverture de son lit et, à la place, le cartable sur son dos contient des vêtements de rechange, une brosse à dents et tout l'argent dont il dispose. Tous les billets qu'il a trouvés par hasard dans la rue et qu'il a économisés au fil des années, tout l'argent de la cantine qu'il a mis de côté les jours où, plutôt que de déjeuner avec ses camarades, il a préféré rester dans la cour à ruminer ses pensées dans son coin. Juste assez, d'après l'indicateur des bus de la bibliothèque, pour un aller simple jusqu'à Manhattan. L'autocar qu'il a choisi part à dix heures. Il a largement le temps.

Bien que l'ascenseur ait enfin été réparé, il gémit et tressaille en entamant sa lente descente jusqu'au rez-de-chaussée. Entre les miroirs des parois, une ribambelle infinie de Bird et de son père se déploie en accordéon.

Bird attend que le numéro affiché passe de six à cinq pour ouvrir la bouche.

J'ai oublié mon casse-croûte, annonce-t-il.

Noah, répond son père, combien de fois je vais devoir te le dire ?

L'ascenseur s'immobilise dans un crissement et s'ouvre sur le hall d'entrée. La lumière du soleil pénètre à flots par les baies vitrées, si vive qu'il a l'impression d'être un insecte sur une table lumineuse. C'est sûr, son père va voir la tête qu'il fait et comprendre qu'il ment. Mais il se contente de soupirer en regardant sa montre.

J'ai une réunion d'équipe à neuf heures, déclare-t-il. Je ne vais pas pouvoir t'attendre. Dépêche-toi de remonter le chercher et de filer à l'école. Ne traînaille pas, hein ?

Bird hoche la tête, rappuie sur le bouton de l'ascenseur, et son père pivote pour partir. En le voyant de dos, si familier dans son vieux manteau marron, il sent sa gorge se nouer.

Papa, dit-il.

Son père se retourne et laisse échapper une exclamation étouffée alors que Bird se jette dans ses bras.

Qu'est-ce qui t'arrive ? s'étonne-t-il. Je croyais que tu étais trop grand pour les câlins.

Mais il le taquine. En fait il le serre fort, et Bird se blottit dans la laine douillette et poussiéreuse du manteau de son père. Brusquement, il a envie de tout lui raconter. De lui proposer de venir avec lui, et qu'ils la retrouvent ensemble. Mais il sait que son père n'acceptera jamais de le laisser partir, encore moins de l'accompagner. S'il veut le faire, il va devoir s'y prendre tout seul.

Au revoir, papa, dit-il, et ce dernier lui fait un signe de la main avant de s'en aller.

De retour au dixième, Bird rentre dans l'appartement et se précipite à la fenêtre. Il se glisse derrière les rideaux et observe le petit carré de pelouse de la cour en contrebas. Et soudain, la voilà : la silhouette sombre de son père, presque à la grille.

Il l'a déjà regardé traverser cette cour par le passé, les jours de neige, quand son école était fermée mais pas le travail de son père. Il se plantait alors à la fenêtre pour attendre de le voir émerger du hall, descendre l'allée et disparaître de son champ de vision. En hiver, les empreintes de pas qui dessinaient comme des pointillés dans son sillage lui semblaient magiques. De près, Bird le savait, ce n'étaient que des trous irréguliers creusés dans la neige. Mais de là où il était, dix étages plus haut, collé à la vitre, ils lui paraissaient délicats et précis. Magnifiques. Intentionnels. Une fine couture sur un édredon immaculé ; une succession de petits cailloux semés pour indiquer le chemin de la maison, ou pour montrer la route à quelqu'un. C'était tellement rassurant, de savoir qu'il n'avait qu'à descendre et suivre les traces laissées par son père pour le rejoindre où il allait.

Cette fois, la silhouette solitaire resserre son manteau marron autour d'elle pour se protéger de la brise glacée de l'automne et franchit la grille. Il n'y a pas encore de neige pour garder ses empreintes et, quelques instants plus tard, dès que son père disparaît de sa vue, c'est comme s'il n'avait jamais été là. Bird trouve ça d'une tristesse insoutenable, de passer quelque part sans laisser aucune trace de son existence ; qu'il n'y ait personne pour se souvenir que vous étiez là. Il a envie de redescendre les dix étages en courant et de placer ses pas dans ceux, invisibles, de son père. Il plaque ses paumes contre la vitre froide comme si, en le voulant très fort, il pouvait faire abstraction de la fenêtre et se téléporter dans l'air, au-dessus de tout.

Il n'avait même pas relevé la tête quand elle lui avait dit au revoir.

Birdie, avait-elle déclaré, je dois sortir.

C'était ça ? Ou bien : je dois y aller ? Il ne s'en souvient plus. Il était en train de jouer aux Lego, de construire quelque chose. Il ne sait plus quoi.

Bird, avait-elle répété. Il la sentait rôder juste derrière lui, et ça l'exaspérait. Ce qu'il essayait de construire n'allait pas tenir ; ça n'arrêtait pas de tomber ou de s'ébouler en une cascade de briques, se disloquant encore et encore. Il avait pris deux briques et les avait plaquées l'une contre l'autre de toutes ses forces, au point que les picots lui avaient laissé des marques dans la peau.

Birdie. Je… Je m'en vais.

Elle l'attendait. Elle attendait qu'il vienne l'embrasser, comme il le faisait toujours, mais il avait ajouté une nouvelle brique et tout l'édifice s'était effondré une fois de plus avec fracas, et il lui en avait voulu de l'appeler alors qu'il était occupé à autre chose.

D'accord, avait-il dit. Il avait ramassé les briques pour essayer de les assembler encore une fois, et le temps qu'il se retourne enfin pour voir si elle était toujours là, elle avait disparu.

Il est presque neuf heures, il est temps d'y aller. Quand son père rentrera pour le dîner, l'appartement sera désert et Bird sera à New York. Il y a réfléchi tout le week-end ; comment faire savoir à son père où il est parti. Toute allusion à sa mère serait un trop gros risque, alors son petit mot est bref et sibyllin : *Papa, je serai rentré dans quelques jours, ne t'en fais pas.* À côté, il pose sur la table la lettre des chats dans son enveloppe d'origine. Puis il déchire en deux le bout de papier qu'il a trouvé dans la cachette : il garde la partie avec l'adresse dans sa poche et dépose la dernière ligne – *New York, NY* – à côté du reste. Et, pour finir, une boîte d'allumettes. Il espère que son père comprendra ; où il est parti, pourquoi et, surtout, quoi faire de ces informations.

Il n'a jamais quitté Cambridge. Toute la nuit, il s'est inquiété des dangers qui pouvaient l'attendre en chemin. Se tromper de train, de rue, de bus, et se retrouver Dieu sait où. Un contrôleur lui demandant où sont ses parents. Des policiers qui l'arrêtent, l'embarquent à l'arrière de leur véhicule et le ramènent chez son père – ou, pire, ailleurs. Une multitude d'inconnus qui le scrutent pour tenter d'évaluer s'il constitue une menace ou, au contraire, une cible potentielle.

Mais rien de tout ça ne se produit. Casquette de base-ball vissée sur la tête, lunettes de soleil, il prend le métro jusqu'à la gare routière. Les policiers sur le quai, en grande conversation footballistique, ne lui adressent pas même un coup d'œil. Plutôt que d'aller au guichet, il se dirige vers une machine : il met l'argent, le billet sort, personne ne lui demande rien. Pareil au terminal de bus ; tout le monde a les yeux baissés, cherchant à éviter le regard des autres, et Bird se dit qu'il n'est peut-être pas le seul à espérer ne pas se faire remarquer. Un pacte entre inconnus, tous acceptant tacitement de s'ignorer les uns les autres, de se mêler de leurs oignons, pour une fois. Voyant qu'aucune de ses craintes ne se concrétise,

Bird devient de plus en plus confiant, jusqu'à l'absurde. C'est comme si l'univers lui signifiait qu'il est sur la bonne voie, qu'il fait exactement ce qu'il est censé faire. Quand son car arrive, il choisit une place à l'arrière, contre la vitre. Il a réussi. Il est en route.

Pendant des mois, après le départ de sa mère, il luttait contre le sommeil le soir dans son lit, certain que, s'il arrivait à tenir suffisamment longtemps, elle reviendrait. Il était persuadé, pour des raisons qu'il n'aurait su expliquer, que sa mère rentrait la nuit et disparaissait de nouveau au matin. En s'endormant, il la ratait chaque fois. Peut-être était-ce un test. Pour vérifier à quel point il avait envie de la voir. Serait-il capable de rester éveillé ? Il l'imaginait, toutes les nuits, penchée au-dessus de son lit, secouant la tête d'un air dépité. Une fois de plus, il s'était endormi ! Une fois de plus, il avait échoué au test.

À l'époque, ça lui paraissait parfaitement logique. Et c'est toujours le cas. Dans toutes les histoires que sa mère lui avait racontées, le héros avait une épreuve à surmonter. Descendre au fond d'un puits pour récupérer un briquet. S'allonger sous une cascade et se laisser pilonner par les trombes d'eau. Il était sûr que, s'il arrivait à rester réveillé, sa mère serait là. Le fait que l'épreuve soit aussi arbitraire ne le perturbait pas ; à l'école aussi, on leur donnait des épreuves arbitraires : entourer les noms et souligner les verbes ; combiner ces deux nombres aléatoires en un troisième. Les épreuves étaient toujours arbitraires, ça faisait partie de leur nature et c'était même ce qui en faisait des épreuves. Trier les pois et les lentilles de la cendre avant les premières lueurs du jour. Voyager sous la mer et en rapporter la perle qui brille dans la nuit.

Il se pinçait le bras jusqu'à s'en faire des bleus pour ne pas s'endormir. Nuit après nuit, il attrapait un bout de chair entre son pouce et son index et pressait jusqu'à ce que des flashes blancs apparaissent sur le bord de son champ de vision. Le matin, sa mère n'était toujours pas rentrée et un croissant de lune violacé tuméfiait son avant-bras, au point que son père lui demandait si les autres garçons de l'école le persécutaient. Ils le persécutaient, mais pas dans le sens où son père l'entendait. C'est rien, papa, répondait-il, et toute la journée il avait les paupières qui tombaient, puis, le soir venu, il essayait à nouveau – en vain – de rester éveillé. C'est à peu près à ce moment qu'il avait cessé de croire aux histoires.

Maintenant, après tout ce temps, il est en route pour aller la retrouver. Exactement comme le héros d'un de ces récits qu'elle lui racontait quand il était petit. Il est prêt à effectuer le périple jusqu'à l'endroit où sa mère l'attend patiemment. Dès qu'elle le verra, le sort mystérieux qui la retenait prisonnière depuis toutes ces années sera rompu. Dans les contes de fées, c'est instantané, comme si on appuyait sur un bouton : aussitôt, elle le reconnut ; aussitôt, elle reprit connaissance. Il est certain que c'est aussi ce qui se passera pour sa mère. Elle le verra et, d'un coup, elle retrouvera ses esprits et ils vivront heureux jusqu'à la fin des temps.

La route défile par la fenêtre tandis que le grondement du moteur s'installe dans un rythme régulier. Plus ils s'éloignent de Cambridge, mieux Bird arrive à respirer. Il finit par s'endormir et ne se réveille que lorsque le bus freine et fait une brusque embardée sur la gauche en le projetant contre la vitre. Un SUV bleu marine est garé sur la bande d'arrêt d'urgence devant une voiture de police, gyrophare allumé. Un agent en uniforme en descend. Évite les policiers, entend-il la voix de son père lui dire dans sa tête. Bird baisse encore un peu la visière de sa casquette pour dissimuler son visage au moment où le car dépasse les deux véhicules. Il devrait avoir peur mais, à sa grande surprise, ce n'est pas le cas. Dehors, tout lui paraît lointain, maintenu à distance derrière la vitre, et son cœur bat avec la même pulsation constante que celle des roues du car. À l'extérieur, les arbres et les champs broussailleux se succèdent dans un flou indistinct.

Le bus le dépose à Chinatown, sous une légère bruine. Un autre monde : plus de gens qu'il n'en a jamais vu, plus de frénésie, plus de bruit. Pourtant, malgré le brouhaha et l'agitation, il se sent curieusement à sa place, et il met un moment à comprendre pourquoi : d'un coup, partout autour de lui, les gens ressemblent à sa mère. Et un peu à lui. Il ne s'est jamais trouvé dans un endroit comme ça, où personne ne le dévisage. Si son père était là, c'est lui qu'on remarquerait, pas Bird. Ça le fait rire. Pour la première fois de sa vie, il passe inaperçu, et ça lui confère une impression de pouvoir.

Avant de partir, il a bien étudié le plan que la bibliothécaire lui a fait passer sans un mot. Un quadrillage, aurait dit son père avec son calme et sa patience habituels. Il suffit de compter les cases, horizontalement et verticalement : une fois que Bowery devient la Troisième Avenue, il reste quatre-vingt-sept rues à traverser vers le nord, et deux avenues vers l'ouest. Huit kilomètres en tout. Il n'a qu'à marcher tout droit.

Il commence.

Et il commence à remarquer des choses.

Que, sur tous les panneaux de Chinatown, certains éléments ont été recouverts de peinture ou de Scotch ou, parfois, arrachés. On voit encore les perforations là où quelque chose était cloué, on arrive à distinguer des formes en relief sous le gros Scotch argenté. Il remarque que les noms des rues aussi ont été repeints : une épaisse traînée noire court sous les lettres blanches bien nettes des mots « MULBERRY » ou « CANAL », comme une ombre en plein soleil, comme un cerne sous le blanc d'un œil. C'est seulement en repérant un panneau sur lequel la peinture s'est écaillée, révélant un taillis de caractères dessous, qu'il comprend. Il se souvient que son père a dessiné ce genre de caractères dans la poussière : autrefois, tous ces panneaux étaient bilingues, mais quelqu'un – tout le monde – a essayé de faire disparaître le chinois.

Alors il remarque d'autres choses.

Que les gens qu'il croise parlent soit anglais, soit pas du tout, se contentant de se jeter des regards furtifs sans rien dire. Il n'y a que lorsqu'ils s'engouffrent dans une boutique qu'il arrive parfois à percevoir le discret murmure d'une autre langue – du cantonais, sans doute. Son père le saurait, il les aurait peut-être même compris. Ici, tout le monde paraît sur ses gardes, à cran, scrutant les trottoirs et la rue, se retournant pour regarder derrière soi. Toujours prêt à s'enfuir. Il remarque le nombre de drapeaux américains qu'il y a partout, dans presque toutes les vitrines, épinglés à la poitrine de presque tous les passants. Sur la devanture de chaque magasin, il aperçoit le même genre de poster que chez lui : « DIEU BÉNISSE LES AMÉRICAINS LOYAUX ». Dans tout Chinatown, il n'est pas une seule boutique qui ne l'ait pas affiché. Certaines arborent aussi d'autres pancartes, dans un bleu-blanc-rouge criard : « COMMERCE 100 % AMÉRICAIN ». « ICI ON AIME L'AMÉRIQUE. » C'est seulement une fois qu'il a quitté Chinatown, et que les visages autour de lui deviennent noirs ou blancs au lieu d'asiatiques, que les drapeaux se font plus rares, comme si les gens avaient plus confiance dans le fait qu'on les présume loyaux par défaut.

Il continue à marcher.

Il passe devant des magasins protégés par des rideaux de fer couverts de graffitis. Neuf et occasion. Vendu. À louer. Un terre-plein en béton qui divise la chaussée en deux. Des noms mystérieux : Max Sun. Box individuels. Des palettes brisées échouées dans le caniveau comme des os blanchis dans le désert. Pas d'herbe, pas d'arbres, rien de vert, seulement des réverbères du même gris que les trottoirs, le bitume et la crasse qui monte du sol pour s'agripper aux façades. Tout a la même couleur gravier, comme pour essayer de se fondre dans le décor. Les gens portent de gros sacs plastique à la main, tirent des caddies, évitent les regards. Ils ne s'attardent pas. À certains endroits, les passages piétons sous leurs pieds sont simplement peints au pochoir, les lignes chancelantes et incertaines ; à d'autres, il n'y a pas de passages piétons tout court. Plus de dix ans après la Crise, il reste encore tant de choses qui n'ont pas été réparées.

Rue après rue, le paysage commence à changer autour de lui. Des touffes d'herbe rabougries ont réussi à pousser çà et là dans des fissures du trottoir. Depuis combien de temps marche-t-il ? Une heure ? Il a déjà perdu le fil. L'école a-t-elle remarqué son absence, prévenu son père ? La bruine diminue, puis cesse. Des supermarchés avec des panneaux publicitaires géants pour des pizzas, des choux frisés aux circonvolutions complexes, des tranches de mangue qui le font saliver. Il a le ventre qui gargouille, mais il ne s'arrête pas. De toute façon, il n'a plus d'argent. Des épiceries de quartier avec de périlleuses pyramides de fruits, des seaux de roses emballées à l'unité et des chats indifférents qui se prélassent en bâillant sur les étals. Des coiffeurs pour hommes d'où s'échappent, par la porte grande ouverte, des éclats de rire et des effluves d'après-rasage. Dans les vitrines, toujours les mêmes posters familiers : « FIER D'ÊTRE AMÉRICAIN ». « VEILLONS LES UNS SUR LES AUTRES ». Désormais, il y a des arbres, maigrelets, à peine plus grands que les humains autour, mais des arbres néanmoins. Quelque part sonne une cloche d'église. Quinze heures, seize ? La rue bruisse d'animation et il n'arrive pas à compter le nombre de coups. Il devrait être en train de rentrer de l'école, au lieu de quoi il est là, le cœur battant tandis qu'il approche du but. Il y est presque.

Il marche plus vite, et autour de lui la ville change plus vite aussi, comme une vidéo en accéléré qui le projetterait dans le futur, ou peut-être dans le passé. Le monde tel qu'il était avant, cet âge d'or pré-Crise dont il a seulement entendu parler. Davantage de taxis, plus luxueux, plus neufs. Plus propres, comme s'ils sortaient du lavage. Les réverbères sont d'un noir brillant par ici, plus hauts, plus élancés, donnant l'impression qu'ils ont plus de place pour dresser la tête. Il passe devant des bâtiments dont chaque fenêtre est surmontée de moulures ornementales : quelqu'un s'est donné la peine de rehausser des détails de beige sur fond rouge, juste dans un but esthétique. Et il y a aussi des boutiques avec de grandes baies vitrées, qui ne craignent pas d'être brisées. Des restaurants à auvents.

Des gens qui promènent des petits chiens. Des arbres entourés d'une clôture métallique à hauteur de genoux : pour décorer, pas pour les protéger.

Alors que la brume se dissipe, il repère des touches de verdure perchées en l'air : des jardins suspendus, où des plantes en pot se hissent vers le ciel. Immeubles et commerces n'essaient plus de se cacher. « NOUS SOMMES OUVERTS ». Des noms flashy, rigolos, aguicheurs, qui s'efforcent de se faire remarquer, d'attirer votre attention et de vous rester dans la tête. Au Calamar salé. L'Oasis du son. La Pouletterie. Son père aurait ri. Dans chaque vitrine, la traditionnelle pancarte aux couleurs du drapeau américain. Des affiches pour vanter la qualité des produits proposés, pas leur prix. Les numéros des rues qu'il coupe grimpent régulièrement, comme s'il montait les barreaux d'une échelle : 50e Rue, 55e, 56e. Des hommes en costume. Des hommes en cravate. Des hommes avec des mocassins en cuir à pompons et à semelles lisses qui ne sont pas faits pour courir. Il y a longtemps, son père portait ce genre de chaussures. Des banques, un nombre invraisemblable de banques ; trois, quatre, cinq d'affilée, parfois la même banque des deux côtés de la rue, l'une en face de l'autre. Il ne savait pas qu'on pouvait être riche au point de ne pas vouloir traverser la rue.

Un grand magasin qui occupe tout un pâté de maisons, en granit sombre, poli comme un miroir. Comme pour dire : ici, même les pierres scintillent de mille feux. Dans les vitrines, des mannequins sans visage portent autour du cou des foulards en soie fleuris. De très hauts immeubles, où chaque fenêtre reflète le ciel tel un bijou serti dans le mur. Il imagine sa mère. Si elle vivait dans un de ces appartements, elle l'observerait de là-haut, et elle l'attendrait. Il le saura bientôt.

Des camions frigorifiques stationnés le long des trottoirs, pleins à craquer de courses à livrer, soufflant leur haleine givrée dans l'air. Il y a maintenant des cafés, des endroits où passer le temps. Des publicités pour des cabinets dentaires qui proposent de vous blanchir et de vous redresser les dents ; des hôtels devant lesquels patientent des grooms en livrée. Ici, les gens ont des sacs qui ne servent pas à transporter des choses mais à faire joli. Pressing après pressing : un quartier de soie, trop délicate pour la machine à laver. Devant chaque porte, des mastodontes de la milice locale montent la garde.

75e Rue. 76e. Des bâtiments plus anciens qui portent leur âge avec élégance, l'air guindé, pas miteux. Là, des mots étrangers s'affichent fièrement : *Salumeria. Vineria. Macarons.* Une étrangeté sans danger, désirable. Des magasins se présentant comme *gourmet*, *de luxe*, *vintage*. Là – et ça lui paraît impossible que ce soit la même rue qu'il a suivie depuis ces panneaux recouverts de peinture et ces murmures craintifs ; il a dû passer dans un autre monde –, la chaussée est large et bordée d'arbres. Il aime imaginer sa mère ici, dans ce bel endroit. Des femmes blondes en jogging sautillent en soufflant à côté de lui, la queue-de-cheval bringuebalante, en attendant que le feu passe au vert. Des nounous manœuvrent des poussettes aérodynamiques, occupées par des bébés somptueusement vêtus. Il longe des boutiques qui ne vendent que des cadres sur mesure, des restaurants qui ne servent que de la salade, des vitrines de chemises roses brodées de minuscules baleines souriantes. Des immeubles si hauts qu'il n'en voit pas le bout, même quand il penche tellement la tête en arrière qu'il manque de tomber. Tout peut arriver, ici. Tout arrive. On se croirait dans un pays enchanté, ou un conte de fées.

Je suis au bon endroit, pense-t-il. C'est là qu'elle se trouve.

Et puisque c'est un pays enchanté où tout peut arriver, puisqu'il est tellement revigoré par tout ce qu'il a déjà vu, gonflé à bloc par la richesse des possibilités qu'il respire dans l'air ambiant, il n'est pas surpris quand, soudain, elle est là : sa mère, sur le trottoir d'en face. Avec un petit chien marron à ses pieds. Quelque chose à l'intérieur de lui explose en une pluie d'étincelles et il retient un cri de joie.

Alors sa mère baisse les yeux vers le chien, qui renifle un parterre de fleurs impeccable, et ce n'est pas sa mère du tout. Juste une femme. Qui ne lui ressemble même pas, sinon de façon très superficielle : une femme aux traits asiatiques avec de longs cheveux bruns noués en un chignon négligé. Son visage, maintenant qu'il peut l'observer de plus près, n'a rien à voir avec celui de sa mère. Et puis sa mère n'aurait jamais eu un chien pareil, cette espèce de houppette ambrée qui ressemble à un ours en peluche aux yeux en boutons et au nez en velours mutin. Bien sûr que ce n'est pas elle, se réprimande-t-il. Pourtant il y a quelque chose dans sa façon de se tenir – la vivacité de sa posture, la rapidité de ses yeux – qui lui rappelle sa mère.

La femme le remarque en train de la dévisager du trottoir d'en face et lui sourit. Peut-être qu'elle aussi, il lui rappelle quelqu'un ; peut-être qu'à première vue elle l'a pris pour une personne qu'elle aime, et qu'à présent cet amour déborde jusqu'à lui, avec générosité. Et parce qu'elle est en train de le regarder, parce qu'elle lui sourit et qu'elle a peut-être un instant d'attendrissement pour ce petit garçon qui lui rappelle quelqu'un qu'elle aime, elle ne le voit pas venir : un poing, qui s'écrase sur sa figure.

Ça dure quelques secondes mais ça semble une éternité. Sorti de nulle part. Un grand type blanc. La femme effondrée au sol, en tas. Bird lui-même paralysé, son cri pétrifié dans sa gorge. L'homme qui la surplombe, s'acharne sur elle à coups de pieds, avec le bruit sourd effroyable d'une masse de boucher sur un bloc de viande. Dans le ventre, dans la poitrine, puis – alors qu'elle se recroqueville telle une crevette décortiquée, les bras sur le visage pour essayer de protéger ce qu'elle peut – dans les reins. Ses cris sont des sons inarticulés qui déchirent l'air comme des tessons de verre. L'homme, lui, ne dit rien, on croirait qu'il accomplit une mission, quelque chose d'impersonnel mais de nécessaire.

Personne ne vient à sa rescousse. Un couple du troisième âge fait demi-tour, comme s'il venait de se souvenir d'une urgence ailleurs. Un homme presse le pas, penché sur son téléphone. Les voitures continuent à rouler, imperturbables. Ils doivent pourtant voir, pense Bird, comment ne verraient-ils pas ? Le chien, à hauteur de cheville, aboie de toutes ses forces. Un concierge sort de l'immeuble voisin et Bird en pleurerait presque de gratitude. De l'aide, songe-t-il. Aidez-la. S'il vous plaît. Mais le gardien se contente de fermer la porte. Bird aperçoit sa silhouette, floue et fantomatique derrière la vitre épaisse, qui regarde la scène comme s'il était devant sa télé : la joue de la femme contre le trottoir, les soubresauts de son corps à chaque nouveau coup. Il attend que ce soit fini pour rouvrir la porte.

La femme ne bouge plus, et l'homme la contemple de haut. Avec dégoût ? Satisfaction ? Bird ne saurait dire. Le chien continue à grogner et à aboyer, furieux et impuissant, griffant le trottoir de ses petites pattes. D'un geste vif, l'homme abat violemment le talon de sa botte sur son dos. Comme il pourrait écraser une cannette de soda, ou un cafard.

C'est alors que Bird laisse échapper un cri. L'homme se retourne, le repère en train de le regarder, et Bird se met à courir.

Aveuglément, le plus vite possible. Sans oser jeter un coup d'œil derrière lui. Son cartable bat dans son dos comme un tambour. Sa chemise, trempée de sueur, est d'abord brûlante puis glaciale contre sa peau. Est-elle morte ? se demande-t-il. Et le chien ? Est-ce que ça change quelque chose ? Il sent toujours le regard de l'homme lui transpercer la nuque, et il est pris de haut-le-cœur mais il ne vomit rien. Il fonce dans une ruelle, se réfugie derrière une benne à ordures en retenant son souffle, la gorge en feu.

Il avait oublié : dans les contes de fées, il y a aussi des méchants. Des monstres et des malédictions. Des dangers qui rôdent. Des démons, des dragons, des rats gros comme des bœufs. Des créatures capables de vous anéantir d'un seul regard. Il repense à l'homme dans le parc du Common. Il pense à son père, à ses larges épaules et à ses mains puissantes, accouru pour l'aider à se relever. Mais son père est loin, cette fois-ci, bien à l'abri dans sa bibliothèque silencieuse, où le monde extérieur ne peut pas l'atteindre. Il n'a aucune idée de l'endroit où se trouve Bird, et c'est ça, par-dessus tout, qui le fait se sentir terriblement seul.

Il reste là un long moment à essayer de retrouver une respiration régulière, de calmer ses mains qui continuent à trembler. Quand il est enfin prêt, il se lève sur des jambes flageolantes et retourne jusqu'au coin de la ruelle. Il a couru en sens inverse de la direction qu'il suivait, déviant de plusieurs centaines de mètres. Quand il revient sur Park Avenue, il avance rapidement et prudemment, en scrutant les trottoirs. Il se sent très exposé, à présent ; il a l'impression que tout le monde le remarque. Il comprend des choses qu'il n'avait jamais comprises jusque-là. Peut-être qu'il était invisible, dans le temps, mais le charme est rompu – à moins que ça n'ait jamais été que dans son imagination. Les gens le voient, et il comprend enfin à quel point il est vulnérable, avec quelle facilité le monde pourrait le réduire en miettes.

C'est en fin d'après-midi qu'il atteint enfin sa destination : une grande bâtisse en brique, des jardinières fleuries aux fenêtres, une immense porte verte. Pas un immeuble d'habitation, mais un hôtel particulier, quelque chose qu'il ne pensait pas pouvoir trouver dans cette ville. Le château de la duchesse. Il l'étudie prudemment depuis le trottoir d'en face. Dans les contes, vous ne savez jamais ce qui vous attend à l'intérieur d'un château : des trésors, une ensorceleuse, un ogre prêt à vous dévorer. Mais c'est bien là, l'endroit où sa mère a voulu l'envoyer. Un nom de rue et un numéro écrits de sa propre main. Un pari sur l'avenir, à l'époque.

Il grimpe les marches en marbre du perron, attrape le heurtoir en cuivre et le cogne trois fois contre le bois peint en vert.

Bien que ça lui paraisse une éternité, il ne s'écoule en fait qu'une minute ou deux avant qu'un homme blanc d'un certain âge ne vienne lui ouvrir. Il est assez corpulent, vêtu d'un uniforme : des boutons dorés brillent sur une veste en laine bleu marine, comme un capitaine de bateau. Il dévisage Bird froidement, et ce dernier déglutit deux fois avant de pouvoir parler.

Je suis venu voir la duchesse, annonce-t-il et, comme par magie, le capitaine acquiesce et s'écarte pour le laisser entrer.

Un grand vestibule jaune soleil, un feu dans la cheminée, bien qu'on ne soit qu'en octobre. Un carrelage crème au sol, constellé de petits carreaux brun ambré. Au centre de la pièce se dresse une table en marbre aux pieds en volutes dont le seul but apparent semble être de supporter le plus gros bouquet de fleurs que Bird ait jamais vu. Tout autour de lui, les lumières sont nimbées d'or.

Je suis venu voir la duchesse, répète-t-il en s'efforçant d'avoir l'air plus sûr de lui qu'il ne l'est.

Le capitaine lui jette un regard en coin.

Je vais demander, dit-il. Qui dois-je annoncer, je vous prie ?

Et parce qu'il a faim et soif, qu'il est épuisé, qu'il a marché des kilomètres le ventre vide, parce qu'il a l'étrange sensation que sa tête est détachée de son corps, tel un ballon qui flotte juste au-dessus de ses épaules, parce qu'il a presque l'impression de ne pas exister, comme cet endroit lui-même, et plus encore cette ville et la duchesse qu'il est venu voir, Bird répond comme s'il était effectivement dans un conte de fées.

Bird Gardner, dit-il. Le fils de Margaret.

Si vous voulez bien m'attendre ici, rétorque le capitaine.

Bird s'approche avec hésitation d'un des fauteuils près de la cheminée. Il est tapissé d'un velours couleur sable et lui fait penser à un trône. Il caresse du bout des doigts les cannelures sculptées des accoudoirs, et des mots que lui a enseignés son père lui reviennent à l'esprit : acajou ; albâtre ; filigrane. Il se racle la gorge. Sur la cheminée est posée une petite horloge dorée, où une femme miniature – dorée, elle aussi – désigne le cadran d'un geste élégant. Presque dix-sept heures. Bientôt, son père va rentrer et découvrir son absence.

Le capitaine réapparaît. Veuillez me suivre, dit-il.

Il s'engouffre sous une voûte et s'éloigne dans un couloir. Bird le suit prudemment, en jetant des coups d'œil dans les coins comme s'il s'attendait à voir surgir un monstre. Mais il ne voit rien d'autre qu'une débauche de luxe digne d'un palais. Un paravent en soie, brodé de cyprès, de grues et d'une pagode au loin. Un divan de soie jaune garni de coussins en forme de bonbons. Une immense salle à manger ovale avec un parquet en bois époustouflant. Tout paraît rehaussé d'or : les anses des urnes et des vases sur les cheminées, les passementeries torsadées des rideaux, et jusqu'aux griffes des pattes de lion qui supportent les tables et les chaises. Ils arrivent enfin au pied d'un grand escalier majestueux qui s'élève en spirale à perte de vue, dévalé en son centre par un luxuriant tapis fauve. Il n'a jamais vu d'escalier pareil. Un lustre délicat est pendu à une chaîne gainée de velours. Bird compte les étages : un, deux, trois, quatre… et, tout en haut, une lucarne en verre en forme de boussole, comme une mare de ciel bleu cristallin.

Par ici, je vous prie, indique le capitaine.

Bird le voit alors : juste à côté de l'escalier, un petit ascenseur, revêtu de lambris aux murs et de parquet au sol. Un ascenseur dans une maison ! pense-t-il, émerveillé. Le capitaine fait un geste de la main et Bird pénètre dans la cabine avec l'impression d'entrer dans une coquille de noix vernie.

Elle vous attend là-haut, annonce le capitaine.

Après quoi il tire la grille en cuivre, enfermant Bird à l'intérieur.

Pendant que l'ascenseur monte en trépidant, le cerveau de Bird est en ébullition. Les barreaux de la grille se mettent à vibrer autour de lui, comme si quelque chose essayait d'entrer ou de sortir. Il n'a aucune idée de ce qui l'attend à l'arrivée. Comment sera la duchesse ? Gentille ou menaçante ? Il repense aux reines maléfiques de ses livres d'histoire, toutes en malice déguisée sous une façade charmeuse. Confiance, songe-t-il ; dans les contes, il faut faire confiance aux inconnus qu'on croise sur sa route. Même cet ascenseur est décoré comme il sied à un palais : des miniatures de bâtiments antiques et de femmes ailées, dans des cadres dorés ; un petit téléphone blanc. Sur la paroi du fond, un miroir rond à la surface gondolée lui renvoie un reflet distordu de son visage : celui d'un ogre, ou peut-être d'un nain.

L'ascenseur finit par s'ouvrir sur un salon aussi vaste que l'appartement qu'il occupe avec son père. Encore une table, encore un vase débordant de fleurs, dans lequel il se voit lui-même en train de se regarder. Le tapis sous ses pieds est orné de motifs dorés. Une demeure aristocrate, assurément.

Et soudain la voilà qui apparaît par la double porte à l'extrémité de la pièce : la duchesse. Plus jeune que ce à quoi il s'attendait : grande, majestueuse, cheveux blonds coupés court. Des perles. Un tailleur-pantalon bleu plutôt qu'une robe, mais il est clair que c'est une femme de pouvoir. L'espace d'un instant, Bird en perd sa voix et ne peut que la dévisager. Elle ne rompt pas le silence et se contente de l'examiner d'un air amusé.

Vous êtes la duchesse ? finit-il par demander, bien qu'il connaisse déjà la réponse.

Et à qui ai-je l'honneur ? répond-elle en haussant un sourcil, sceptique.

Bird, dit-il, tremblant. Le fils de Margaret.

Il a peur un moment qu'elle lui rétorque « qui ça ? », mais non. À la place, elle demande, d'un ton plutôt froid : Qu'est-ce que tu fais là ?

Ma mère, dit-il, même si ça lui paraît tellement évident qu'il se sent presque ridicule. Je suis venu la rejoindre.

Qu'est-ce qui te fait croire qu'elle est ici ? s'enquiert la duchesse avec une légère pointe de curiosité.

Parce que, commence-t-il avant de s'interrompre pour chercher la bonne réponse. *Parce que je veux savoir pourquoi elle m'a abandonné. Parce que je veux la retrouver. Parce que je veux qu'elle aussi veuille me retrouver.*

Elle m'a laissé un message, répond-il.

La duchesse fait une petite moue, sans qu'il arrive à savoir si elle est perplexe, contente ou contrariée. Pendant quelques secondes, on dirait un professeur qui soupèserait la réponse d'un de ses élèves, hésitant entre des félicitations et une punition.

Je vois. Donc ta mère… elle t'a dit de venir ici ?

Bird se tâte. Il se demande s'il doit mentir, si c'est un test. Il sent un poids sur sa poitrine.

Je ne suis pas sûr, admet-il. Mais elle m'a laissé cette adresse. Il y a longtemps. J'ai pensé… J'ai pensé que vous sauriez peut-être où elle est.

Il sort de sa poche le bout de papier, ou du moins ce qu'il en reste. Tout froissé, les bords teintés du bleu de son jean. Mais on y distingue pourtant bien, de l'écriture de sa mère, l'adresse à laquelle ils se trouvent.

Je vois, répète la duchesse. Et tu es venu tout seul ? Où est ton père ?

Comment connaît-elle son père ? se demande Bird avec étonnement.

Il ne sait pas que je suis là, dit-il, et au moment même où ces mots franchissent ses lèvres, il est frappé de nouveau par leur inquiétante pertinence : son père n'a aucune idée de l'endroit où il est ; son père ne pourra ni l'aider ni le sauver.

La duchesse se penche vers lui et détaille son visage d'un regard perçant. De près, il s'aperçoit qu'elle commence à avoir quelques rides mais pas encore de cheveux blancs. Elle doit plus ou moins avoir l'âge qu'aurait sa mère.

Alors, qui est au courant que tu es là ? demande-t-elle avec un éclat métallique de menace dans la voix.

Bird sent sa gorge se nouer. Personne, répond-il. Je ne l'ai pas dit à mon père. Je ne l'ai dit à personne. Je suis venu tout seul.

Vous pouvez me faire confiance, aurait-il envie d'ajouter. Il est gagné par une bouffée de panique en songeant qu'il a peut-être fait tout ce chemin pour finalement être éconduit ; ou que cette dragonne de duchesse et son palais doré pourraient bien l'avaler tout cru et le garder prisonnier à jamais.

Intéressant, commente la duchesse.

Brusquement, elle lui tourne le dos, et Bird a l'impression qu'une très vive lumière vient de s'éteindre.

Attends-moi là, ajoute-t-elle et, sans un mot de plus, elle disparaît en le laissant seul.

Bird fait les cent pas dans la pièce, incapable de rester en place. Des rideaux dorés poussiéreux aux fenêtres, à travers lesquels il aperçoit les scintillements de la circulation dans la rue en contrebas.

Un piano à queue dans un coin. Sur la table basse, dans un cadre argenté, la photo d'un homme et d'une femme : la duchesse, beaucoup plus jeune, les cheveux plus longs, à peine sortie de l'adolescence, avec quelqu'un qui pourrait être son père. Le vieux duc, décrète Bird, bien que l'homme sur la photo soit vêtu d'un polo et d'un pantalon de treillis et qu'ils semblent être sur le pont d'un bateau à voiles, le bleu de la mer et du ciel se confondant à l'horizon derrière eux. L'homme a une expression sévère, presque fâchée. Bird se demande où est le vieux duc. Il se demande comment la duchesse connaît sa mère. Ce qu'a bien pu faire sa mère pendant toutes ces années, loin de lui. Si elle le reconnaîtra quand elle le verra. Si elle s'en veut, s'il lui arrive de penser à lui. Si elle regrette.

Dehors, le ciel s'est assombri, durci en un gris acier uniforme. À son grand étonnement, Bird n'a plus faim du tout. Il imagine son père de retour dans leur petite résidence en béton, trouvant l'appartement noir et désert. Le cherchant. Criant son prénom. Ne t'en fais pas, papa, pense-t-il, je serai bientôt rentré. Il se sent curieusement alerte et vivant, les veines électrisées. Il touche au but. Après tout ce temps.

Quelque part au loin, dans un recoin de la maison, une horloge sonne, cinq coups graves et sonores. Puis, comme si c'était le signal, la duchesse revient.

Si tu es vraiment qui tu prétends être, prouve-le, lui dit-elle. De quelle couleur est ton vélo ?

Hein ?

Je dois t'avertir, ajoute-t-elle, que si tu n'es pas la bonne personne, je n'aurai aucun scrupule à prévenir les autorités.

Je… Bird s'interrompt, perplexe. Son père lui a interdit de faire du vélo depuis ce fameux jour où il est tombé et où la voisine a appelé la police.

Je n'ai pas de vélo, bafouille-t-il.

La duchesse garde une expression calme et impassible.

Quel type de lait mets-tu sur tes céréales le matin ? demande-t-elle.

De nouveau, Bird est décontenancé. Il hésite, mais la seule chose à faire est de dire la vérité, aussi bizarre puisse-t-elle paraître.

Je mange mes céréales sans rien, répond-il.

Cette fois encore, la duchesse ne réagit pas.

Où t'assieds-tu à la cantine pour déjeuner ? demande-t-elle, et Bird marque une pause. Il se voit d'en haut : un point solitaire perché sur les marches, avec un sachet en papier kraft devant lui.

Je ne prends pas mon déjeuner à la cantine, dit-il. Je mange dehors. Tout seul.

La duchesse ne dit rien mais elle sourit, et il comprend ainsi qu'il a passé le test.

Tu veux voir ta mère, donc, reprend-elle.

Ce n'est pas une question.

Très bien. Suis-moi.

Dans le couloir, elle appuie sur un bouton au mur et un panneau coulisse. Un tour de magie ? Non : un ascenseur, astucieusement dissimulé. Le même ascenseur, en fait, que celui par lequel il est arrivé. La duchesse effleure le bouton –1, qui s'illumine aussitôt sous ses doigts. Quand les portes se rouvrent, ils se trouvent dans une grotte sombre : un parking en sous-sol, où les attend une élégante berline noire, moteur allumé. Un homme moustachu en costume se tient au garde-à-vous près de la voiture. Le valet de pied, songe Bird alors qu'ils se glissent sur la banquette arrière.

Et les voilà partis.

La voiture monte la rampe pour sortir du parking et s'insère dans le flot de la circulation. Avec douceur, souplesse, noblesse. De l'intérieur, Bird n'entend strictement rien. Ni les voix des foules massées aux intersections, qui enflent et s'amenuisent au rythme des feux tricolores telles les ondulations d'un serpent géant ; ni le grondement des moteurs des véhicules qui les entourent ; ni les klaxons qui doivent sans doute déchirer l'air, ces beuglements assourdissants de frustration impuissante. Il n'y a tout simplement aucun bruit et, à travers les vitres teintées, la ville défile en sépia, comme un film muet. On ne dirait pas qu'ils roulent mais qu'ils flottent.

Ta ceinture, s'il te plaît, dit la duchesse à côté de lui. Ce serait dommage d'être arrivé jusqu'ici et de te fendre le crâne.

Bird ouvre la bouche, mais elle le fait taire d'un simple regard.

Je ne suis pas là pour répondre aux questions, dit-elle. C'est le rôle de ta mère, pas le mien.

Après quoi elle ne prononce plus un mot tandis qu'ils se faufilent le long du fleuve, s'engouffrent dans un long tunnel et ressortent dans le crépuscule, d'où la lune commence à peine à émerger. Le temps s'écoule par soubresauts capricieux, en accordéon comme le trafic autour d'eux. Parfois, Bird s'assoupit et constate en se réveillant qu'ils n'ont pas bougé d'un pouce, parfois il est sûr de n'avoir pas fermé les yeux mais ils semblent s'être téléportés très loin, il ne reconnaît plus rien dehors, puis la circulation se fige à nouveau, les obligeant à ralentir jusqu'à rouler au pas, et finalement

– sans qu'il sache combien de temps a passé – le soleil se couche, les rues autour d'eux sont calmes, quasi désertes, bordées de petites maisons de ville, alors la voiture se range le long du trottoir et s'arrête enfin.

Écoute-moi bien, dit la duchesse avec une sorte d'urgence dans la voix, comme si c'était la dernière fois qu'elle devait lui parler, comme si le véritable test allait maintenant commencer. Suis ces instructions très précisément, dit-elle. Je ne suis pas responsable de ce qu'il t'arrivera sinon.

Bird, à moitié ivre d'excitation et de fatigue, la vue trouble, ne trouve rien d'étrange à cela. À vrai dire, le contraire l'aurait étonné. Dans les contes, il faut toujours obéir à des règles énigmatiques. *Ignore l'épée dorée, sers-toi plutôt de la vieille épée rouillée. Même si tu meurs de soif, ne bois pas le vin. Ne dis pas un mot, même si on te pince et te bat, même si on te coupe la tête.* Quand la voiture est repartie après l'avoir déposé seul sur le trottoir, il fait exactement ce que la duchesse lui a ordonné. Il prend la deuxième à droite puis la troisième à gauche, traverse la rue et se retrouve devant la grande maison qu'elle lui a décrite, avec une porte rouge et toutes les fenêtres obstruées. *Elle aura l'air inhabitée, mais les apparences peuvent être trompeuses.* Comme convenu, il ne monte pas les marches du perron mais fait le tour par le côté. *Personne ne doit te voir franchir le portail.* Deux voitures passent pendant qu'il cherche le loquet à tâtons, le bois rêche du montant lui écorchant les doigts, puis il le trouve enfin, le métal froid, dur et lisse au contact de sa peau. Il se retourne pour jeter un coup d'œil aux fenêtres allumées dans les maisons autour de lui et, quand il est sûr que personne ne l'observe, il soulève le loquet et le portail s'ouvre.

À l'arrière de la maison, tu verras une porte. Tu ne dois faire absolument aucun bruit en t'approchant. D'un pas hésitant, Bird se fraie un chemin dans le fouillis des mauvaises herbes. Ça devait être un jardin, à une époque, laissé à l'abandon depuis des années. Çà et là, il tombe sur un arbrisseau, bagarreur et impertinent, qui lui jette ses branches au visage. Mais dans le clair de lune il distingue le faible éclat d'un sentier, les graviers scintillants pris dans le ciment qui lui montrent le chemin, et il le suit jusqu'à la masse sombre de la maison. *Tape ces cinq chiffres – huit, neuf, six, zéro, quatre – et ça s'ouvrira.* Il passe sa paume le long du mur, comme s'il caressait un dragon endormi pour trouver son point faible : brique, brique, brique, et puis soudain une porte et un clavier. Il ne voit rien dans le noir, mais il compte les touches et tape le code. Un léger *bip*. Il tourne la poignée.

À l'intérieur, un couloir étroit qui s'enfonce dans l'obscurité. *Tu devras refermer la porte derrière toi, même s'il fait complètement noir. Tu ne pourras pas la voir, sans ça.*

Tout doucement, il la referme : le monde extérieur se réduit à une tranche, puis à un fil, et disparaît. La serrure cliquette, le murant dans les ténèbres.

Alors il entend des pas qui se précipitent vers lui. Une petite lumière s'allume, éclaboussant son champ de vision d'étincelles dorées.

Sa mère, l'air étonné. Qui lui tend les bras. Qui l'attire contre elle. Sa chaleur. Son odeur. Le choc, l'émerveillement et la joie sur son visage.

Bird ! s'écrie-t-elle. Oh, Bird, tu m'as trouvée !

DEUXIÈME PARTIE

Le voilà donc. Bird. Son petit Bird.

Plus grand qu'elle ne s'y attendait ; plus mince. Sans ses grosses joues rondes de bébé. Il a maintenant un visage fin, froid, une expression sceptique, avec quelque chose de dur dans la bouche, une mâchoire carrée dont elle ne sait pas trop d'où elle peut lui venir. Pas d'Ethan, et certainement pas d'elle.

Bird, dit-elle. Qu'est-ce que tu as grandi.

Oui, répond-il, soudain sur la réserve. C'est-à-dire que ça fait longtemps.

Il ne lui fait pas confiance, elle le voit déjà. Cette façon qu'il a de s'attarder près de la porte en évitant son regard. Pas encore, pense-t-elle. Il ne lui fait pas *encore* confiance. Elle éteint la lumière.

Il ne faut pas qu'on attire l'attention, explique-t-elle.

Elle sait qu'il est en train de se demander : *Où est-ce qu'on est ?*

Le couloir est étroit et, derrière elle, les pas de Bird ralentissent alors qu'il avance à tâtons entre ces murs inconnus. Il trébuche légèrement, s'arrête. Les semelles de ses baskets raclent le sol tandis qu'il traîne les pieds.

Par là, dit-elle. Attends. Sois prudent, le plancher n'est pas régulier. Fais attention.

Elle parle vite, avec plus d'empressement que d'habitude, les mots se bousculent dans sa bouche mais elle ne peut pas s'en empêcher.

Je savais que tu comprendrais, dit-elle pendant qu'ils progressent dans le couloir sombre. Je savais que tu étais assez intelligent.

Ah bon ? s'étonne-t-il.

Sur le seuil du salon, elle s'arrête pour l'attendre, et elle sent sa main lui effleurer le bas du dos, à la recherche d'un élément connu, d'un élément stable. Elle a envie de lui prendre la main, de la coller à son visage, mais elle sait qu'il n'est pas encore prêt.

Oui, quelqu'un me l'a dit, répond-elle.

Après la pénombre du couloir, le salon est aveuglant. Bird se protège les yeux avec sa paume, comme s'il venait de déboucher en plein soleil. Elle le regarde s'accoutumer à la luminosité, découvrir la pièce fragment par fragment. Le papier peint qui se décolle par lambeaux comme de la peau trop vieille. Un canapé râpé et défraîchi, recroquevillé près du mur, une table pliante couverte d'outils. Une lampe sans abat-jour, avec une ampoule nue écarquillée. Elle le voit balayer du regard les panneaux de contreplaqué cloués aux fenêtres, les auréoles au plafond là où la pluie s'est infiltrée. Puis il la regarde, elle, les cheveux trop longs et en bataille, vêtue d'un tee-shirt miteux et d'un jean élimé. Qui se terre comme un ermite dans l'obscurité trouble. Ce n'est pas là qu'il s'attendait à la trouver. Elle n'est pas non plus celle qu'il s'attendait à trouver.

Tu dois être fatigué, dit-elle. Je t'ai préparé une chambre.

Elle le conduit à l'étage, le bruit de leurs pas amorti par le tapis rouge orangé de l'escalier. Tout du long, des marques carrées sur le papier peint trahissent les endroits où étaient accrochés des tableaux.

On est chez qui ?

Chez personne. Fais attention. Regarde où tu mets les pieds. La rampe est cassée.

Arrivée en haut, elle ouvre une porte sur le palier. Une grande pièce, qui a clairement été une chambre d'enfant par le passé : quand elle allume l'interrupteur, le plafonnier représente un visage de clown, dont le nez rouge est le boulon qui maintient le dôme de verre en place. Dans un coin se trouve encore un petit lit à barreaux, un des côtés baissé, le matelas à nu. Elle a passé un coup de balai, mais ça ne suffit pas à rendre la pièce accueillante. Le plâtre du plafond s'est en partie détaché, exposant les fines lattes en bois dessous, comme des os. Les fenêtres sont voilées de noir.

Des sacs-poubelle, explique-t-elle. Pour cacher la lumière. On doit être prudents… Les voisins pensent que la maison est abandonnée.

Bird pose son cartable au sol et effleure du bout des doigts le plastique tendu en travers de la fenêtre. Elle-même a fait ce geste à de nombreuses reprises, pour sentir l'infime tremblement quand une voiture passe en vrombissant dans la rue en contrebas.

J'ai installé ça pour toi, dit-elle. Pour le cas où tu arriverais jusqu'ici.

Elle lisse le sac de couchage étalé sur la banquette dans l'alcôve de la fenêtre, redonne du volume au petit coussin décoratif qui tient lieu d'oreiller.

Je suis désolée de ne pas avoir de vrai lit, ajoute-t-elle. Mais ce sera quand même plus confortable que par terre.

Bird hausse les épaules et se détourne à moitié. Dehors, le lointain gémissement d'une sirène s'immisce à travers la bâche en plastique, enfle et diminue à nouveau. Si les choses étaient différentes, songe-t-elle, si elle n'avait pas été privée de toutes ces années avec lui, peut-être que cette langue lui serait moins étrangère. La langue de ceux qui commencent à se défaire de leur enfance : tout en gestes et en sous-texte, en retenue et en dédain. Peut-être qu'elle aurait appris à la comprendre. Elle se demande si c'est le cas d'Ethan.

Tu as faim ? demande-t-elle, et bien qu'elle soit sûre que c'est un mensonge, il secoue la tête. Alors repose-toi, dit-elle, on parlera plus tard.

Elle marque une pause, puis se retourne.

Bird. Je suis tellement contente que tu sois là.

Quand il était petit, il pleurait dès que quelqu'un pleurait. Certaines chansons semblaient lui planter des aiguilles dans le corps, et le simple fait de bouger ne serait-ce qu'un doigt démultipliait la douleur. Insupportable, que Jackie Paper ne vienne plus. Tragique, qu'elle parte de chez elle après avoir vécu seule tant d'années. Terrifiant d'être le seul garçon en vie à New York[1]. La musique lui arrachait la peau, note après note, et ses muscles ainsi mis à nu palpitaient, à vif. Arrête, maman, sanglotait-il, arrête ça. Alors Margaret, horrifiée, courait jusqu'à la chaîne

1. « *Jackie Paper came no more* » est une phrase de la chanson *Puff, the Magic Dragon* du groupe Peter, Paul and Mary (1965). « *She's leaving home, after living alone, for so many years* » est une citation des Beatles. *The Only Living Boy in New York* est un titre de Simon and Garfunkel. (*N.d.l.T.*)

hi-fi pour couper la musique et le prendre dans ses bras.

Il la stupéfiait par son extraordinaire appétit du monde. C'était un enfant calme, qui observait les choses intensément et absorbait tout, le bon comme le mauvais, la joie comme le chagrin. Les bourgeons roses du cerisier qui gonflaient à la floraison. Le moineau mort tout rabougri sur le trottoir. L'envol exubérant de ballons lâchés dans un grand ciel bleu. La frontière entre lui et le monde était incroyablement poreuse, on aurait dit que tout coulait à travers lui comme de l'eau à travers un filet. Elle s'était inquiétée qu'un cœur si tendre et nu soit confronté à la dure réalité extérieure, batte à l'air libre, où n'importe quoi pouvait le meurtrir.

Le garçon qui se tient à présent devant elle a la voix et l'apparence de Bird. Elle le reconnaîtrait entre mille, ce visage. Mais il y a désormais quelque chose entre eux qui l'empêche de le voir et de l'entendre aussi bien qu'avant, quelque chose d'opaque et dur, une couche d'écaille de tortue. Comme s'il gardait une certaine distance pour qu'elle ne puisse jamais tout à fait l'atteindre. Quelque chose a laissé une cicatrice en lui. Oh, Bird, songe-t-elle.

À l'étage, Bird sort la tête sur le palier. Pas de lumière, seulement le faible halo de la lampe allumée en bas. Il s'avance sur la pointe des pieds, passe devant d'autres pièces, toutes plongées dans le noir. Dans la salle de bains, les toilettes et le lavabo sont crasseux, zébrés de coulures verdâtres ; un tapis de mousse a poussé au pied de la baignoire rouillée. Seule une autre pièce semble occupée. Un matelas nu gît dans un coin, avec une vieille lampe sans abat-jour posée à côté, à même le sol. La chambre de sa mère. Une odeur âcre de transpiration dans l'air. Sa mère, qui plantait des fleurs au soleil et lui murmurait des histoires à l'oreille le soir, s'est mystérieusement transformée en cette femme méconnaissable, terrée dans l'ombre. Il regrette que son père ne soit pas là pour lui expliquer. Pour l'aider à comprendre. Pour décider quoi faire.

De retour sur le palier, la lumière du rez-de-chaussée lui paraît flétrie, comme quelque chose qui aurait déjà servi, et il est obligé de se guider en suivant le mur à tâtons pour regagner sa chambre triste.

Quand Bird ouvre les yeux, Margaret est assise par terre près de son lit. Les pieds repliés sous elle sur la moquette usée, le regard tendrement posé sur son visage. Comme si elle l'avait observé pendant son sommeil en attendant patiemment qu'il se réveille. Ce qui est le cas.

Il est quelle heure ? demande-t-il d'une voix rauque.

Sous cette fenêtre obstruée, impossible de savoir si c'est le jour ou la nuit.

Un peu plus de minuit, dit-elle.

Elle lui a apporté un mug de café instantané. Il n'aime pas ça, elle le voit à son expression. Évidemment qu'il n'aime pas ça, quel genre de mère donne du café à son fils ? Elle aurait dû lui proposer autre chose, sauf qu'elle n'a que du café. Elle a perdu l'habitude de tout ça. Mais le mug est chaud et réconfortant dans la froideur de la pièce, alors il se redresse tant bien que mal et le boit à petites gorgées. Elle boit le sien aussi. Amer, mais revigorant. Comme un puissant remède.

Le gaz est coupé, dit-elle, donc il n'y a ni chauffage ni possibilité de vraiment cuisiner. Juste une plaque électrique. Mais il y a encore l'eau et le courant. Ce qui me suffit largement.

C'est quoi, cet endroit ? demande-t-il, mais elle ne répond pas. Elle a autres choses à lui expliquer d'abord. Commence par le commencement, se rappelle-t-elle ; c'est pour ça que tu l'as fait venir.

Bird, dit-elle, je vais te montrer quelque chose.

Elle l'emmène encore un étage plus haut, au deuxième, où toutes les pièces sont vides. À travers les portes entrouvertes, le parquet nu ressemble à une étendue d'eau profonde : du noir qui se dissout dans du noir. Elle n'a visité ces pièces qu'une seule fois, quand elle est arrivée. La poussière s'y était amoncelée, formant comme des congères. De vieux meubles auxquels il manquait des pieds, à moitié agenouillés par terre ; un ancien électrophone avec un disque encore dessus, trop rayé pour être écouté. Partout, des signes que l'extérieur s'immisçait et prenait ses aises. Dans la salle de bains, un long tentacule de lierre s'était introduit par une vitre cassée et cherchait à s'agripper à la poignée. Dans une chambre, une forêt de champignons avait poussé sur la moquette détrempée par la pluie sous une fissure du mur.

À présent, en haut de l'escalier, elle tend la main dans la pénombre pour attraper la corde à tâtons, et quand elle la trouve et tire dessus, une trappe s'ouvre au plafond et une échelle se déplie. Elle a le réflexe de lui prendre la main pour le guider, mais elle se retient. Comme elle sait qu'il le fera aussi.

Par là, dit-elle en grimpant vers l'épaisse obscurité nébuleuse. Sans l'attendre.

Dans son dos, elle entend Bird poser un pied hésitant sur le premier barreau. Mais elle se force à ne pas s'arrêter, à continuer d'avancer, en ayant confiance dans le fait qu'il va la suivre. Tout au bout de la maison, elle marque une pause et se retourne vers lui pour la première fois. Elle est habituée à voir dans le noir, mais lui non, et il s'oriente davantage à l'oreille qu'à la vue, en s'aidant des mains, en se guidant grâce aux poutres qui courent le long du sol comme des rails. Le grenier est froid et plein de poussière, et de petits éclats de lune parviennent à s'insinuer par des fentes de la façade, formant des barres de lumière en travers de son chemin, qu'il évite en baissant la tête. Une fois qu'il l'a rejointe, elle appuie l'épaule contre une trappe dans le plafond.

On y est, dit-elle alors que le loquet cède dans un grincement strident. Regarde où tu mets les pieds.

Ils se hissent sur le toit plat, dans un océan de nuit. Un vent glacial racle les hauteurs de la ville comme une lame de couteau araserait un bol de farine, mais au moment où ils émergent, Margaret est prise d'un brusque attendrissement. Devant tant de beauté.

Autour d'eux, la ville s'étale tel un morceau de tissu abandonné, tout en pics, crêtes et replis cachés. Même à cette heure avancée, des rubans lumineux de voitures ondulent çà et là dans les rues. Au loin, une forêt d'arbres métalliques s'élance vers le haut, cherchant à toucher les étoiles. Elle distingue à peine l'éclat scintillant de quelques lointaines fenêtres, dont les vitres noires reflètent des fragments de lune. Le toit n'est pas aménagé ; il n'y a là rien d'autre que la ville, le ciel et eux. Pas de rambarde, juste le bord abrupt qui donne sur le vide. À côté d'elle, elle entend Bird reprendre son souffle, et l'espace d'un instant elle le voit : son fils, tel que dans son souvenir. Curieux, alerte. Les yeux brillants. Émerveillé qu'il y ait autant de vie tout autour.

Je ne savais pas…, commence-t-il avant de s'interrompre. Lentement, il fait un pas en avant sur le toit, puis un autre. Prudemment, comme sur un sol rocailleux. Je ne savais pas que cette ville était aussi grande, dit-il. Il tend une main, comme pour effleurer du bout des doigts le sommet d'un des gratte-ciel.

Oui, c'est quelque chose, acquiesce Margaret. Je ne viens là que la nuit. Au cas où quelqu'un me verrait. C'est fou, non ? poursuit-elle en se tournant vers l'horizon. Tellement plus grand que je ne l'imaginais avant d'arriver ici. La première fois que je suis venue à New York, quand j'étais jeune, je parcourais des kilomètres à pied. Pour essayer de tout voir.

Bird tourne imperceptiblement la tête dans sa direction, et elle sait qu'elle a piqué sa curiosité. Elle fait mine de ne pas s'en être aperçue.

Bien sûr, avec mon travail, je me déplaçais beaucoup, reprend-elle. J'ai fini par bien savoir me repérer.

Elle se tait et attend. Elle se demande ce qu'Ethan lui a raconté. Si Bird sait quoi que ce soit d'elle. Au bout d'un moment, il mord à l'hameçon.

Quel travail ? demande-t-il sans la regarder. Comme si ça ne l'intéressait pas vraiment.

J'étais coursière. Je transportais des lettres, et des objets. À l'époque de la Crise. Je le faisais à vélo, précise-t-elle.

Bird ne dit rien, mais pendant un temps le rideau de gaze entre eux se déchire. Elle ne lui a jamais parlé de sa période new-yorkaise, de sa vie avant lui ; au début, il était trop jeune, ensuite elle n'était plus là. À ce qu'il en sait, la vie de sa mère avant lui est une page blanche. Elle le regarde assimiler cette nouvelle information. Cette nouvelle image d'elle, sillonnant la ville à toute allure pour transporter des choses.

Quel genre d'objets ? demande-t-il.

Des livraisons, pour l'essentiel. Parfois des papiers à signer. Tellement d'entreprises fermaient, à l'époque, il n'y avait plus assez de camions. Et puis, à vélo, on coûtait moins cher, on allait plus vite, sans compter que l'essence était hors de prix.

Elle scrute son visage.

De la nourriture, parfois, ajoute-t-elle. Et des médicaments, pour les gens malades qui ne pouvaient pas sortir. On allait les leur chercher à la pharmacie et on les déposait devant leur porte.

Qui, *on* ? demande Bird.

On était nombreux. Tous à essayer de s'en sortir.

Elle hésite à lui en dire plus. Mais elle décide d'attendre.

C'est comme ça que tu as rencontré mon père ?

Margaret secoue la tête.

Il était dans un autre monde. Étudiant. C'est même un accident qu'on se soit rencontrés tout court.

Elle s'interrompt.

Comment va-t-il ? s'enquiert-elle, ne sachant trop comment formuler ce qu'elle voudrait réellement savoir : qui est-il désormais, a-t-il évolué durant toutes ces années de séparation, après tout ce qui s'est passé ? Il doit être mort d'inquiétude pour Bird, songe-t-elle avec une pointe de regret. Elle voudrait pouvoir lui téléphoner pour le rassurer, lui dire qu'il va bien. Mais c'est trop dangereux. Rien n'a changé. Pas encore. Il va devoir garder confiance ; comme elle lui a fait confiance, pendant tout ce temps, pour protéger leur enfant.

Bird hausse les épaules mollement, une seule fois, d'un geste tellement évasif que même ses épaules ne sont pas d'accord.

Il va bien, répond-il. Je crois.

Elle attend la suite en retenant son souffle, mais il ne dit rien de plus. Depuis le début de leur échange, Bird n'a pas quitté des yeux la ville qui s'étend devant eux et son grouillant fourmillement. Il a toujours une main à moitié levée, comme s'il cherchait à prendre appui sur l'air ou à attraper l'horizon. Elle attend, laisse le moment respirer et flotter à la dérive, confiante qu'il trouvera une façon d'atterrir.

Pourquoi tu es partie ? finit par demander Bird.

Il est plus facile de poser ce genre de questions ici, curieusement, où tout à part eux semble si petit et lointain.

Elle écarte les bras en grand, comme si elle s'apprêtait à plonger, la tête penchée en arrière, les yeux fermés. La lumière de la lune s'accroche à ses cheveux, les saupoudrant de reflets argentés. L'espace d'un instant, figée ainsi, on dirait la figure de proue d'un navire, fendant hardiment les eaux vers de nouvelles mers inconnues. Puis elle laisse retomber ses mains le long du corps et se tourne vers lui.

Je te raconterai, dit-elle. Je te raconterai tout. Si tu promets de m'écouter.

Elle commence l'histoire tout en travaillant, penchée sur la table pliante, des bobines de fil électrique et de longs tronçons de tuyaux disposés devant elle. Soigneusement, elle choisit un tuyau et fait tourner un cutter tout autour pour en découper des segments de la longueur de son pouce, avant de polir les bords à la lime. Autour d'elle s'élève un halo de poussière argentée. Assis au bord du tapis, Bird attend. Observe. Dehors, derrière les fenêtres obstruées, la lumière du matin redonne peu à peu des couleurs au monde en noir et blanc.

Laisse-moi d'abord te raconter comment je suis arrivée à New York, dit sa mère.

Les aspirations de ses parents leur avaient fait traverser la mer, alors ils lui avaient choisi un prénom ambitieux : Margaret. Une Première ministre, une princesse, une sainte. Un nom au pedigree long comme le temps, un tronc solide poussant sur des racines robustes : en français, la marguerite ; en latin, *margarita*, la perle. Ses deux parents étaient de bons catholiques pendant leur jeunesse à Kowloon, éduqués par des prêtres et des nonnes, élevés aux hosties, à la confession et aux messes quotidiennes. Sainte Marguerite, victorieuse contre le dragon, souvent représentée sortant de la gueule de la bête.

Une chose qu'elle n'apprendrait que bien plus tard : la bombe dans leur boîte aux lettres deux mois avant sa naissance. Juste assez puissante pour faire sortir de ses gonds la petite porte en aluminium et la voiler de l'intérieur, comme si une minuscule créature enragée avait cogné dessus pour se libérer. Une nouvelle boîte aux lettres, une nouvelle maison, son père le nouvel ingénieur de l'usine dans la petite ville industrielle de la Rust Belt. Une charge explosive minimale, avait dit la police. Juste un canular, allez savoir pourquoi. Le père de Margaret avait ensuite arraché le poteau métallique tout déformé, les cheveux collés au front par la sueur, sous le regard de sa femme qui l'observait du seuil, une main sur le ventre, à l'intérieur duquel Margaret finissait de grandir. Derrière leurs fenêtres, les nouveaux voisins observaient aussi en silence, puis, quand le poteau était sorti de son trou et que la boîte aux lettres cabossée avait basculé au sol avec fracas, tout le monde était rentré chez soi.

Le PACT n'a vu le jour que des décennies plus tard, mais ses parents le sentaient déjà : tout le voisinage scrutait leurs moindres gestes. Ils avaient décidé que la meilleure option était de se fondre dans la masse. Après sa naissance, ils l'avaient habillée avec des babies et des salopettes en velours côtelé rose, lui avaient mis des rubans à ses couettes. Plus grande, ils lui achetaient les vêtements présentés sur le mannequin sans tête du grand magasin local : tout ce qu'il portait, elle le portait aussi. Discrètement, ils étudiaient les enfants du quartier et lui offraient ce qu'ils voyaient : des Barbie et la maison qui allait avec, une poupée de chiffon baptisée Susanna Marigold. Un vélo rose avec des serpentins blancs au guidon ; un mini four en plastique dans lequel on pouvait faire cuire des brownies à la lumière d'une ampoule. Des tenues passe-partout achetées par correspondance sur le catalogue des magasins Sears. La maxime de son père : *Le bâton frappe l'oiseau qui lève la tête le plus haut.* Et celle de sa mère : *C'est sur le clou qui dépasse que tape le marteau.* Jamais, dans son souvenir, elle n'avait entendu ses parents prononcer le moindre mot en cantonais. C'est seulement plus tard qu'elle se rendit compte de ce qu'elle avait raté.

Le vendredi, ils commandaient des pizzas et faisaient des jeux de société ; le dimanche, ils allaient à l'église, où ils étaient les seuls bruns. Son père se mit à regarder le football américain et à boire de la bière avec les autres hommes du quartier. Sa mère s'acheta un ensemble de cocottes en céramique et apprit à cuisiner des ragoûts. Margaret, quant à elle, était une littéraire et adorait la poésie. Comme ses parents, elle s'efforçait de passer inaperçue, s'installant durablement dans le milieu de la fourchette. Se faire remarquer revenait à attirer les prédateurs ; mieux valait se fondre discrètement dans le feuillage. Elle avait des notes moyennes à l'école, répondait aux attentes mais les dépassait rarement, ne causait pas d'histoires mais ne donnait pas l'exemple non plus. Le bac en poche, elle avait obtenu une bourse pour aller étudier à New York : *la ville*, disait sa mère, comme s'il n'y en avait qu'une. Elle s'était laissé séduire par la promesse intangible qu'une fois là-bas, il n'y aurait pas qu'une façon d'être. Peu à peu, la rugosité de la ville avait décapé l'émail de la surface pour révéler quelque chose qui bouillonnait et palpitait au fond d'elle.

Les premiers temps, elle s'habillait selon l'idée qu'elle se faisait d'une New-Yorkaise : jean noir, talons hauts, chemisier en soie. Glamour et sophistication. Mystère. Puis, deux jours après son arrivée, alors qu'elle descendait du métro sur la ligne N, elle croisa un personnage barbu vêtu d'une robe de soirée émeraude qui, la remontant, se glissa à la place qu'elle venait de libérer. Pas une seule tête ne se retourna et, comme les portes se fermaient, la créature sortit le *New Yorker* des plis de sa robe, se mit à lire, et le métro l'emporta. Les jours suivants, elle vit bien d'autres choses encore. Un homme qui se faufilait à vélo dans un bouchon en imitant le hurlement d'une sirène avec la bouche. *Baa-DOU baa-DOU baa-DOU.* Une vieille dame sur Broadway qui marchait péniblement à l'aide d'une canne et chantait à tue-tête en rythme avec ses pas : *Notre Dieu est merveilleux/Il règne depuis les cieux.* Un homme qui plaquait une femme contre le mur d'un perron d'immeuble ; elle avait les jambes nouées autour de sa taille et toute la ruelle résonnait de leurs cris en les amplifiant comme un haut-parleur. Personne ne s'arrêta, ne sourit ou ne leva la tête ; tout le monde pressa le pas, absorbé par ses propres problèmes, sa propre vie. Il se mit alors à pleuvoir, des trombes d'eau qui s'abattaient sur la ville, et Margaret se réfugia dans une librairie, trempée jusqu'à l'os, les cheveux ruisselants, mais personne ne sourcilla. Elle comprit que, dans cette ville, les gens ne prêtaient pas attention à vous. Ce qui voulait dire que vous pouviez faire ce que vous vouliez, être qui vous vouliez. Dans les toilettes de la librairie, elle ôta ses chaussettes dégoulinantes et les sécha sous le sèche-mains sans que personne ne dise rien. En les remettant, elle sentit la chaleur se lover entre ses orteils. Jamais elle n'avait connu une telle impression de liberté.

Elle se coupa les cheveux, puis y ajouta des mèches violettes. Pour voir jusqu'où elle pouvait aller avant qu'une tête se retourne, que quelqu'un la dévisage dans la rue. Elle changea de style vestimentaire, étape par étape : talons plus hauts, jupes plus courtes, jeans déchirés au point de comporter davantage de trous que de tissu. Elle se fit des piercings. Personne ne la dévisageait jamais. Contrairement à la ville où elle avait grandi, où elle attirait toujours les regards. Où il fallait toujours qu'elle ait un comportement exemplaire, pour ne jamais se faire remarquer : un oiseau qui gardait la tête basse, un clou bien enfoncé dans le bois tendre. Passer inaperçu était une technique de survie.

Déjà à l'époque, les choses commençaient à se gâter. Horaires de travail raccourcis, salaires diminués. Prix à la hausse. Mais ça ne touchait pas encore tout le monde. On voyait encore des gens s'acheter de nouveaux habits, manger au restaurant. Le soir, certains quartiers de la ville continuaient à scintiller et à bourdonner de l'énergie collective d'une foule qui se rassemblait sans autre but que celui d'être jeune et vivante dans le noir. Il était encore possible de profiter de la vie. De perdre son temps. Il était encore possible de s'asseoir sur un banc dans un parc ou sur les marches d'un perron, de regarder les gens qui passaient en riant et de leur sourire en retour.

Margaret plongea dans la ville. Elle trouva un petit boulot de serveuse. Elle séchait les cours et passait ses journées à arpenter Manhattan en long et en large, à explorer ses moindres coins et recoins, à dévorer la Grosse Pomme. Elle se fit des amis. À Chinatown, on pouvait encore entendre parler cantonais. Elle achetait les journaux en chinois et, armée d'un dictionnaire, étudiait méthodiquement les caractères le soir, apprenant par cœur leurs courbes et leurs sonorités comme elle aurait pu apprendre le corps d'un amant. Pour la première fois, elle se rendait compte que son ancienne vie l'avait serrée comme un manteau trop petit. Elle apprit à boire, et à flirter. Elle apprit à donner du plaisir et à en prendre. Elle s'était mise à écrire, des vers griffonnés sur des bouts de papier, des tickets d'épicerie, au dos des emballages de chewing-gums à la menthe, chaque mot tel un éclat de diamant brut, les bords tranchants et incisifs. On aurait dit les poèmes de quelqu'un d'autre, quelqu'un qu'elle ignorait avoir en elle. La Crise arrivait, n'allait pas tarder à éclater, mais il y avait encore des magazines, du temps pour la poésie et des gens pour en lire, et les rédacteurs en chef appréciaient ses rythmes tumultueux, la merveilleuse souplesse féline de ses vers. Des images qui plantaient leurs crocs dans votre cœur et ne le lâchaient plus. Elle n'était jamais payée, mais peu importait. Le soir, ses amis et elle mettaient en commun le peu qu'ils avaient pour acheter des bouteilles de vin qu'ils buvaient dans des gobelets en plastique dans la chambre d'étudiant de l'un ou de l'autre, tous assis en cercle, les lèvres tachées de rouge.

En ce temps-là, la ville était en effervescence, comme si tout le monde sentait la tempête arriver. L'air était chargé d'électricité, crépitant de possibilités. Ses parents trouvaient ça délirant, mais à ses yeux c'était le choix le plus sain et le plus logique : si le monde était en flammes, autant brûler ses derniers feux. Les soirées se prolongeaient jusqu'au petit matin, avec juste assez d'argent pour se payer un café là où elle se réveillait. Elle rentrait chez elle à pied pour économiser le prix du taxi, en regardant la ville passer du gris à l'or tandis que le soleil se levait. Elle allait à des fêtes, dansait, embrassait des inconnus juste pour voir ce qui arriverait. Souvent, ça finissait au lit : le sien, le leur, celui de quelqu'un d'autre. Des hommes magnifiques. Des femmes magnifiques. Le monde, alors, en était plein, tous furieusement incandescents, comme des étoiles sur le point de s'éteindre.

Plus tard, quand elle repenserait à cette période, elle verrait une boîte de nuit, l'air épais, noir et moite autour d'elle. Des corps qui se bousculent, luisants de sueur. Des paillettes de lumière éclaboussant la pièce, des fragments d'illumination : un œil, une bouche, une main, un sein. La sensation de se dissoudre dans une foule, une masse informe et vibrante, chacun bougeant séparément sur le même *beat*, tous unis dans l'instant. Au-dessus de leurs têtes, de vives lumières qui se rallumaient quand la nuit était finie, s'ils ne s'étaient pas encore enfuis. Sous leurs pieds dansants, le sol visqueux à force de verres renversés. Il n'y avait pas encore de couvre-feu.

Ça avait démarré doucement, au début, comme pour tout. Elle était en troisième année de fac. Des magasins commençaient à baisser le rideau, leur vitrine blanchie au savon. D'abord par-ci par-là, comme des dents cariées, et tout à coup des rues entières s'étaient vidées, aux quatre coins du pays. Les loyers trop élevés, les clients trop rares. De plus en plus de mendiants qui secouaient des pièces de monnaie au fond de gobelets ramassés dans des poubelles ; de plus en plus de pancartes griffonnées au marqueur sur des bouts de carton. « FAMILLE DE 5 ». « SANS EMPLOI ». « UNE PETITE PIÈCE ». Tout coûtait plus cher, et tout le monde avait moins à dépenser. Les boutiques de vêtements soldaient leurs pulls – moins dix pour cent, moins vingt, moins quarante-cinq –, et ils restaient toujours accrochés aux portants. Personne ne les essayait. Personne n'avait plus l'argent, ni le temps. Un actif sur dix au chômage, selon les statistiques. Bientôt un sur cinq. Les gens commencèrent par perdre leur voiture, puis leur maison. Et ils finirent par perdre patience.

Le restaurant où travaillait Margaret ferma : quarante-cinq ans d'activité, mais plus personne ne venait à part les types qui commandaient un café et s'attardaient sur les banquettes en continuant à le siroter bien après qu'il avait refroidi. Le patron pleura en tirant le rideau de fer ; il venait jouer derrière ce comptoir lorsqu'il était enfant. Quand elle alla demander dans d'autres restaurants s'ils embauchaient, certains lui rirent au nez. D'autres secouèrent simplement la tête. Un gérant lui conseilla gentiment de rentrer chez ses parents. Ça va encore s'aggraver, lui dit-il, avant de s'arranger. *Si* ça s'arrange. Il avait une fille de son âge qui venait aussi de perdre son boulot.

Les économistes ne se mettraient jamais complètement d'accord sur les raisons de cette crise. Certains diraient que c'était malheureusement cyclique, que ces choses-là revenaient périodiquement, comme les cigales ou les épidémies. D'autres accuseraient la spéculation, ou l'inflation, ou bien un manque de confiance des consommateurs… même si les raisons de ces raisons ne seraient jamais très claires. Avec le temps, beaucoup ressortiraient de vieilles rivalités, cherchant à qui faire porter le chapeau ; au bout de quelques années, ils s'accorderaient pour désigner la

Chine, ce perpétuel et menaçant péril jaune. Ils verraient sa main derrière chaque échec et fracture de la Crise. Mais, dès le départ, il y avait une chose sur laquelle ils tombèrent tous d'accord : c'était la pire crise depuis les années 1980, voire depuis la Grande Dépression, après quoi ils arrêtèrent les comparaisons.

Ceux qui partaient de très haut s'enfermèrent à double tour et firent le dos rond en attendant que ça passe. Au fur et à mesure des fermetures des magasins, ils commandaient à distance, toujours prêts à payer plus cher. Ceux qui étaient dans une situation confortable se serrèrent la ceinture, se mirent à découper les bons de réduction, à réduire leurs dépenses, à économiser sur tout ce qu'ils pouvaient : fini les voyages, les loisirs, toujours moins, moins, moins. Ceux qui arrivaient tout juste à boucler les fins de mois dégringolèrent un escalier abrupt, perte après perte : d'abord leur emploi, puis leur emprunt, puis leur fierté. À travers tout le pays, les gens ne pouvaient plus payer leur loyer ; les expulsions étaient alors quotidiennes. On voyait leurs photos partout : des meubles abandonnés sans cérémonie sur le trottoir, des familles pelotonnées sur leur canapé dans la rue, des passants bouche bée alors que le propriétaire changeait la serrure. Les vagues de saisies se propageaient de rue en rue, jusqu'à ce que des quartiers entiers soient désertés.

Les journaux avaient d'abord parlé de *correction*, comme si la période pendant laquelle les gens s'en sortaient à peu près, parvenaient à peu près à se nourrir et se loger, avait été une erreur ; comme si les choses étaient en voie d'amélioration et non l'inverse. À Houston, les queues devant les banques alimentaires s'étiraient sur des centaines de mètres ; à Sacramento, il fallait attendre des heures pour repartir avec une boîte de flageolets et quelques paquets de crackers. À Boston, les gens passaient la nuit sur les bancs des églises, et au matin il y en avait encore de nouveaux dehors.

Assez vite, il y eut des manifestations. Des grèves. Des marches pacifiques. Des marches armées. Des vitrines brisées, des endroits pillés ou incendiés : la colère et le manque rendus visibles et palpables. Des policiers en tenue de combat. Dans tout le pays, la même histoire se répétait, simplement à des échelles différentes. À New York, Margaret voyait la ville commencer à se vider autour d'elle. Ceux qui avaient une maison ou une famille ailleurs partaient s'y réfugier, afin de diviser les frais, de faire aller. Les autres disparaissaient aussi : soit cachés, soit terrés quelque part, soit morts. Soudain, on entendait les oiseaux chanter entre les piliers des immeubles. Les journaux se mirent alors à parler de *crise économique*, puis, comme cela dépassait l'économie pure, que les gens commençaient à perdre leur confiance en eux, leur raison de vivre, leur capacité de résistance, leur volonté de se lever le matin, l'espoir qu'un jour ça puisse être différent, le souvenir du temps où c'était différent, leur foi en un avenir meilleur, d'autres formules s'étaient imposées. *La crise nationale actuelle*, continuaient à dire les gros titres, et bientôt, économisant même les mots : la Crise. Un C majuscule comme seule extravagance encore permise.

À la fac, des cours étaient reportés, puis annulés. La résidence universitaire devint de plus en plus silencieuse à mesure que les parents faisaient revenir leurs enfants dans la sécurité du foyer familial. Du côté des parents de Margaret, les nouvelles étaient sombres : des mises au chômage technique à l'usine, des pénuries dans les magasins. Je vais bien, leur affirmait-elle, je reste ici, tout va bien, ne vous inquiétez pas pour moi. Faites attention à vous. Je vous aime. Mais, après avoir raccroché, elle parcourait les couloirs pour glaner ce qu'elle pouvait dans les sacs-poubelle abandonnés lors du départ de ses camarades. Des vêtements et des chaussures trop grandes, qu'elle prenait quand même. Des couvertures et des livres, des demi-paquets de biscuits. La plupart des chambres étaient fermées, leur tableau blanc effacé, sauf un sur lequel s'étalait en lettres noires le message « RENDEZ-VOUS DANS L'AU-DELÀ ». Elle passa les doigts dessus : marqueur indélébile.

Trois semaines plus tard, elle croisa pour la première fois quelqu'un d'autre dans les couloirs : Domi. Elles avaient un cours en commun, à l'époque où il y avait encore des cours : « Marxisme et littérature du XXe siècle ». Domi, toujours très chic et apprêtée, avec un eye-liner parfait qui rebiquait comme une aile d'oiseau. Un prénom qui rime avec *show me*, avait-elle déclaré en haussant un sourcil. À présent, sans maquillage, ses yeux paraissaient plus grands, plus jeunes. Davantage lapin que faucon.

Je ne pensais pas que quelqu'un d'autre serait assez dingue pour être encore là, dit-elle. Viens. Il faut partir.

Domi avait un ex dont la nouvelle petite amie avait une sœur qui avait un trois-pièces dans le quartier de Dumbo. Ils s'y entassaient désormais à six : la sœur et son copain dans une chambre, l'ex et sa copine dans une autre, Domi sur le canapé et Margaret dans un sac de couchage sur le sol du salon. Une pièce si petite que, quand elles écartaient les bras dans le noir, leurs doigts se touchaient.

Elle raconte tout cela à Bird dans l'obscurité de la maison tandis qu'elle déroule une longueur de fil électrique et incise le plastique rouge autour pour dénuder le cœur en cuivre. Elle fait preuve d'habileté et de précision ; c'est comme regarder un horloger mettre en place chaque engrenage. Les genoux repliés contre sa poitrine, Bird est hypnotisé. Par l'histoire qu'elle lui raconte, par ses mains. Derrière les fenêtres obstruées, c'est le milieu de la matinée, la Crise est finie depuis longtemps, la ville grouille et bouillonne, mais à l'intérieur de la maison règne un calme presque inquiétant dans la lueur de l'unique lampe allumée. Tous les deux ensemble dans cette bulle de silence.

La sœur à qui appartenait l'appartement faisait partie des rares personnes à avoir encore un boulot. Elle travaillait pour la mairie, répondait au téléphone, s'efforçait de trouver aux gens les services dont ils avaient besoin. Ils avaient besoin de logements, de repas, de médicaments. De réconfort et de calme. Elle n'avait à leur offrir que sa compassion, la promesse de faire remonter leurs doléances, un autre numéro auquel tenter leur chance. Parfois, des briques volaient à travers les fenêtres du bureau ; d'autres jours, des balles. Bientôt, ils regroupèrent toutes les tables au centre des pièces. Son copain était agent de sécurité dans un gratte-ciel vide du quartier de Midtown, autrefois si animé qu'il y avait trois rangées d'ascenseurs : une pour la moitié inférieure, une pour la moitié supérieure, et une express qui montait directement au dernier étage. À présent que tout le monde avait été renvoyé – au chômage technique ou carrément licencié –, il arpentait le hall sous quatre-vingt-un étages de locaux abandonnés. Il y avait là-dedans des ordinateurs, des fauteuils de bureau ergonomiques, des canapés en cuir auburn. Ceux qui s'y asseyaient dans le temps n'avaient plus accès au bâtiment, et ceux à qui ils appartenaient étaient partis dans leurs villas de Long Island, du Connecticut ou de Floride en attendant que la Crise s'atténue. Un jour que plus aucun de ses colocataires n'avait d'argent et qu'ils avaient le ventre vide, le copain s'était faufilé discrètement dans les étages, avait piqué un ordinateur, l'avait revendu et était rentré avec neuf sacs en plastique bourrés à craquer de provisions, si lourds qu'ils lui avaient tailladé les mains. Ils s'étaient nourris pendant deux semaines grâce à ça.

L'ex de Domi et sa nouvelle copine acceptaient n'importe quel petit boulot dès qu'ils pouvaient : barricader les vitrines de commerces qui avaient fait faillite, charger des cartons dans des camions pour les gens qui quittaient la ville. Lui était un type trapu et baraqué, le crâne rasé ; elle une fille maigre et nerveuse, aux cheveux blond-roux, tous les deux au taquet pour saisir la moindre opportunité. Un entrepôt du Queens avait fermé et ils en avaient bien profité : presque un mois de salaire à charger palette après palette, un cargo, jusqu'à ce qu'il appareille – retour à Taïwan ou peut-être en Corée, personne n'en savait rien –, une fois l'entrepôt entièrement vidé, plein d'échos et de rais de soleil qui fendaient l'air poussiéreux. Quand ils ne trouvaient pas de travail, ils faisaient les poubelles, ratissaient les rues, récupéraient les boîtes de conserve pour les vendre comme ferraille, n'importe quoi d'utile qu'ils pouvaient recycler sous une forme ou une autre. Ils sillonnaient les quartiers riches, où les poubelles recelaient des trésors, et où les propriétaires les observaient de haut derrière leur double vitrage comme si c'étaient des corbeaux dépeçant une charogne. Un jour, dans le quartier de Park Slope, ils avaient vu un homme être emporté sur une civière, enveloppé d'un drap blanc. Son hôtel particulier laissé sans surveillance. À la nuit tombée, ils étaient revenus pour s'y introduire. Tous les meubles et les vêtements avaient déjà disparu, mais ils avaient arraché aux murs des mètres de tuyaux et de fil de cuivre, et la copine avait trouvé une montre – un petit bracelet en argent qui faisait encore *tic-tac*, gravé de l'inscription *De C pour A* – qu'elle avait accroché à son poignet avant qu'ils se volatilisent dans la nuit avec leur butin. Aucun d'entre eux ne se sentait coupable, du moins à l'époque. En attendant la fin de la Crise ou du monde, les choses pouvaient soit rester inutilisées, gâchées, soit être converties en chauffage, en ventre plein, en nuit d'ivresse. Le choix était facile.

Quant à Domi et Margaret, elles étaient devenues coursières. Pédalant à travers la ville, dans des rues à moitié désertes, au milieu du calme troublant d'un Manhattan semi-abandonné. Ça revenait moins cher que d'expédier les choses par courrier, sans compter que la poste était en difficulté – moins de fonds, des facteurs licenciés, l'essence exorbitante, les colis volés à même le camion – et, pour trois dollars, un coursier à bicyclette vous livrait en une heure. Margaret avait commencé la première : un matin, elle avait repéré un vélo appuyé devant un immeuble, et quand elle l'avait revu au même endroit le soir, pas attaché, elle l'avait pris sans scrupule. Une flotte de coursiers quadrillaient la ville et, à force de croiser leur chemin, elle finit par les reconnaître et retenir leur prénom. Quelques semaines plus tard, lorsqu'ils trouvèrent un autre vélo, Domi les rejoignit à son tour.

La nuit, certains quartiers devenaient chauds. Des hommes sans emploi passaient leurs journées dans le parc, grillant leurs derniers dollars pour une bouteille de whisky, et le soir venu ils étaient hargneux et agressifs. Les femmes avaient appris à leurs dépens à les éviter. Depuis son enfance, Margaret était passée maître dans l'art de jeter des coups d'œil par-dessus son épaule, d'évaluer le risque d'après un simple geste, de se débattre si elle ne pouvait pas s'enfuir. Domi, qui avait grandi à Westport avec son père – avec résidence secondaire, cours d'équitation et piscine privée –, était moins préparée. Parfois elle criait dans son sommeil et ses mains volaient pour protéger son visage, comme si quelqu'un essayait de lui arracher les yeux. Alors Margaret s'allongeait près d'elle, la serrait dans ses bras, lui caressait les cheveux, et Domi se calmait. Le matin, les rares boutiques qui s'accrochaient obstinément à la vie pouvaient trouver leur vitrine explosée, leurs rayons dévalisés, l'alarme hurlant férocement sans que personne ait répondu à l'appel. Certains habitants préféraient ne pas sortir du tout, et bientôt Margaret se mit à faire des commissions et à porter des messages. Cinq dollars la course, puis dix, même si, pour les plus démunis, elle baissait son tarif à un dollar. Des médicaments, un sac de provisions. Des tampons, des piles. Des bougies. De l'alcool. Tout ce dont les gens avaient besoin pour survivre un jour de plus. Elle pliait les billets qu'on lui donnait et les fourrait dans son soutien-gorge. À la fin de la soirée, de retour dans l'appartement, elle les comptait, ramollis comme de la feutrine mouillée par sa sueur, et elle les défroissait en les lissant du plat de la main. Elle ne pensait plus du tout à la poésie, à l'époque.

On finissait par s'y habituer, au bout d'un moment, à toutes ces nouvelles règles imposées par la municipalité et le gouverneur pour essayer de maintenir l'ordre : les heures auxquelles on pouvait sortir, celles où on devait rester chez soi, combien de personnes avaient le droit de se réunir à la fois – pas beaucoup, puis de moins en moins. De temps en temps, des vagues de maladie se propageaient dans la ville, et ensuite dans l'État : plus assez de gens au travail pour payer les factures des hôpitaux, plus assez de médecins ni de médicaments de toute façon, uniquement de l'Advil sans ordonnance à la pharmacie du coin, ou quelque remède plus fort au magasin de spiritueux d'à côté. Des queues interminables, des pénuries de tout sauf de colère, de peur et de chagrin. Des tentes agglutinées comme des champignons vénéneux au pied des ponts. D'après les infos, c'était pareil partout. On s'habituait aux files d'attente, aux hommes accroupis sur les trottoirs qui tenaient des pancartes en carton griffonnées : « UNE PETITE PIÈCE ». On apprenait à les garder à l'œil sans croiser leur regard, à les contourner de loin. On tendait l'oreille pour guetter les cris, le tintement aigu du verre cassé ; avant même d'identifier ces sons, vos pieds vous avaient déjà fait bifurquer dans une autre rue pour vous éloigner du danger. On s'habituait à manger des sandwiches à n'importe quoi – au ketchup, à la mayonnaise, au sel, tout ce qui donnait au pain assez de goût pour l'avaler –, à réutiliser le marc de café, une fois, deux fois, une semaine d'affilée si nécessaire ; même quand c'était quasiment de l'eau, ça réchauffait. On s'habituait à ne pas parler aux gens dans la rue, à les croiser furtivement, chacun en route pour quelque part, et aux sirènes qui éclataient puis se taisaient comme les pleurs étouffés d'un bébé. Au bout d'un moment, on arrêtait de se demander où elles allaient, vers quelle urgence elles étaient appelées. Quelque part, on le savait, des gens riches étaient barricadés dans leur forteresse, au chaud et bien nourris sinon heureux, mais rapidement on arrêtait de penser à eux. On arrêtait de penser aux autres tout court. On s'habituait à ça aussi, au bout du compte, comme on s'habituait à ce que les gens disparaissent : rentrés chez eux, partis ailleurs dans l'espoir d'une vie meilleure, parfois partis pour de bon.

Ce à quoi on ne pouvait pas s'habituer – ce à quoi elle ne s'était jamais faite –, c'était le silence. À Times Square, les feux passaient du rouge au vert, puis de nouveau au rouge parfois sans qu'une seule voiture circule. Dans le ciel, les mouettes piaillaient et piquaient vers le port désert. Quand elle parlait à ses parents, c'était bref, quelques minutes au plus ; le réseau était instable, les minutes chères, et tout ce qu'ils avaient besoin de savoir, au fond, était qu'ils étaient toujours en vie. Il lui arrivait de traverser Central Park à vélo sans voir une seule personne, ni sur les sentiers ni sur le lac, pas le moindre signe d'un autre être humain à part les tentes sur la pelouse de Sheep Meadow, qui poussaient du jour au lendemain et disparaissaient aussi vite dès que la rumeur d'une descente de police se propageait. Dans le silence entre les choses, il y avait trop de temps pour ruminer, et elle avait beau pédaler le plus vite possible, elle n'arrivait jamais à distancer ses pensées.

Dans la lueur miel de la lampe, elle a les mains qui tremblent.

La Crise. La Crise. Bird en a entendu parler depuis qu'il est enfant. Nous ne devons jamais oublier les souffrances de la Crise, lui a-t-on répété toute sa vie ; nous ne devons jamais connaître à nouveau ça. Mais il est impossible d'expliquer ce que c'était à vivre.

Des expulsions et des manifestations tous les jours, puis toutes les nuits, des gens qui réclamaient de l'aide à grands cris, n'importe quel type d'aide. La police tirait des balles en caoutchouc et vaporisait du gaz lacrymogène ; des voitures fonçaient dans la foule. Tous les soirs, les sirènes se réveillaient et hurlaient à travers la ville ; la seule question était de savoir dans quelle direction. Des incendies commencèrent à éclater aux quatre coins du pays – Kansas City un soir, Milwaukee et La Nouvelle-Orléans le lendemain –, feux de signal frénétiques des abandonnés et des désespérés. À Chicago, des chars patrouillaient le long des grands magasins de Michigan Avenue pour protéger leurs marchandises de luxe. Personne n'était d'accord sur la désignation des coupables – pas encore – et, sans objet précis sur lequel se fixer, l'indignation, la panique et la peur engloutissaient tout comme une marée noire épaisse et brûlante qui vous irritait les poumons. C'était là, dans les rues sombres et silencieuses après le couvre-feu, dans les ombres gris ardoise des immeubles et l'écho de vos pas sur le trottoir désert. Ça vous aveuglait comme un flash dans les gyrophares des voitures de police qui vous dépassaient à toute allure, toujours en route vers un ailleurs plus urgent, c'est-à-dire partout.

Comment expliquer cela à quelqu'un qui ne l'a jamais vu ? Comment expliquer la peur à quelqu'un qui ne l'a jamais vécue ? Imagine, voudrait lui dire Margaret.

Imagine si tout ce que tu crois être solide s'avère être de la fumée. Imagine qu'aucune règle ne s'applique plus.

J'ai faim, l'interrompt timidement Bird, et Margaret revient à la réalité dans un sursaut, jette un coup d'œil à sa montre. Il est midi passé, et il n'a même pas pris de petit déjeuner. Elle se maudit intérieurement. Ça fait tellement longtemps qu'elle n'a pas eu à s'occuper de quelqu'un.

Elle pose sa pince coupante et s'essuie les paumes sur les cuisses de son jean.

Je sais que j'ai quelque chose, marmonne-t-elle en fouillant dans un sac plastique près du canapé. Au bout d'un moment, elle en sort une unique barre de céréales.

Je me laisse embarquer dans mon travail, dit-elle, presque gênée. J'oublie même de manger. Tiens, prends-la.

Bird déballe la barre, puis hésite. Il commence à mieux comprendre : le visage émacié de sa mère, les cernes noirs sous ses yeux. Il ne sait pas bien ce qu'elle fait, mais ça la dévore. Elle s'alimente à peine, elle dort à peine aussi, sans doute. Toute la journée, toute la nuit, elle travaille… si c'est bien d'un travail qu'il s'agit.

Mange, insiste-t-elle tendrement. Il faut que tu te nourrisses. J'irai chercher autre chose ce soir.

Elle tire de sous la table un second sac plastique, rempli de bouchons, comme ceux qu'on visse sur les bouteilles de deux litres. Rouges, blancs, orange, vert fluo, collants, qui sentent encore vaguement le Coca, la caféine et une certaine acidité pétillante. Elle en étale une poignée sur la table, en ramasse un, l'inspecte. Les compte deux par deux. Elle a mis des semaines à les collecter, ces petits ronds colorés récupérés sur les trottoirs et dans les gueules noires des poubelles.

Mais qu'est-ce que tu fais ? demande Bird entre deux bouchées de sa barre de céréales. C'est pour quoi faire, tout ça ?

Margaret garde un seul bouchon et repousse les autres sur le bord de la table, puis elle attrape un transistor sur la pile : rayé rouge et jaune, comme une décoration sur un gâteau d'anniversaire. Elle approche le fer à souder d'une de ses pattes filiformes, et l'odeur chaude et âcre de la colophane emplit l'air.

Laisse-moi te raconter ma rencontre avec ton père, répond-elle à la place.

C'était une créature sauvage, au moment de leur rencontre.

Deux ans après le début de la Crise : *rien à foutre de rien* était devenu sa devise, à ce stade. Les gens apparaissaient et disparaissaient, parfois intentionnellement, parfois sans prévenir, et vous ne saviez jamais où ils étaient passés, si c'était prévu, ou bien un accident, ou pire. Parfois, lors de ses courses, des clients lui crachaient au visage, lui disaient que c'était la faute de la Chine, l'accusaient de profiter de l'Amérique ; elle s'était mise à porter un bandana, qu'elle remontait sur sa bouche et son nez. Rien à foutre, rien à foutre de rien, s'accordaient à penser Domi et elle, et ce qu'elles entendaient par là était de ne surtout s'attacher à rien ni à personne. Se contenter de survivre. Elles se le répétaient mutuellement presque avec tendresse, comme pour se dire bonjour ou se souhaiter bonne nuit. Rien à foutre de rien, murmurait Domi tandis qu'elles s'endormaient dans le salon, et Margaret, enroulée par terre dans une couverture, lui pressait la main et lui chuchotait la même chose en retour, alors que la sueur de la journée séchait sur leur peau en formant une fine poussière de cristal.

Et puis était arrivé Ethan. L'anniversaire de Domi, fêté envers et contre tout, avec un esprit de revanche sur la situation. Assez d'alcool pour faire la fête ; l'appartement noir de monde, au diable les limitations liées aux rassemblements ; l'air chaud et moite, comme une haleine humaine. Domi, déjà soûle, ne le remarqua pas, mais Margaret sentit un frisson zigzaguer entre ses omoplates. Un ami d'ami d'ami, complètement décalé dans son costume anthracite. Un costume ! Elle fut prise d'une envie irrépressible de l'ébouriffer. Tout tournoyait autour d'elle dans un brouhaha poisseux, alors elle s'éloigna de Domi, traversa la pièce, le saisit à la gorge et attrapa le nœud de sa cravate dans son poing.

Ils finirent dehors, sur l'escalier de secours, qui était à peine plus qu'un rebord en saillie, si étroit qu'ils durent se serrer pour y tenir tous les deux, au point que leurs lèvres se touchaient presque. Entre leurs pieds, le pot de fleur cassé de Domi, plein de cendres et de mégots. Ethan, dit-il. Il venait de finir ses études à l'université Columbia quand la Crise avait tout mis en stand-by. Toute la soirée, des gens continuèrent à aller et venir dans la pièce derrière eux, riant, buvant, oubliant le reste le temps d'une parenthèse. Ils ne s'en aperçurent même pas. Le ciel nocturne les enveloppait comme une couverture tirée sur leurs têtes. Ils parlèrent, parlèrent, jusqu'à plisser les yeux dans le soleil levant couleur pêche qui dardait ses rayons entre les buildings. À l'intérieur, la fête s'était consumée tel un feu manquant d'oxygène. Quelques personnes dormaient, recroquevillées sur le tapis et le canapé, enchevêtrées comme des chiots esseulés. Domi était allée se coucher, avec de la compagnie.

Je ferais mieux d'y aller, déclara Ethan, et Margaret retira la veste qu'il lui avait posée sur les épaules dans la fraîcheur de la nuit et la lui rendit. C'est la seule et unique fois qu'ils s'étaient touchés de toute la soirée. Elle avait envie de l'embrasser. Non : elle avait envie de le mordre. Jusqu'au sang.

Ravie d'avoir fait ta connaissance, dit-elle avant de rentrer dans l'appartement.

Le lendemain soir, après le couvre-feu, elle traversa le pont et marcha vers les quartiers nord, se tapissant dans l'ombre quand passait une des rares voitures encore dehors. Elle avait laissé son vélo à l'appartement : dans la rue, même attaché, il se serait fait entièrement dépecer d'ici le matin, et Ethan lui avait dit qu'il habitait au troisième étage. De temps en temps, elle croisait quelqu'un et ils échangeaient un regard furtif avant de poursuivre leur chemin, chacun concentré sur sa propre quête mystérieuse. Cent vingt blocs à remonter jusqu'à l'immeuble d'Ethan, où sa fenêtre brillait comme un œil aux aguets. Elle grimpa par l'escalier de secours et glissa les doigts par la fente de la fenêtre entrouverte. Alerté par le bruit, Ethan releva la tête en sursaut. Il posa son livre, ouvrit la fenêtre en grand et la fit entrer.

Au matin, l'empreinte des dents de Margaret avait fleuri sur son épaule.

Ça ne plaisait guère à Domi.

Tu as changé, disait-elle, maintenant tu ne penses qu'à *lui*. Elle l'appelait comme ça – *lui* –, tel un noyau qu'elle avait besoin de recracher.

Ton petit copain bourge, disait-elle. Avec son appart de bourge. Tellement plus *classe* qu'ici.

En réalité, c'était un studio, au troisième étage sans ascenseur ; juste une grande pièce équipée d'un futon qui servait à la fois de lit et de canapé, et d'une vieille baignoire sur pieds dans la kitchenette… mais c'était un endroit sûr et bien chauffé. La famille d'Ethan n'était pas particulièrement bourgeoise ni riche – sa mère était aide-soignante dans une maison de retraite, son père ingénieur –, mais ils avaient des relations : le propriétaire était un vieil ami de lycée de sa mère, et il louait le studio à Ethan à prix cassé ; ce dernier pouvait donc se permettre d'attendre tranquillement que la Crise passe. La vérité, c'était que Domi aussi aurait pu avoir son propre appartement si elle l'avait voulu, et bien plus classe que celui-là : la société d'électronique de son père fabriquait les entrailles de la moitié des téléphones portables et des ordinateurs du pays ; il possédait deux yachts, un jet privé, des maisons à Londres, à Los Angeles et dans le sud de la France. Plus celle de Park Avenue, dans laquelle Domi avait grandi : elle l'avait montrée à Margaret un après-midi, et elles avaient craché sur le trottoir et s'étaient enfuies aussitôt, avant que le chauffeur de son père ne les prenne en chasse. Elle avait perdu sa mère à l'âge de onze ans, un mois plus tard son père épousait la jeune fille au pair danoise ; Domi s'était alors juré qu'une fois qu'elle aurait quitté la maison elle ne lui adresserait plus jamais la parole, et elle avait tenu sa promesse. À la fac, elle déchirait ses chèques et lui renvoyait les morceaux par la poste.

Donc, voilà, disait-elle à Margaret, tu vas juste te planquer avec ton petit copain plein de fric et ignorer le reste du monde, pendant qu'on continue à grappiller à droite, à gauche ?

Margaret avait les mains gercées et écorchées ; une semaine plus tôt, quelqu'un l'avait agrippée par son manteau et le lui avait déchiré, avide de plus que ce qu'elle avait à offrir, mais elle était parvenue à s'échapper. Elle avait recousu la déchirure avec du fil rouge – la seule couleur qu'elle avait –, et les points lui dessinaient une cicatrice en dents de scie le long de la clavicule.

Allez vous faire foutre, tous les deux, avait ajouté Domi, mais Margaret n'avait pas répondu. Elle avait déjà passé la porte.

Il parlait une demi-douzaine de langues couramment, et pouvait se débrouiller dans plusieurs autres encore. Pas mal pour un petit gars de la banlieue de Chicago, plaisantait-il. Ses parents adoraient voyager, l'emmenaient dans un pays chaque fois différent pour les vacances. Il avait foulé le sol de quatre continents avant ses dix ans. Il était enfant unique, comme Margaret, et c'était l'une des choses qui les rapprochaient : ce sentiment d'être la dernière brindille sur l'arbre de la famille, et qu'en se greffant l'un à l'autre ils acquerraient de la force pour pouvoir créer quelque chose de nouveau.

Et le cantonais, au fait ? lui avait-elle demandé, mais il avait secoué la tête.

Juste un peu de mandarin. Et encore, pas terrible.

Puis : On pourrait l'apprendre ensemble. Tous les deux.

Il était spécialisé en étymologie : la signification des choses. Enfant, il jouait au Scrabble et faisait des mots croisés avec son père ; sa mère, quant à elle, l'avait entraîné pour des concours d'orthographe. À ses anniversaires comme à Noël, il demandait toujours des livres. Désormais, avec toutes les bibliothèques et les librairies fermées, il n'avait rien d'autre à lire que sa collection de dictionnaires alignés sur le rebord de la fenêtre. Le premier matin, au réveil, elle s'était levée du lit et avait traversé la pièce pour aller les regarder de plus près. De gros volumes jaunes en différentes langues : français, allemand, espagnol, arabe, d'autres qu'elle n'identifiait même pas. Des langues mortes : latin, sanscrit. Un imposant dictionnaire d'anglais, de la taille d'un annuaire de téléphone, dont les pages étaient aussi fines que celles d'une Bible. Lentement, elle avait laissé courir ses doigts sur leurs dos avant de se retourner vers lui – tous les deux encore dévêtus au sortir de leur nuit, la peau mordorée dans le soleil du matin. Elle avait l'air émerveillée, comme si elle reconnaissait soudain en lui quelqu'un qu'elle connaissait déjà.

Pour Ethan, les mots portaient en eux des secrets, l'histoire de leur propre avènement, toutes leurs existences antérieures. Il savait trouver les liens mystérieux qui les unissaient, remontant leur arbre généalogique jusqu'à localiser les cousins les plus improbables. C'était la preuve que, malgré le chaos ambiant, le monde avait une logique et un ordre intrinsèques ; qu'il y avait un système, et que ce système pouvait être déchiffré. Elle adorait ça chez lui, cette foi inébranlable dans le fait que le monde était un endroit appréhendable par la connaissance ; qu'en étudiant ses embranchements et ses voies secondaires, les traces qu'il avait laissées dans la poussière, on pouvait le comprendre. Pour elle, la magie ne résidait pas dans ce que les mots avaient été, mais dans ce dont ils étaient capables : leur aptitude à esquisser, d'un seul coup de pinceau, les contours d'une expérience, les grands traits d'un sentiment. Leur capacité à exprimer l'inexprimable, à faire apparaître une forme sous vos yeux l'espace d'un instant, avant qu'elle se dissolve dans l'air. Et voilà ce que, à son tour, il adorait chez elle : son insatiable curiosité du monde, le fait qu'à ses yeux il ne pouvait jamais être entièrement décrypté, qu'il renfermait une infinité de mystères et de merveilles et que, parfois, vous ne pouviez que rester bouche bée et vous frotter les paupières pour essayer de voir correctement.

Terrés dans son appartement, ils lisaient, sortant un dictionnaire au hasard et se plongeant dedans, allongés sur le futon, la cuisse de l'un servant d'oreiller à la tête de l'autre. Ils se lisaient des passages à voix haute, disséquaient des définitions, piochant tour à tour : elle extrayait des mots comme des pierres précieuses, qu'elle disposait sur les contours des choses ; il excavait les strates fossilisées à l'intérieur. Toutes les traces des gens qui avaient essayé de s'expliquer le monde, ou de s'expliquer les uns aux autres. Le verbe « attester » avait ses racines dans un ancien terme pour dire « trois » : deux parties et une tierce personne, là pour témoigner. « Auteur » signifiait à l'origine « celui qui fait croître » : quelqu'un qui cultivait une idée jusqu'à maturité, récoltant des poèmes, des histoires, des livres. « Poète », si on remontait assez loin, venait d'un mot signifiant « empiler » : la technique la plus ancienne et élémentaire pour fabriquer quelque chose.

Ce détail avait amusé Margaret. C'est tout moi, avait-elle dit. Une empileuse de mots.

La racine *krei*, avait-elle lu, voulait dire « séparer ». Juger. Comme un tamis, avait commenté Ethan, qui sépare le bon du mauvais. D'où *krisis* : le moment où une décision est prise, pour le meilleur ou pour le pire.

Elle avait tracé du bout du doigt la ligne délicate de son sternum, caressé le creux souple sous sa gorge.

Donc, avait-elle dit, un moment où on décide de qui on est.

À l'extérieur, il y avait des cris et des sirènes, parfois des coups de feu… à moins que ce soit des pétards ? Des vagues de protestations se propageaient d'État en État tel un feu de forêt, le pays entier sec comme du petit bois et prêt à s'embraser. À Atlanta, des chômeurs en colère avaient incendié la mairie, qui avait appelé en renfort la garde nationale. Des bombes explosaient sans arrêt dans des bâtiments officiels, des stations de métro, sur la pelouse des villas des gouverneurs. Il y avait des réunions de crise, des votes, des manifestations, des rassemblements, et rien ne semblait changer. Ça ne peut pas continuer comme ça, répétaient les gens dans les rares endroits où ils osaient encore se parler : dans les allées des supermarchés, à glaner ce qu'ils pouvaient sur les rayonnages clairsemés ; dans les halls d'immeubles, alors que les voisins passaient ; par-dessus les clôtures, tout en ratissant les feuilles mortes. N'importe quoi pour essayer de maintenir un minimum d'ordre, de soin et de normalité dans une époque qui en manquait cruellement. Ça ne peut pas continuer, disait tout le monde, pourtant ça continuait.

À l'intérieur, Ethan et Margaret buvaient du thé et mangeaient les crackers qu'ils trouvaient dans le placard.

Après s'être douchée, elle lui empruntait une vieille chemise pendant qu'elle lavait sa robe dans la baignoire et la mettait à sécher sur la tringle. Ils fermaient les fenêtres, puis les rideaux. Ils lisaient. Ils faisaient de la soupe. Ils faisaient l'amour.

La façon qu'il avait de la toucher, comme du beurre à lécher sur son doigt. Au lit, après, la joue posée sur son dos, elle ne s'était jamais sentie aussi calme. Ça faisait du bien : comme un étirement après des semaines de tension. Un matin, elle décida simplement de rester.

Elle envoya une lettre à Domi, une tentative maladroite pour lui dire au revoir après leur dernière et pire dispute, à l'issue de laquelle Domi avait enlevé la veste que Margaret lui avait laissée – *Reprends-la, je préfère encore être nue* – et était partie en claquant la porte. C'était une feuille recto verso, mais rétrospectivement elle ne se souvenait plus bien de ce qu'elle avait écrit et de ce qu'elle avait gardé pour elle dans l'espoir de s'éviter la fureur de Domi, de lui épargner du chagrin. Tout ce qu'elle savait, c'est que Domi n'avait jamais rappelé, n'était jamais passée, et que Margaret avait fini par arrêter d'attendre.

Dans le calme de l'appartement d'Ethan, les poèmes venaient à elle comme des petits animaux émergeant timidement après une tempête.

Elle écrivait sur le silence de la ville, sur la façon dont le pouls de New York avait changé avec le départ d'autant de gens. Sur l'amour, le plaisir et le réconfort. L'odeur du cou d'Ethan au petit matin. La tanière chaude et douce de leur lit dans la nuit. Sur le calme retrouvé dans le vrombissement qui durait depuis si longtemps, un endroit paisible au milieu du hurlement grinçant et sans fin de la Crise. Il n'y avait nulle part où publier ces poèmes, seuls les grands journaux avaient encore les moyens de paraître, et ce uniquement grâce au soutien du gouvernement. Personne n'avait de temps pour la poésie, pour les mots, mais elle écrivait des vers sur des bouts de papier, dans les larges marges des dictionnaires d'Ethan, et un jour ils formeraient les premières branches de son propre livre.

Personne ne s'en apercevait encore, mais déjà, de façon presque imperceptible, l'histoire de la Crise avait commencé à se solidifier. Bientôt, elle durcirait, comme le limon d'une eau bourbeuse, et se déposerait en une épaisse couche de boue.

On sait d'où c'est venu, commençaient à dire les gens. Posez-vous la question : qui profite de notre déclin ? Les doigts se tendaient fermement vers l'est. Regardez comme le PIB de la Chine est en hausse, comme leur niveau de vie s'améliore. Là-bas, vous avez des cultivateurs de riz équipés de smartphones, fulmina un député à la Chambre des représentants. Ici, vous avez des Américains qui font leurs besoins dans un seau parce qu'on leur a coupé l'eau pour défaut de paiement. Ne me dites pas que vous trouvez ça normal.

La Crise était l'œuvre des Chinois, se mettaient à affirmer certains ; toutes leurs manipulations, leurs droits de douane et leurs dévaluations. Peut-être même qu'ils avaient reçu de l'aide de l'intérieur pour démanteler le pays. Ils voulaient notre peau. Ils voulaient prendre possession des États-Unis d'Amérique.

Les gens regardaient d'un œil suspicieux ceux qui avaient un visage étranger, un nom étranger.

La question, disaient-ils, c'est que fait-on pour se défendre ?

Un coup de fil affolé de sa mère, la voix presque inintelligible : quelqu'un avait poussé le père de Margaret sur les marches du parc. Ils l'avaient croisé, le type qui avait fait ça – eux descendaient, lui montait –, mais ils ne lui avaient même pas adressé un coup d'œil, puis il avait fait demi-tour et avait poussé son père des deux mains, pile entre les omoplates. Le père de Margaret avait soixante-quatre ans, et il avait beaucoup maigri, le corps toujours compact mais plus aussi fort que par le passé, un début d'arthrose lui grignotant les hanches et les épaules. Il avait dévalé l'escalier sans même essayer de se rattraper, non, il s'était juste laissé tomber, comme un poids déjà mort, le bord de la dernière marche lui ouvrant le crâne juste au-dessus de l'oreille, le tout si soudainement que ni l'un ni l'autre n'avaient même songé à crier. Le temps que la mère de Margaret comprenne ce qu'il s'était passé et se retourne pour voir qui l'avait poussé, l'homme avait disparu. Son père ne reprit jamais connaissance, et deux heures et demie après le coup de téléphone de sa mère, il était mort. Le lendemain matin, écrasée de douleur, sa mère fit une crise cardiaque dans la cuisine de leur maison vide – désormais trop grande pour elle – et cette fois, Margaret, qui était encore en train d'essayer de réserver un billet d'avion, apprit la nouvelle par un policier qui avait réussi à la localiser, en tant que plus proche parente.

C'était déjà en marche, même si elle ne le savait pas encore : déjà en marche, pas seulement dans le geste même de pousser quelqu'un dans l'escalier, mais chez les gens qui avaient vu le vieux monsieur tomber et s'étaient dérobés devant l'homme qui avait fait ça, le laissant passer – que ce soit sous l'effet du choc, de la peur ou par approbation, aucun n'avait osé se poser la question. Déjà en marche chez les trois personnes – une femme quinquagénaire, un jeune homme d'une vingtaine d'années, une maman avec une poussette – qui étaient passées sans s'arrêter avant que la quatrième appelle une ambulance ; au moment où ils avaient vu cette vieille dame accroupie près du corps ratatiné de son mari, qui ne criait pas mais lui chuchotait quelque chose dans une langue obscure que ni l'un ni l'autre n'avaient plus parlée depuis des décennies, même en privé, et qui à présent sortait d'elle dans l'ultime espoir que ces mots soient enracinés assez profondément en lui pour qu'il puisse encore les entendre.

Je n'avais pas compris qu'il était blessé, dirait plus tard la quinquagénaire à son mari, quand ils verraient à la télé un reportage sur ce *regrettable incident*. Je pensais qu'il avait dû glisser et tomber, quelque chose comme ça, je ne voulais pas mettre tout le monde mal à l'aise.

Je l'ai entendue parler chinois ou un truc du genre, dirait le jeune homme, en tout cas je savais que ce n'était pas de l'anglais, et bon, avec ce qu'on raconte sur la Chine en ce moment… je me suis dit qu'il valait mieux ne pas m'en mêler.

La maman à la poussette ne dirait rien. Elle ne verrait même pas le reportage ; son bébé avait une nouvelle molaire qui poussait, et ni lui ni elle ne fermaient l'œil de la nuit.

Un incident isolé, conclurait le rapport de police quelques semaines plus tard. Aucune piste sur l'auteur des faits. Aucun élément sur ses motivations.

C'était aussi en marche dans d'autres villes, avec d'infinies variations : un coup de pied ou de poing sur le trottoir, un crachat à la figure. Et ça se multiplierait bientôt, d'abord de-ci, de-là, puis partout, jusqu'à ce qu'on arrête d'en parler aux nouvelles parce que ça n'était plus nouveau.

On peut prendre un avion pour rentrer chez toi, disait Ethan. Les billets étaient rares et chers, mais ils avaient un peu d'argent de côté. On peut rentrer et s'occuper de ce qu'il y a à faire.

Elle ne savait pas comment lui expliquer que plus rien ne l'attendait là-bas, que ce n'était plus chez elle. À la place, elle se concentrait sur autre chose : *nous*.

Je veux quitter New York, annonça-t-elle à Ethan. Viens, s'il te plaît, partons. N'importe où.

Ça n'avait pas vraiment de sens. Ses parents n'avaient jamais mis les pieds à New York, elle ne vivait plus avec eux depuis des années ; pourquoi ce besoin de fuir ? Mais d'un autre côté, au contraire, ça avait du sens, cette urgence qu'elle éprouvait de repartir à zéro. De recommencer quelque part dans son nouvel état d'orpheline, dans un nouvel endroit où elle pourrait se capitonner pour se protéger contre les bords tranchants du monde. Elle voulait être un oiseau qui garderait la tête basse. Elle ne voulait pas dépasser. Ethan écrivit un e-mail à son père, qui mit son réseau à contribution : voisins, collègues, anciens colocataires, amis d'amis, tout le capital de sympathie qu'il avait amassé au cours d'une vie de sociabilité. Il y avait toujours quelqu'un qui connaissait quelqu'un, c'était comme ça que ça fonctionnait dans son monde. Ethan et Margaret le laissèrent faire sans trop réfléchir, et lui en furent reconnaissants : il s'avéra que le frère du parrain d'Ethan jouait au golf avec un des doyens de Harvard, qui lui fit savoir que l'université recrutait, ou que ce serait bientôt le cas. Quelques coups de fil, un CV opportunément envoyé, et Ethan ne tarda pas à être embauché comme adjoint au département de linguistique.

En deux semaines, tout fut organisé. Ils ne dirent au revoir à personne ; ils avaient alors perdu contact avec tous les gens qu'ils connaissaient à New York. Ils emportèrent peu de choses car ils avaient peu de choses à emporter : une valise de vêtements à eux deux, une pile de dictionnaires. Ils recommenceraient à zéro.

Il n'arrive pas à l'imaginer ; elle le voit sur son visage : la mine perplexe de quelqu'un qui s'efforce de ressentir ce qu'il n'a jamais ressenti. De voir ce qu'il n'a jamais vu. Son père lui avait raconté une parabole, un jour : un aveugle essayant de décrire un éléphant, qu'il ne peut appréhender que par morceaux – un mur, un serpent, un éventail, une lance. Morale de l'histoire : il est futile de croire qu'on peut jamais partager son vécu avec d'autres. Elle a beau se souvenir de détails qui crissent comme des grains de sable, pour Bird ça reste le cauchemar de quelqu'un d'autre. Rien ne pourrait le lui faire comprendre si ce n'est de le vivre lui-même, et elle donnerait sa vie pour que ça n'arrive pas.

Mais comment ça s'est fini ? demande Bird. Et elle pense : oui, encore tant de choses à raconter.

Elle s'était vautrée dans sa nouvelle vie comme dans une grosse couette en plumes. Dans leur petite maison de Cambridge, acquise grâce au moindre centime qu'ils avaient économisé – le seul bon côté de la Crise, plaisantait amèrement Ethan : tellement de maisons à vendre, pour rien –, elle avait peint les murs en orange doré. La couleur qu'elle voulait pour leur vie. Ils réparèrent les fenêtres, poncèrent le parquet, plantèrent un potager : des courges et des tomates, de la laitue d'un vert saisissant. Derrière la haute palissade qui entourait leur minuscule jardin de poupée, il était facile d'imaginer que le reste du monde allait bien. Il était facile d'oublier la Crise qui continuait à faire rage dehors, puisque avec de l'argent, de la chance et des relations ils en étaient tout simplement sortis, comme on sortirait d'un blizzard pour se réfugier au chaud et au sec dans un abri.

Pour tous les autres, la Crise prit fin avec un enregistrement nébuleux d'une caméra de sécurité. Les images montraient une silhouette grise granuleuse emmitouflée dans un sweat à capuche qui rôdait devant un immeuble de bureaux dans une rue de Washington. Tout allait très vite : un homme en costume sombre sortait de l'immeuble, la silhouette à capuche brandissait un revolver. Un éclair de lumière. L'homme en costume s'effondrait. Puis, juste avant de disparaître hors champ, le type encapuché levait la tête vers la caméra de surveillance, comme s'il venait de remarquer sa présence, son visage au centre du cadre derrière ses lunettes de soleil.

L'homme en costume sombre, expliquèrent les journaux télévisés en passant l'extrait vidéo en boucle, était un sénateur du Texas, un des plus belliqueux sur ce qu'il appelait *la Crise chinoise*. Il s'était fait un nom avec des appels virulents aux sanctions, des polémiques sur la menace rampante de l'industrie chinoise, des insinuations à peine voilées sur la loyauté. Mais après cette tentative d'assassinat, l'opinion publique fit rapidement volte-face : bien que les images fussent trop floues pour permettre d'identifier l'homme à la capuche, elles étaient suffisamment lisibles pour voir qu'il était asiatique – *d'après le contexte*, conclurent les analystes, *probablement chinois*. Les commissariats de police furent inondés d'appels dénonçant un voisin, un collègue de travail, le barman au café du coin. Sur les réseaux sociaux, des dizaines de personnes certaines d'avoir élucidé le mystère postèrent des photos – tirées de profils en ligne, de sites de rencontres, de pages professionnelles, de photos de voyages – côte à côte avec l'image de la vidéo de surveillance. Au total, ces détectives amateurs identifieraient catégoriquement trente-quatre coupables différents, des hommes âgés de dix-neuf à cinquante-six ans qui ne se ressemblaient en rien, et à cause de cela le tireur ne serait jamais arrêté, personne ne serait jugé et tout individu au faciès asiatique resterait à jamais soupçonné – soit d'être l'auteur du tir, soit de soutenir secrètement sa cause. De son lit d'hôpital, une épaule bandée bien en évidence, le sénateur menait campagne. *Vous voyez ? Ils ne reculent devant rien, pas même un meurtre de sang-froid. Et qui sera la prochaine cible ?* Les éditoriaux enfonçaient le clou : *pas simplement une attaque sur la personne physique d'un sénateur, mais contre nos institutions, contre notre mode de vie même.*

Quelques-uns tentaient de défendre le tireur. *Regardez toute la haine que ce politicien a vomie ; la violence n'est jamais la solution, mais peut-on vraiment lui en vouloir ?* Les organisations sino-américaines s'empressèrent de condamner l'agression et de désigner le coupable comme un loup solitaire, un cas isolé, une aberration. *Il ne parle pas en notre nom*, semblaient implorer leurs communiqués. Mais c'était trop tard. Le soupçon se répandit comme une tache d'encre sur un tissu mouillé, s'étalant jusqu'à ce que tout le monde soit touché. C'était cette même souillure qui serait utilisée pendant des années pour justifier les regards obliques vers quiconque pouvait avoir l'air chinois, pour excuser les refus de service, les injures, les crachats et, plus tard, les battes de base-ball et les coups de botte.

C'était le catalyseur nécessaire pour faire passer le PACT. Tout le monde était fatigué de la Crise ; elle s'éternisait depuis près de trois ans, plus qu'il n'en fallait pour faire courber l'échine aux gens. La plupart d'entre eux jugeaient le PACT modéré, raisonnable, même : patriotisme et vigilance publique. Pour quelle raison ne pas soutenir une loi pareille ? Margaret regarda à la télé le président en train de la signer, un groupe de députés et de sénateurs massés autour de son bureau. Juste derrière son épaule droite, le sénateur blessé, le bras encore en écharpe, hochait la tête d'un air sombre.

Le PACT nous protégera de la menace bien réelle de ceux qui cherchent à nous ébranler de l'intérieur, déclara le président. Les Américains loyaux – y compris les personnes loyales d'origine asiatique – n'ont rien à craindre de cette loi.

Il marqua une pause et apposa sa signature avec panache au bas de la page. Les flashes crépitèrent. Puis il se retourna et offrit son stylo au sénateur blessé, qui l'accepta délicatement de sa main valide.

PACT : la loi sur la sauvegarde de la culture et des traditions américaines. La promesse solennelle d'éradiquer tous les éléments antiaméricains menaçant la nation. Des financements pour les milices de quartier afin de briser les manifestations et d'assurer le gardiennage des bureaux et commerces ; pour les projets créateurs d'emplois visant à produire en masse drapeaux, pin's et posters encourageant à la surveillance mutuelle, et à *réinvestir dans l'Amérique*. Des financements pour de nouvelles initiatives destinées à surveiller la Chine, et pour de nouveaux comités de contrôle afin de repérer ceux dont la loyauté pourrait être duplice. Des récompenses pour la vigilance citoyenne, *toute information susceptible de mener à de potentiels fauteurs de troubles*. Et, enfin et surtout : pour empêcher la propagation des idées antiaméricaines en retirant discrètement les enfants des environnements antiaméricains… La définition desquels ne cessant de s'élargir : à ceux qui semblent avoir de la sympathie pour la Chine ; qui semblent insuffisamment antichinois ; qui expriment un doute sur quoi que ce soit d'américain ; qui possèdent le moindre lien avec la Chine, et ce quel que soit le nombre de générations écoulées ; qui se demandent si la Chine est vraiment le problème ; qui se demandent si le PACT est appliqué de manière équitable ; et, finalement, qui mettent en doute le PACT lui-même.

Dans les jours qui suivirent l'adoption du PACT, les choses s'apaisèrent peu à peu, d'abord de façon imperceptible, comme le glissement des étoiles dans le ciel. Le calme dans les rues s'installa pendant une, deux, puis dix nuits d'affilée. Les gens commencèrent à retrouver du travail. Les bruits de la ville refirent leur apparition progressivement, comme si elle se raclait la gorge après une longue période de silence. Çà et là, alors que les décrets obligeant à consommer américain ressuscitaient les usines à l'arrêt, des magasins se mirent à rouvrir, les rayons des épiceries s'étoffèrent. Les gens ressortaient à la lumière du jour en titubant, tels les survivants d'un abri antiatomique. Clignant des yeux, hagards, sonnés. Craintifs, prudents, traumatisés. Impatients, surtout, de passer à autre chose.

Le PACT, insistaient ses partisans, allait renforcer et unifier la nation. Ce qu'ils ne disaient pas, c'est que l'unité supposait un ennemi commun. Une boîte dans laquelle recueillir toute leur colère ; un bouc émissaire à charger de tout ce qu'ils redoutaient.

Les récits commencèrent à affluer. Un homme sino-américain frappé au visage à Washington ; deux dames d'une cinquantaine d'années bombardées d'ordures à Seattle. Une femme d'origine chinoise à Oakland, entraînée dans une impasse et tripotée, pendant que son bébé hurlait dans sa poussette sur le trottoir. Si le père de Margaret avait été un des premiers, il serait loin d'être le dernier.

Il devint vite évident que toute personne pouvant de près ou de loin être prise pour un Chinois courait un risque. À Miami, un Thaïlandais fut poignardé alors qu'il se rendait à son bureau ; à Pittsburgh, un adolescent philippin fut tabassé avec une crosse de hockey en rentrant de son entraînement de natation ; à Minneapolis, une femme hmong fut poussée sur la chaussée et manqua de peu d'être renversée par un bus. Les coupables étaient rarement appréhendés, et encore plus rarement condamnés : il était difficile de prouver qu'ils avaient agi parce que la victime était – ou qu'ils la croyaient – chinoise. *On ne peut pas raisonnablement attendre d'un Américain moyen*, trancha un juge, *qu'il sache faire visuellement la différence entre diverses catégories de personnes d'origine asiatique*. Comme si c'étaient des variétés de pommes ou des races de chiens ; comme si ces *personnes d'origine asiatique* ne faisaient pas elles-mêmes partie des Américains moyens. Comme si tout ça pouvait se justifier par une distinction attentive de la part de celui qui assenait les coups.

Les personnes d'origine asiatique, à l'inverse, étaient surveillées de près. Une marche blanche en l'honneur du Thaïlandais de Miami fut dispersée par la police pour trouble à l'ordre public. Lors d'un rassemblement de soutien pour la jeune mère d'Oakland, les manifestants refusèrent de rentrer chez eux, et deux d'entre eux furent arrêtés. On découvrit que l'homme sino-américain agressé à Washington avait un PV pour excès de vitesse impayé et on l'envoya trente jours en prison. L'adolescent philippin s'était défendu, causant une commotion cérébrale à son assaillant, et fut condamné pour coups et blessures. Bientôt, comme les protestations, les marches blanches et les manifestations ne diminuaient pas, les premiers placements d'enfants dans le cadre du PACT commenceraient.

La vérité était que, comme la plupart des gens, Margaret ne pensait pas beaucoup à tout ça. La nouvelle loi se concentrait sur ceux qui professaient des opinions antiaméricaines, ce qui n'était nullement son cas. Elle était occupée à acheter un chemin de table, des pantoufles bien chaudes, un nouveau couvre-lit. Les magazines avaient repris leur parution, on pouvait y voir des gens beaux qui menaient de belles vies, et s'en inspirer. Il était de nouveau possible de dîner au restaurant, de se faire servir du vin par un sommelier en chemise blanche. Comme tout le monde, elle essayait de se reconstruire une vie agréable et glamour. Quoi de plus américain ?

Une maison, un mari. Un jardin entouré d'une palissade. Deux paires de bottes, en caoutchouc pour les flaques, fourrées pour la neige. Des bougies parfumées et des dessous-de-plat, une poubelle pour le recyclage, une brosse à dents électrique, tout l'attirail de la vie domestique. Tout ce à quoi, avant ça, elle s'estimait heureuse d'avoir échappé. Si, à vingt ans, quelqu'un lui avait dit où elle en serait cinq ans plus tard, elle lui aurait ri au nez en entendant non seulement qu'elle posséderait à nouveau ces choses-là, mais qu'elle les désirerait. Qu'elle en crèverait d'envie. Le seul point auquel elle aurait cru était Bird : elle avait toujours voulu un enfant. À l'époque où ils vivaient dans le petit studio d'Ethan, ils fantasmaient tous les deux en essayant d'imaginer à quoi ressemblerait leur progéniture. Pour leur plus grande joie, ils ne tarderaient pas à le savoir.

À l'intérieur d'elle, Bird commençait à grossir. De la taille d'une lentille. D'un pois. D'une noix, puis d'un citron. Tous les matins, Ethan embrassait son ventre, juste au-dessus du nombril, avant de partir au travail. Un an plus tôt, Domi et elle se plantaient face à face en agrippant leur guidon, rassemblant leur courage pour la dure journée qui les attendait. Contrôle de l'armure, elles appelaient ça, et c'étaient les seuls mots qu'elles échangeaient. Ni au revoir ni à tout à l'heure, même si ça voulait dire tout ça à la fois. Parfois, Margaret redressait le col de la veste en cuir éraflée de Domi, ou Domi lui remontait son écharpe pour cacher son visage. *Contrôle de l'armure*, disaient-elles chacune leur tour avant d'enfourcher leur vélo. Sous-entendu : fais attention à toi, reviens en un seul morceau, je t'aime.

À présent, dans sa paisible maison, où le soleil et les chants des moineaux entraient à flots par les fenêtres, elle portait une longue robe soyeuse sous laquelle Bird commençait tout juste à enfler. Des pantoufles molletonnées avec lesquelles elle ne pouvait pas courir.

Des boucles d'oreilles. Elle n'avait plus besoin d'armure désormais, pourtant c'était dans ces moments que Domi lui manquait le plus, quand elle se souvenait que la dureté était superflue.

Les parents d'Ethan vinrent leur rendre visite, et Margaret prépara la seconde chambre – qui serait bientôt celle du bébé – avec des draps blancs tout propres. Dans la cuisine, la mère d'Ethan lui apprit à faire du hachis parmentier, le plat qu'il préférait, enfant. Il les observa du pas de la porte, toutes les deux en tablier, auréolées dans la lumière de l'après-midi, Margaret tenant une cuillère en bois d'une main tout en prenant des notes sur une fiche cartonnée de l'autre, sa mère posant une paume sur la rondeur naissante du ventre de sa belle-fille, aussi tendrement que sur la tête d'un nourrisson.

Bird continuait à grossir : de la taille d'une pêche, d'une mangue, d'un melon. Comment comprendre ces sensations déroutantes, le phénomène nouveau et déconcertant qu'était son corps ? Margaret se rendait à la bibliothèque municipale – qui avait rouvert grâce à des donations privées – en empruntant des rues qui s'étaient remises à fredonner doucement. Les magasins aussi avaient rouvert, un par un, qui vendaient carnets, bougies et bijoux de luxe ; il y avait à nouveau des gens qui flânaient sur les trottoirs. On aurait dit les premiers jours du printemps après un long hiver neigeux, tout le monde avide de ne pas rester seul. Pendant un bref et merveilleux moment, les inconnus se souriaient dans la rue, tellement contents de se voir : *Vous êtes toujours là ? Moi aussi !* Encore soulagés, à l'époque, et pas encore craintifs. Des éclats de bleu, de blanc et de rouge sur tous les cols et les manteaux.

À la bibliothèque, rien n'avait encore été retiré ; tout le monde était simplement heureux d'avoir à nouveau des livres. Margaret se faisait guider rayonnage après rayonnage par la jeune documentaliste à l'accueil, car elle voulait tout savoir sur la grossesse et la maternité, et le soir, au lit avec Ethan, elle lui lisait ses meilleures découvertes. Les mamans pandas se terraient seules au fond d'une tanière ; durant les premiers mois de leur vie, les bébés pandas ne voyaient du monde que cette douillette obscurité, aucune autre créature que leur mère. Les coucous se glissaient dans le nid d'un autre oiseau, déposaient leurs œufs parmi ceux d'inconnus et repartaient, se fiant à d'autres pour élever les petits comme les leurs. La pieuvre pondait ses œufs en grappes, comme de longues guirlandes de perles, et les surveillait jusqu'à sa mort, sans s'alimenter une seule fois pendant qu'elle les ventilait pour les maintenir en vie.

Margaret prenait du volume. À l'intérieur, Bird jouait du tam-tam contre son ventre, avec ses talons pour maillets. Elle percevait ses hoquets, comme un cliquetis microscopique. Quand il se retournait, elle sentait quelque chose bouger en elle même si elle était immobile. Quel effet ça fait ? demandait Ethan, curieux, et elle essayait de lui expliquer : le même effet que le fond de la mer quand les vagues vont et viennent. La documentaliste lui glissait de nouveaux ouvrages sur le comptoir à mesure qu'elle s'aventurait toujours plus loin du rivage. Chez les poissons, il y avait des femelles qui n'avaient pas besoin de mâle ; elles pondaient et couvaient leurs œufs toutes seules, chaque petit devenait une réplique parfaite de sa mère. Certains organismes unicellulaires se contentaient de s'autodiviser, se coupant proprement en deux. Chaque semaine, un nouveau livre, une nouvelle merveille. Une nouvelle pièce du mystère éternel, ce besoin de la vie de produire de la vie. Du monde animal à celui des plantes : les asclépiades laissaient leurs graines s'envoler avec le vent pour aller grandir loin de chez elles ; les pommes de pin ouvraient leurs écailles au pied de leur mère, un jupon de jeunes pousses luttant pour se faire une place au soleil. Les plantes succulentes se reproduisaient à partir d'une feuille cassée, développant des racines dans l'air qu'elles enfonçaient ensuite dans le sol : un bout de leur propre corps, transformé en leur progéniture. Margaret repensa au verset de la Bible que sa mère lui avait fait réciter un jour pour le catéchisme : *l'os de mes os et la chair de ma chair*.

Elle voyait des mères partout, même dans son jardin, pendant qu'elle s'occupait de ses plantes. Quand le gel arrivait, apprit-elle, la façon de faire mûrir les tomates encore sur pied était de leur tordre les racines. De tirer jusqu'à ce que la terre craquelle, jusqu'à ce que les petites pattes d'araignée dessous cassent comme des ficelles coupées. C'est un moyen de dire à la plante : ta fin est proche, sauve ce que tu peux ; renonce à pousser plus haut, renonce à faire de nouvelles feuilles. Ne pense plus qu'à tes fruits, qui pendent comme des poings durs et verts. Épuise-toi. Laisse tes feuilles flétrir et jaunir. Rien d'autre n'a d'importance. Donne tout, jusqu'à ce qu'il ne reste de toi qu'une tige sèche porteuse d'une grosse boule rouge. Fane en menant cet unique fruit à maturité, dans l'espoir qu'à l'été quelque chose de toi germera de nouveau.

Réveillée la nuit par les galipettes incessantes de Bird, elle écrivait : deux choses tendres qui s'agrippent l'une à l'autre, provisoirement, comme des œufs de poisson. Un poème, deux. Puis une douzaine. Puis de quoi faire tout un recueil. Une de ces nuits, alors que Bird avait huit mois et demi dans son ventre, elle fut prise d'une envie. Au matin, Ethan lui rapporta une grenade, qu'elle ouvrit à mains nues en deux moitiés sanguinolentes. On commençait enfin à en trouver de nouveau, après la Crise, et elles avaient l'air du luxe qu'elles étaient bel et bien, lourdes de minuscules pierres précieuses. Des grains brillants se répandirent par terre, des gouttelettes écarlates giclèrent sur le carrelage. Combien d'arbres pourraient naître de cet unique globe dur ? Elle comprit soudain que c'était justement sa mission, de fabriquer tous ces grains avant d'exploser. Dans son ventre, Bird lui donna un coup de pied, doucement cette fois-ci. Comme si c'était un jeu. La grenade savait-elle, se demandait-elle seulement où ils passaient ensuite, ce qu'ils devenaient ? S'ils avaient réussi à pousser ? Tous ces petits morceaux de son cœur disparu, disséminés, partis germer ailleurs.

Ce serait le dernier poème du recueil une fois terminé.

C'est douloureux à admettre mais, à l'époque, elle pensait que le PACT était un progrès, qu'ils avaient tourné une page. Qu'ils étaient en route vers quelque chose de meilleur. Que, si elle faisait profil bas, elle ne serait pas concernée. De temps en temps, aux infos, il était encore question de troubles : des patrouilles de quartier découvrant des *radicaux* qui menaçaient l'ordre public ; des enquêtes sur des *activités suspectes*. Mais c'était ailleurs, abstrait et nébuleux. Des incidents isolés. Le concret, c'était ici : le roulis secret de Bird dans son ventre, comme un bateau dans la houle ;

son mari, chaud et réel dans leur lit. Les longues soirées qu'ils passaient à lire côte à côte sur le canapé, elle avec ses pieds posés sur ses genoux, partageant si souvent leurs passages préférés qu'après coup ils avaient tous les deux l'impression d'avoir lu le livre de l'autre. Elle tricotait des petits chaussons. Ethan repeignait la chambre d'enfant. Quand Bird tapait des pieds dans son ventre, elle lui répondait en tapant aussi. Elle s'acheta un tablier. Elle fit rôtir un poulet. Elle rangea les plats sur une étagère.

Jamais elle n'avait été aussi heureuse.

Tout en lui racontant ça, elle enroule soigneusement le fil électrique sur le bout de son doigt et insère la spirale ainsi formée dans le bouchon de bouteille. Un coup de tournevis et la petite capsule est scellée, comme une grosse pilule en plastique.

Bird ne peut pas s'en empêcher. Qu'est-ce que c'est ? demande-t-il.

Une résistance, répond sa mère en posant le bouchon sur la table avec les autres.

Des bruits avaient commencé à courir. On parlait de coups à la porte au milieu de la nuit, d'enfants qui disparaissaient, emportés par des voitures noires. Une clause enfouie dans les replis de la nouvelle loi, autorisait les agences fédérales à retirer les enfants des foyers jugés antiaméricains. Quelques journalistes l'avaient fait remarquer, avant que le PACT ne soit adopté ; une députée s'était demandé si ça ne risquait pas de conduire à des abus, si c'était vraiment nécessaire. Mais le consensus – au Congrès comme dans l'opinion – *était que le mieux était l'ennemi du bien, qu'il valait mieux trop que rien du tout.* Que tous les moyens étaient bons pour protéger la sécurité nationale, que rien ne devait être exclu. Bien sûr, personne n'avait envie de séparer les familles. Seulement dans les cas les plus extrêmes.

Quelques-uns de ces cas firent les gros titres. Dans le comté d'Orange, en Californie, une manifestation pour dénoncer le racisme antichinois dégénéra en affrontement avec des badauds qui criaient des injures et se termina par l'intervention de la police antiémeute, des Taser et une petite Sino-Américaine de trois ans blessée par une bombe lacrymogène. Bilan des courses : des congés payés pour le policier, et une enquête approfondie sur la famille de l'enfant. Des chaînes d'info continue révélèrent que ce n'était pas la première manif à laquelle cette gamine était trimballée ; des photos sur les réseaux sociaux la montraient déjà, toute petite, juchée sur les épaules de son père, et même dans un porte-bébé sur le ventre de sa mère, comme un sac à dos piégé. Peu importait que les parents soient des Américains de deuxième et troisième générations, que leurs grands-parents aient vécu à Los Angeles avant que la construction d'Union Station n'éradique le premier Chinatown. Non, leurs photos d'identité judiciaire s'affichaient à l'écran et, avec leurs cheveux bruns et leur visage surexposé, ils avaient l'air si ostensiblement *étrangers*. Pas de chez nous. La fillette fut directement transférée depuis son lit d'hôpital. La meilleure issue possible, s'accordaient à dire les journaux. Préserver une enfant d'une éducation aussi nocive.

En lisant la nouvelle sur son téléphone, avec un Bird shooté au lait qui somnolait à son sein, Margaret pensa : *Épouvantable*. Puis : *Comment ces gens ont-ils pu mettre leur enfant en danger ?* Elle essaya de s'imaginer emmener Bird avec elle dans la cohue d'une manifestation, des grenades assourdissantes explosant à leurs pieds, les gaz lacrymogènes lui brûlant les narines. Son esprit claqua la porte au nez de cette idée. Il était là, bien à l'abri entre ses bras : son Bird. De longs cils posés sur des joues plus douces que tout ce qu'elle avait jamais touché. Les sourcils légèrement froncés. Qu'est-ce qui pouvait déjà contrarier un bébé dans ses rêves ? Elle lissa les petites rides du plat de son pouce jusqu'à ce que son visage se détende à nouveau. À côté d'elle, Ethan lui pressa tendrement l'épaule avant de poser la main sur la tête de Bird. Elle ne lui ferait jamais une chose pareille, promit-elle à Bird intérieurement. Rien de tout ça ne les concernerait jamais.

La manifestation suivante contre la haine antichinois, dans le Queens, ne réunit que peu de monde. Après ça, il y eut une longue période sans aucune manifestation.

Ce qui occupait ses pensées étaient ses poèmes, son jardin, son mari. Bird. Elle plantait des graines dans la terre et les arrosait jusqu'à ce qu'en sortent de fluettes pousses vertes. Elle découpait des bidons de lait qu'elle posait dessus pour les protéger de la fraîcheur nocturne. Elle tricotait une couverture pour Bird en laine écrue. Tard le soir, elle faisait l'amour avec Ethan. Le matin, heureuse, elle cuisinait des scones à la banane en léchant le miel de la cuillère.

Les parents d'Ethan venaient les voir dès que l'occasion se présentait : pour l'anniversaire de Bird ; pour Halloween, en lui apportant des bonbons qu'il ne pouvait pas encore mâcher ; pour Noël, chargés de cadeaux plus lourds que leur petit destinataire. La mère d'Ethan donnait à Margaret des conseils sur l'alimentation des bébés. Un après-midi, alors que Margaret somnolait sur le canapé avec Bird endormi sur sa poitrine, tous les deux épuisés par la grosse colère qu'il venait d'avoir, le père d'Ethan étala une couverture sur eux et éteignit la lumière. Ethan et Margaret avaient juste expliqué qu'elle avait perdu ses parents, et ça leur réchauffait le cœur de voir avec quel naturel et quelle générosité les parents d'Ethan l'accueillaient dans leur vie.

C'est le portrait de sa mère, ne cessaient-ils de répéter, et au début ça sonnait comme un compliment. D'ailleurs peut-être que ça l'était, même si par la suite Ethan et Margaret se demanderaient s'il n'y avait pas aussi une pointe de malaise, le visage de quelqu'un d'autre si clairement imprimé sur un enfant dont ils pensaient qu'il aurait dû leur revenir. En privé, Ethan et Margaret trouvaient que Bird ressemblait simplement à Bird. Quand ils le regardaient dormir, ils arrivaient à reconnaître certains traits qu'ils pouvaient retracer jusqu'à la source – les pommettes de sa mère, les cils de son père –, mais c'était surtout dans ses expressions qu'ils voyaient des ressemblances : les deux plis parallèles sur son front quand il réfléchissait, la fossette sur sa joue, comme une empreinte de doigt, quand il riait. C'étaient les plis d'Ethan sur le front de Margaret, et la fossette de Margaret juste au sud-est de la bouche d'Ethan. Étrange et troublante expérience que de voir des expressions qu'ils connaissaient traverser le visage de cette petite personne, mélange d'eux-mêmes et de l'être qu'ils aimaient le plus au monde, et ils devinaient que ce n'était que le début de nombreuses autres étranges et troublantes expériences à venir.

Margaret continuait à écrire des poèmes. Les éditeurs avaient repris du service, et lorsque Bird avait trois ans une petite maison courageuse accepta de publier son recueil. Une grenade éclatée sur la couverture, en si gros plan qu'on aurait dit un organe, ou une plaie béante ; il fallait s'y reprendre à deux fois pour comprendre ce que c'était. *Nos cœurs disparus* fut bien accueilli par quelques critiques de poésie, mais quasiment pas lu. Quelques dizaines d'exemplaires vendus, déclara-t-elle amèrement à Ethan, qui lit encore de la poésie ? À quoi il répondit en plaisantant : qui en lisait déjà avant ?

Ça n'avait pas d'importance. À ses yeux, le monde était alors plein de poèmes.

Elle apprit à Bird à attraper des lucioles dans le creux de ses mains, avec leur lumière vert fluo qui clignotait entre ses doigts ; puis à les relâcher, tourbillonnant dans la nuit comme des étincelles mourantes. Elle lui apprit à rester allongé dans l'herbe sans bouger pour voir les lapins du quartier s'approcher dans les trèfles, si près que son souffle ébouriffait les poils de leur queue. Elle lui apprit les noms des fleurs, des insectes et des oiseaux, à identifier le *coo-coo-coo* grave de la tourterelle triste, le cri impétueux du geai bleu, le chant de la mésange, aussi clair et frais qu'un verre d'eau froide par une journée d'été. Elle lui apprit à cueillir les fleurs du chèvrefeuille et à les toucher du bout de sa langue : un goût collant et sucré. Elle décrocha la mue d'une cigale sur le tronc d'un pin et la retourna pour lui montrer la fente le long de l'abdomen d'où, ayant grandi, elle s'était extraite de son ancien corps pour en habiter un nouveau.

Et puis elle lui racontait des histoires. Des histoires de guerriers et de princesses, de petites filles et de petits garçons pauvres et courageux, de monstres et de magiciens. Le frère et la sœur qui se montraient plus malins que la sorcière et retrouvaient le chemin de leur maison. La fille qui délivrait ses frères-cygnes de leur sort. Des mythes antiques qui permettaient de comprendre le monde : pourquoi les tournesols hochent la tête, pourquoi l'écho persiste, pourquoi les araignées tissent. Des histoires que lui avait racontées sa mère dans son enfance, avant qu'elle arrête de parler de ces choses-là : qu'autrefois il y avait neuf soleils qui réduisaient la terre en poussière, jusqu'à ce qu'un brave archer les élimine un par un dans le ciel ; que le roi des singes s'était introduit par la ruse jusqu'au jardin céleste pour y voler les pêches de l'immortalité ; qu'une fois par an, deux amants, séparés à jamais, traversaient un fleuve d'étoiles pour se retrouver dans les cieux.

Est-ce que c'est vraiment arrivé ? lui demandait-il chaque fois, et elle hochait la tête en souriant.

Peut-être…

Elle lui remplissait la tête de fantaisie, de mystère et de magie, pour y tailler une place à l'émerveillement. Un havre dans leur lointain Éden.

Ça suffit pour aujourd'hui, déclare-t-elle en reposant sa pince.

C'est en partie par égoïsme. Elle fait durer ce moment de calme, s'attardant sur les jours heureux, avant les choses plus dures qu'elle va devoir confesser. Mais elle a encore à faire avant la tombée du jour, et elle a besoin de temps.

Elle aligne les bouchons qu'elle a terminés, en les comptant deux par deux. Cinquante-cinq. Beaucoup moins qu'une journée normale, mais il fallait s'y attendre : naviguer dans les eaux troubles du passé ralentit ses mains. Ralentit tout. Cinquante-cinq capsules rondes, remplies d'un transistor, d'une pile bouton, d'un petit disque en métal. Et de fils, des fils dans tous les sens. Le tout compressé et scellé dans un bouchon de la taille d'une pièce de monnaie, aussi simple, primitif et dangereux qu'une pierre. Elle les réunit dans un sac plastique orné d'un gros smiley jaune : *merci et à bientôt*.

Bird l'attend pendant qu'elle disparaît à l'étage et, quand elle redescend, elle a revêtu un grand sweatshirt ample et un chapeau de paille à large bord. On dirait une de ces vagabondes qui font les poubelles pour récupérer les bouteilles et les cannettes.

Reste ici, dit-elle. Elle hésite avant d'ajouter : Tu n'as rien à craindre, je n'en ai pas pour longtemps.

Elle parle d'un ton ferme, en essayant de se convaincre elle-même avant tout.

Reste à l'intérieur, poursuit-elle, et ne fais pas de bruit.

Elle entortille le sac de bouchons autour de son poignet, puis ramasse dans un coin un sac-poubelle plein de cannettes et de bouteilles qui s'entrechoquent quand elle le hisse sur son épaule. Il flotte une mauvaise odeur dans l'air, et Bird n'arrive pas à savoir si ça vient du sac, de ses vêtements ou d'elle.

Je reviens vite, dit-elle avant de s'engouffrer dans le couloir.

Une fois sa mère partie, Bird ramasse un des bouchons vides et le fait tourner entre ses doigts. L'ongle de son pouce égrène les cannelures du bord tandis que son esprit égrène ce qu'il vient d'entendre.

Il a du mal à imaginer le monde que sa mère lui a décrit. Le monde de la Crise, et celui d'encore avant. À l'école, quand ils étudiaient la Crise, ça lui paraissait toujours comme une histoire dans un livre. Une histoire inventée pour servir de leçon, une parabole. C'est différent de l'entendre racontée par sa mère. D'entendre ce que ça faisait, avec les bruits et les odeurs, de l'imaginer, elle, au milieu de tout ça. De voir les cicatrices que ces temps acérés ont laissées sur ses mains.

La mère dont il se souvient cueillait tendrement dans la terre des salades à froufrous, et des légumes ronds et brillants sur leur tige grimpante. Elle laissait les abeilles se poser sur ses doigts, lui beurrait ses tartines, inventait des contes chatoyants dans l'obscurité. Cette mère-ci n'a plus rien à voir, c'est une créature maigre et nerveuse, presque sauvage, avec une expression féroce dans les yeux. Les cheveux gras, pas coiffés, une odeur animale sur la peau. Ça rend plus crédibles les choses qu'elle lui raconte : la Crise, comment elle s'est endurcie, comment elle a survécu. Ça lui rend aussi inquiétant ce qu'elle peut bien être en train de faire maintenant. Il la revoit, penchée sur la table, à lui murmurer des histoires, l'extrémité du fil coupé brillant dans sa main. La bouche crispée en une ligne droite sévère. Il repense au sac de bouchons : de petites bombes à retardement, prêtes à exploser sur commande. Des munitions aux couleurs acidulées pour perforer la ville. Il ne la croit pas capable de ça, mais au fond il n'en est pas sûr. Il a vu l'expression dans ses yeux, une dureté dont il n'a pas souvenir dans son enfance, un éclat tranchant comme une lame de rasoir, qui vous couperait en deux si vous le regardiez trop longtemps.

Quand Margaret revient, rien ne semble avoir changé : elle a toujours le balluchon de cannettes à l'épaule, et le sac plastique pendu au poignet. Elle enlève son chapeau.

Ça va ? demande-t-elle. Tu n'as pas eu peur pendant que j'étais partie ?

Tu es partie depuis trois ans, songe Bird, alors quelques heures de plus ou de moins…

Mais il ravale ses mots.

Ça va, répond-il.

Sa mère plonge la main dans le sac plastique.

Je ne savais pas ce que tu aimais, dit-elle, alors je t'ai pris un peu de tout.

Des barres de céréales, des fruits secs, des bonbons, des conserves de soupe, des paquets d'amandes salées, une boîte de riz précuit. Comme si elle avait fait les rayons un par un en prenant quelque chose dans chaque. Ça l'attriste et l'émeut en même temps, qu'elle n'ait aucune idée de ce qu'il aime et que, malgré ça, elle ait voulu lui faire plaisir.

Ça fait tellement longtemps, dit-elle, depuis…

Elle s'interrompt, baisse les yeux vers le butin posé entre eux.

J'aurais dû te rapporter de vrais aliments, reprend-elle, gênée, et Bird voit en pensée le repas qu'elle aurait aimé lui préparer : chaud et nourrissant, sain et équilibré. Des légumes verts, une purée de pommes de terre, du maïs luisant de beurre. De fines tranches de viande disposées en éventail sur une assiette de porcelaine blanche. Il comprend : ça fait longtemps qu'elle ne s'est pas occupée de quelqu'un, elle a presque oublié comment on faisait. Elle a même oublié qu'un tel repas pouvait exister, et encore plus le monde dans lequel quelqu'un pourrait le manger.

Ça va, dit-il, c'est très bien.

Et il le pense.

Ils optent pour des nouilles instantanées, quelque chose qui leur réchauffera les mains. Il se rend compte que les bouchons ne sont plus là.

Quand les nouilles sont prêtes, elle fait glisser sur la table un des deux pots fumants et une fourchette en plastique vers lui. Elles sont jaune citron et délicieusement salées. Bird les dévore goulûment. En face de lui, Margaret hésite, sans fourchette, et finit par les aspirer à même le récipient.

Ça fait combien de temps que tu vis ici ? demande Bird en s'efforçant de racler les dernières miettes de ses nouilles.

Presque quatre semaines. Même si *vivre* n'est pas le bon terme. C'est seulement temporaire, le temps que je prépare tout.

Cela ne fait que soulever de nouvelles questions pour Bird. Que tu prépares quoi ? dit-il. Qu'est-ce que tu fais, au juste ?

Prends du lait, répond-elle en lui servant un mug qu'elle pousse vers lui. Ça renforce les os.

Elle s'en sert un aussi et en boit une gorgée.

Et puis en plus, ça ne se garde pas, ajoute-t-elle. Il n'y a pas de frigo. Alors finis-le.

Elle sort du sac une boîte de conserve dont elle tord l'anneau avec un doigt pour ouvrir le couvercle. À l'intérieur brillent des fruits comme des joyaux.

Le dessert, annonce-t-elle en posant la boîte entre eux, et ce geste, si infime soit-il, le remplit de joie : il a toujours adoré les pêches au sirop, et elle s'en souvient encore. Il plante sa fourchette dans un oreillon doré.

Tu te plais à l'école ? demande-t-elle de but en blanc. Tes profs sont sympas ? Et les autres enfants ?

Bird hausse les épaules et reprend un quartier de pêche. C'est à cause d'elle qu'ils ne le sont pas, mais il ne veut pas le lui dire. Ils m'appellent Noah, répond-il à la place. C'est papa qui le leur a demandé.

Sa mère se fige. Elle a à peine touché à ses nouilles, et maintenant elle repousse son bol.

Il est heureux ? s'enquiert-elle.

Sa voix est calme et posée, comme si elle parlait de la météo. Seules ses mains la trahissent : elle serre si fort les pouces contre ses autres doigts que ses ongles sont tout blancs.

Comme la plupart des enfants, Bird s'est rarement demandé si son père était heureux ou pas. Tous les matins, il se lève et part au travail ; il s'occupe de Bird. Mais, maintenant qu'il y pense, il se dégage de lui une certaine mélancolie, ce silence qu'il a toujours attribué à la bibliothèque mais qui est peut-être – réalise-t-il à présent – enraciné beaucoup plus profondément.

Je ne sais pas, dit-il, mais il s'occupe bien de moi.

Ça lui semble important de mentionner cela, sans qu'il sache si c'est pour défendre son père ou rassurer sa mère.

Voilà bien une chose dont je n'ai jamais douté, répond Margaret avec un petit sourire triste. Puis : Il lit toujours le dictionnaire ?

Bird rit.

Oui, dit-il. Tous les soirs.

Elle a encore des souvenirs, constate-t-il, même d'une toute petite chose comme celle-là. Ce n'est pas tant une étrangère que ça, finalement.

Il n'aime pas parler de toi, reconnaît Bird. Il me dit… il me dit de faire comme si tu n'existais pas.

Il s'attendait à ce que ça l'attriste encore plus, au lieu de quoi elle hoche la tête.

On était d'accord que c'était la meilleure solution.

Mais pourquoi ? insiste Bird, et sa mère soupire.

Je vais essayer de t'expliquer, Bird, vraiment. Mais tu dois tout écouter, toute l'histoire, si tu veux comprendre. Demain, d'accord ? La suite demain.

Alors qu'il est en train de monter l'escalier, elle le rappelle.

Tu préfères que je t'appelle Noah, maintenant ? Si c'est comme ça que tout le monde t'appelle.

Il s'arrête, une main sur la rampe branlante.

Non, dit-il, les joues soudain en feu. Tu peux continuer à m'appeler Bird. Si tu veux.

Le lendemain matin, de retour à la table, elle travaille plus vite, avec des gestes plus rapides, consciente que le temps presse. Elle démarre sans préambule. Comme un plongeon dans l'océan avant de pouvoir avoir peur.

Deux semaines après le neuvième anniversaire de Bird. Au petit déjeuner, Ethan s'était brusquement immobilisé, abasourdi, et avait posé son téléphone devant elle. Penchés sur l'écran, ils avaient lu le gros titre ensemble : « HEURTS LORS D'UNE MANIFESTATION ; 6 BLESSÉS, 1 MORT ». Dessous, la photo d'une jeune femme noire, longues tresses nouées en queue-de-cheval, lunettes, bonnet jaune. Encore debout, les yeux encore ouverts et limpides, la bouche entrouverte en un cri, une milliseconde avant que son cerveau comprenne ce que son corps sait déjà : une rose de sang rouge commençant tout juste à éclore sur sa poitrine. Agrippé entre ses mains, un poster : « TOUS NOS CŒURS DISPARUS ». Et une légende : *La manifestante Marie Johnson, 19 ans, étudiante de Philadelphie en première année à NYU, a été tuée par une balle perdue lors d'une intervention policière en réaction aux émeutes anti-PACT ce lundi.*

Premier article d'une longue série, mais qui allaient tous utiliser la même photo.

Cette jeune femme – Marie – avait lu le livre de Margaret dans sa résidence universitaire. Elle étudiait la psychologie du développement dans l'optique de devenir pédiatre, et à chaque nouveau reportage sur un enfant retiré à ses parents, les derniers vers du dernier poème lui étaient revenus, aussi insistants que les pleurs d'un nourrisson. Neuf ans après l'adoption du PACT, il y avait de plus en plus de cas d'enfants placés : non seulement ceux dont la presse parlait épisodiquement, présentés comme des histoires de négligence et de mise en danger, les parents dépeints comme irresponsables, insouciants et sans cœur, mais d'autres aussi, enveloppés de rumeurs, de secret et de honte.

Juste des on-dit, affirmaient certains avec mépris ; le placement n'intervenait que dans de rares cas isolés. D'autres maintenaient que c'était un mal nécessaire : un sauvetage, pour le bien de l'enfant et celui de la société. *On ne peut pas faire des vagues et s'étonner quand son gamin passe par-dessus bord*, écrivit un commentateur en ligne. Mais pour chaque cas dont on entendait parler, combien de familles ne disaient rien, arrêtaient de protester, arrêtaient tout, dans l'espoir que leur bon comportement leur ramènerait leur enfant ?

La veille de la manifestation, Marie avait acheté de grandes feuilles au format affiche. À l'aide de gros marqueurs parfumés, elle avait tracé des mots sur sa pancarte, et dessiné dessous le visage grave d'un enfant. Après le drame, on avait retrouvé les marqueurs et le reste du bloc de feuilles vierges sur le sol de sa chambre à la résidence, à côté du livre de Margaret ouvert par terre.

Ensuite : des marches blanches, des campagnes en souvenir de Marie. Sur Internet, des milliers de gens avaient modifié leur photo de profil : des Marie partout, un flot de Marie qui criaient, ivres de jeunesse, de rage et de derniers instants de vie, toutes brandissant le poster avec les mots de Margaret. Les gens googlaient ces mots et voyaient apparaître le nom de Margaret Miu, le titre de son livre. Les poèmes qu'elle avait écrits pendant sa grossesse, ou quand elle allaitait Bird la nuit dans un brouillard hébété, en regardant le ciel virer du noir au cobalt puis au bleu-gris hématome.

Ce n'était pas son meilleur vers à ses yeux, ni même un de ses meilleurs poèmes, pourtant il était là, serré entre les mains de cette gamine mourante.

Ces mots se mirent à apparaître en ligne, comme slogan adopté par les opposants au PACT. Dans les manifestations qui surgissaient çà et là, brèves explosions de chagrin et de colère. Sur des pin's, des graffitis, des tee-shirts artisanaux. Ils sont partout sur le campus, constata Ethan, stupéfait. En les voyant pour la première fois dans la rue, Margaret s'arrêta net et ne reprit ses esprits que lorsque quelqu'un derrière elle lui rentra dedans, poussa un juron et la bouscula pour passer. Elle avait l'impression d'avoir tourné l'angle et d'être tombée nez à nez avec une troublante version d'elle-même. Elle n'était jamais allée à une manifestation. Elle n'avait jamais, en toute honnêteté, beaucoup réfléchi au PACT.

Quelqu'un peignit ses mots sur la façade des Services familiaux de la ville de New York, sur le trottoir devant le ministère de la Justice. Aux quatre coins du pays, des marches anti-PACT commencèrent à se multiplier comme des feux de forêt. Les opposants jetaient des œufs – puis des pierres – sur les voitures des sénateurs et des officiels pro-PACT. Toujours en brandissant des posters portant les vers de Margaret. Les manifestations étaient courtes et sporadiques, mais duraient assez pour que des passants aient le temps de prendre des photos, qui rapidement se retrouvaient partout, ainsi que les mots de Margaret.

Qui aurait cru qu'un poème pourrait devenir viral ? fit-elle remarquer à Ethan. Ni l'un ni l'autre n'avait envie d'en rire. C'était la plus incroyable de toutes les choses incroyables qui s'étaient produites au cours des dernières années.

Puis un animateur radio lança une enquête sur ce slogan, sur ce poème. Sur Margaret.

Qui inspire ces protestataires fanatiques ? demanda-t-il. Eh bien, je vais vous le dire : une poétesse radicale du nom de Margaret Miu, qui vit à Cambridge, ce bastion gauchiste. Et – surprise, surprise ! –, c'est une Kung-POA.

L'affaire fut reprise par le présentateur d'une chaîne d'info qui avait défendu le PACT depuis le début. Les Sino-*Américains* ? avait-il dit. Ça n'existe pas ; on sait très bien où va vraiment leur allégeance. Il scanna la photo de Margaret au dos de son livre et la diffusa à l'écran. Son faciès étranger parlait de lui-même.

Ce genre de personnes, dit-il, sont la raison même pour laquelle nous avons *besoin* du PACT. Vous savez qui est son principal public, qui achète ses livres ? Écoutez ça, j'ai regardé les chiffres : ce sont les jeunes. Des gamins qui sont à la fac, au lycée. Si ça se trouve, même des collégiens, allez savoir. Les gamins, à cet âge, sont facilement influençables. Et l'influence de cette femme est en train d'*exploser*. Vous savez ce que montrent les chiffres ? Elle a vendu quatre mille exemplaires de son livre rien que la semaine dernière. Et six mille cette semaine. La semaine prochaine, ce sera dix mille. Je vais vous dire, on ferait bien de regarder de beaucoup plus près ce qu'il y a dans ces poèmes. Parce qu'il existe un réel danger que nos enfants se fassent pervertir. Voilà à quoi sert le PACT.

Sur les forums – et, bientôt, dans les bureaux des autorités –, les gens passaient au crible les vers de Margaret. *Disséminés, partis germer ailleurs* : n'était-ce pas un encouragement à propager des idées nocives ? Ce poème sur une araignée, agrippée à son cocon vidé de ses œufs – *sec et vain, ne contenant plus que de l'air* –, il n'était pas très compliqué de l'interpréter comme une métaphore de l'Amérique, s'agrippant à des idées *vaines* jusqu'à en mourir. Et cet autre, sur des tomates dont il s'agissait de déranger *les racines robustes* : comment y voir autre chose qu'une incitation à s'attaquer aux racines mêmes de la stabilité américaine ?

L'idéologie antiaméricaine était claire, il était donc d'autant plus dangereux que les gens lisent ces poèmes – près de cinquante mille exemplaires vendus jusque-là, du jamais vu pour un recueil de poésie, surtout chez un minuscule éditeur. C'était déjà suspect en soi. Bien entendu, le Pentagone allait devoir s'en mêler ; on ne pouvait pas écarter la possibilité que ces textes contiennent des messages codés. Mais, même sans cela, ces poèmes n'étaient pas seulement antiaméricains, ils poussaient à l'insurrection. Ils soutenaient et promouvaient l'action terroriste. Ils persuadaient les autres d'aider la rébellion. Il n'y avait qu'à voir le nombre de manifestations anti-PACT.

C'est bien ce qu'on disait, pensa un fonctionnaire en frappant le dossier de Margaret d'un gros tampon rouge. Née ici, mais américaine de nom uniquement. Elle doit tenir ça de ses parents, songea-t-il. Cet état d'esprit de l'étranger, profondément enraciné. Peut-être même que c'est dans leur ADN. Peut-être qu'il ne sera jamais possible de faire dévier leur loyauté.

Une semaine plus tard, Margaret reçut un appel de son éditeur : on lui avait ordonné de suspendre la publication de son livre, et de pilonner tous les exemplaires en stock. Ils peuvent vraiment faire ça ? s'étonna-t-elle, et son éditeur soupira. C'était un frêle homme blanc à lunettes, capable de réciter Rilke par cœur. Sa maison d'édition occupait un petit deux-pièces à Milwaukee. Pendant des semaines, il avait reçu des coups de fil et des e-mails de menace, le dernier en date avec des suggestions détaillées sur ce qu'on pourrait faire à sa fille de sept ans. Et ce n'est pas tout, dit-il. Ils ont aussi lancé un audit pour vérifier nos comptes et nos autres auteurs. Et pas seulement ceux d'origine asiatique. Tous. Pour voir si nous n'aurions pas financé d'autres individus *antiaméricains*. On nous a bien fait comprendre que, si on ne jouait pas le jeu, ils trouveraient un moyen de nous faire mettre la clé sous la porte. Je suis désolée, Margaret. Sincèrement.

Un mois plus tard, malgré ça, l'éditeur avait fermé boutique, tous ses stocks pilonnés, tous ses fichiers effacés. Les bibliothèques, submergées d'appels furieux au sujet du livre de Margaret, commencèrent à le retirer de leurs rayons. Des militants pro-PACT organisèrent un rassemblement dans le centre de Boston, où ils brûlèrent des exemplaires dans un baril d'essence sur le parvis de l'hôtel de ville. La poste se mit à surveiller le courrier d'Ethan et Margaret.

Et il y eut pire. Quelqu'un fouilla sur Internet et publia l'adresse et le numéro de téléphone de Margaret sur les réseaux sociaux. *Vous n'aimez pas cette salope de POA et le poison qu'elle fait bouffer à nos mômes ?* écrivit-il. *Appelez-la pour le lui dire.*

Qu'est-ce qu'on va faire ? demanda-t-elle à Ethan en coupant le son de son portable. Il sonnait non-stop depuis vingt minutes, et pendant un moment elle avait répondu et raccroché aussitôt, mais chaque fois il sonnait de nouveau.

Ethan la prit dans ses bras. Il s'était déjà renseigné auprès de la police : il n'y avait rien d'illégal, lui avait-on dit, à poster sur Internet des informations accessibles au public. Il avait raccroché en proférant des injures. C'était un samedi matin, en temps normal ils auraient dû être en train de manger des gaufres à la table de la cuisine, leurs assiettes inondées de soleil. Au lieu de quoi Ethan avait passé la matinée à faire le tour de la maison pour fermer les rideaux et éloigner Margaret et Bird des fenêtres.

Ça va s'arrêter, lui promit-elle. Ça doit s'arrêter. Ils vont se lasser. Et puis, je n'ai rien à me reprocher. Je ne suis jamais allée à aucune manifestation. J'ai juste écrit un poème.

Ça ne s'arrêta pas. Personne ne semblait se lasser, à part Ethan et Margaret – et Bird. Qu'est-ce qu'il a, ton téléphone ? ne cessait-il de demander. Qui c'est qui t'appelle tout le temps ? Des poissons pourris, des sachets de merde de chien et des tessons de verre se mirent à apparaître sur le pas de leur porte ; puis, un jour, une balle, encore dans sa douille. Après ça, Bird n'eut plus le droit de sortir tout seul, même dans le jardin.

Les gens sont fous, lui disait Ethan. Ne t'inquiète pas. Tu ne crains rien.

Saviez-vous, lança le présentateur télé quelques jours plus tard, que cette fameuse Margaret Miu a un fils ? De neuf ans. Eh ouais. Vous pouvez le croire ? Et il s'appelle – tenez-vous bien – il s'appelle *Bird*.

Les commentaires en ligne :

C'est de la maltraitance, point barre.

Les gens comme ça ne devraient pas avoir le droit de se reproduire.

Vous imaginez le genre de conneries qu'elle doit lui apprendre à la maison ? Vous imaginez l'avoir pour mère ?

Pauvre gosse. Espérons qu'ils aient bientôt un contrôle des Services familiaux.

Ce soir-là, alors qu'ils avaient couché Bird, la mère d'Ethan lui envoya un mail. *Mon amie Betsy m'a fait suivre cet article au sujet de Margaret.* C'était le premier d'une longue série, dont certains qu'elle lui transférerait et beaucoup qu'elle se contenterait de lire à mesure qu'ils tombaient dans sa messagerie, un par un et parfois par deux ou par trois, transmis par des relations soi-disant bien intentionnées. *Je me souviens que tu m'avais parlé de l'épouse de ton fils (?). C'est la même Margaret Miu ?!*

Alors que les articles, les reportages et les gros titres s'accumulaient, les parents d'Ethan les lisaient et en discutaient, comparant la femme qu'ils avaient rencontrée et aimée, la femme que leur fils adorait, qui avait mis au monde leur petit-fils, et celle dont les journaux dressaient le portrait ; la personne qu'ils connaissaient – ou croyaient connaître ? – et celle que tous les autres semblaient voir. Combien de temps avaient-ils passé avec elle ? Était-ce suffisant pour véritablement connaître quelqu'un ? Lors d'un de leurs coups de fil hebdomadaires, Ethan se plaignit à ses parents des derniers développements – les e-mails anonymes qui inondaient la boîte de réception de Margaret, les lettres scotchées à la porte de la maison. C'est seulement quand il s'arrêta de parler, épuisé de rage et de peur, qu'il remarqua le silence inhabituel de sa mère au bout du fil.

Elle nous a toujours paru si *gentille*, lui dit-elle sur un ton de profonde tristesse et déception. Ethan comprit alors : sa mère s'était raconté l'histoire d'une certaine façon, et il n'y avait rien à faire pour la réécrire autrement. Dans les semaines qui suivirent, les parents d'Ethan ne l'appelèrent plus, et quand il avait déménagé avec Bird sur le campus, il ne leur avait pas communiqué leur nouvelle adresse.

Puis arriva le petit mot. Un bout de papier que la maîtresse de Bird, Mme Hernández, avait discrètement glissé dans son cartable. *Chers M. et Mme Gardner*, pouvait-on y lire de sa soigneuse écriture cursive, avec de longs S fiers et des P au dos bien droit. *L'école a reçu un appel des Services familiaux. Je suis convoquée pour un entretien lundi matin, et j'imagine que vous ne tarderez pas à l'être dans la foulée. J'ai pensé qu'il valait mieux vous prévenir.*

Un avertissement. Un service, en fait.

Le soir même, Margaret prépara un sac. Un seul, qu'elle pourrait porter sur le dos, pas trop gros pour pouvoir marcher autant que nécessaire. Juste un duvet et tout l'argent liquide qu'ils parvinrent à rassembler. Le duvet était celui d'Ethan, à l'origine. Il est bien chaud, dit-il en le sortant du fond du placard, et elle sentit sa voix vaciller alors qu'ils imaginaient toutes les nuits à venir où ils ne pourraient plus dormir l'un contre l'autre. Elle l'avait pris et s'était retournée aussitôt, en se penchant sous prétexte de l'attacher à son sac, mais en vérité elle ne supportait pas de voir la douleur dans ses yeux, et elle n'était pas sûre qu'il supporte la douleur dans les siens non plus. Ils s'étaient mis d'accord : elle n'écrirait pas, elle n'appellerait pas. Rien qui puisse permettre de remonter sa piste. Elle n'emporterait pas son téléphone. Tout lien subsistant pourrait un jour la trahir, alors ils la banniraient de leur vie, elle, la perfide mère POA. Ils ne leur laisseraient pas le moindre motif de leur retirer Bird. Quoi qu'il en coûte. Quoi qu'ils aient besoin de dire ou de faire pour le protéger.

Le lendemain matin, ils tâchèrent de se dire au revoir. Un samedi, fin octobre. Les feuilles commençaient à peine à se décrocher des arbres. Ça va aller, murmura Ethan. Ils savaient tous les deux qu'il essayait de la rassurer autant que de se rassurer lui-même. Il enfouit son visage dans ses cheveux et Margaret se blottit contre son torse, respira profondément son odeur, tous les mots qu'elle n'avait pas le courage de prononcer cherchant désespérément à sortir de sa bouche. Quand ils finirent par se lâcher, aucun ne put regarder l'autre. Ethan alla précipitamment s'enfermer dans la chambre, car au fond il n'y avait rien d'autre à dire, et il n'avait pas la force de la voir partir. Bird, ignorant ce qui se jouait, était agenouillé sur la moquette du salon, occupé à assembler des briques de Lego. Il fabriquait une maison, et le toit ne cessait de s'effondrer, le faîtage trop haut pour ses mains d'enfant.

Birdie, dit-elle. Sa voix se brisait. Bird, je dois sortir.

Elle s'attendait à ce qu'il lui pose des questions sur son sac à dos, un objet qu'elle n'utilisait jamais et qu'il ne manquerait pas de remarquer. Pourquoi tu as ça ? Où tu vas ? Je peux venir avec toi ? Mais il ne se retourna pas. Il ne l'avait pas entendue, trop absorbé par ce qu'il faisait, et c'était quelque chose qu'elle adorait chez lui, la façon dont toute son attention se concentrait, avec l'intensité de la chaleur en été, sur la chose qu'il cherchait à comprendre.

Bird, répéta-t-elle, un peu plus fort ce coup-ci. Birdie, mon chéri. Je m'en vais.

Il ne se retourna toujours pas, et elle lui en fut reconnaissante. De ne pas croiser son regard dans ce dernier moment ; qu'il ne coure pas vers elle pour presser son visage contre son ventre comme il le faisait d'habitude. Sinon, comment aurait-elle réussi à se détacher de lui ?

D'accord, répondit-il, et elle eut un pincement au cœur de le voir aussi confiant, aussi certain qu'elle reviendrait, comme elle l'avait toujours fait. Alors c'est elle qui se retourna, qui souleva son sac à dos, le passa à l'épaule et se dirigea droit vers la porte, avant de craquer, avant de changer d'avis.

Deux jours plus tard, quand les Services familiaux arriveraient, ses affaires seraient déjà évacuées sur le trottoir. Interrogé, Ethan secouerait la tête, et le cœur de son fils se fissurerait. Non, il ne savait pas où elle était partie. Non, il ne partageait pas ses idées, pas du tout. Plutôt l'inverse, en toute honnêteté. Non, il ne pouvait pas vraiment dire qu'il regrettait son départ. Il avait fait des efforts pour que ça marche, dans l'intérêt de son fils, mais il y avait des limites à ce qu'un homme pouvait endurer, non ? Bref… disons juste qu'il était soulagé qu'elle ne puisse plus exercer son influence. Voilà, exactement. Bon débarras.

Ses livres ? Absolument pas. Un tas d'inepties séditieuses. Il les avait tous brûlés.

Un bus pour Philadelphie, son écharpe remontée sur le nez, les yeux cachés derrière des lunettes noires. Mille cent dollars en liquide dans la poche, presque toutes leurs économies. Elle n'avait pas encore de plan, juste un espoir : une personne dont elle pensait qu'elle pourrait peut-être l'aider, lui fournir un endroit où se poser le temps de décider de la suite. Mais d'abord, il fallait qu'elle aille présenter ses hommages, et ses excuses. Expier sa faute. Enfoncée sur son siège, elle tira le bord de son bonnet quasiment jusqu'à ses pommettes, plongea le menton dans le col de son manteau. Elle s'interdisait de pleurer. À la place, elle regardait l'autoroute défiler dans une traînée gris et blanc. À côté d'elle, un homme à moustache ronflait, le bourrelet de graisse de son cou tremblant à chaque respiration.

La petite banlieue résidentielle où avait grandi Marie Johnson arborait de proprettes pelouses vertes ponctuées de buissons fleuris et de vieux chênes, et de jolies maisons en bois impeccablement repeintes. Celle de Marie aurait pu être n'importe laquelle : de l'extérieur, elle n'avait rien d'une maisonnée en deuil. Mais Margaret la reconnut tout de suite, grâce aux reportages télé qui en avaient diffusé les images en boucle, les rideaux toujours tirés pour se protéger des flashes qui crépitaient dehors. À présent, quelques mois plus tard, le quartier avait retrouvé un semblant de normalité : un peu plus loin, un homme dans son jardin tira un grand coup sur la chaîne de son souffleur de feuilles, qui s'ébroua dans un grognement guttural ; en face, une vieille dame munie de gants de jardinage à fleurs taillait un chrysanthème avec une rigueur de maîtresse d'école. Chez Marie, les seuls signes de vie étaient la voiture garée dans l'allée et le mince interstice entre les rideaux qui laissait filtrer le soleil de l'après-midi à l'intérieur.

Enfant, Marie avait dû jouer là. Peut-être faisait-elle la roue sur ce carré de pelouse ou dessinait-elle des marelles à la craie sur les dalles du trottoir. Peut-être traversait-elle en courant le jet de l'arroseur automatique par les chaudes journées d'été, cherchant à éviter – puis à rattraper – le rideau de gouttelettes. Margaret l'imaginait parfaitement, elle entendait ses cris perçants, comme ceux de Bird, qui résonnaient telle une volée de clochettes. Le frottement du sac à dos gravait de larges bretelles rouges sur ses épaules. Elle appuya sur la sonnette.

La femme qui vint lui ouvrir devait avoir une dizaine d'années de plus qu'elle, mais Margaret avait l'impression qu'elle avait vécu beaucoup plus que ça. Son visage était encore jeune, pourtant il y avait une lourdeur et une lassitude dans sa façon de se tenir, comme si elle avait supporté bien plus que son dû. Derrière elle apparut un homme aux épaules voûtées, des lunettes de lecture sur le bout du nez, un journal à la main.

Madame Johnson, dit Margaret. Monsieur Johnson. Je viens vous voir au sujet de Marie.

Tout sortit alors d'un coup, dans un torrent confus : les excuses et les aveux, les explications, les regrets et les reproches à elle-même. Ses poèmes, ses intentions, son horreur et son chagrin à la mort de Marie.

Je ne voulais pas, ne cessait-elle de répéter. Je n'aurais jamais imaginé. Je ne m'attendais pas. Alors même que ses propres mots atteignaient ses oreilles, elle se rendit compte de son erreur. Ce qu'elle cherchait désespérément – le réconfort, la consolation, l'absolution –, elle n'avait aucun droit de le leur demander à eux, et ils n'avaient aucune raison de le lui donner.

Ils sont à mes trousses, s'entendit-elle dire d'un ton implorant, presque suppliant, sa propre peur stridente à ses oreilles. Ils m'estiment responsable de tout ça. Et ils ont raison.

Devant elle, les parents de Marie se tenaient dans l'entrée, impassibles. Quelques maisons plus loin, l'homme coupa le moteur de son souffleur de feuilles et le silence retomba. Margaret était encore sur le pas de la porte ; elle n'avait même pas attendu, songea-t-elle, avant de déverser tout ça aux pieds de cet homme et de cette femme qui avaient perdu leur enfant. C'était désespérant, elle était désespérante ; comment pouvait-on jamais se faire pardonner une chose pareille ?

Je suis vraiment désolée, finit-elle par dire, et elle tourna les talons pour repartir.

Qu'est-ce que vous êtes venue faire ici ? demanda le père de Marie. Il plia son journal en deux, calmement, sans colère. Comme s'il avait lu assez de nouvelles pour lui durer toute une vie, comme si c'était le dernier journal qu'il lirait jamais. Il la regarda dans les yeux, sans ciller ; la peur n'avait plus prise sur lui, désormais. Vous croyez qu'on a des choses à vous dire ? reprit-il. Notre fille chérie est morte et vous venez là, en espérant quoi ? Vous voulez qu'on s'apitoie sur ce que *vous* avez enduré ?

Il parlait à voix basse, le genre de voix qu'on prend dans une bibliothèque, et curieusement cela glaça davantage Margaret que s'il avait crié.

Vous croyez la connaître ? poursuivit-il. C'est ce qu'ils croient tous. Tout le monde pense la connaître, maintenant. Il y a des gens qui se trimballent avec le visage de ma fille sur leur tee-shirt mais qui se foutent de savoir qui elle était. Ils se servent juste de son nom pour justifier leurs actes. Pour eux, ce n'est rien de plus qu'un slogan. Ils n'ont pas la moindre idée de qui elle était. Et vous non plus.

Autour d'eux, les bruits anodins d'un quartier résidentiel – des voitures passant tranquillement, comme si elles n'avaient nulle part d'urgent où aller, le cri rauque d'un corbeau dans le ciel, l'inévitable aboiement d'un chien à une distance indéterminée. La vie, comme si de rien n'était.

Qu'est-ce que vous voulez qu'on vous dise ? conclut-il.

Il pivota et disparut dans la pénombre de la maison.

Pendant un moment, Margaret et la mère de Marie restèrent face à face, de part et d'autre de la porte : Margaret pétrifiée sur le perron, sentant la brise froide dans sa nuque, là où ses cheveux étaient trempés de sueur ; la mère de Marie appuyée d'une main contre le chambranle, comme pour empêcher la maison de s'effondrer. Les yeux plissés dans le soleil, le dos plongé dans l'ombre. Dévisageant Margaret. Celle-ci se demandait ce qu'elle pouvait bien voir en elle. Elle pensa, un peu trop tard, aux mondes noir et asiatique qui se tournaient autour avec méfiance et s'observaient à distance dans un tiraillement précaire. Pendant son enfance : une jeune fille noire tuée par balles, Los Angeles en feu, des épiceries coréennes incendiées.

Ses parents fulminaient en lisant les journaux, indignés par les dégâts, la *délinquance*. Quelques années plus tard, un jeune Noir mort dans une cage d'escalier, d'un coup de feu tiré par un flic sino-américain. Il y avait eu un tollé des deux côtés – un accident, la violence policière, les boucs émissaires – jusqu'à ce que les cercles se séparent à nouveau sur une trêve fragile. À plusieurs reprises, sa mère s'était fait bousculer dans la rue par des adolescents noirs qui la raillaient en imitant l'accent chinois. Mais aussi : peu de temps après son arrivée à New York, Margaret choisissait des fruits sur une charrette à Chinatown quand un Noir était passé dans une grosse voiture de sport, du rap hurlant à travers les vitres baissées, si fort que la poire qu'elle tenait à la main avait tremblé. Le vendeur, un vieux Chinois au physique maigre et nerveux, avait craché par terre. *Ces espèces de voyous*, avait-il dit, comme si c'était une chose sur laquelle ils étaient déjà tombés d'accord. Elle était tellement sidérée que – à sa grande honte – elle s'était contentée de hocher la tête avant de payer et de filer sans un mot. Tout ce passif lui pesait à présent, aussi lourd que le sac sur son dos.

Je suis désolée, répéta-t-elle. Je ferais mieux d'y aller.

Vous avez des enfants ? lui demanda de but en blanc la mère de Marie.

Un, répondit Margaret. J'avais un fils.

Cet imparfait, involontaire, la choqua. Avec quelle facilité son esprit avait accepté ce à quoi son cœur ne pouvait se résoudre !

J'ai un fils, rectifia-t-elle. Mais je ne le reverrai jamais.

Un long silence entre elles, qui enfla et s'étira jusqu'à les envelopper toutes les deux, épais et moelleux.

Puis, à la grande surprise de Margaret, la mère de Marie tendit la main et lui effleura le poignet.

Bienvenue dans le pire club au monde, dit-elle.

La maison des Johnson était cosy et bien entretenue, mais leur fille était partout présente. M. Johnson, bouche cousue, regarda sa femme en secouant la tête et disparut à l'étage, mais Mme Johnson conduisit Margaret jusqu'au salon. Sur la cheminée trônait une photo encadrée de Marie en toge et toque carrée noires, rouleau de papier au creux du bras comme un bouquet de fleurs. Le jour du bac, expliqua Mme Johnson. Deuxième de sa promo. Dans un coin de la pièce, un étui de flûte et un pupitre avec une partition couverte d'un déluge de notes extraordinairement aiguës.

Elle faisait partie d'une fanfare. Mais ce qu'elle aimait avant tout, c'était la musique classique.

Elle passa la main sur l'étui en Skaï pour ôter un peu de poussière sur le fermoir.

Je voulais qu'elle continue à la fac, mais elle disait qu'elle n'aurait pas le temps. Elle avait tellement de projets…

Margaret n'avait pas encore enlevé son sac à dos. Elle n'était pas sûre d'être invitée à rester. Dans ce salon surchargé, elle se sentait comme un gros animal pataud, chacun de ses gestes menaçant de renverser un bout du passé. Elle retenait son souffle, comme si ça pouvait l'aider à se faire plus petite et plus immobile, comme si ça pouvait servir à quelque chose.

Mme Johnson prit un petit éléphant en porcelaine sur la cheminée et le tourna entre ses doigts. Au bout d'un moment, elle trouva ce qu'elle cherchait et le tendit à Margaret pour le lui montrer : un fin trait de colle tout autour de la trompe levée.

Vous voyez ça ? dit-elle. Une amie me l'avait rapporté de ses vacances en Inde. Marie devait avoir sept ou huit ans. Elle en était folle. Elle jouait avec, le mettait dans sa poche, le trimballait partout. Un jour, je suis rentrée du travail et elle avait cassé la trompe. Le savon que je lui ai passé ! Je lui ai dit qu'elle n'avait aucun respect pour les affaires des autres, que je lui avais pourtant demandé de faire attention, qu'elle ne m'écoutait jamais. Elle m'a répondu : Non, maman, je voulais voir ce qu'il y avait dedans. Elle l'avait fait exprès. Je lui ai annoncé qu'elle serait punie pendant un mois. Le lendemain, je l'ai retrouvé comme ça.

Elle pencha la paume sur laquelle elle avait placé le petit éléphant, afin qu'il accroche mieux la lumière.

Elle l'avait recollé. On voit à peine la fissure. Seulement si on sait où regarder.

Elle le reposa délicatement sur la cheminée.

Ça, conclut-elle, c'était Marie. Mais plus personne ne se souviendra de tout ça. Seulement moi.

Les deux femmes restèrent un moment sans rien dire. Des paillettes de poussière flottaient dans le faisceau de soleil qui pénétrait par l'interstice entre les rideaux.

Vous ne voulez pas me raconter ? demanda Margaret. Elle prit les mains de Mme Johnson entre les siennes, et celle-ci ne les retira pas. Une faveur qui toucha Margaret, car elle ne l'avait pas méritée. Vous ne voulez pas me parler d'elle ? De qui elle était. De ce qu'elle aimait.

D'accord. Mais seulement si vous me promettez de vous en rappeler. Que c'était une vraie personne, pas un poster. Que c'était une enfant. Mon enfant.

Elle resta là deux jours, à écouter. À laisser la mère de Marie lui raconter tout ce qui lui passait par la tête. M. Johnson l'évitait, l'observant en coin avec une circonspection nerveuse, rangeant ses lunettes dans la poche poitrine de sa chemise avant de quitter la pièce.

Il n'a pas confiance en vous, déclara Mme Johnson alors que son mari passait dans le couloir. Ce n'était pas une façon de l'excuser, simplement un constat.

Mme Johnson, elle, emmena Margaret dans la chambre de Marie, où elles passèrent toute la journée ensemble, du lever du soleil à la nuit tombée. Elle faisait les cent pas, parlait d'une voix douce, touchait des objets çà et là, plongée dans le passé. Elle prenait la brosse à cheveux de Marie, ses bagues, les galets polis par la mer qu'elle gardait sur le rebord de sa fenêtre, chacun réveillant un souvenir, comme un talisman. Aucune de ces histoires n'avait d'importance en soi. Une visite chez une tante en Caroline du Nord, une journée dans un parc d'attractions, le premier voyage à New York de Marie quand elle était encore une adolescente dégingandée : Maman, c'est ici que je veux vivre. Toutes ces histoires avaient une importance insoutenable. La fois où, toute petite, elle avait lâché un pet à l'église, juste après que le pasteur avait dit *Prions ensemble*. Les chaussures rouges qu'elle aimait tellement que, pendant des mois, elles lui avaient écrabouillé les pieds car elle refusait de les abandonner et maintenait qu'elles lui allaient encore, jusqu'à ce que les coutures finissent par craquer. Comment, plus grande, elle découpait dans ses magazines les mots qui lui plaisaient et les conservait comme des confettis dans une enveloppe bleue – *nébuleux, muscovado, rocambolesque*. C'est juste que j'aime leur sonorité, disait-elle.

Je ne sais pas ce qu'elle comptait en faire, précisa Mme Johnson.

Elle parlait, parlait, se frayant un chemin de souvenir en souvenir, traversant un vaste océan en sautant d'une pierre de gué à une autre. Retenez bien ça, disait-elle encore et encore. Faites bien attention. Comme si la mémoire était une perle qui risquait de lui échapper des mains, de tomber par terre, de rouler dans une fente et de disparaître. Et elle avait raison. La nuit, emmitouflée dans son sac de couchage dans le salon des Johnson, Margaret notait ce que lui avait raconté la mère de Marie, chaque mot résonnant comme un carillon. Mais pendant que Mme Johnson lui parlait, elle se contentait d'écouter, d'écouter et d'écouter encore.

Le deuxième soir, le père de Marie fit irruption dans la chambre. Il regarda sa femme, assise sur le couvre-lit fleuri de leur fille ; puis Margaret, en tailleur par terre.

Vous savez la dernière chose que je lui ai dite ? lança-t-il.

Sans bonjour, sans introduction. Comme s'il attendait depuis longtemps juste de pouvoir dire ça.

Elle m'a expliqué au téléphone qu'il y avait cette manif contre le PACT, qu'elle comptait y aller avec une pancarte. Je lui ai répondu : Marie, c'est pas tes oignons. Tu crois que ces POA se mouilleraient pour toi ? Tu crois qu'ils se préoccupent de nous quand on se fait suivre dans les magasins, ou tirer dessus au feu rouge ? Laisse pisser.

Il marqua une pause.

Elle avait fait des recherches, reprit-il. Pour essayer de remonter notre arbre généalogique. Au lycée, ça s'était mis à l'intéresser. Elle passait son temps à la bibliothèque, à fouiller dans des bases de données et des archives de recensements, à essayer de retrouver ses racines. Nos racines. Et qu'est-ce qu'elle a trouvé à la place ? Un grand vide. Aucune trace avant l'abolition de l'esclavage… à part un document : l'acte de vente d'un de mes ancêtres potentiels. Âgé de onze ans. À un certain M. Johnson du comté d'Albemarle, en Virginie.

Nouvelle pause. Il avait les yeux baissés vers Margaret, et elle avait les siens levés vers lui. Elle l'écoutait.

Je ne voulais pas qu'elle y aille. Mais elle était déterminée. Elle m'a juste dit : c'est mal d'enlever des enfants à leur famille, papa, tu le sais. Et comme elle ne voulait pas qu'on se dispute, elle a préféré raccrocher, et le lendemain elle est allée à cette manif.

Il se tenait là, dans l'encadrement de la porte, un homme fort que le chagrin avait rendu vulnérable. La mère de Margaret changeait de trottoir quand elle voyait des types comme lui approcher. Par mépris ? Par crainte ? Margaret l'ignorait et n'était pas sûre que ça ait de l'importance. À l'usine où travaillait son père, il n'y avait qu'une poignée d'hommes noirs, et il n'en fréquentait aucun. Pas mon style, disait-il, et elle ne s'était jamais donné la peine de lui demander ce qu'il entendait par là.

Vous n'aviez pas tort, finit-elle par dire. Vous n'aviez pas tort. Mais Marie non plus.

Une infime contribution pour tenter de défaire un nœud qu'il faudrait encore des générations pour démêler.

M. Johnson alla s'asseoir sur le lit à côté de sa femme, qui lui passa un bras autour de la taille et appuya la joue contre son épaule, et ils restèrent ainsi en silence, tous les trois, dans la chambre de Marie, avec Margaret comme témoin de leur perte.

Après un très long moment, il dit : Vous savez ce qui me revient sans cesse ? Un soir où je rentrais du travail…

Un souvenir qui suintait de lui comme de l'eau filtrée à travers la roche.

Je ne me rappelle même plus l'âge qu'elle avait. Peut-être cinq ans, peut-être quinze.

Margaret ne s'en étonna pas ; c'étaient des choses qu'elle comprenait, à quel point le temps pouvait être fuyant et élastique quand il concernait votre enfant, paraissant avancer non pas en ligne droite mais en boucles perpétuelles, revenant sans arrêt sur lui-même, tournant en rond.

Elle riait, poursuivit le père de Marie. Elle riait aux éclats, tellement fort qu'elle n'arrivait pas à se lever. Tellement fort qu'elle en pleurait. Je suis arrivé et je l'ai vue qui se roulait sur la moquette. Écroulée de rire. Marie, qu'est-ce qu'il y a de si drôle ? lui ai-je demandé. Mais elle a simplement continué à rire. Jusqu'à ce que je me mette à rire aussi. C'était plus fort que moi.

Il en riait presque encore, happé par le souvenir qui le replongeait dans le passé.

Elle a fini par se calmer et elle est restée allongée le temps de reprendre son souffle, les yeux rivés au plafond, un immense sourire sur le visage. Marie, qu'est-ce qu'il y a de si drôle ? lui ai-je répété. Elle a laissé échapper un grand soupir. Elle avait l'air tellement heureuse. Tout, m'a-t-elle répondu. Tout.

Margaret prit congé de la famille de Marie en emportant une requête, et un nom.

Mettez-la dans un poème, suggéra M. Johnson, ça lui plairait. Vous la mettrez dans un poème, d'accord ? Pour que d'autres se souviennent d'elle.

Je vais essayer, répondit Margaret, tout en sachant déjà qu'aucun poème ne pourrait résumer Marie, comme aucun poème ne pourrait résumer Bird. Il resterait toujours trop à dire.

Mme Johnson resta muette, se contentant de serrer Margaret dans ses bras, encore plus fort que Margaret la serrait dans les siens. Elles ne se reparleraient jamais, mais elles étaient liées désormais, comme le sont les gens qui ont traversé ensemble quelque chose de terrible, parfois sous des formes qui leur échappent.

Le nom était celui de la bibliothécaire, même si les Johnson ne connaissaient pas son prénom : Mme Adelman par-ci, Mme Adelman par-là, Marie n'avait que ce nom à la bouche pendant toutes ses années de lycée, disait sa mère, elle passait tout son temps libre là-bas. À l'autre bout de la ville, vous pouvez prendre le bus au coin. Margaret préféra marcher en suivant la piste des arrêts successifs, tandis que le bus en question la dépassait laborieusement à intervalles encourageants, lui confirmant qu'elle était toujours sur le bon chemin. Le temps d'arriver à la bibliothèque, six bus l'avaient dépassée, et c'est peut-être pour cette raison qu'elle eut le sentiment, en montant les marches du bâtiment, d'y être déjà venue, qu'une ou plusieurs versions précédentes d'elle-même étaient déjà sur place, à l'intérieur, et avaient déjà découvert ce qu'elle s'apprêtait à découvrir en entrant à présent.

La salle de lecture n'était pas un immense hall de marbre comme elle s'y attendait, mais un lieu chaleureux et douillet, la moquette, les murs et les rayonnages dans les tons brun miel d'un vieux fauteuil en cuir, comme le salon d'une grand-tante. Une seule documentaliste occupait le bureau dans le coin du fond, une femme d'un certain âge avec une mèche blanche qui fendait sa chevelure grisonnante juste au niveau de la tempe – tel un éclair jaillissant de son cerveau –, un regard pénétrant et le port le plus altier que Margaret ait jamais vu. Elle se laissa guider par son instinct.

Mme Adelman ? dit-elle. Je suis là au sujet de Marie.

La bibliothécaire ne répondit pas tout de suite, observant d'abord Margaret en silence un long moment. Comme si elles s'étaient rencontrées dans une vie antérieure et qu'elle essayait de la resituer. Puis un changement passa sur son visage, de même que les nuages glissent dans le ciel, poussés par le vent.

Ah oui, fit-elle. Je vous connais.

Et encore, après une pause : C'est moi qui lui ai donné votre livre, vous savez.

Un des nombreux livres qu'elle avait fait lire à Marie au fil des années. Elles s'étaient liées d'amitié toutes les deux à l'époque où Marie était à la recherche de ses racines. Mme Adelman l'avait aidée à localiser les bonnes archives et les sociétés historiques à contacter, et elle était là aussi quand Marie était tombée sur le trou béant dans les archives à partir duquel la suite de sa lignée avait été effacée. Ses propres grands-parents avaient fui Munich dans les années 1930, mais le reste de sa famille était resté et, bien que ce ne soit pas la même chose, elle connaissait la douleur des lignes de faille infranchissables dans les histoires familiales. Par la suite, comme Marie grandissait et que ses centres d'intérêt s'élargissaient, Mme Adelman avait adoré l'accompagner dans son cheminement intellectuel, en nourrissant cette jeune fille qui avait un appétit omnivore et insatiable pour le savoir. *Chroniques d'un enfant du pays*, de James Baldwin. Des biographies de Gandhi et de Grace Lee Boggs. Des ouvrages sur l'écologie, le tarot, l'exploration spatiale et le changement climatique. Et aussi de la poésie. Marie avait commencé avec les poètes du cursus scolaire, Keats, Wordsworth et Yeats, après quoi elle était venue en chercher d'autres, et la documentaliste l'avait aidée à les trouver : Lucille Clifton, Adrienne Rich, Ada Limón, Ross Gay. Autant de livres qu'elle lui avait confiés et que Marie avait consciencieusement rapportés au bout des deux semaines autorisées, sans jamais le moindre retard. Juste avant de partir pour l'université, elle était passée une dernière fois à la bibliothèque et Mme Adelman lui avait remis un petit paquet emballé dans du papier bleu. Sur la page de garde, elle avait écrit : *Celui-ci, tu n'auras pas besoin de le rapporter.* Sur la couverture, une photo en gros plan d'une grenade éclatée, les grains brillant comme des joyaux.

On a dû le retirer des rayons, expliqua Mme Adelman. Ce n'est pas moi qui décide. Après Marie, des gens se sont mis à vouloir l'emprunter. Mais ensuite, quand les radios et les chaînes d'info se sont attaquées à vous, ils ont pris peur. Ils nous demandaient comment on pouvait garder un livre pareil. S'il était vraiment subversif, comment pouvions-nous risquer qu'il tombe entre les mains de jeunes lecteurs ? Au bout du compte, les huiles ont décidé qu'il était plus facile de simplement le retirer. Le maire était inquiet. Il s'est passé la même chose dans d'autres bibliothèques, d'après mes amis.

Et pas seulement pour votre livre, mais pour tout ce qui avait un rapport avec la Chine de près ou de loin. Tout ce qui touchait à l'Asie. Tout ce qui pouvait représenter un risque.

C'est lâche, commenta Margaret.

À quoi Mme Adelman répondit : Oui, mais eux aussi ont des enfants, vous savez.

Il y eut un long silence.

Votre fils, reprit Mme Adelman. Aux infos, ils disaient que vous aviez un fils. Quel âge ?

Neuf ans, dit Margaret. Dix l'été prochain.

Intérieurement, elle essaya d'imaginer l'anniversaire de Bird. Est-ce qu'il y aurait un gâteau ? Des bougies ? Qu'est-ce qu'ils fêteraient ? Est-ce qu'elle lui manquerait ? Tout ce qu'elle arrive à voir, c'est une pièce dans le noir.

Donc, avant qu'on vous le retire, vous avez préféré vous retirer.

Margaret hocha la tête en silence.

Marie, ça la bouleversait, poursuivit Mme Adelman. Ces enfants enlevés pour faire taire leurs parents, sans même qu'on en parle dans les journaux. Et tout le monde qui se taisait, en faisant comme si ça n'existait pas, en disant qu'ils l'avaient bien cherché. Toutes ces familles séparées.

Aux infos, ils ne montraient que les cas les plus criants, ceux pour lesquels la réponse paraissait évidente, sans ambiguïté. Mais il y en a eu beaucoup d'autres.

Combien ? demanda Margaret.

Trop. Et pas seulement des protestataires. Toute personne opposée au PACT. De plus en plus chaque jour.

Margaret avait soudain l'impression de capter une fréquence qu'elle ne percevait pas jusque-là. Entre-temps, le jour était tombé, la bibliothèque avait fermé ses portes. Personne n'était passé.

Il n'y a quasiment plus de lecteurs, ces derniers temps, expliqua Mme Adelman. Les gens sont fébriles. Quand ils viennent, ils prennent ce qu'ils veulent et ils repartent aussitôt.

Où est-ce que je peux les trouver ? voulut savoir Margaret. Les familles. Comment je peux les contacter ?

J'ai entendu dire…, commença prudemment Mme Adelman, que des gens s'étaient mis à essayer de retrouver la trace des enfants enlevés. Dans l'espoir de pouvoir les rendre à leur famille.

Est-ce seulement possible ? demanda Margaret. S'ils sont tellement nombreux.

Neuf ans après l'entrée en vigueur du PACT, c'était comme vouloir lutter contre la pesanteur, ou contre les marées. Ces manifestations…, soupiraient les gens en secouant la tête, aux infos, dans la rue. Quel intérêt ? Ça ne fait que déranger tout le monde.

La bibliothécaire haussa les épaules.

À vous de me le dire, répondit-elle. Si ça ne sert à rien de protester, alors pourquoi êtes-vous là ?

Où est-ce que je peux trouver ces familles ? répéta Margaret, et Mme Adelman lui répondit qu'elle en connaissait une.

Elle se mit à suivre une piste de murmures. Le nom que lui avait fourni Mme Adelman la conduisit à d'autres : un ami, la sœur d'un voisin. J'ai entendu parler de quelqu'un. Je connais quelqu'un. Ni mails ni téléphones, rien qui puisse laisser des traces. Famille après famille, elle alla les trouver, munie du nom de la personne qui l'envoyait comme gage de confiance. Et elle les écouta.

Peu à peu, elle commença à comprendre comment ça marchait. Vous disiez quelque chose qui ne plaisait pas à quelqu'un. Vous faisiez quelque chose qui ne plaisait pas à quelqu'un, ou bien vous ne faisiez pas quelque chose et ça ne plaisait pas à quelqu'un. Vous étiez journaliste et vous écriviez un article au sujet des enfants placés, ou des délits de faciès contre les personnes d'origine asiatique, ou vous osiez remettre en question leur diabolisation. Vous postiez sur les réseaux sociaux quelque chose qui critiquait le PACT, les autorités ou l'Amérique. Vous aviez une promotion et votre collègue était jaloux. Ou bien vous ne faisiez rien du tout. Un beau jour, on sonnait à votre porte. Quelqu'un les avait appelés, disaient-ils, même s'ils ne donnaient jamais de nom, invoquant le respect de l'anonymat, valeur sacrée du système. Ça ne fonctionne, disaient-ils, que si les gens savent qu'on taira leur nom.

Ne vous en faites pas, ajoutait généralement un des policiers, je suis sûr que ce n'est rien. On est juste obligés de vérifier.

Parfois, en effet, ce n'était rien. Si vous aviez des relations, si vous montriez la déférence adéquate, ou bien si par hasard vous aviez un ami au cabinet du maire, au parlement local ou, encore mieux, au gouvernement fédéral, si, lors de l'enquête de moralité, on s'apercevait que vous aviez donné de l'argent aux bons groupes, ou si vous aviez l'intention d'en donner à présent, alors peut-être que vous pouviez convaincre que vous n'inculqueriez jamais des idéologies dangereuses à votre enfant. Mais, le plus souvent, ce n'était pas rien. Le plus souvent, quand la police arrivait, il y avait quelque chose. Vous aviez fait quelque chose, dit quelque chose, vous n'aviez pas fait quelque chose, ou pas dit quelque chose. Si vous n'aviez pas assez d'argent ou d'influence pour acheter votre salut, ils finissaient par prendre votre enfant, le faisaient monter sur la banquette arrière d'une voiture stationnée au préalable devant chez vous, et vous ne les revoyiez plus.

Margaret avait cru qu'il s'agissait juste d'une poignée de cas extrêmes, ceux dont on parlait aux infos – des cas en vue, qui servaient d'exemples. Mais la plupart du temps, apprit-elle à mesure qu'elle rencontrait les familles, ça se passait sans bruit. Personne n'était au courant, les enlèvements et les placements n'étaient annoncés nulle part. Les familles elles-mêmes ne disaient rien : parler du PACT revenait à se plaindre du PACT, ce qui ne ferait que prouver leur déloyauté. La plupart restaient donc silencieuses en espérant que, devant leur silence, ce qu'on leur avait pris leur serait rendu. Les gens commencèrent à garder leurs enfants plus près d'eux, à tenir leur langue. Ils évitaient de mentionner le PACT tout court, de crainte d'être les prochains sur la liste. Éditeurs et producteurs maniaient plus librement leur stylo rouge : ne disons pas cela, mieux vaut ne froisser personne. C'était un processus si lent qu'on pouvait même ne pas s'en apercevoir, comme quand le ciel passe du crépuscule à la nuit. Le calcul que tout le monde faisait avant d'ouvrir la bouche, avant de poser les doigts sur le clavier : est-ce vraiment important à dire ? Vous jetiez un coup d'œil au petit lit à barreaux dans le coin, à votre enfant qui jouait sur la moquette.

Il lui suffit de discuter avec cinq familles pour comprendre : ça concernait plus de gens qu'elle n'imaginait, plus de gens qu'elle ne l'aurait jamais cru. Ça se produisait depuis des années et elle ne l'avait jamais su.

Non, rectifia-t-elle intérieurement : elle n'avait jamais choisi de savoir.

Après la rencontre de la septième famille, elle se trouva à court d'argent. Et puis elle devait rester prudente : les passants ne la reconnaissaient peut-être pas spontanément, mais si des policiers la contrôlaient, sous n'importe quel prétexte, ils exigeraient de voir ses papiers et tout tomberait à l'eau. Elle avait un faux permis de conduire peu convaincant, acheté pour cent dollars dans une arrière-cour : un autre nom, la photo d'une autre femme chinoise qui ne lui ressemblait en rien à part pour la raie dans les cheveux et la méfiance sur le visage. Les policiers vérifieraient dans leur système et démasqueraient la fraude immédiatement. À partir de là, tout s'enchaînerait : ils l'arrêteraient pour usage de faux papiers, pousseraient l'enquête un peu plus loin, ressortiraient les dossiers des personnes recherchées, et ils ne mettraient pas longtemps avant de découvrir sa véritable identité. Margaret Miu : des dizaines de chefs d'accusation à son nom pour trouble à l'ordre public, un pour chaque poster anti-PACT et chaque manifestant brandissant ses mots. Et désormais responsable également de la mort de Marie.

Elle se déplaçait donc avec précaution, en privilégiant les petites rues, en prenant soin de ne pas attirer l'attention. Elle pensait à ses parents, au mantra de toute son enfance : *ne te fais pas remarquer.* Les choses avaient si peu changé depuis tout ce temps, c'était juste un peu plus voyant à présent. Elle réentendait en pensée la voix incrédule de sa mère lors de leur dernier coup de téléphone, elle se représentait le visage de son père dans les secondes avant d'être poussé. Tous les deux ignorant ce qui se préparait.

Cache-toi, lui auraient-ils dit. *Tête baissée, invisible.* Mais elle ne voulait pas se cacher. Elle comprenait maintenant qu'il y avait infiniment plus d'histoires que ce qu'elle avait imaginé. Chaque personne à qui elle parlait en connaissait une autre, parfois deux ou trois autres. Elle faisait les comptes dans sa tête. Trop d'histoires pour les ignorer. Comment était-il possible que ça ne se sache pas ?

Le bus la déposa à Chinatown et elle marcha des kilomètres et des kilomètres vers le nord, en suivant la Troisième Avenue dans le sens des numéros ascendants. Le même itinéraire que son fils emprunterait quelques années plus tard. Tout en marchant, elle se remémora ses longues excursions vers les beaux quartiers, après le couvre-feu, depuis l'appartement où elle s'entassait avec Domi, son ex et la sœur de l'ex, jusqu'au paisible nid doré qu'elle partageait avec Ethan. Elle se souvenait encore des carrefours où il y avait des policiers, des coins où elle risquait de moins passer inaperçue, aussi elle n'hésitait pas à faire de grands détours pour les éviter, prenant des chemins de traverse jusqu'à ce qu'elle soit sûre d'être hors de danger. En arrivant enfin sur Park Avenue, elle la reconnut tout de suite : la grande maison en briques rouges et ses immenses portes vertes, surplombées d'une fenêtre ronde centrale, comme l'œil attentif d'un cyclope.

Bonjour, dit-elle lorsque la porte s'ouvrit sur un homme blanc d'une cinquantaine d'années, paré d'un pompeux costume bleu marine et d'un air révérencieux. C'est toujours la résidence de la duchesse ?

Quand Margaret fut enfin autorisée à traverser le vestibule pavé de marbre et à monter le majestueux escalier, elle était là. Un peu plus empâtée, un peu plus vieille. De nouvelles rides entre le nez et le menton, encadrant sa bouche comme deux parenthèses. Les yeux fatigués, légèrement cernés. Mais toujours la même.

Tiens, tiens, dit Domi. Regardez qui voilà.

Elle n'avait jamais imaginé revoir Domi. Pas après la façon dont elles s'étaient quittées, pas après la dernière chose que Domi lui avait dite : *Vendue ! Salope ! Va te faire foutre !* Elle l'avait chassée de son esprit ; elle avait rangé dans la plus petite boîte possible les moments qu'elles avaient partagés ensemble et l'avait refermée hermétiquement. Puis, des années plus tard, en survolant les nouvelles sur son écran pendant que Bird faisait la sieste, elle était tombée sur un titre : la plus grosse donation jamais faite à la bibliothèque de New York. Le nom dessous lui avait sauté au visage comme un fantôme jailli des ténèbres. *L'héritière de l'électronique Dominique Duchess.* La société Duchess Technologies. Et une photo. La dernière fois qu'elle l'avait vue, Domi portait une veste d'homme en cuir et une paire de bottes en caoutchouc à semelles crantées qui avaient appartenu l'une comme l'autre à Margaret. Le blond de sa queue-de-cheval était terni de sueur et de crasse. Sur la photo, elle était impeccable, en tailleur Chanel. Elle avait le brushing doré court sévère dont elle s'était toujours moquée : la coiffure des femmes de riches, comme elle l'appelait, en référence à sa belle-mère.

Margaret avait parcouru l'article. Nouvelle directrice de Duchess Technologies. Fondée par son défunt père, et dont elle avait hérité à sa mort. Des composants audio d'avant-garde – les plus petits, les plus légers – qui avaient révolutionné la technologie des téléphones portables. Et la légende : *Mme Duchess, chez elle à son domicile de Park Avenue*.

Margaret se souvenait de cet exceptionnel hôtel particulier appartenant à une seule et même famille, de ses numéros dorés qui brillaient sur la brique rouge, de la lanterne au-dessus de l'entrée, vert patine, suspendue par deux volutes en fer forgé identiques. Des serpents, avait commenté Domi en levant les yeux vers eux. Quand j'étais petite, je croyais que c'étaient des serpents. Elles avaient faim ce jour-là. Margaret se souvenait de son estomac qui grondait. De ses pieds en feu. Du bruit de leur crachat sur le trottoir. *Va te faire foutre !* avait crié Domi vers les fenêtres de l'étage. Puis, quand le visage de son père était apparu derrière la vitre, elle avait attrapé Margaret par la main et elles avaient sauté sur leur vélo pour s'enfuir en riant, pédalant de toutes leurs forces jusqu'à avoir des crampes aux cuisses.

Domi avait donc fini par appeler papa. Margaret avait fermé l'onglet de son navigateur. Toi aussi, Domi, va te faire foutre, avait-elle pensé.

Mais au cours des années suivantes, Domi n'avait cessé de ressurgir çà et là, par petits flashs. Des donations à des foyers pour femmes, à des banques alimentaires, à des groupes syndicaux. Des donations à des services de santé. À des bibliothèques, toute une ribambelle, aux quatre coins de New York et du pays. Margaret observait en essayant de déchiffrer ces actes à l'aune de la Domi qu'elle avait connue, comme on lève dans la lumière une enveloppe scellée. La veille de son départ, elle avait griffonné sur un bout de papier cette adresse sur Park Avenue – la seule personne qui pourrait éventuellement l'aider, la dernière personne en vie, à part Ethan, qui s'était jamais souciée d'elle – et elle l'avait cachée dans l'endroit le plus sûr auquel elle avait pu penser, car c'était trop douloureux de partir sans laisser ne serait-ce qu'une miette de pain derrière elle.

Et c'était là qu'elle se retrouvait à présent. La vie avait de curieuses symétries, songea-t-elle. Des années plus tôt, elle avait quitté Domi pour se réfugier auprès d'Ethan ; maintenant c'était l'inverse. Domi effleura le bras de Margaret. Ses mains, autrefois rougies et gercées par le froid alors qu'elles serraient celles de Margaret dans la nuit, étaient douces et pâles, comme de la pâte tout juste levée. Margaret l'embrassa sur la joue, qui elle aussi était tendre, au point qu'elle s'attendit presque à y voir l'empreinte de ses lèvres.

Ça fait plaisir de te voir, dit Domi.

Au bout du compte, Domi aussi avait décidé de se cacher. Au plus fort de la Crise, à peu près au moment où Margaret avait quitté New York, elle avait téléphoné à son père. Aide-moi, avait-elle demandé, et il lui avait envoyé un chauffeur dans l'heure. Il l'avait exfiltrée de la ville pour la mettre à l'abri à la campagne, un chalet d'été dans le Connecticut qu'elle n'avait pas revu depuis son enfance, que son père avait fait construire à l'époque où les terrains n'étaient pas chers, avant que sa société décolle, avant qu'ils aient vraiment de l'argent. Quand il n'était encore que Claude Duchess, un jeune homme d'affaires arriviste ; quand sa mère était encore en vie. Au fil des années, comme sa société grossissait, il avait acquis les parcelles de terrain voisines, se taillant une poche de nature de plus en plus vaste tout autour. Il avait ajouté un puissant groupe électrogène, une nouvelle couche de peinture, mais on décelait encore les traces de ce que ça avait été, juste une modeste bicoque à l'écart de tout, au bord d'une petite crique rocheuse. Alors, quand il voulait fuir les convulsions de la ville, quel meilleur endroit que là, dans le passé, un temps où tout était encore à venir pour lui, où le monde n'était fait que de possibles ? La seule de toutes ses maisons où ils n'avaient pas à entendre les manifestations dans la rue, ni le silence sinistre entre elles, où il n'y avait rien que le roulement constant des vagues de l'océan, où ils pouvaient oublier qu'ils mangeaient de la brioche pendant que personne n'avait de pain.

Domi était entrée avec ses bottes coquées qui claquaient bruyamment sur le parquet ciré, les mains encore incrustées de la crasse de New York. Il y avait sa belle-mère qui lisait un magazine sur le canapé en cuir, mais sa chambre était exactement telle qu'elle s'en souvenait : telle que sa mère l'avait décorée quand elle était petite, tout en rose, dentelles et perles. Bienvenue à la maison, avait lancé maladroitement son père. Elsa lui avait fichu la paix de mauvaise grâce, et voilà comment ils avaient traversé la Crise tous les trois, en se tournant autour à distance, piégés comme des mouches dans l'ambre du passé. Leur fortune était aussi gigantesque qu'un paquebot monstre, si bien que les vagues et les courants qui ballottaient les plus petites embarcations la laissaient imperturbable. Ils avaient les moyens de commander ce dont ils avaient besoin, en payant le prix qu'il fallait, pendant aussi longtemps qu'il le faudrait. Ils n'avaient qu'à attendre que ça passe.

Quelques mois après l'adoption du PACT, le père de Domi et Elsa étaient en route pour les Maldives – un week-end de vacances pour fêter le retour à la « normale » – quand leur jet privé s'était écrasé dans le Pacifique. Tout était revenu à Domi : les villas à Malibu et en Provence, l'appartement dans le 16e arrondissement et la maison de Park Avenue ; l'empire électronique, plus petit qu'avant la Crise, mais qui continuait à produire des pièces cruciales pour les téléphones et les montres connectées, et qui suffisait encore largement à financer le reste. Mais également tous les secrets : des accusations émanant des usines de son père à Hanoï et Shenzhen, des plaintes au sujet des horaires de travail, des matériaux dangereux, des années de rapports mis sous le tapis. Les dons aux sénateurs qui avaient voté des réductions et des exonérations d'impôts pour les hommes comme lui, les mêmes qui par la suite soutiendraient le PACT et tout ce qui en découlerait. Tout cela lui revenait désormais, à elle d'en dresser le bilan, de l'évaluer et de le rembourser.

Je découvre peu à peu certaines des choses qu'il a faites, expliqua Domi. Pour moi, du moins c'est ce qu'il pensait.

Margaret et elle étaient assises sous le dôme vitré du patio – le jardin d'hiver, comme l'appelait Domi –, des verres de thé glacé transpirant dans leur main. Un petit carré de verdure bordé de thuyas en pots, creusé dans le ventre de cette maison forteresse. Sur les quatre côtés, les murs en brique de pièces remplies de meubles en bois massif et de tous les bibelots accumulés et conservés par son père. Au-dessus de leur tête, une épaisse vitre les protégeait de la pluie éventuelle. On ne pouvait ni les voir ni les entendre de l'extérieur ; pour la première fois depuis des semaines, Margaret avait l'impression de pouvoir reprendre son souffle. Pourtant elle se sentait comme un insecte dans un bocal.

Et maintenant ? demanda Domi. Qu'est-ce que tu vas faire ? Rester terrée ici à jamais, avec moi ? Acheter un faux passeport et quitter le pays ?

On sentait une légère pointe de moquerie dans sa voix, sans que Margaret puisse dire si c'était dirigé contre elle, ou contre Domi elle-même. Bien sûr, il y avait des endroits où il était possible de se cacher. Margaret pouvait prendre un nouveau nom, se mettre au vert. Garder la tête basse, repartir à zéro. Elle pensa de nouveau à ses parents, qui avaient passé leur vie à essayer d'éviter les ennuis, mais que les ennuis avaient quand même fini par rattraper au bout du compte. Peut-être que, parfois, l'oiseau qui levait haut la tête s'envolait ; le clou qui dépassait perçait le pied qui lui marchait dessus.

Non, dit-elle, je ne veux pas me cacher. Je veux autre chose.

L'idée n'était pas encore totalement formée dans sa tête, c'était juste un besoin : le besoin de compenser toutes ces années à choisir de détourner les yeux, à manquer délibérément de curiosité. À penser que ce n'était pas grave tant que c'était l'enfant d'un autre. Ça commençait à peine à germer, des graines tout juste en train de prendre racine : ce qu'elle allait faire de ces histoires, de ces messages d'espoir, d'amour, de bienveillance et de nostalgie. Elle allait se mettre en route pour les rassembler, comme des grains de riz glanés dans les champs après le passage de la batteuse. Elle en récolterait le plus possible.

J'ai besoin de ton aide, dit-elle à Domi.

Aux quatre coins du pays, de-ci de-là, elle suivit le flot des informations. Les e-mails pouvaient être piratés, les appels interceptés. Les bibliothèques, elles, partageaient sans cesse des livres, mettre en commun l'information faisait partie de leur travail. Des caisses allaient et venaient de l'une à l'autre, bourrées de merveilles réclamées par les lecteurs : textes rares sur des peintres obscurs, manuels de hobbies ésotériques. Il incombait ensuite aux bibliothécaires de trier ces ouvrages, de les étiqueter chacun avec une fiche portant le nom de l'emprunteur et de les déposer en rangées bien nettes sur l'étagère derrière le comptoir de prêt, n'attendant que d'être récupérés.

De temps en temps, cependant, un livre surnuméraire se frayait une petite place dans une caisse et débarquait par surprise dans quelque ville lointaine. Une erreur administrative, une simple étourderie humaine. Puisque personne n'était là pour les accueillir à l'arrivée, ces passagers clandestins étaient simplement mis de côté dans l'attente d'être renvoyés chez eux avec la caisse suivante. Personne ne remarquait, bien sûr, qu'un bibliothécaire les feuilletait nonchalamment, ni ne s'étonnait de trouver un bout de papier à l'intérieur. Les gens laissaient souvent des choses dans les livres qu'ils rendaient, et la plupart des bibliothèques avaient un tableau d'affichage où étaient punaisés ces objets égarés : marque-pages, bien sûr, mais aussi tickets de caisse, prospectus de voyage, cartes de visite, listes de courses, chèques annulés, cure-dents, bâtonnets d'Esquimau, couteaux en plastique, et même, une fois, une tranche de bacon dans un emballage de sandwich en plastique. Personne n'accordait beaucoup d'importance à ces choses, et personne ne faisait attention si un bibliothécaire retirait un petit mot d'un de ces livres clandestins, ou du tableau d'affichage, pour le mettre dans sa poche.

Les messages étaient brefs. Pour un non-initié, ils ressemblaient à des listes de cotes, une suite arbitraire de lettres, de chiffres et de virgules. Mais pour ceux qui guettaient ces ouvrages vagabonds, qui recueillaient ces missives de leurs lointains collègues, ils en disaient long. Ils contenaient sous forme cryptée les noms d'enfants enlevés, ainsi qu'une description succincte. Les noms et les adresses de leur famille. Dans tout le pays, un réseau éparpillé de bibliothécaires notaient ces informations, les compilaient avec l'annuaire qu'ils avaient dans la tête, les recoupaient avec les enfants placés dont ils avaient pu avoir vent. Certains conservaient une liste écrite qu'ils tenaient à jour, mais la majorité, par prudence, préféraient se fier uniquement à leur mémoire. Un système imparfait, mais les cerveaux des bibliothécaires étaient des endroits spacieux. Chacun avait ses propres raisons de prendre un tel risque, et bien que la plupart n'auraient jamais l'occasion de partager ces raisons avec les autres, ni même de les rencontrer *de visu*, tous avaient en commun le même fol espoir de réussir à faire une paire, de pouvoir renvoyer un mot, coincé entre deux pages, avec la nouvelle adresse d'un des enfants disparus. Un message pour rassurer les parents en leur disant que leur enfant existait toujours, quand bien même loin d'eux, mettant ainsi un fond au trou béant de leur perte. Les bibliothécaires, plus que quiconque, comprenaient la valeur du savoir, même quand une information ne pouvait pas être utilisée dans l'immédiat.

De tels messages restaient rares, bien qu'une poignée d'enfants aient déjà été retrouvés. Le plus souvent, les petits mots étaient mémorisés ou recopiés à la va-vite, puis glissés dans un nouveau livre afin d'être transmis à la ville suivante via une prochaine caisse, les listes des enfants disparus et des enfants placés s'allongeant respectivement comme les deux dents d'une longue fourchette pointue. Il y avait tellement de noms, et le réseau était peu fourni, décousu, dépendant de la mémoire et de la chance : deux points devaient s'aligner assez longtemps pour que quelqu'un fasse le rapprochement et les relie d'un trait. Entre-temps, la seule chose à faire était de retenir ces informations par cœur et de les diffuser : à la bibliothécaire suivante, à la ville suivante et – quand elle arrivait à les en convaincre – à Margaret.

Un par un, elle dénichait les parents auxquels on avait retiré un enfant, ceux qui attendaient en vain que ce trou dans leur vie cicatrise. Elle les rencontrait pendant leur pause déjeuner, sur un banc dans un parc, elle faisait des tours de pâtés de maisons avec eux, leur tenant leur cigarette, prenant tout le temps dont ils avaient besoin. S'ils voulaient, parfois elle leur parlait de Bird, elle leur disait ce qui lui manquait le plus de lui, à savoir tout. D'autres fois, elle attendait simplement avec eux, aussi longtemps qu'il le fallait. Des journées entières de visite passées dans le silence, trois heures à rester assis au parc sans rien dire. Un kilomètre de marche dans la rue, deux kilomètres, cinq. Jusqu'à ce qu'ils lui fassent confiance. Jusqu'à ce qu'ils aient envie de parler. Jusqu'à ce qu'ils veuillent partager leur histoire.

Racontez-moi, disait-elle. Ce que vous avez envie de leur dire. Ce que vous avez envie qu'ils entendent. Ce dont vous vous souvenez encore. Elle notait tout, tel que ça sortait.

Elle s'aperçut que ça ne concernait pas seulement des familles d'origine asiatique, mais aussi des journalistes blancs qui avaient enquêté sur les placements d'enfants, des activistes latinos qui avaient organisé des manifestations. Tous n'acceptaient pas de lui parler. Certains se méfiaient d'elle, avec sa tête de Chinoise. *C'est vous qui avez provoqué la Crise, et vous voudriez qu'on s'apitoie sur votre sort ?* Certains Américains d'origine asiatique ne lui faisaient pas confiance non plus, persuadés qu'elle ne ferait qu'aggraver les choses. Ils avaient vu ce qui se passait quand ils l'ouvraient ; à présent, échaudés, ils secouaient la tête et lui claquaient la porte au nez sans un mot.

D'autres étaient en colère. *Si vous n'aviez pas écrit ce poème, ça ne serait jamais arrivé.* D'autres encore pensaient qu'elle avait délibérément encouragé les manifestations, qu'elle était derrière tout ça. Elle ne discutait pas, n'essayait pas d'expliquer alors que leurs voix la pourchassaient dans le couloir, jusque sur le trottoir. D'autres enfin avaient peur : des familles sans papiers, qui vivaient dans la terreur des descentes de police, voire pire. Il y avait aussi ceux qui lui reprochaient d'arriver trop tard. Une vieille Amérindienne de la tribu des Chactas, dont la petite-fille avait été enlevée, dévisagea Margaret un long moment d'un air las, avant de desserrer les dents.

Vous croyez que c'est nouveau ? dit-elle en secouant la tête.

Margaret écoutait. Et commençait à apprendre : il n'y avait rien de nouveau sous le soleil. Elle entendait parler des écoles dans lesquelles les enfants amérindiens étaient tondus et déshabillés, rebaptisés, rééduqués, puis renvoyés chez eux brisés et traumatisés – ou jamais renvoyés du tout. Des enfants qui franchissaient des frontières dans les bras de leurs parents pour finir enfermés dans des entrepôts, seuls et terrorisés.

De ceux qui allaient de famille d'accueil en famille d'accueil, ballottés comme des boules de flipper, au point que leurs propres parents perdaient parfois leur trace. Autant de choses qu'elle avait ignoré jusque-là. Il y avait une longue histoire d'enfants enlevés à leur famille, sous des prétextes différents mais toujours pour les mêmes raisons. Une rançon des plus précieuses, une épée de Damoclès au-dessus de la tête des parents. C'était l'effet inverse d'une ancre : une tentative pour aller arracher au fond des gens toute forme d'altérité, l'étrangeté perçue comme une herbe invasive, quelque chose de haïssable, quelque chose à craindre et à éradiquer.

Mais la plupart des parents étaient avides de parler, intarissables. Elle notait la façon dont leurs enfants avaient été enlevés, ce qu'ils avaient envie de leur dire, les souvenirs les plus chers qu'ils n'oublieraient jamais, les choses qui avaient besoin d'être dites mais qu'ils n'osaient pas dire eux-mêmes. Elle essayait de tout sauvegarder, toutes les histoires tues et cachées, tous les visages et les noms trop précieux pour être oubliés. Elle les griffonnait sur un calepin qu'elle conservait dans le bonnet gauche de son soutien-gorge, d'une écriture si menue qu'il fallait presque une loupe pour pouvoir la lire. Quand ce premier calepin fut plein, elle en acheta un deuxième, puis un troisième, glissant les anciens dans la poche de son jean, ou dans ses chaussettes. Elle les gardait sur elle. Le soir, elle les feuilletait pour graver les noms et les histoires dans son cœur, chaque mot hanté par le souvenir de Bird et d'Ethan.

Au début, c'étaient les bibliothèques qui l'accueillaient pour la nuit. Certaines avaient des salons et des canapés, parfois même des douches pour le personnel, datant de l'époque où les gens venaient encore travailler à vélo. Une fois que les bibliothécaires étaient rentrés chez eux, elle déambulait jusqu'à ce qu'elle se trouve un petit coin tranquille, loin des fenêtres. Abritée derrière une haute étagère, elle déroulait son sac de couchage. Alors, tandis qu'elle essayait de se mettre en condition pour dormir, elle s'autorisait le luxe douloureux de penser à Ethan et à Bird. La journée, elle les chassait de son esprit, mais dans le calme de la nuit, les chiffons qu'elle avait fourrés pour boucher les interstices de son cerveau se desserraient et les laissaient à nouveau s'insinuer, comme du brouillard.

Le réconfort ferme et ample du corps d'Ethan lové contre son dos lui manquait, le calme qui l'enveloppait chaque fois qu'elle était près de lui. Il y avait tellement de choses qu'elle aurait voulu lui raconter : les histoires qu'elle avait entendues, les familles qu'elle avait rencontrées, toutes les choses qui auraient été plus faciles à endurer ensemble. Les petites joies aussi : la libellule vert argent qui s'était posée sur son bras et qui avait figé ses ailes un instant avant de s'envoler à nouveau ; le rouge improbable des feuilles d'érable qui commençaient à tomber – des choses qui lui paraissaient seulement à moitié réelles quand elle ne pouvait pas les partager avec lui. Et Bird : il était le creux vers lequel son esprit, comme l'eau, coulait inévitablement. Quelle taille faisait-il à présent ? Lui arriverait-il au nez ? Aux sourcils ? Pourrait-il la regarder droit dans les yeux ? Avait-il toujours les cheveux coupés court ou bien les avait-il laissés pousser en bataille, est-ce qu'ils lui tombaient dans les yeux, étaient-ils encore du même châtain que ceux d'Ethan ou avaient-ils foncé avec l'âge, devenant couleur café, ou même aussi bruns que les siens ? Avait-il perdu ses dernières dents de lait et, si oui, Ethan les avait-il récupérées sous son oreiller pour les garder, d'ailleurs Bird mettait-il encore ses dents sous l'oreiller ou avait-il cessé de croire à ce genre d'enfantillages ? Que s'était-il passé à l'école aujourd'hui, avait-il pouffé à la blague d'un copain, quelqu'un était-il méchant avec lui, est-ce qu'il pleuvait là où il se trouvait, et dans ce cas, avait-il pensé à prendre son imperméable ou était-il trempé jusqu'à l'os ? À quoi rêvait-il, loin là-bas, dormait-il toujours avec un bras replié sur le visage comme pour se bander les yeux, faisait-il plutôt des rêves ou des cauchemars, apparaissait-elle parfois dedans, se rappelait-il d'elle tout court, et si oui, était-ce avec de l'amour ou de la haine ? Elle se détestait dans ces moments-là, quand elle essayait de se représenter le visage de Bird et savait que ce dont elle se souvenait était de plus en plus éloigné de la vérité, qu'elle avait raté trop de choses à jamais irrattrapables.

La plupart des nuits, elle se relevait pour déambuler dans la bibliothèque vide, sans oser allumer les lumières mais en se guidant dans le labyrinthe des rayonnages, laissant ses doigts courir sur le dos des livres. Elle finissait par en prendre un qui avait retenu son attention au toucher et retournait se coucher avec, en s'immergeant dans ce qu'il avait à dire. Peu importait le sujet : les langages de programmation, les bases de l'électronique, la gastronomie française. L'évolution de la patte du panda. Une nuit, elle s'aperçut qu'elle avait choisi la biographie d'une poétesse : Anna Akhmatova. Akhmatova était tellement aimée en Russie, était-il dit, qu'on y trouvait des figurines en porcelaine la représentant, vêtue d'une robe à fleurs grise et d'un châle rouge. En 1924, apparemment, la plupart des foyers en possédaient une, bien que ce soit impossible à vérifier car beaucoup de ces figurines avaient été par la suite détruites durant la Terreur. On avait interdit à Akhmatova d'écrire, pourtant elle écrivait quand même. Sur ses amis, qui avaient été arrêtés et mouraient dans des camps de prisonniers. Sur son ex-mari, exécuté pour trahison. Mais surtout sur son fils, détenu dans une prison où elle se rendit tous les jours bien qu'on ne lui permît jamais d'y entrer. Et enfin, de façon déchirante, elle écrivait sur Staline – des éloges enthousiastes, fleuris, dociles –, en espérant que ses compliments le convaincraient de gracier son fils, ce qui ne fut pas le cas. Des années plus tard, lorsque son fils finit par être libéré, il pensait que sa mère n'avait rien fait pour le sortir de là, qu'elle se souciait davantage de sa poésie que de lui, et leur relation ne fut plus jamais la même.

Margaret se répéta cette histoire en boucle, afin de ne pas l'oublier.

Il était une fois, en Russie, une poétesse à qui l'on avait interdit d'écrire. Plutôt que le silence, elle choisit le feu. Toutes les nuits, elle notait ses vers sur des bouts de papier, en les peaufinant encore et encore, en les apprenant par cœur. À l'aube, elle approchait une allumette du papier et réduisait ses vers en cendres. Année après année, ses mots répétèrent ce cycle – résurrection dans le noir, mort aux premières lueurs –, jusqu'à ce que leur vie finisse par être gravée en lettres de flamme. La poétesse murmurait ses poèmes à l'oreille de ses amis, qui les mémorisaient et les emportaient cachés sous leur langue. De bouches en oreilles, ils les transmirent à d'autres, jusqu'à ce que le monde entier bruisse des vers perdus de la poétesse.

Le lendemain matin, la bibliothécaire la retrouva la tête affalée sur la page, les lettres tatouées en miroir sur la joue.

Comme elle recueillait de plus en plus d'histoires, une chose étrange commença à se produire : certaines familles l'invitaient chez elles, lui proposaient de partager leur table, lui offraient leur chambre d'amis si elles en avaient une, le canapé sinon, une couverture pliée à même le sol quand c'était le mieux qu'elles pouvaient. Les doux bruits nocturnes d'une maisonnée la réconfortaient : le léger frottement de pantoufles se traînant dans le noir de la chambre aux toilettes et retour ; les murmures enchevêtrés d'adultes parlant à voix basse, même s'il n'y avait plus d'enfants à ne pas déranger ; les discrets craquements et grincements d'une maison au repos, comme si, une fois ses occupants endormis, elle pouvait enfin desserrer son corset et respirer. Mais ces bruits étaient aussi une punition pour elle : tard le soir, seule encore éveillée, blottie au cœur de la vie d'autres gens, Bird et Ethan lui manquaient d'autant plus, une douleur si cruelle que la pièce semblait se brouiller autour d'elle.

Une nuit, emmitouflée dans son sac de couchage sur le carrelage d'une cuisine, elle fut tirée du sommeil en sursaut par les mains d'un homme sur elle. Elle se dressa d'un bond, tous les muscles en tension, prête au combat. Mais non, c'était simplement le père de la famille qui déposait soigneusement une couverture sur elle. Mohamad, il s'appelait. Plus tôt dans la soirée, elle avait mangé du *maklouba* avec sa femme et lui en les écoutant lui raconter l'histoire de leur fils.

J'étais enfant quand les Twin Towers sont tombées, lui avait-il dit vers la fin. Quelqu'un a tagué des injures sur la porte de notre garage. Quelqu'un nous a cassé une vitre avec une brique. Mon père a accroché un immense drapeau américain à notre façade pendant quelque temps.

Il avait marqué une pause, et sa femme lui avait pris la main.

Aucun de nos voisins n'a rien fait ni rien dit pour nous aider, avait-il ajouté.

À présent, comme la nuit avait fraîchi, il était venu la border dans une couverture, avec la même tendresse qu'il l'aurait fait pour son enfant disparu.

Quand il fut parti, Margaret passa les paumes dessus et sentit une douceur inimaginable, chaude et duveteuse, comme la fourrure d'un luxueux animal, et elle sombra dans un profond sommeil. Au matin, elle se rendit compte que ce n'était qu'une couverture, bien sûr – une grande couverture en pilou sur laquelle était imprimée une gueule de tigre criarde. Les trois nuits suivantes, elle dormit sous cette peau de tigre – puisque c'est ainsi qu'elle se la figurait –, et en quittant l'appartement elle enlaça le couple et emporta en elle la chaleur de cette couverture comme une bénédiction.

Des kilomètres et des mois s'écoulèrent. Une année, puis deux. Elle mesurait le temps au regard de l'âge de Bird : désormais il avait dix ans, onze ans, onze et demi. La liste de ce qu'elle savait avoir raté ne cessait de s'allonger. Apprendre à nager, apprendre à danser ; de nouveaux centres d'intérêt et de nouvelles obsessions qu'elle ne pouvait qu'à peine imaginer. Un anniversaire, puis un autre. Ses journées étaient un brouillard de bus et de trains, d'errance fatiguée d'une ville à l'autre, et la nuit elle rêvait qu'elle planait très loin dans le ciel et qu'elle se voyait d'en haut, minuscule point noir traversant le paysage. Une mouche progressant péniblement sur une carte infinie.

Voilà ce qui la faisait tenir : de temps en temps, une information parvenait jusqu'à elle. Elle avait abandonné son téléphone en partant de chez elle, bien sûr, mais elle attrapait les bribes d'une émission de radio en passant devant une boutique, ou elle ramassait des journaux jetés sur le trottoir. Régulièrement, ils lui revenaient comme un écho, ses propres mots, pas sur des pancartes ni dans des manifestations cette fois-ci, mais mêlés à de curieux happenings, des choses si étranges – mi-protestation, mi-art – qu'elles retenaient l'attention des gens, ne leur donnant d'autre choix que de les remarquer ; des choses qui les perturbaient encore des jours et des semaines plus tard, leur laissant un nœud dans la poitrine. Des éclats qui ponctuaient le bruit blanc monocorde de ces journées interminables et la poussaient à continuer.

À Nashville, des statues étaient apparues dans la brume du matin, une centaine d'enfants fantômes sculptés dans la glace. « TOUS NOS CŒURS DISPARUS », disait un panneau enchaîné au cou d'un d'entre eux. La police avait débarqué, prête à dégainer les menottes, mais les coupables s'étaient déjà volatilisés. Juste un canular, avait rapporté un des policiers au commissariat par radio, ce n'est que de la glace. Mais, tout autour, les passants s'arrêtaient, pour une fois ébranlés dans leur routine. Si certains prenaient des photos, la plupart restaient simplement hypnotisés, ne serait-ce qu'un instant, regardant en silence les petits visages fondre et s'estomper tout doucement. Une personne tendit la main pour toucher ce qui avait été la joue d'une fillette et y imprima, en creux, la forme de son pouce. La police chassa les badauds, entoura la zone d'un cordon de sécurité et boucla le périmètre au cas où les coupables reviendraient. Il fallut presque toute la matinée pour que les statues se liquéfient, et pendant des heures les policiers en faction avaient aperçu aux fenêtres des gratte-ciel alentour les silhouettes des gens qui regardaient d'en haut les blocs se désagréger, et plus tard les flaques sombres là où s'étaient dressés les enfants.

À Des Moines, un matin, l'artère principale s'était retrouvée peinte en rouge sur des centaines et des centaines de mètres. Sur les images aériennes des hélicoptères de télévision, on aurait dit un fleuve de sang coupant la ville en deux. À l'endroit du trottoir où ce fleuve prenait sa source étaient peints au pochoir les mots : « RENDEZ-NOUS NOS CŒURS DISPARUS ». Les premiers piétons tombèrent dessus alors que la peinture était encore fraîche et laissèrent en s'éloignant des empreintes de pas qui devenaient de moins en moins distinctes, jusqu'à s'effacer. Le soir même, et pendant des jours et des semaines après, les gens trouvaient des traces rouges sur les semelles de leurs chaussures, les revers de leur pantalon, les manches de leur veste, et se figeaient avec un coup au cœur en pensant à du sang, se palpant pour chercher la plaie.

À Austin, devant la résidence du gouverneur, un cube de béton géant fendu en son milieu, un pied-de-biche posé à côté. Quatre lettres gravées au burin sur le cube : PACT. Et sur le pied-de-biche : « NOS CŒURS DISPARUS ». Un par un, les passants ramassaient le pied-de-biche et le soupesaient, mais personne n'osa l'introduire dans la fissure, et en arrivant les policiers le confisquèrent comme une arme dangereuse. Puis ils chargèrent et emportèrent le cube sur un pick-up.

Les autorités ne faisaient jamais de déclaration officielle, espérant éviter toute publicité, mais ces événements étaient tellement bizarres, tellement tape-à-l'œil, qu'ils attiraient nécessairement l'attention. Chaque fois, dans les jours qui suivaient, des photos inondaient les réseaux sociaux et devenaient virales ; les gens qui s'étaient trouvés sur place et avaient vu ça de leurs propres yeux faisaient circuler des témoignages et des vidéos. Les journaux qui auraient pu ignorer une manifestation envoyaient des photographes et des reporters sur les lieux. Juste des canulars, répondaient certaines autorités quand on leur soutirait des commentaires. Des canulars dénués de sens. D'autres employaient des mots plus durs : subversion, menace contre la société civile. La ville de Des Moines avait dépensé cent mille dollars pour repeindre la chaussée en noir.

Mais ça continuait et Margaret, sur la route, observait. Elle remarquait que les gens se plaignaient des manifs qui bloquaient la circulation, de leur inanité et de la gêne occasionnée, mais il y avait quelque chose dans ces curieux happenings qui retenait leur attention et la conservait. Elle repérait des passants qui s'arrêtaient sur le trottoir le temps de zoomer sur les photos affichées sur leur téléphone ou de lire un article sur le sujet avant de jeter leur journal à la poubelle. Elle surprenait des bribes de conversation au coin d'une rue, sur un quai de métro, à la terrasse d'un café. Sur un ton qui n'était ni de l'agacement ni du mépris, mais de la curiosité, et parfois même de la jubilation devant l'étrangeté inattendue de ces apparitions. *Tu as vu ?*

Tu as entendu ? C'est fou, non ? À ton avis, qu'est-ce que… ?

Au moment des onze ans de Bird, ces happenings étaient presque mensuels. Chaque fois qu'elle y reconnaissait ses mots, elle éprouvait un accès de joie qui la revigorait… tout en sachant qu'à chaque mention de « cœurs disparus », une nouvelle ligne apparaissait dans son dossier. Une nouvelle chose dont elle serait tenue pour responsable, bien qu'elle n'en sache pas plus que n'importe qui. C'était comme si ces mots étaient devenus une créature indépendante, partis vivre leur vie – ce qui, au fond, était le cas. Comment appeler ça ? Sûrement pas de la fierté, car elle ne pouvait pas s'arroger le mérite de leurs accomplissements, seulement s'émerveiller de l'extérieur des choses que cet *être* avait fini par réaliser sans elle. Ça lui donnait du courage, l'idée que d'autres qu'elle pensaient aux enfants disparus. Chaque happening dont elle entendait parler rechargeait ses batteries dans les moments où son périple et le poids des histoires recueillies l'avaient mise à plat. On n'a pas oublié, semblaient-ils dire, et toi ?

Qui fait ça ? demanda-t-elle un jour à une des bibliothécaires. Qui est derrière ?

Ces canulars artistiques ? grimaça la femme.

Margaret avait déjà remarqué un certain dédain pour ces manifestations de la part des bibliothécaires – et on pouvait comprendre que, pendant qu'ils rassemblaient laborieusement des miettes d'information, tenaient des listes à jour et s'efforçaient de garder des traces, ces happenings puissent leur sembler triviaux, frivoles et racoleurs.

Qu'est-ce qui vous fait croire que c'est toujours les mêmes gens ? dit la bibliothécaire en faisant glisser sur le comptoir le nom d'une nouvelle famille.

Margaret la remercia et partit. Car il y avait sans cesse plus d'enfants, plus d'histoires. C'était comme ramasser des coquillages sur la plage : encore un, encore un, et un autre. Chaque vague en déposait de nouveaux sur le sable mouillé et brillant. Chaque coquille était la relique d'une créature désormais disparue. Bird avait presque douze ans, et il y en avait toujours d'autres. Elle pouvait continuer à l'infini, sillonner le pays en long et en large. À compter les histoires en une ligne qui s'allongerait sans fin.

Un jour, à bout, elle envoya une carte postale. Sans message, juste un dessin. Un chat près d'une petite porte. Un indice, s'ils en voulaient bien ; une invitation à trouver le mot qu'elle leur avait laissé. À la trouver, elle. En la glissant dans la boîte aux lettres, elle l'imagina voleter de sacs en camions, jusqu'au pas de leur porte. Elle attendit, attendit, mais aucune réponse n'arriva.

De temps en temps, elle réessayait, chaque carte gagnant un chat supplémentaire, ou deux, ou cinq, de plus en plus petits, jusqu'à ce que toute la carte soit pleine, l'armoire réduite à la taille d'un timbre-poste, puis d'une pièce d'un centime, puis d'un ongle. Il n'y avait jamais de réponse. Le jour des douze ans de Bird, elle prit un risque, se mit en quête d'une des dernières cabines téléphoniques existantes et composa leur ancien numéro. La ligne était hors service. Désormais, Bird avait vécu un quart de sa vie sans elle ; peut-être ne se souvenait-il même pas de son existence. Peut-être que c'était mieux comme ça.

C'est alors qu'elle décida d'une date : le 23 octobre. Trois ans jour pour jour après être partie. Ce jour-là, elle le ferait. En septembre, elle écrivit à Domi. Le moment est venu, disait-elle. Tu peux me trouver un endroit où loger ? Domi, bien sûr, lui avait proposé de l'héberger, mais Margaret avait refusé.

Un endroit loin de tout, avait-elle précisé, quelque part où personne ne me cherchera. Où je ne te ferai pas plonger avec moi si je suis prise.

Une semaine après, elle était arrivée à New York et avait rejoint la maison abandonnée à Brooklyn. Le lendemain, elle était sortie dans la ville, bonnet baissé sur les yeux, à la recherche de bouchons de bouteille.

J'ai quelqu'un, déclara la bibliothécaire.

Astoria, dans le Queens : une succursale de quartier. Margaret était déjà à New York depuis deux semaines, à camper dans la maison abandonnée, à faire les derniers préparatifs, à garnir ses bouchons. Plus que deux semaines. Elle allait devoir arrêter de collecter des histoires, elle en avait déjà plus que ce qu'elle pourrait utiliser. Mais elle n'avait pas envie d'arrêter. Elle avait envie de toutes les dégotter une par une, bien qu'elle sache que c'était impossible, car il y en aurait toujours de nouvelles.

La bibliothécaire baissa la voix, même s'il n'y avait personne d'autre dans la salle de lecture, personne d'autre dans tout le bâtiment, rien autour d'elles que des rayonnages à moitié vides.

Pas une famille, poursuivit-elle. Une enfant.

Margaret se redressa. Pendant toutes ces années, elle n'avait pas parlé à un seul enfant replacé. Ils étaient bien cachés : une nouvelle ville, une nouvelle famille, un nouveau nom. Tout ce qui restait était le sillage de chagrin de leur absence, les trous effilochés qu'ils laissaient derrière eux. Les rares qu'ils avaient réussi à localiser étaient inaccessibles, cadenassés dans leur nouvelle maison, leur nouvelle vie. Ceux qui avaient été enlevés suffisamment jeunes ne se souvenaient parfois même pas de leur ancienne vie, de leur ancienne famille.

Elle a débarqué à la bibliothèque il y a deux mois, dans le bâtiment principal, expliqua la femme. Une petite fugueuse. De Baltimore, à l'origine. Un sacré caractère, ajouta-t-elle en pouffant à moitié. Elle est entrée d'un pas déterminé et leur a dit de but en blanc : J'ai besoin que vous m'aidiez à retrouver mes parents. Les mains sur les hanches, comme si elle leur passait un savon. Elle a raconté qu'elle s'était enfuie de sa famille d'accueil à Cambridge, près de Harvard.

Margaret sentit un frisson lui picoter la nuque. Cambridge ? répéta-t-elle. Quel âge a-t-elle ?

Treize ans. On essaie d'en savoir plus. Au début, ils l'ont beaucoup fait déménager, et il n'y a plus personne à l'adresse dont elle se souvient.

Je pourrais lui parler ? demanda Margaret, le cœur battant. Où est-elle ?

La bibliothécaire la dévisagea d'un air méfiant. Cet instant que Margaret connaissait si bien : quand les gens décidaient s'ils pouvaient lui faire confiance et, si oui, jusqu'à quel point. Combien d'infos pouvait-on lui lâcher, de combien pouvait-on entrebâiller la porte ?

La balance pencha en sa faveur.

Elle est dans une des succursales, répondit la femme. Je peux vous donner l'adresse. On l'a déplacée plusieurs fois, le temps de lui trouver un endroit à plus long terme.

Un peu plus tard, elle se tenait devant elle, assise en tailleur sur une paillasse de fortune. Deux grands yeux marron comme des étoiles étincelantes.

Margaret ? répéta-t-elle quand cette dernière se présenta. Vous êtes Margaret Miu ?

Et dans le silence abasourdi qui suivit, Sadie sourit.

Je connais vos poèmes, dit-elle. Et je connais aussi Bird.

Le gouvernement avait commandité une étude : les enfants de moins de douze ans, une fois enlevés à leurs parents, n'étaient pas capables de retrouver le chemin de chez eux sans assistance. Ceux de plus de douze ans étaient généralement envoyés dans un centre géré par l'État, tandis que les très jeunes pouvaient être placés en famille d'accueil. Sadie avait onze ans quand ils étaient venus la chercher.

Ils l'avaient bringuebalée à droite à gauche plusieurs fois d'affilée – d'abord en Virginie-Occidentale, puis à Érié, et enfin à Boston –, de plus en plus loin, comme s'ils essayaient de l'arracher à son orbite. Chez sa première famille d'accueil, elle avait appelé son ancien numéro : hors service. De la deuxième, elle avait envoyé lettre sur lettre, le code postal bien soigneusement écrit à l'encre, les enveloppes tapissées de timbres qu'elle volait. Pas de réponse, mais elle gardait espoir : peut-être que celle-ci était arrivée pile au moment où elle avait été transférée ; peut-être que, derrière elle, une ribambelle de courriers de ses parents la suivaient comme la queue d'un cerf-volant, toujours avec une étape de retard. Puis, dans sa troisième famille, à Cambridge, une lettre lui était revenue : « INCONNU À CETTE ADRESSE ».

Viens avec moi, avait-elle dit à Bird, mais finalement elle était partie seule.

Deux bus et un train pour retourner à Baltimore, grâce à l'argent chipé dans le portefeuille de son père adoptif. L'adresse était encore gravée dans sa mémoire bien que le visage de sa mère ait commencé à se brouiller. Sur place, tout lui avait paru d'une troublante familiarité : les tulipes du voisin, roses sur le fond vert de la pelouse ; le bourdonnement lointain d'une tondeuse dans l'air d'été. La même image que celle à laquelle elle s'était farouchement agrippée pendant deux ans.

Mais quand elle avait grimpé les marches en courant, la porte était fermée à clé. La personne qui était venue lui ouvrir était une femme blanche, inconnue. Un visage doux, des cheveux châtain clair attachés en chignon. Ma grande, il n'y a personne de ce nom ici, avait-elle dit.

Elle avait emménagé six mois plus tôt. Non, elle ne savait pas qui vivait là avant elle. Est-ce que Sadie avait besoin d'aide ? Y avait-il quelqu'un qu'elle pouvait appeler ?

Sadie s'était enfuie.

À la gare, elle était montée dans le premier train en partance, s'était pelotonnée sur un siège au fond d'un wagon et s'était réveillée dans le tohu-bohu de Penn Station, à New York. Seule et désorientée. Elle était sortie tant bien que mal du grand hall couleur rat, était passée devant les pigeons à une patte qui picoraient des miettes, devant les SDF qui brandissaient des pancartes en carton et agitaient des gobelets, devant la crasse des ordures dans le caniveau. Au-dessus de sa tête se dressait une canopée d'échafaudages, avec un filet qui cachait presque le panneau peint dessus : « ICI NOUS RECONSTRUISONS NYC POUR VOUS ». Encore au-dessus, des aiguilles de béton et de verre tentaient de percer les nuages.

Et puis, dans cette morosité ambiante, elle avait repéré les grandes arches grises à l'extrémité d'un petit parc.

Quand elle habitait à Cambridge, elle avait adoré le calme de la bibliothèque. Flâner entre les rayonnages, ouvrir et refermer les livres au hasard. Beaucoup n'étaient plus là, elle le savait, mais ceux qui restaient étaient des survivants. Elle les prenait sur les étagères, les feuilletait, les reniflait. Elle imaginait combien d'autres personnes avaient lu et manipulé ces livres avant elle.

Un jour, la bibliothécaire l'avait surprise. Sadie avait relevé la tête, le nez plongé dans sa lecture, et l'avait aperçue au bout de l'allée, l'air intrigué. Elles s'étaient souvent vues, bien sûr – en entrant et en sortant, tous les jours où elle venait –, mais jamais parlé. Sadie n'avait pas de carte de bibliothèque, ne demandait jamais d'aide, ne causait jamais d'ennuis. La bibliothécaire n'avait rien dit, mais Sadie avait brusquement refermé le livre, l'avait reposé sur l'étagère et avait déguerpi. Quelques jours plus tard, cependant, quand elle avait osé revenir, la femme lui avait fait signe d'approcher. Je m'appelle Carina, avait-elle dit. Et toi ?

Sadie avait mis un moment à le remarquer : elle n'était pas la seule à venir sans rien emprunter. De temps en temps, des gens allaient voir la bibliothécaire à son bureau, avaient avec elle d'intenses conversations chuchotées avant de repartir, visiblement pleins d'impatience, d'angoisse, d'espoir, ou les trois à la fois. Il arrivait aussi que des ouvrages indisciplinés atterrissent par erreur dans la caisse des retours : des livres de poche tout abîmés, de vieux manuels scolaires, parfois juste un magazine. Comme si quelqu'un s'était trompé en glissant l'objet dans la fente de la boîte de dépôt. Un jour, Sadie s'était faufilée pour en repêcher un discrètement dans la caisse. Un bout de papier entre les pages avec un nom, un âge, une description : un enfant déplacé, comme elle. La requête d'une famille, que le réseau allait crypter, mémoriser et faire circuler.

On colmate les fissures, avait reconnu la bibliothécaire. Là où on peut.

Si bien qu'en débarquant à New York après avoir perdu toute trace de ses parents, Sadie savait où aller. Quand elle avait vu la bibliothèque, elle avait eu l'impression d'un endroit sorti d'un conte de fées : un palais gardé par deux lions puissants, gris clair, impassibles. Elle avait gravi les marches et s'était hissée sur la pointe des pieds pour poser la main sur une de leurs gigantesques pattes, calant ses doigts entre les larges griffes, et ça lui était revenu comme un parfum dans la brise : une histoire que sa mère lui avait lue un jour. Une petite fille perdue, seule, aidée par un lion, le roi de ce lointain pays. Sadie avait regardé autour d'elle. Il y avait bien un réverbère. Et là, devant elle, la porte magique qui pourrait peut-être la ramener chez elle. La bibliothèque était quasiment déserte, c'était presque l'heure de la fermeture. Elle avait déambulé jusqu'à ce qu'elle trouve un coin tranquille, un vieux fauteuil au rayon jeunesse, où des affiches arborant un « LISEZ » étaient encore accrochées à des étagères à moitié vides. Elle s'y était recroquevillée et s'était assoupie avant d'être réveillée par une jeune femme qui lui tapotait l'épaule.

Bonjour, avait-elle dit à Sadie. On dirait que tu t'es perdue.

Vous êtes la mère de Bird, non ? demanda Sadie.

Margaret se palpa les hanches, le cœur, vérifiant la présence des carnets qu'elle portait sur elle depuis si longtemps qu'ils faisaient presque partie de sa chair.

J'étais, rectifia-t-elle.

Il m'a parlé de vous, répondit Sadie.

Margaret le prit comme un signe. Sadie, jeune, sans mère et sans peur. Après trois mois livrée à elle-même, mi-adulte méfiante, mi-enfant.

Je connais un endroit où la loger, annonça Margaret à la bibliothécaire.

Elle mit du temps à convaincre Domi.

Tu te fous de ma gueule, M., avait-elle protesté. Qu'est-ce que j'y connais aux gamins ?

Elles échangeaient des chuchotements féroces pendant que Sadie attendait, les bras croisés, sceptique, à l'autre bout du salon. Domi l'examinait du coin de l'œil et Sadie l'examinait en retour, l'air impérieux, sans se laisser décontenancer.

Tu sais aussi bien que moi que la maison abandonnée n'est pas un endroit pour un enfant, insista Margaret. Et de toute façon je ne peux pas m'occuper d'elle. J'ai trop à faire.

Qu'est-ce que tu attends de moi, au juste ? demanda Domi.

Que tu la gardes à l'abri. Juste le temps que je finisse. Et une fois que ce sera fait, on trouvera une meilleure solution. Peut-être qu'on arrivera à localiser ses parents. Mais il lui faut un endroit pour maintenant. Ça fait des semaines qu'ils la trimballent de bibliothèque en bibliothèque, et ils ne vont pas pouvoir la cacher indéfiniment. C'est déjà un miracle qu'ils aient réussi pendant tout ce temps.

Elle marqua une pause, avant d'ajouter d'un ton sec : À moins que tu sois trop à l'étroit ?

Elle embrassa du regard le gigantesque salon, le plafond au-dessus duquel une demi-douzaine de chambres étaient inoccupées.

Domi poussa un long soupir. Encore le signe, après toutes ces années, que Margaret avait gagné.

D'accord. Mais il faudra qu'elle se débrouille toute seule. Je n'ai pas le temps de faire du baby-sitting.

J'ai juste besoin qu'on change ma couche deux fois par jour, lança Sadie de l'autre bout de la pièce.

Domi ne put s'empêcher de rire.

Hmm, fit-elle. Au moins, elle a de l'humour.

Toutes les deux se jaugèrent longuement – la grande blonde en tailleur et talons hauts, la petite métisse en jean délavé et sweat à capuche –, et Margaret sentit alors passer entre elles le crépitement de deux âmes sœurs qui se reconnaissent.

C'est Sadie qui finit par dire à Margaret, quelques jours plus tard : Bird n'habite plus dans cette maison. Vous ne le saviez pas ? Ils ont déménagé dans une résidence du campus. Je peux vous indiquer laquelle.

Pourquoi tu ne me l'as pas dit plus tôt ? demande Bird. Pourquoi elle n'est pas venue me parler quand j'étais là-bas ?

On lui avait interdit de se montrer, explique Margaret. Pour que personne ne la repère et ne se mette à poser des questions. Tu la verras bientôt, promis. Mais j'avais besoin de ce temps avec toi. J'avais besoin de…

Elle s'interrompt, la pince figée dans la main.

Il y a quelqu'un, murmure-t-elle.

Bird l'entend aussi : du bruit à la porte de derrière. Il s'aperçoit qu'il pleut ; bien qu'il ne puisse pas voir la pluie à travers les fenêtres condamnées, dans le brusque silence il l'entend pianoter sur le contreplaqué, comme des petits doigts insistants. Et, par-dessus la pluie, ils perçoivent le cliquetis de quelqu'un qui essaie de tourner la poignée de la porte. Puis les *bips* étouffés du Digicode : un premier chiffre, un deuxième, un troisième.

Bird se tourne vers sa mère, guettant un signe de sa part. Combattre ou s'enfuir. S'armer de courage ou courir se cacher. Margaret ne bouge pas. Mille scénarios défilent dans son esprit, chacun pire que le précédent. Où vont-ils emmener Bird ? Et elle ? Reste calme, se dit-elle. Réfléchis. Mais ils n'ont nulle part où se cacher, et même si elle l'attrape par la main et qu'ils s'échappent par la porte principale, dans la rue, où pourraient-ils aller, sous la pluie, dans cette ville peuplée d'inconnus ? Entre quelles mains tomberaient-ils ?

Des pas résonnent dans le couloir sombre. Quelqu'un qui essaie d'avancer sans bruit mais n'y arrive pas. Puis la porte du salon s'ouvre dans un grincement. C'est la duchesse, dans un imperméable noir. Elle secoue les pieds pour sécher ses chaussures.

Putain, Domi ! s'exclame Margaret. Tu m'as foutu la trouille.

Elle laisse échapper un soupir de soulagement, et c'est ce qui perturbe Bird davantage que les gros mots, davantage même que cette visite inattendue : que sa mère aussi puisse avoir peur.

Tu ne voulais quand même pas que je sonne à la porte ? rétorque la duchesse. Ou que je te passe un coup de fil à l'avance ?

Margaret et elle échangent un haussement d'épaules, et Bird comprend : les téléphones portables peuvent être localisés, évidemment.

Quelle heure est-il ? demande Margaret.

Presque seize heures.

Je croyais qu'on avait dit demain matin.

La duchesse défait la fermeture Éclair de son imperméable et l'enlève, une manche après l'autre. Ses yeux se posent sur la table, le fouillis de fils électriques coupés, de bouchons en plastique et de piles boutons.

Donc tu es décidée à aller jusqu'au bout ? demande-t-elle.

Margaret se raidit.

Bien sûr, dit-elle.

Le regard de la duchesse balaie la pièce comme le faisceau d'un projecteur, illuminant des choses que Bird avait à peine remarquées jusque-là. La poubelle qui déborde dans un coin. Le gobelet en polystyrène des nouilles instantanées de la veille, encore luisant de gras, par terre à ses pieds. Bird lui-même, habillé pareil depuis trois jours, les cheveux en bataille, qui lui tombent à moitié dans les yeux.

Je pensais que les choses avaient peut-être changé, reprend-elle. Maintenant que…

Son regard s'arrête sur Bird.

Rien n'a changé, réplique Margaret sèchement.

La duchesse pose son imperméable sur le dossier du fauteuil. Comme toujours, elle se déplace tel un navire toutes voiles dehors, gonflée de détermination. Elle s'assied sur l'accoudoir du canapé, à côté de Margaret.

Tu peux encore revenir sur ta décision, dit-elle.

Margaret tripote la molette du fer à souder, le dégage de son support métallique, approche le bout de l'éponge mouillée, qui laisse échapper un léger chuintement de contrariété.

Il ne s'agit pas seulement de moi, rétorque-t-elle. Tu le sais très bien.

Sous la pointe du fer à souder, une goutte de métal fondu argenté scintille avant de refroidir en un gris terne. Les yeux de sa mère brillent telles des taches de soleil sur un lac ridé par le vent. Elle les cligne et les plisse, comme si elle avait du mal à faire le point.

Je n'ai pas le choix, poursuit-elle. Je leur ai promis. C'est quelque chose que je dois à… – elle hésite. Je le leur dois.

La duchesse pose une main sur la sienne, et Bird perçoit la tendresse qu'il y a dans ce geste. L'affection.

Margaret relève la tête pour croiser le regard de la duchesse, et celle-ci soupire – pas convaincue, mais résignée.

Dans ce cas, dit-elle, je viendrai chercher Bird demain matin.

Bird sursaute.

Me chercher ? demande-t-il. Pour aller où ?

Voir Sadie, s'empresse de répondre Margaret. Domi vous emmènera tous les deux à la campagne. Juste pour une journée. Le temps que je termine ce… – elle désigne d'un geste ce qu'il y a sur la table –… ce projet.

Dans un chouette endroit, ajoute Domi. Je pense que ça te plaira.

Pourquoi ? insiste Bird, méfiant.

Sa mère repose le fer à souder, se penche par-dessus la table et lui prend une main dans les siennes.

J'ai des choses à faire, explique-t-elle. Des choses que je ne peux pas faire avec toi. Domi viendra te chercher, t'emmènera voir Sadie, et ensuite on reviendra toutes les deux vous récupérer. Tu me fais confiance ?

Bird hésite. Sur la table, le fer à souder exhale une mince volute de fumée. Une odeur de chaud, de métal et de pin roussis. Il regarde sa mère, ses mains rêches et calleuses. Pourtant elles sont quand même fortes, tièdes et tendres sur la sienne. Les mêmes mains qu'il revoit encore prélever un jeune plant dans la terre, cueillir une chenille sur son tee-shirt et la reposer dans l'herbe. Presque instinctivement, ils alignent leurs mains l'une sur l'autre, doigts contre doigts, paume contre paume, comme à l'époque, quand ils échangeaient une promesse. Elles font presque la même taille, désormais. Il plonge son regard dans les profondes flaques brunes de ses yeux, et il la voit enfin. Sa mère. Elle est toujours là.

D'accord, concède-t-il, et elle ferme les yeux en laissant échapper un soupir.

Demain matin, dit-elle à l'intention de Domi. Disons dix heures. Viens le chercher à dix heures.

Elle rouvre les yeux, lui lâche la main, attrape les extrémités des fils électriques et les scelle implacablement.

On n'a plus beaucoup de temps, ajoute-t-elle. Et il y a encore beaucoup à faire.

Le temps que la duchesse reparte, la pluie a diminué en une fine bruine. Alors que le jour commence à décliner, Margaret fixe un couvercle sur le dernier bouchon. C'est un mercredi. Le lendemain, cela fera trois ans qu'elle est partie de chez elle.

Ça suffit, murmure-t-elle tout bas, et bien que Bird l'ait entendue, il est clair qu'elle se parle à elle-même. Comme si elle s'autorisait à lâcher, soit pour arrêter, soit au contraire pour passer à la suite.

D'une main, elle balaie la table afin de faire tomber la pile de bouchons dans un sac en plastique. Puis elle hésite.

Tu veux venir avec moi ? demande-t-elle. Juste pour cette dernière fois ?

Elle a passé près de quatre semaines à les fabriquer et à les répartir, plus d'une centaine par jour, au nez et à la barbe de tout le monde. Personne ne prêtait attention aux vieilles femmes qui arpentaient les rues pour ramasser des bouteilles et des cannettes à revendre ; au pire, les gens s'écartaient ou se détournaient, gênés, dégoûtés, ou les deux à la fois. Elle les voyait depuis des années : parmi toutes les choses que la Crise n'avait pas modifiées, toutes les choses qui avaient survécu, curieusement, il y avait ces femmes. Obstinées, mettant leur orgueil de côté pour trier patiemment ce qui pouvait être sauvé dans les ordures. Et beaucoup d'entre elles, même avant la Crise, étaient asiatiques. Leurs visages lui rappelaient celui de sa grand-mère, de sa mère, le sien, et elle pensait à elles chaque fois qu'elle baissait un peu plus son chapeau de paille sur ses yeux et longeait le trottoir d'un pas traînant en se penchant sur les poubelles et les grilles d'arbres. Habillée comme elles, elle pouvait aller n'importe où, avec un minimum de prudence.

Parfois, quand même, elle avait eu chaud. Il arrivait que les flics débarquent. Elle ne voyait jamais qui les avait appelés, mais en relevant la tête elle apercevait des silhouettes qui l'épiaient derrière leur rideau alors qu'un véhicule de police se rangeait à sa hauteur. Quand l'agent approchait, elle lui glissait un billet de vingt dollars dans la poche arrière, mais une fois ça n'avait pas suffi. Il l'avait fermement agrippée par le coude, son haleine brûlante dans son cou, et l'avait entraînée dans une contre-allée où il avait ouvert sa fermeture Éclair et l'avait forcée à fourrer la main dans son pantalon. Pendant qu'il se contorsionnait en gémissant, elle avait gardé les yeux rivés sur l'insigne épinglé à sa poitrine jusqu'à ce qu'il se cabre brusquement en cherchant ses cheveux à tâtons et laisse échapper un dernier glapissement étranglé, après quoi elle avait enfin pu partir. Le temps qu'elle se relève et regagne la rue, la voiture de police était en train de redémarrer. Aux fenêtres alentour, les lumières étaient allumées, les gens derrière vaquaient à leur petite vie douillette, la vagabonde en haillons déjà oubliée.

Cette fois, elle va devoir redoubler de prudence. Avec Bird à ses côtés, elle ne peut pas se permettre la moindre erreur. Ils auront vite fait. Les rares derniers endroits qu'elle n'a pas encore couverts.

Reste quelques mètres derrière moi et fais comme si tu ne me connaissais pas, lui dit-elle en enfonçant son chapeau sur sa tête. Et mets tes lunettes de soleil.

Ils sortent du métro au niveau de la 72e Rue Ouest : le territoire des riches femmes avec des étuis de téléphone en strass et des petits chiens blancs tenus en laisse. Partout, les trottoirs luisent d'un gris argent humide, les vitres des voitures sont striées de pluie. Aux carrefours, les supérettes de quartier ont accroché des parapluies à vendre à leur devanture.

Margaret attrape dans le sac enroulé à son poignet un premier bouchon qu'elle garde dans son poing fermé. Après avoir cherché pendant quelques minutes, elle trouve un endroit : une poubelle qui déborde à moitié. Des cannettes de bière écrabouillées et des emballages en plastique jonchent le trottoir mouillé tout autour.

Reste là, chuchote Margaret.

Cachée par Bird, elle se penche comme pour fouiller dans la poubelle et en profite pour coller le bouchon sous le couvercle, sur une boule de chewing-gum opportune. Parfait, dit-elle, ça devrait tenir.

Bird recule d'un pas et contemple la poubelle d'un air méfiant. Aux yeux de n'importe qui, elle paraîtrait parfaitement ordinaire et inoffensive, votre regard glisserait dessus. Juste une verrue urbaine de plus que vous feriez votre possible pour ignorer. Mais pour lui, désormais, cet endroit est chargé – de menace ou de promesse, il ne saurait le dire –, et il n'arrive pas à s'en détacher.

Qu'est-ce que ça va faire ? demande-t-il.

Margaret devine ce qu'il imagine : un flash, des flammes, un champignon de fumée. Mais elle ne répond pas. Elle a déjà sorti le bouchon suivant de son sac.

Viens, dit-elle, il faut qu'on se dépêche.

Margaret fait ça tous les jours depuis des semaines, et ses yeux repèrent automatiquement les cachettes potentielles : sous une grille d'égout, dans une fissure au pied d'un immeuble. Elle insère un bouchon dans le ventre d'un écureuil à moitié écrasé par un camion.

Je ne sais pas, marmonne-t-elle en essuyant le sang de ses doigts. Les éboueurs vont peut-être l'enlever.

Elle observe la boule violacée de fourrure et de chair, la croûte de mouches qui ont déjà commencé à s'agglutiner dessus.

Mais sans doute pas, ajoute-t-elle. Je ne crois pas qu'ils s'en donneront la peine. Pas d'ici demain, en tout cas.

Elle en fourre partout, de ces petites capsules, et bientôt Bird s'y met aussi, ses yeux s'habituant à voir des cachettes comme on s'habitue à l'obscurité. Il y a certains endroits que Margaret écarte comme trop évidents, trop propres. Il faut que ce soit un peu dégoûtant, dit-elle. Pour que personne n'ait envie d'y toucher. Bird court un mètre devant elle, puis deux, puis trois. Il trouve des cachettes à la pelle. Dans des bennes à ordures qui puent les fruits pourris, dans des recoins qui servent de pissotière aux SDF. Au pied des arbres, entre les crottes de chiens. L'espace d'un instant, il en oublie de s'interroger sur la finalité de tout ça. C'est comme une chasse au trésor à l'envers, un jeu qu'il fait avec sa mère. Bouchon après bouchon, le sac au poignet de Margaret s'allège et Bird jubile des endroits malins qu'ils ont trouvés, il éprouve un sentiment de puissance et d'émerveillement à l'idée de tous ces petits bouchons cachés dans la nature. Il fait le calcul : cent par jour, pendant un mois entier.

On a fini ? demande-t-il après que Margaret a placé le dernier dans la fissure rouillée d'un réverbère, juste à l'entrée de Central Park.

Oui, c'est fini, répond-elle sobrement en laissant échapper un soupir – de satisfaction ? de tristesse ? Ce n'est pas clair.

Maintenant que le dernier bouchon a été déposé, elle abandonne le sac-poubelle qu'elle a trimballé en guise de camouflage pendant toutes ces semaines en l'ajoutant à une pile déjà bien fournie. C'est le jour du ramassage dans ce quartier-là, et les trottoirs sont constellés d'amoncellements déséquilibrés qui menacent de s'effondrer. Çà et là, le plastique a été grignoté et a recraché une giclée d'ordures sur le bitume. Elle s'essuie les mains sur son pantalon, se tourne vers Bird. Son Bird : impressionnable, confiant, les yeux écarquillés, impatient de la suite bien qu'il n'ait aucune idée de ce en quoi elle consiste. Presque un grand, mais presque seulement.

Que peut-elle lui apprendre, que peut-elle faire pour lui, que peut-elle lui offrir pour compenser le temps perdu ? Elle voudrait lui acheter des bretzels, une glace et de la citronnade à un stand ambulant, le laisser danser dans le parc en léchant le sel et les dégoulinures sur ses doigts. Le regarder jouer à des jeux idiots dont il changerait les règles au fur et à mesure : ne pas marcher sur les lignes du trottoir, sauter le plus haut possible pour toucher les panneaux stop sur leur route. Non : elle voudrait jouer à ces jeux avec lui. Elle voudrait simplement être sa mère, le temps d'une journée.

Comme si elle pouvait corriger toutes ces années sans elle en un après-midi doré.

Une voiture de police s'approche doucement, en patrouille. Les silhouettes des agents à l'intérieur : des taches floues à travers les vitres teintées.

Dans la seconde, Margaret attrape Bird par le coude et le tire vivement derrière une benne à ordures. Accroupie, elle le serre si fort contre elle qu'ils peuvent chacun sentir battre le cœur de l'autre.

La voiture ralentit à leur niveau, suspicieuse. Elle scrute les environs. Puis continue son chemin.

Margaret sent un goût amer dans sa gorge. Entre ses bras, les épaules de Bird sont encore celles d'un enfant : maigrichonnes, sans muscles, d'une fragilité terrifiante. Elle ne peut pas lui offrir le bel après-midi qu'il mérite ; pas encore. Ce n'est pas juste, songe-t-elle. La puanteur des ordures plane autour d'eux et les enveloppe, rance et tenace. Bien que la voiture de police soit partie depuis longtemps, elle continue à le serrer contre elle, les yeux fermés, le visage enfoui dans l'invraisemblable chaleur de ses cheveux. Quand enfin elle relâche son étreinte et le regarde, il a une expression étonnée mais confiante. Il la dévisage avidement, à la recherche d'une explication.

Tout va bien, chuchote-t-elle. N'aie pas peur.

Je n'ai pas peur, répond-il. Je savais que ça irait.

Avec un sourire tremblant, Margaret le serre une dernière fois dans ses bras avant de se relever.

Viens, on rentre, dit-elle.

Ils reprennent le métro pour Brooklyn, Bird à une extrémité du wagon, Margaret à l'autre, pour que personne ne puisse se douter qu'ils sont ensemble. Elle l'observe de loin : une petite silhouette brune agitée, qui croise et décroise les jambes, tripote les bouts de

Scotch aux endroits où le siège est déchiré. Derrière ses lunettes de soleil, elle ne distingue pas vraiment ses yeux, mais en regardant bien elle repère les coups d'œil furtifs qu'il jette dans sa direction, l'imperceptible relâchement de ses épaules chaque fois qu'il la voit, appuyée au poteau, qui le surveille discrètement. Voilà les trois dernières années résumées en un instant, pense-t-elle : à graviter à distance et essayer de deviner ce qu'il voit, sans jamais en être sûre, en espérant que l'idée qu'il se fait d'elle est rassurante. Non, rectifie-t-elle, pas les trois dernières années. C'est tout simplement le résumé du fait d'avoir un enfant.

Placer les bouchons et rentrer chez elle : d'habitude c'est une chorégraphie bien huilée qu'elle peut exécuter sans sourciller. Mais ce jour-là, c'est différent. Ce jour-là, elle ne tient pas en place. Chaque fois que le métro s'arrête, elle sursaute et scrute avec inquiétude les autres passagers, qui somnolent ou scrollent négligemment sur leur téléphone. Ses yeux ne cessent de revenir vers le garçon au bout du wagon, qui se tient plus tranquille à présent, ne sortant de sa rêverie qu'une seule fois pour croiser son regard et lui adresser un infime sourire de conspirateur. Elle essaie, en vain, de lui sourire en retour. Une autre rame les dépasse à toute allure, et les formes floues qu'elle aperçoit à travers la vitre lui rappellent les ombres des policiers dans leur voiture, le visage de Bird contre son épaule, son petit corps chaud, frêle et vulnérable, même dans l'étreinte de ses bras. Elle se déteste de lui avoir fait vivre ça. Quand elle retient sa respiration, elle sent encore partout l'odeur des ordures, âcre et suffocante. Le métro vibre sous leurs pieds, le battement lancinant des roues, le rugissement du moteur et le roulis du wagon fusionnant en un mot unique qui palpite de plus en plus vite dans sa tête. Quand ils arrivent à la maison abandonnée – en marchant à bonne distance l'un de l'autre et en se faufilant à tour de rôle par le portail du jardin –, le mot bouillonne au fond de sa gorge, et dès l'instant où ils sont en sécurité à l'intérieur, il jaillit de ses lèvres en la laissant hors d'haleine.

Non, dit-elle. Non. Je ne vais pas le faire.

Bird se retourne vers elle, adossée à la porte d'entrée, immobile, comme si elle voulait l'empêcher de sortir. Elle a soudain l'air plus vieille, les traits tirés. Dans l'obscurité du couloir, éclairée uniquement par l'ampoule nue du salon, on dirait qu'elle a les cheveux blancs, le visage gris. Une femme changée en pierre.

Le jeu n'en vaut pas la chandelle, ajoute-t-elle.

Sa propre voix lui paraît rauque, éraillée, parcheminée.

Mais les bouchons, alors ? demande Bird. Tous ceux qu'on vient de cacher. Et ceux que tu avais déjà cachés.

Tant pis. On les laissera où ils sont.

Mais c'est important, insiste Bird en secouant la tête, comme si elle essayait de l'entourlouper. Non ? Ce que tu fais. Je sais que c'est pour aider.

Tant pis, répète Margaret. Oublie. Oublie toute cette histoire.

Soudain, elle se précipite vers lui et le serre contre elle en prenant son visage entre ses paumes, parce qu'il lui est insupportable de se souvenir qu'elle l'a mis en danger, d'imaginer qu'il puisse l'être à nouveau, *a fortiori* par sa faute. *Quoi qu'il en coûte*, s'étaient promis Ethan et elle toutes ces années auparavant, et elle le pense encore. Elle protégera leur enfant, quoi qu'il lui en coûte.

Sauf que… entre ses bras, Bird se raidit puis se dégage.

Mais…, commence-t-il.

Son front se plisse, une expression qu'elle connaît bien pour l'avoir sentie toute sa vie sur son propre visage quand elle essaie de dénouer ce que les gens font, ce qu'ils disent et ce qu'ils veulent dire. Elle-même l'a héritée de sa mère, qui l'avait sans doute héritée de la sienne, et voilà qu'elle la retrouve sur le visage de son fils qui la fixe du regard. Une hérédité involontaire.

Birdie, soupire-t-elle. Tu es la seule chose qui compte. Je ne veux plus le faire. Je n'ai pas envie de prendre de risque.

Mais tu disais…, répond-il avant de s'interrompre à nouveau, et elle entend dans son silence tout ce qu'il n'ose pas dire tout haut. Tous ces enfants… Comme Sadie. Et leur famille. Ce n'est pas pour ça que tu es partie ?

On trouvera une autre façon d'aider, réplique-t-elle. Autre chose. Je ne sais pas quoi, mais quelque chose de moins risqué.

Sa tête fourmille de plans brumeux, incohérents.

On trouvera, répète-t-elle. Une façon de rester ensemble, un endroit où se cacher. Peut-être que papa arrivera à nous rejoindre. Domi pourrait nous aider. Ce ne serait pas merveilleux ? Bird ?

Elle bafouille, à présent ; elle s'en rend compte. Elle attrape les mains de Bird dans les siennes, comme s'il était en train de se noyer, ou elle, et qu'elle essayait de leur maintenir la tête hors de l'eau. Ils sont toujours serrés dans l'espace exigu de l'entrée, qui se remplit de leur haleine chaude et moite. Bien qu'ils murmurent, ils ont tous les deux l'impression de crier.

Tout ce qu'elle veut, c'est ne plus jamais être séparée de lui.

Plus rien de tout ça n'a d'importance, dit-elle.

Mais, au moment même où elle prononce ces mots, elle voit le visage de Bird se durcir, des braises s'allumer dans ses yeux. Voilà ce qu'elle y lit : Comment peux-tu détourner le regard, maintenant que tu sais ?

Donc, résume-t-il, ça n'a pas d'importance du moment que ça arrive à quelqu'un d'autre.

Et elle comprend qu'il est trop tard pour le convaincre, car elle lui a déjà dit la vérité.

Bird…, bredouille-t-elle, mais l'amère déception qu'elle perçoit sur son visage réduit sa voix en cendres.

Tu es une hypocrite, lance-t-il.

Il hésite à peine un instant avant de poursuivre.

Tu es une horrible mère !

Margaret tressaille, et Bird aussi a l'air de sentir l'impact : il a un mouvement de recul, comme si elle l'avait frappé. Elle voit en miroir sur son visage ce qui doit se produire sur le sien : les narines qui tremblent, le bord des yeux soudain rougi. Dans un brusque sursaut, il la repousse et se précipite vers l'escalier. Elle ne le suit pas. Elle se sent aussi lessivée et vidée que si elle avait vomi à répétition jusqu'à ne plus rien avoir à l'intérieur.

Dans le noir, Bird sombre dans un sommeil tumultueux.

Ses rêves sont un enchevêtrement déchiqueté. Des machines cassées et rouillées, des engrenages inextricablement emboîtés. Des flacons d'encre qui explosent dans ses mains et teignent ses doigts d'un bleu aqueux. Quelqu'un l'a chargé de soutenir un immeuble, qui s'écroulera s'il s'éloigne. Il a attrapé un serpent dans une taie d'oreiller et il reste immobile, tenant le sac frétillant à bout de bras, ne trouvant pas d'endroit sûr pour le relâcher. Dans son dernier rêve, juste avant de se réveiller, il est entouré d'autres enfants, agglutinés si près de lui qu'il sent la chaleur de leur corps, entend leur respiration, sent l'odeur de la transpiration sur leur peau. Mais aucun ne lui parle ni même ne le regarde. Chaque fois qu'il tend la main, ils s'écartent sans bruit, une mer qui s'ouvre en deux en silence. Leurs yeux se tournent partout où il n'est pas : vers leurs paumes crasseuses, par-dessus leurs épaules, en direction du ciel bleu sans nuages.

Il se réveille paniqué, s'enfonce dans son sac de couchage, le remonte jusqu'à son menton. Maintenant, il se souvient : les bouchons de bouteilles, la voiture de police, la dispute. Tout ce que sa mère lui a raconté au cours des deux derniers jours, toutes les raisons qu'elle avait de partir, et la vitesse à laquelle elle les a balayées d'un revers de main. Il pense aux années passées sans elle, seul avec son père, combien elle leur a manqué. À l'époque, il aurait donné n'importe quoi, n'importe qui, pour qu'elle revienne.

Il ne voit rien, pas même un filet de lumière en provenance du couloir. Il tend l'oreille mais n'entend rien. Même les bruits du dehors – pourtant, il doit bien y en avoir – sont étouffés et réduits à de faibles murmures et bourdonnements. Sa mère est sans doute quelque part dans les parages, mais il ne se souvient plus de l'endroit où est sa chambre et, dans cette obscurité implacable, il n'est même pas sûr de retrouver la sortie. On dirait qu'il n'y a strictement personne.

Un hurlement de sirène transperce la bâche qui couvre la fenêtre : il monte, il est là, il s'éloigne.

Seul signe de vie aux alentours. Bird enfonce un doigt dans le coin du plastique, l'étire jusqu'à ce qu'il craque et qu'un minuscule trou se forme. Il se redresse pour y coller un œil.

Dehors, il s'attend seulement à davantage d'obscurité, mais ce qu'il voit à la place est une étourdissante profusion de lumières. Des lumières qui brillent de fenêtre en fenêtre, en une chatoyante mosaïque. Un océan de lumières. Un raz-de-marée de lumières. Qui le submerge de gouttelettes étincelantes. Chacune de ces lumières est une personne, en train de faire la vaisselle, de travailler ou de lire, totalement indifférente à son existence à lui. L'idée d'une telle quantité de gens l'éblouit et le terrifie. Tous ces gens partout, des millions, des milliards, et pas un seul qui sache qui il est ou se soucie de lui. Il plaque une main contre le trou, mais il continue à sentir les lumières grésiller sur sa peau comme un coup de soleil. Même une fois recroquevillé dans son sac de couchage, la couverture remontée sur la tête, il n'éprouve pas de soulagement.

Du fond de lui jaillit un cri si longtemps enfoui que le son qu'il produit est comme un séisme dans sa gorge. Un nom qu'il n'a pas prononcé depuis des années.

Maman, crie-t-il en se jetant hors de son lit, et l'obscurité bondit, s'enroule autour de ses chevilles et le projette à terre.

Quand il rouvre les yeux, il est roulé en boule et une main est posée, chaude et lourde, sur le V tendre entre ses omoplates. Sa mère.

Chhh… fait-elle alors qu'il essaie de se retourner. Tout va bien.

Elle est assise par terre à côté de lui. Une forme un peu moins noire au milieu du noir ambiant.

Tu sais, dit-elle, ça m'a fait pareil la première nuit que j'ai passée toute seule.

Sa paume, tiède et douce dans le creux de sa nuque. Qui caresse la base de ses cheveux.

Pourquoi tu m'as fait venir ici ? finit-il par demander.

Je voulais..., commence-t-elle avant de s'interrompre.

Comment terminer ? Je voulais m'assurer que tu allais bien. Je voulais m'assurer que tu irais bien. Je voulais voir qui tu étais. Je voulais voir qui tu étais devenu. Je voulais voir si tu étais toujours toi. Je voulais te voir.

Je te voulais, dit-elle simplement, et c'est la seule explication qu'elle peut donner, mais c'est ce qu'il a besoin d'entendre. Elle le voulait. Elle voulait encore de lui. Elle n'est pas partie parce qu'elle s'en fichait.

Cette information agit sur lui tel un sédatif, détend ses muscles, émousse les arêtes de ses pensées. Il se penche contre elle, confiant dans sa capacité à supporter son poids, et la laisse entortiller ses bras autour de lui comme une liane autour d'un tronc. Par le petit trou qu'il a percé dans la bâche de la fenêtre, un mince rayon de lumière traverse le plastique noir et projette une tache étoilée sur le mur.

Sa mère lui caresse le dos, égrène les petites bosses de sa colonne vertébrale sous sa peau comme un chapelet de perles. Tout doucement, elle presse leurs mains l'une contre l'autre, doigts contre doigts, paume contre paume. Il a la main presque aussi grande que la sienne, les pieds peut-être encore plus grands. Comme un petit chiot, tout en pattes, le reste encore enfantin mais galopant joyeusement derrière.

Bird, reprend-elle, j'ai tellement peur de te perdre une seconde fois.

Il la regarde avec les yeux confiants d'un enfant ensommeillé.

Mais tu reviendras, dit-il.

Ce n'est pas une question, mais une affirmation. Une garantie.

Elle hoche la tête.

Je reviendrai, confirme-t-elle. Je te le promets.

Et elle est sincère.

D'accord, murmure-t-il, sans trop savoir à qui il s'adresse, à elle ou à lui-même ; s'il parle de ce qui va suivre, ou de ce qui s'est passé des années plus tôt. Tout ça à la fois, décide-t-il. Tout.

D'accord, répète-t-il, et il sait au léger resserrement de ses bras autour de lui qu'elle l'a entendu.

Je suis là, chuchote-t-elle, et Bird laisse l'obscurité l'engloutir.

Quand il se réveille à nouveau, sa mère n'est plus là, et c'est le matin. Il est recroquevillé dans le lit à barreaux, les jambes quasiment repliées sur le torse, le sac de couchage abandonné sur la banquette dans l'alcôve, entortillé comme une mue de serpent. Il se rappelle vaguement avoir eu envie de se faire tout petit et de trouver une cachette. Un refuge. Une couverture est étalée sur lui qu'il ne reconnaît pas, lourde, pas assez grande et d'une forme bizarre. Alors il se rend compte que ce n'est pas une couverture, mais le manteau de sa mère.

TROISIÈME PARTIE

À dix heures du matin tapantes, la duchesse arrive à bord de sa longue voiture élancée, cette fois-ci sans chauffeur. Dans le vestibule de la maison, Margaret hésite, mais pas Bird. Il est impatient de partir.

Bonne chance, dit-il, les yeux scintillants de confiance.

OK, finit-elle par répondre. À bientôt.

Elle l'attire contre elle, lui dépose un baiser sur la tempe, pile à l'endroit où son pouls bat sous la peau.

Puis Bird, son sac à dos sur l'épaule, traverse le jardin de derrière en courant, franchit le portail et s'engouffre dans la voiture garée le long du trottoir. Là, à l'autre bout de la banquette arrière, une silhouette se découpe contre la vitre teintée et se tourne vers lui. Plus grande – peut-être une demi-tête de plus que lui, à présent –, les cheveux plus longs, mais le même regard vif et le même sourire sceptique.

Bird, s'exclame Sadie. Oh mon Dieu, Bird.

Elle se jette à son cou. Elle a la peau qui sent le cèdre et le savon.

Bird, répète-t-elle. J'ai tellement de trucs à te raconter…

Si tu dois ragoter sur moi, merci d'attendre qu'on ait quitté la ville, l'interrompt sèchement la duchesse.

Je n'ai pas envie de rater le meilleur pendant que je me concentre sur la circulation.

Sadie regarde le siège conducteur avec un roulement d'yeux appuyé.

D'accord, concède-t-elle.

Dans le rétroviseur, Bird croise le regard de la duchesse qui leur adresse un clin d'œil malicieux, ce qui le rassure au plus haut point. Sadie semble à l'aise comme il ne l'a jamais vue. Alors que la voiture démarre, elle se laisse aller contre le dossier de la banquette et se tourne vers la vitre en lâchant un soupir. Ça fait des mois qu'ils ne se sont pas vus, pourtant Sadie paraît rajeunie, moins méfiante, moins sur ses gardes, comme si elle pouvait enfin respirer à nouveau après avoir été longtemps privée d'oxygène. Comme si elle n'avait plus besoin de se battre seule contre le monde entier. Il connaît cette sensation, ou quelque chose d'approchant : c'est ce qu'il a ressenti pendant la nuit, quand il a appelé sa mère et qu'elle est venue ; ou ce matin, en se réveillant sous le poids réconfortant de son manteau. Lui aussi se laisse aller contre le dossier, heureux de pouvoir n'être qu'un enfant, responsable de rien, qui suit simplement le mouvement. Il a des tas de questions à poser à Sadie – comment elle fait pour vivre avec la duchesse, par exemple –, mais ça peut attendre.

On va où ? demande-t-il.

À la cabane, répond la duchesse en se réinsérant dans le flot de la circulation.

Elle roule vite. Sur la banquette arrière, Bird et Sadie ont leur ceinture fermement attachée et sont plaqués contre le dossier par une accélération croissante. Alors qu'ils s'échappent enfin de l'entrelacs gris de la ville pour filer sur l'autoroute, on dirait une fusée lancée vers les étoiles.

J'espère que vous n'êtes pas malades en voiture, s'inquiète soudain la duchesse avec un coup d'œil dans le rétroviseur.

Ce n'est pas le cas, la rassurent-ils tous les deux. Bird voyage rarement en voiture, et la vitesse le remplit d'excitation. Les vitres teintées accentuent les couleurs du dehors, rendant le ciel turquoise, l'herbe émeraude. Même l'asphalte de la route, d'habitude d'un gris mat, arbore des reflets argentés. En compagnie de la duchesse, tout paraît plus riche et plus luxueux, et ça lui semble aller tellement de soi qu'il ne se pose pas de questions, se contentant de se carrer dans son fauteuil et d'en profiter. À côté de lui, Sadie retient son souffle en voyant une nuée d'oiseaux s'envoler d'un arbre et se disperser telle une poignée de confettis. Pour la première fois, il comprend pourquoi les chiens sortent la tête par les fenêtres des voitures : après un si long moment enfermé, lui aussi est avide d'absorber tout ce qu'il peut, de sentir la vie palpiter dans l'air.

Ils roulent une heure et demie dans un silence complice, rompu uniquement par un chuintement occasionnel quand ils doublent à toute allure une autre voiture ou un camion. La duchesse n'utilise jamais son clignotant, elle appuie simplement à fond sur l'accélérateur et fonce dans un rugissement de moteur. Bird se demande où est l'autre moitié de l'autoroute, celle qui va vers la ville – de l'autre côté des arbres, peut-être. Bien qu'il ne puisse pas la voir, elle doit être là. C'est une affaire de confiance. Comme sa mère qui lui a promis de revenir. Il va tout mémoriser et, à son retour, il lui racontera ce qu'il a vu.

La duchesse a mentionné une *cabane* et, au sens strict, c'est bien de ça qu'il s'agit : une petite maison au milieu de la forêt. Dans la tête de Bird et de Sadie, c'est un mot qui évoque Abraham Lincoln, des rondins et des loups hurlants. Mais la maison de la duchesse a beau être petite et simple, la comparaison s'arrête là. Dans la pièce principale, le parquet brille comme du caramel onctueux. Au centre trône une cheminée en galets de rivière polis. Derrière, deux petites chambres et une salle de bains. Par la fenêtre, on aperçoit une clairière et, au-delà, le scintillement argenté de l'océan.

Je compte sur vous pour ne pas vous noyer, prévient la duchesse. Il n'y a pas d'autre habitation à des kilomètres à la ronde, personne ne viendrait vous sauver.

Elle consulte la fine montre en or à son poignet.

Voilà les règles, annonce-t-elle. Vous ne devez pas quitter la propriété, mais comme elle fait dix-neuf hectares, ça ne vous limitera pas trop. Vous pouvez vous baigner si vous ne craignez pas le froid. Vous pouvez faire du feu, en étant très prudents. Dans la cheminée uniquement. Je vous ai laissé un sac de provisions qui devrait vous suffire jusqu'à mon retour demain. Des questions ?

Qui a construit cette maison ? demande Sadie. Pas toi, j'ai l'impression.

Elle regarde la duchesse avec un grand sourire effronté, et celle-ci lui sourit en retour avec indulgence.

C'est mon père, dit-elle.

Soudain, elle s'interrompt et balaie la pièce du regard, comme si elle la voyait pour la première fois. Elle contemple les murs en bois, le plafond de planches, le parquet satiné.

Ou plutôt, il l'a fait construire, rectifie-t-elle. C'est comme ça qu'il fonctionnait. Quand j'étais petite, reprend-elle d'une voix attendrie, on allait s'asseoir sur le rivage pour pêcher. Mon père, ma mère et moi. Ça fait des années que je ne suis pas revenue.

Puis elle secoue la tête, comme pour faire tomber la poussière.

Donc vous serez gentils de ne pas foutre le feu, ajoute-t-elle sèchement.

Vous repartez aider ma mère ? demande Bird.

Pour la première fois, la duchesse semble hésiter.

Tu connais ta mère, dit-elle, et Bird hoche la tête sans être bien sûr que ce soit vrai. Quand elle se met une idée dans le crâne, rien ne peut l'arrêter. Mais elle doit venir chez moi une fois qu'elle aura fini, et on repassera vous chercher demain matin.

Et après ? pensent tous les deux Bird et Sadie, mais ni l'un ni l'autre n'ose poser la question tout haut.

La duchesse consulte à nouveau sa montre.

Je ferais mieux d'y aller, déclare-t-elle. Vu l'heure qu'il est, je n'y serai pas avant le milieu d'après-midi, et pour peu qu'il y ait des bouchons…

Elle ramasse ses clés sur la table et les dévisage à tour de rôle.

Ne vous en faites pas, dit-elle avec une bienveillance inattendue. Bird, Sadie, tout ira bien.

Bien sûr que tout ira bien, rétorque Sadie. Maintenant qu'on est là.

Une fois la duchesse partie, Bird et Sadie, brusquement conscients de tous les mois écoulés l'un sans l'autre, plongent dans un silence intimidé. Sans rien dire, ils repèrent les lieux. Dans la grande pièce principale, une table et trois chaises, un coin cuisine ; dans la salle de bains, une douche, des toilettes et une petite fenêtre à persiennes à travers laquelle ils ne distinguent rien d'autre que des arbres. Deux chambres : une grande, couleur crème, avec un lit deux places, et une plus petite, rose, avec un lit simple dans un coin.

Sadie se déchausse d'office dans la grande chambre, mais ça ne dérange pas Bird. On comprend bien pour qui cette maison a été construite – des parents, un enfant –, et Bird n'est pas mécontent de laisser quelqu'un d'autre jouer le rôle de l'adulte encore quelque temps. Il s'installe sur le canapé face à la cheminée, et le vieux cuir crisse sous son poids.

C'est comment, demande-t-il, de vivre avec la duchesse ? Ça doit être bizarre.

Sadie éclate de rire.

Domi ? répond-elle. Elle a l'air super flippante, mais en fait pas du tout.

Comme si un sceau avait été brisé, elle se met alors à parler à bâtons rompus. Le premier jour, raconte-t-elle, elle n'avait même pas vu Domi. On lui avait attribué une chambre – au dernier étage, avec un immense planisphère ancien au mur – et on l'avait laissée livrée à elle-même, alors elle avait passé la journée à explorer cette maison-musée en essayant de comprendre dans quel genre d'endroit elle avait atterri, quel genre de femme Domi pouvait bien être. Margaret lui avait assuré qu'elle était digne de confiance, mais Sadie n'avait pas l'habitude de prendre les choses pour argent comptant. Tard, ce soir-là, elle s'était introduite dans son bureau, et elle était encore assise à la table, en train de lire les papiers éparpillés dessus, quand Domi était entrée dans la pièce.

Qu'est-ce que tu fais là ? s'était-elle exclamée.

Sadie avait relevé la tête et l'avait observée d'un œil neuf.

Tous ces chèques…, avait-elle dit en parcourant du doigt un grand registre de compte. À toutes ces bibliothèques. C'est donc que vous savez ce qu'elles font. Et vous les aidez.

Un long silence, pendant lequel elles s'étaient dévisagées mutuellement.

Pourquoi ? avait demandé Sadie.

C'est juste une goutte d'eau, avait dit Domi. Pour essayer d'améliorer les choses.

Sadie avait refermé le registre.

Moi aussi, je veux aider, avait-elle déclaré.

Elle pensait que Domi allait rire, mais pas du tout. À la place, Domi s'était assise sur la chaise en face d'elle, comme si Sadie était la boss et qu'elle venait lui quémander une faveur.

C'est peut-être possible, avait-elle dit.

Elles avaient passé des jours et des jours à parler. Sadie racontait à Domi tout ce dont elle se souvenait des autorités, de ses familles d'accueil et du système du PACT en général. Comment ils l'avaient transférée, qui elle rencontrait chaque fois, où elle était allée. Ce qu'elle avait vu dans les bibliothèques durant les mois où elle y avait vécu en cachette. Ce qu'elle aurait voulu pouvoir faire, ou que d'autres fassent. Domi l'écoutait. Apprenait.

Je ne pouvais pas sortir, précise Sadie. Au cas où quelqu'un m'aurait repérée. Mais Domi me trouvait des trucs à faire. Et elle recherchait mes parents, pour essayer de savoir ce qu'ils étaient devenus.

Elle marque une pause et déglutit péniblement, et Bird s'abstient de poser la question qui lui brûle les lèvres.

Elle dit qu'il ne faut pas perdre espoir, reprend Sadie. Que… Enfin bref, elle dit qu'on ne sait jamais.

La veille de l'arrivée de Bird, la toute dernière piste était tombée à l'eau, et Domi l'avait annoncé à Sadie avec une grande douceur, comme elle lui aurait annoncé la mort de quelqu'un. On va continuer à chercher, avait-elle promis en serrant Sadie dans ses bras.

Si tu pouvais obtenir n'importe quoi d'autre, avait-elle fini par lui demander, rompant le silence, qu'est-ce que tu voudrais ?

Sadie avait réfléchi.

Une journée entière où je pourrais faire ce que je veux, avait-elle répondu. Sans personne pour me surveiller, me juger ou me suivre à la trace. Même une seule journée, ça m'irait.

Hmm… avait murmuré Domi. Pas facile. Mais il y a peut-être un moyen. Si tu peux patienter un peu, jusqu'au moment voulu.

Et voilà où ils en étaient, Bird et elle. Une journée sans personne pour les surveiller ni les juger. Une journée pour faire ce qu'ils voulaient.

Elle m'a raconté, reprend Sadie. Certaines des choses que ta mère et elle ont vues pendant la Crise. Les choses qu'elles ont faites… et celles qu'elles n'ont pas faites. Celles qu'elle aurait voulu faire différemment. Tu sais, le jour où tu es venu ? ajoute-t-elle d'un air suffisant. C'est moi qui lui ai soufflé les questions à te poser. Elle est montée me voir et elle m'a demandé quelles questions je te poserais pour savoir si tu étais vraiment Bird. Alors je lui ai dit de t'interroger sur ton vélo. Sur tes céréales. Et sur la cantine.

T'es au courant ? demande Bird. De ce que fait ma mère ?

Sadie marque un temps.

Domi n'a jamais voulu me dire exactement, admet-elle. Ta mère est venue plusieurs fois pour planifier. J'ai essayé d'écouter leurs conversations, précise-t-elle avec une certaine fierté. Mais je n'entendais pas grand-chose.

Ils mettent en commun les quelques infos qu'ils ont. D'après leurs calculs, Margaret a dû cacher des milliers de bouchons aux quatre coins de la ville. Chez la duchesse, Sadie a feuilleté les journaux et regardé des dizaines de reportages à la télé et en ligne : aucune mention de gens ayant trouvé des engins suspects dans des bouchons de bouteilles ; aucune mention de perturbations, du moins pas à New York. Quoi qu'il se trame, ça ne s'est pas encore produit. Pourtant ça dure depuis des semaines, comme un ressort qu'on remonterait inexorablement.

C'est un gros coup, conclut Sadie.

Bien sûr, confirme Bird. Ma mère ne fait pas les choses à moitié.

Et Domi non plus, je pense.

Leurs regards se croisent.

Bird, dit Sadie, quoi que ce soit, je suis sûre que ça va tout changer.

L'espace d'un instant, ils se taisent, en essayant d'imaginer le monde d'après. Bird sent une excitation bouillonner en lui et se lève d'un bond, cherchant un endroit où la dissiper.

Viens, on descend au bord de l'eau, suggère-t-il.

Ils suivent le sentier qui traverse la clairière et, soudain, elle est là : scintillante dans le soleil, une petite crique qui s'étire vers la vaste étendue bleue au-delà. Bird ramasse un galet qu'il jette le plus loin possible. Avec un *plouf* satisfaisant, la mer l'avale en une seule bouchée et recrache des ronds qui ondulent jusqu'au rivage.

La duchesse a dit vrai : il n'y a aucune autre maison à l'horizon, personne, juste une dense collerette d'arbres massés autour de cette petite anse pailletée. Vu d'en haut, ça doit donner l'impression qu'un géant a laissé l'empreinte de son pouce dans la forêt et creusé ce parfait écrin pour une maison pile au bord de l'eau.

Bird n'est jamais allé dans un endroit aussi isolé. Toute sa vie, il y a toujours eu d'autres gens dans les parages, qui l'observaient, l'écoutaient. Même quand on ne les voyait pas, on savait qu'ils étaient là : derrière la fenêtre, de l'autre côté du mur, au coin de la rue. Mais là, il n'y a personne, et il sent son corps prendre des proportions gigantesques. À côté de lui, Sadie pousse un brusque cri de joie, et il en fait autant, si bien que des arbres voisins s'envole une nuée de moineaux. Alors ils se mettent à courir, à hurler, à labourer le rivage rocailleux de leurs empreintes, à poursuivre les tamias veloutés qui se faufilent entre les racines des arbres et les écureuils qui détalent à leur approche. Quand ils finissent par s'écrouler, euphoriques et épuisés, le bourdonnement du silence qui s'abat sur eux leur semble encore plus assourdissant que leurs cris. Dans cet instant, ils ne pensent plus à leurs parents. Ce sont simplement deux enfants qui jouent.

Et si on trempait les pieds ? propose Sadie. Au moins jusqu'aux chevilles.

Ils enlèvent leurs baskets et leurs chaussettes, remontent leur jean sous les genoux et pataugent bruyamment en soulevant des nuages de vase autour de leurs pieds. L'eau est glacée mais ils s'en moquent ou ne s'en rendent pas compte. Il y a des arbres à escalader ; pas comme les frêles arbrisseaux qui entouraient la cour de récréation en faisant des bosses dans l'asphalte avec leurs racines, mais de grands arbres robustes. Même Sadie n'ose pas s'aventurer aussi haut.

Ils passent l'après-midi à remarquer toute sorte de choses : les fins V blancs sur chaque feuille de trèfle, comme peints par un minuscule pinceau. Les chapeaux de champignons couleur saumon qui constellent le sol, les lichens délicats qui s'agrippent aux troncs telles des écailles de poissons couleur jade. Un jeune bouleau, trop grand pour sa ramure grêle, presque courbé jusqu'à former un arc mais qui continue néanmoins à pousser et à projeter ses feuilles vert tendre vers le ciel. On est quasiment fin octobre, l'hiver arrive, mais les choses poussent quand même, toujours en vie.

Alors que la lumière commence à baisser, Sadie laisse échapper un cri strident et Bird accourt juste à temps pour voir un petit crabe, de la taille d'une pièce de monnaie, déguerpir sur le sable. Maintenant qu'il fait attention, il en voit partout. Ils étaient là depuis le début, sous leurs yeux, c'est juste qu'il n'avait pas regardé. Pendant un moment, ils leur courent après pour essayer de les attraper. Sadie réussit à en approcher un et se fait mordiller par de minuscules pinces, mais chaque fois, les crabes leur échappent, disparaissant dans des trous, entre les rochers ou dans l'immensité bleue de la mer.

Il nous faudrait une cuisse de poulet, déclare Sadie avec autorité en s'accroupissant sur le sable. C'est ça qu'il nous faudrait. Pour attraper des gros crabes, bien plus gros que ceux-là.

Elle s'interrompt un instant avant de poursuivre.

Ma mère m'a montré, un été. Tu attaches une cuisse de poulet à une ficelle, tu la jettes dans l'eau, et quand le crabe mord, tu tires la ficelle vers toi, hyper doucement. Le crabe suit le poulet et tu n'as plus qu'à l'attraper avec une épuisette.

Bird imagine ses propres parents lui apprendre cette technique : pataugeant dans la mer, maculés de vase. Riant ensemble, comme dans ses souvenirs. Ramenant une ligne lourde de proies. Il se demande soudain quelle heure il est, ce que sa mère peut bien être en train de faire, si la mystérieuse opération qu'elle planifiait a déjà commencé. Au-dessus d'eux, le ciel s'étale dans une vaste platitude bleue, mais il le scrute quand même, comme s'il pouvait repérer des nuages de fumée en provenance de la ville.

Les crabes mangent du poulet ? demande-t-il en s'efforçant de penser à autre chose.

Sadie hoche la tête.

Ils mangent de tout, dit-elle. Un jour, ma mère m'a parlé d'un phénomène qui se passait là où elle a grandi. De temps en temps, genre une nuit par an, tous les crabes perdent leurs repères et remontent sur le rivage. Un peu comme la marée avec les phases de la lune. Ça s'appelle un jubilé. Si tu te réveilles au milieu de la nuit et que tu descends sur la plage, la mer est pleine de crabes. Ça grouille de partout. Il suffit de tendre la main pour en ramasser des seaux entiers. C'est ce que ma mère faisait avec ses oncles, ses tantes et ses cousins. Les gens remplissaient leur pick-up. Et ils allumaient un grand feu de joie pour y faire cuire les crabes et organiser un festin de minuit, directement sur place.

Ouah, s'exclame Bird.

Ma mère me disait que l'été, quand elle était petite, elle se couchait tous les soirs en maillot de bain et restait éveillée dans le noir en priant pour qu'il y ait un jubilé.

Sadie est perdue dans ses pensées, les yeux dans le vague.

Elle m'a toujours dit qu'on irait là-bas un été pour rendre visite à ce côté de la famille et que je fasse la connaissance de tous mes cousins, mais on ne l'a jamais fait.

Un faucon tournoie paresseusement dans le ciel au-dessus de leurs têtes.

On va la retrouver, affirme Bird. Ma mère, Domi… je suis certain qu'elles la retrouveront.

Elles ont cherché, répond Sadie. Je ne sais pas si elle est encore de ce monde.

Il ne l'a jamais entendue si peu sûre d'elle, et ça le déstabilise.

Si elle est quelque part, elles la trouveront, réitère Bird avec assurance, en songeant que sa mère tient toujours ses promesses.

Ce truc que ta mère est en train de mijoter, Bird, ça va être énorme. Ça va tout changer.

Elle marque une très légère pause avant de poursuivre.

Je veux dire… forcément, non ?

Un infime accroc dans sa voix, comme une éraflure, retient l'attention de Bird. Sadie semble avoir les yeux rivés sur l'horizon, mais dans la douce lumière de l'après-midi ils brillent comme du verre, laqués d'un glacis de larmes. Bird aussi sent un liquide chaud emplir les siens. Il repense à tout ce que lui a raconté sa mère, à toutes les années pendant lesquelles son père s'est efforcé de le protéger. Au type de la pizzeria, à l'homme dans le parc du Common. À la femme au chien. Aux parents de Sadie, à ceux de sa mère.

À ses grands-parents paternels qui ont disparu de leur vie, à Mme Pollard, accroupie, inquiète, près de l'ordinateur, au crachat de D. J. Pierce à quelques centimètres de sa chaussure. La quantité de choses à changer paraît immense et incommensurable.

Tu sais, dit-il, on pourrait faire un feu.

Ça fonctionne. Les yeux de Sadie reviennent du royaume des « et si ? » au royaume de l'ici.

Sur la plage ? demande-t-elle.

Non, dans la cheminée. On n'a peut-être pas de crabes, mais on peut avoir un feu.

Ensemble, ils disposent les bûches. Une petite tâche, concrète.

C'est mon père qui m'a appris, explique Sadie. Il était scout dans son enfance. Il savait faire plein de trucs utiles, comme différentes sortes de nœuds, ou trouver le nord grâce aux étoiles. Il faut les empiler comme pour faire une cabane, regarde. De la paille, puis des brindilles, ensuite des bûches.

Bird rougit. Son père ne lui a jamais rien appris de ce genre.

Comme les maisons des trois petits cochons, commente-t-il.

Sadie éclate de rire, et il ressent un rare élan de fierté. Ça fait du bien, de pouvoir faire rire quelqu'un.

C'est parti ! annonce Sadie en craquant une allumette d'une rapide pichenette.

La paille s'enflamme aussitôt, puis les brindilles, en une gratifiante éruption orange. Mais alors tout l'édifice s'écroule et s'éteint d'un coup.

Raté ! s'exclame Sadie. On recommence.

Avec un bâton, elle écarte les résidus de leur première tentative. Ils reconstruisent l'entrelacs de bois, et Bird cherche quelque chose qui puisse aider le feu à prendre plus rapidement. C'est alors qu'il repère la pile de journaux près de la cheminée. Il en attrape un, commence à le froisser en boule, et s'interrompt.

Regarde, dit-il.

La date du journal remonte à près de quinze ans. Au plus fort de la Crise. « SIXIÈME JOUR D'AFFILÉE DE PERTURBATIONS À WASHINGTON – 400 ARRESTATIONS – 12 ÉMEUTIERS ET 6 POLICIERS TUÉS ».

Une photo occupe toute la première page : Washington en feu, une foule de gens en train de courir. Pour attaquer ? S'enfuir ? Difficile de savoir, si ce n'est qu'on devine aux angles de leur corps – bras et jambes lancés en l'air – qu'ils bougent vite, instinctivement, avec détermination. Ils sont entièrement vêtus de noir, depuis les bonnets enfoncés sur leur front et les masques et écharpes qui couvrent leur visage jusqu'aux bottes à leurs pieds. Ce pourrait être aussi bien des manifestants que des forces de l'ordre, impossible à dire. Sur le trottoir, à peine visible, gît un corps de femme, le visage tourné sur le côté, du sang coagulé dans les cheveux. En arrière-plan, l'obélisque du Washington Monument se dresse tel un doigt levé, à contre-jour sur le ciel embrasé.

Bird écrase le journal des deux mains pour en faire une boule compacte, en cachant la photo à l'intérieur.

OK, dit-il, on recommence.

Il dépose la boule au milieu de la petite cabane qu'ils ont construite et craque une nouvelle allumette.

Cette fois, les flammes engloutissent le papier et le réduisent en cendres. De petites flammèches hésitantes lèchent les brindilles et commencent aussitôt à faiblir, mais Bird se rappelle alors un lointain souvenir, quelque chose que son père lui a dit un jour. Un mot, et son histoire. Il se met à quatre pattes devant la cheminée, approche son visage de la flamme. Aussi doucement que possible, il commence à souffler, comme s'il voulait envoyer un baiser aérien ou soulager une blessure, et la flamme grandit, le petit bois se fripe, se rabougrit et brille du plus intense orange qu'il ait jamais vu, puis – comme il vient à manquer de souffle – reprend une teinte gris terne. Sadie s'agenouille à ses côtés et se met à souffler aussi, alors le rougeoiement repart peu à peu et s'intensifie. C'est comme de voir un visage reprendre des couleurs, comme de voir l'aube se répandre dans un ciel assombri.

En silence, ils veillent tour à tour sur le feu – d'abord Bird, puis Sadie, puis tous les deux ensemble, lui insufflant la vie jusqu'à ce que les plus grosses brindilles s'embrasent, et enfin les bûches, les flammes devenant de plus en plus régulières, calmes et chaudes.

Spirare, entend-il encore son père lui expliquer. Respirer. *Con* : avec. Si bien que « conspirer » signifie littéralement « respirer ensemble ».

À les entendre, ça paraît tellement sinistre, commente Sadie, et c'est seulement alors que Bird s'aperçoit qu'il a parlé tout haut. Mais respirer ensemble, respirer le même air, c'est plutôt beau.

Ils restent un moment assis sans rien dire, et Bird repense aux derniers jours qu'il a passés avec sa mère à reconstituer les morceaux de son histoire, qu'elle lui chuchotait pendant qu'ils respiraient tous les deux le même air renfermé. Sadie pousse un bâton dans le feu, le rapprochant du cœur du brasier jusqu'à ce qu'il commence à noircir et à rougeoyer. Dehors, le soleil décline mais la soirée est encore chaude, et par la fenêtre ils voient l'air s'enflammer. Des lucioles. Dans leur excitation, ils ont laissé la porte ouverte et une première luciole s'égare dans la maison, puis une autre, petites étincelles vertes scintillant dans la lueur rouge du feu.

Je la détestais, déclare soudain Bird.

Mais ce n'est plus le cas, complète Sadie.

Long silence. Autour d'eux tourbillonnent de vives paillettes lumineuses.

Non, confirme-t-il, et il en prend conscience à l'instant même où il le dit. Ce n'est plus le cas.

Pour dîner, ils regardent ce que la duchesse leur a laissé dans le sac de provisions. Bird fait bouillir de l'eau, y verse un paquet de cheveux d'ange.

C'est bon ! se réjouit Sadie. Tu sais que mes parents adoptifs m'interdisaient de me servir de la gazinière ? Ils pensaient que c'était dangereux. Comme si je risquais de mettre le feu à la baraque.

Ils raclent les dernières gouttes de bouillon dans leurs bols.

À ton avis, qu'est-ce qu'elle est en train de faire, là ? demande Bird.

Sadie fronce les sourcils.

Elle se prépare, répond-elle. À tous les déclencher.

Par « les », elle entend les centaines de bouchons éparpillés dans la ville.

Tu penses..., hésite Bird. Tu penses qu'elle est dangereuse ? Elle ne pourrait jamais blesser quelqu'un, je veux dire. Si ?

Long silence, alors qu'ils réfléchissent tous les deux à la question.

Je crois que tout le monde peut blesser quelqu'un, finit par répondre Sadie, du moment qu'il a une vraie bonne raison.

Bird songe à sa mère quand elle l'a brusquement tiré dans l'ombre au moment où la voiture de police approchait, à la bête féroce qui s'est cabrée dans ses yeux à cet instant. Il songe à son père, dressé devant l'homme qui l'avait poussé dans le parc du Common ; au sang sur son poing. Ces fois-là, ses parents avaient été dangereux ; ils l'aimaient si farouchement que ça les avait rendus dangereux.

Ils vont se coucher de bonne heure, après un passage tour à tour dans la salle de bains, laissant mourir le feu qu'ils ont si durement allumé. Ils ont hâte d'être à demain. Ils ont des projets plein la tête, échafaudés les uns sur les autres comme une tour de dominos. Demain, Domi et Margaret les ramèneront à New York. Où tout sera différent, ils en sont sûrs, à cause de ce que Margaret est en train de faire.

C'est maintenant que ça se passe, jubile Sadie. En ce moment même, Bird, tu te rends compte ?

Et Bird ne trouve rien à répondre.

Dès le coucher du soleil, elle s'y met.

Elle ouvre le vieil ordinateur portable, celui qu'elle a rafistolé à partir de pièces éparses trouvées dans la rue : tous ces livres qu'elle a potassés la nuit dans toutes ces bibliothèques, enfin mis à profit. Pour la première fois, elle allume le WiFi. C'est un risque, car tout signal émis peut permettre de remonter jusqu'à elle. Pendant si longtemps, elle a étouffé le bruit de ses pas, elle s'est muselée. Désormais, il est temps de parler.

Ses doigts tapent sur le clavier, exécutant le programme qu'elle a mis au point. Elle envoie le signal et attend qu'ils se connectent. Qu'ils dressent l'oreille, prêts à obéir à ses ordres. Les bouchons de bouteilles qu'elle a fabriqués et disséminés dans la ville quatre semaines durant. Tout ce qu'elle avait planifié si méticuleusement avant que Bird débarque.

Elle a fait ses calculs : un tous les deux pâtés de maisons, jusqu'au Financial District à la pointe sud de Manhattan, et presque jusqu'à Harlem au nord. À l'abri des intempéries dans leurs capsules en plastique étanches, suffisamment petits pour être cachés dans des endroits où ils pourraient rester des semaines sans être dérangés. Même si quelqu'un en repérait un, il ne s'y arrêterait pas : juste un déchet insignifiant, destiné à être évacué avec les ordures. Personne n'examinait les objets dans le caniveau, dans les pelles des balayeurs, ni dans leurs poubelles ; c'étaient justement les choses que les gens essayaient d'ignorer. D'après ses calculs, elle en avait placé deux mille onze : combien d'entre eux auraient survécu et seraient encore en état de marche ? Combien se connecteraient et répondraient à son appel ?

Dix dans un premier temps, puis quinze. Vingt-cinq.

Au départ, elle n'avait pas su quoi faire des histoires qu'elle récoltait. Une première ébauche d'idée lui était venue quand une des mères avait joint les mains, la voix tremblante. *Dites à tout le monde ce qui est arrivé à ma fille. Dites-le à la terre entière. Criez-le depuis le ciel si vous pouvez.* Ensuite, ça s'était cristallisé par une matinée ensoleillée à Los Angeles quand, en levant les yeux, elle l'avait vue : une antenne-relais, déguisée en arbre de façon pas très convaincante. Emmaillotée dans une toile verte à motifs de feuilles, les bras écartés à angle droit avec une rigidité de mannequin. Pas le bon type d'arbre pour le climat local, un conifère qui dépassait d'une tête les vrais palmiers tout autour et produisait un faible vrombissement. Quel genre de messages émettait-il dans l'air ? L'espace d'un instant, elle avait fermé les yeux pour essayer d'imaginer : tous ces mots invisibles enfin rendus audibles, une cacophonie de voix quadrillant la ville comme un filet.

Elle y pense à nouveau, les yeux rivés sur son écran, où elle voit les bouchons répondre un par un à son appel. Soixante-dix, cent, deux cents.

À l'intérieur de chacun, un minuscule récepteur réglé sur la fréquence précise que son ordinateur est en train d'émettre. Et aussi un haut-parleur miniature. Réception jusqu'à quinze kilomètres à la ronde, lui a promis Domi, parfaitement nette, et ça s'entendra au moins sur un pâté de maisons. Son père avait fait fortune grâce à cette technologie, bien qu'il n'ait sans doute jamais imaginé qu'elle puisse servir à ça. L'un après l'autre, ils se réveillent, le compteur ne cessant de grimper. Deux cent cinquante. Trois cents. Tous représentés par un point lumineux sur la carte, se propageant vers le nord depuis Battery Park, constellant les quartiers de Chinatown, de Koreatown et de Hell's Kitchen, puis de Midtown jusqu'à l'Upper West Side et encore au-delà. Déjà plus de cinq cents, et le compteur continue de monter. Quand il atteint mille neuf cents, il s'arrête, et elle fait un rapide calcul mental. Près de quatre-vingt-quinze pour cent, un bon dix-neuf sur vingt. Ses parents seraient fiers d'elle.

Elle attrape le micro, se racle la gorge et, dans toute la ville, rue après rue, les bouchons-haut-parleurs grésillent. Ils captent le signal qu'elle émet. Une voix qui sort des anfractuosités des arbres, de sous les poubelles, des fissures des immeubles et de derrière les réverbères : de partout où elle a caché un bouchon de bouteille au cours du mois écoulé. Passant inaperçus jusqu'au moment fatidique où, de ces petites capsules rondes, sa voix surgit, étonnamment puissante, faisant sursauter les gens tout autour. Une voix qui résonne à l'unisson dans toute la ville, légèrement éraillée, comme usée. Une seule voix, mais qui dit les mots d'une multitude.

Il n'y a pas besoin que ce soit en direct, avait fait remarquer Domi. Un enregistrement, peut-être. Ce serait moins risqué. Tu n'es pas obligée d'être là. Elle l'avait dit avec douceur, comme si elle essayait de convaincre un enfant têtu.

Margaret avait secoué la tête. Je ne suis pas obligée, avait-elle répondu, mais j'ai envie.

Elle ne pouvait pas expliquer pourquoi, elle le sentait dans sa chair : il y a certaines choses qu'on doit faire en personne. Témoigner. Accompagner les mourants. Se souvenir des disparus. Il y a certaines choses qu'il faut voir de ses propres yeux. Mais il y avait aussi une autre raison qu'elle-même ne se formulait pas tout à fait, dont elle devinait seulement l'existence, comme on sent la présence d'un fantôme. Elle n'avait pas été là pour voir ses parents mourir ; ils étaient morts seuls, sans elle, or elle aurait dû être là pour voir l'homme qui avait poussé son père et graver son visage dans son esprit ; elle aurait dû être au chevet de son père à l'hôpital, parmi les *bips* et les clignotements des machines, pour l'embrasser une dernière fois et lui souhaiter bon voyage. Elle aurait dû être là, le lendemain matin, pour rattraper sa mère dans sa chute et peut-être la sauver, ou au moins lui offrir un visage aimé sur lequel se concentrer alors que la lumière déclinait dans ses yeux. Elle n'aurait pas su se le formuler ainsi, mais elle sentait le poids de cette faute à l'intérieur d'elle, aussi clairement qu'elle sentait son cœur tambouriner dans sa poitrine. Ses parents méritaient que quelqu'un s'occupe d'eux et personne n'avait été là. Alors, à sa petite échelle, elle accompagnerait solennellement et tiendrait la main à chacune des histoires qu'elle s'apprêtait à raconter.

Seule dans l'obscurité de la maison abandonnée, elle ouvre le premier des carnets, une bibliothèque d'histoires qu'elle a collectées et conservées sur elle pendant trois ans. Les mots des gens à qui elle a parlé, fidèlement consignés d'une écriture microscopique, qu'on lui a confiés afin qu'elle les garde, les protège et les partage. Elle commence à lire les mots que ces familles lui ont murmurés, en les laissant parler par sa bouche. Une par une, enfant par enfant, elle raconte chaque histoire.

D'abord les grandes lignes. Seulement un prénom, rien qui puisse trahir personne. *Emmanuel. Jackie. Tien. Parker.* La ville dans laquelle ils vivaient : *Berkeley. Decatur. Eugene. Détroit.* Leur âge au moment de leur enlèvement : neuf ans, six, sept et demi, deux.

Puis, en affinant ces grandes lignes, les contours et textures d'une vie particulière, les détails qui rendaient chaque enfant unique. Les moments les plus infimes et les plus humains qui expliquaient qui ils étaient.

Son sourire était incroyablement soudain. Il pouvait être heureux, en train de rire, et d'une seconde à l'autre il avait la mine grave. Même quand il jouait à se cacher sous ses couvertures, il le prenait très au sérieux. Comme si, déjà, il savait qu'on pouvait disparaître de sa vue et ne jamais réapparaître.

Elle refusait de manger quoi que ce soit qui ait des coins. Je devais découper ses sandwiches de pain de mie en cercles. Pendant des mois, je me suis nourrie des coins qu'elle ne mangeait pas.

Au début, les gens ralentissent, décontenancés. D'où vient cette voix ? Ils jettent un coup d'œil par-dessus leur épaule pour en identifier la source. Quelqu'un derrière eux ? Derrière cet arbre ? Non, pourtant, il n'y a personne. Ils sont seuls. Alors ils commencent à écouter, ils ne peuvent pas s'en empêcher. Une histoire, puis une autre. Et encore une autre. Ils s'immobilisent et, bientôt, ils ne sont plus seuls, ils sont un petit groupe, puis des dizaines, une foule de gens debout côte à côte, qui écoutent en silence. Ces New-Yorkais inébranlables – capables d'ignorer une troupe de danseurs hip-hop virevoltant autour des poteaux du métro, d'esquiver un essaim de touristes, appareils photo à la main, ou un homme déguisé en hot-dog géant, sans perdre en vitesse ni en concentration, sans même un regard en biais – s'arrêtent, l'oreille tendue, et le flot grouillant des rues de la ville s'épaissit et s'engorge. La voix provient de partout autour d'eux, comme si elle était dans l'air même, et même si après coup certains affirmeront qu'on aurait dit une voix divine, venue du ciel, la plupart insisteront sur l'exact opposé : ils avaient eu la sensation d'une voix intérieure, qui, curieusement, leur parlait non seulement à eux mais *depuis* eux, et bien que ce soit pour raconter des histoires d'inconnus, de gens qu'ils n'avaient jamais rencontrés, d'enfants qui n'étaient pas les leurs, d'une souffrance qu'ils n'avaient pas vécue, la voix ne faisait pas que leur parler mais elle parlait avec eux, elle parlait d'eux, et les histoires qu'elle racontait, l'une après l'autre en un torrent apparemment sans fin, n'étaient pas celles de quelqu'un d'autre mais formaient une seule histoire plus vaste à laquelle, eux aussi, ils appartenaient.

Le soir où ils t'ont emmené, j'étais fâchée contre toi. Tu avais gribouillé sur le mur avec un marqueur noir indélébile, tu t'en étais mis partout sur les mains et la figure, et aussi sur la moquette, de grands gribouillages rageurs. Je t'avais donné une fessée, tu étais allé te coucher en pleurant et j'étais en train de récurer le mur avec une éponge quand on a toqué à la porte.

Elle veut que les gens retiennent plus que leur prénom. Plus que leur visage. Plus que ce qui leur est arrivé à la fin, plus que le simple fait d'avoir été enlevé. Il faut que chacun d'entre eux reste dans les mémoires comme une personne à part entière, pas un nom sur une liste mais *quelqu'un*, quelqu'un d'unique.

Tu te souviens du jour où on est allés se promener sur la jetée ? Ce jour-là, le monde était plein de choses à observer : les otaries qui glissaient dans les eaux du port, la grande roue qui tournait sur le fond bleu du ciel, les mouettes qui voltigeaient au-dessus de nos têtes. Quand la nuit a commencé à tomber, j'ai proposé qu'on mange une glace en guise de dîner et tu m'as regardée comme s'il m'était poussé des ailes. Tu as pris beurre de cacahuète chantilly, et moi chocolat. Sur le chemin du retour, comme le métro était bondé, tu t'es assis sur mes genoux et tu t'es endormi en me bavant du beurre de cacahuète dans le cou. J'espère que tu te souviens de cette journée. J'espère que tu te souviens qu'on a mangé une glace au dîner.

Elle ne va pas pouvoir continuer indéfiniment ; elle le sait. Quelque part, déjà, ils sont à sa recherche. Ils traquent les haut-parleurs pour les écrabouiller un par un. Elle leur a compliqué la tâche autant que possible. Ils vont devoir se repérer au son, se frayer un chemin parmi les attroupements de badauds, remonter le fil de sa voix jusqu'à la source. Ils auront besoin de torches électriques, et c'est seulement à l'aide de ces maigres faisceaux qu'ils devront explorer les moindres fissures et recoins. Ils vont devoir tâtonner, fourrer les mains sous des couvercles de poubelles maculés de chewing-gums, dans des caniveaux visqueux, à travers des grilles dégoûtantes et sous des merdes de chiens, fouiller pour extraire les bouchons qu'elle a si soigneusement dissimulés. Les haut-parleurs ne s'éteignent pas ; on peut seulement les détruire, et ses poursuivants les écraseront sous le talon de leurs bottes mais le son persistera, provenant d'autres haut-parleurs à quelques rues de là. Chaque fois qu'ils en trouveront un, ils comprendront qu'il y en a des centaines d'autres ; ils auront beau étendre leur filet de plus en plus loin, il y aura toujours un endroit où ces histoires continueront à résonner. C'est un jeu de cache-cache, qu'elle est bien décidée à faire durer le plus longtemps possible. Ils ne trouveront jamais tous les haut-parleurs, mais tôt ou tard ils finiront par localiser son signal, le WiFi qui la relie à tous ces récepteurs via une traînée de minuscules empreintes numériques. Ils suivront ces empreintes jusqu'à la maison où elle est assise avec un micro et sa pile de carnets, aux couvertures attendries et incurvées à force d'être restées si longtemps contre sa peau. Le temps qu'ils arrivent, elle sera partie.

Elle racontera le plus d'histoires possible. Elle a encore le temps. L'histoire d'une famille, puis d'une autre. Quel souvenir voudriez-vous garder ? leur avait-elle demandé. Qu'aimeriez-vous dire à votre enfant ? Elle avait consigné ces mots, et à présent, comme promis, elle les dit pour eux, les mots qu'ils sont incapables de prononcer tout haut.

Quand je ne peux pas dormir, je compte tes grains de beauté dans ma tête. Sur ta tempe, à l'endroit où le crâne est le plus fin. Sur ta joue droite, juste à côté de l'oreille. À l'intérieur de ton coude, sur le côté de ton genou, deux sur la boule de ton poignet. Ces marques que tu portais déjà à l'intérieur de mon corps. Je me demande si elles sont toujours là ou si elles se sont estompées avec le temps. Ou bien si tu en as de nouvelles que je ne verrai jamais.

Au moment de te coucher, tu me demandais des idées de rêves. Cette nuit, je te disais, tu vas rêver que tu es une sirène et que tu explores une immense ville engloutie. Ou bien : cette nuit, tu vas t'envoler dans une fusée et traverser le ciel rempli d'étoiles. Un soir, j'étais fatiguée, je n'avais pas d'idée. En vérité, tu avais été insupportable toute la journée et j'avais juste envie que tu dormes. Je t'ai dit : cette nuit, tu vas rêver que tu dors, bien au chaud et en sécurité dans ton lit douillet. C'est nul, maman, tu m'as répondu. C'est le rêve le plus nul que j'aie jamais entendu. Et tu avais raison, mais maintenant c'est le meilleur rêve auquel je puisse penser, le seul que j'arrive à imaginer.

Quand ils commenceront à se rapprocher, elle abandonnera le navire. Elle surveille l'extinction progressive des points lumineux sur son écran, qui lui indique où ils en sont. Domi l'attend dans la maison de Park Avenue. Le plan est que Margaret, après avoir diffusé le plus longtemps qu'elle pourra, détruira l'ordinateur et s'enfuira en emportant ses carnets.

Est-ce que les gens l'écoutent, dehors ? Ou est-ce qu'ils passent leur chemin ? Et quelle différence ça peut bien faire, juste une histoire, ou même toutes ces histoires rassemblées et soufflées à l'oreille de ce monde affairé ? Un monde qui bouge si vite que les voix et les sons s'envolent dans les aigus avec un effet Doppler ; si dispersé que, même quand un bourdonnement inhabituel retient votre attention, vous êtes attiré ailleurs avant de l'avoir identifié, vous l'arrachez comme le dard d'une guêpe qui vous a piqué. C'est difficile de faire entendre quoi que ce soit, et même si quelqu'un l'entend, quelle différence ça peut bien faire, quel changement ça peut vraiment produire, juste ces mots, juste cette chose qui est arrivée un jour à une personne que l'auditeur ne connaît pas et ne connaîtra jamais. Ce n'est qu'une histoire, après tout. Rien que des mots.

Elle ne sait pas si ça fera une différence. Elle ne sait pas si quelqu'un l'écoute. Elle est là, enfermée dans son armoire, à dessiner chat après chat et à les glisser par les fentes. Sans être sûre qu'ils planteront ne serait-ce qu'une griffe dans la bête sauvage dehors.

Mais quand même : elle tourne une nouvelle page et continue.

J'ai gardé toutes les dents que tu as laissées sous ton oreiller, dans une petite boîte en fer qui contenait des pastilles à la menthe. De temps en temps, je les verse dans ma main et je les regarde s'entrechoquer comme des perles au creux de ma paume. Je range cette boîte dans mon coffre à bijoux. Ça me semble être le bon endroit où mettre ces fragments de toi, le bon endroit pour des petites choses précieuses.

J'espère que tu es heureux.

J'espère que tu sais à quel point

J'espère

Jusqu'au bout, elle pense qu'elle a le temps. Qu'elle va pouvoir partager toutes les histoires qu'elle a récoltées, consignées et promis de transmettre, et quand même retrouver Bird saine et sauve. Mais elle se trompe. Le plus noir de la nuit est derrière elle et, au loin, à l'endroit où le ciel et l'océan se rejoignent, le soleil commence à se lever. C'est alors qu'elle l'entend : une voiture, puis une autre, et encore une autre. Le crissement de pneus qui freinent brusquement, le brusque silence menaçant alors que les moteurs sont coupés, un à un.

Elle a encore des cahiers pleins d'histoires qu'elle n'aura pas le temps de raconter. Elle a mal calculé. Elle est restée trop longtemps.

Alors elles s'abattent sur elle avec leurs ailes noires, manquant de l'étouffer : toutes les erreurs qu'elle a commises en tant que mère. Toutes les fois où elle a fait souffrir la personne qu'elle voulait le plus protéger au monde. La fois où elle a hissé Bird sur ses épaules et où sa tête a heurté l'encadrement de la porte, un hématome couleur prune éclosant sur son front. La fois où elle lui a donné à boire dans un verre fêlé qui s'est brisé dans sa bouche. Le catalogue mental de ses échecs est sans fin et indélébile, et chacun de ces souvenirs plante ses serres en elle et lui appuie sur les épaules, la clouant sur place. Quand elle lui a piqué le pouce avec une aiguille en essayant de lui ôter une écharde et qu'une perle de sang est apparue sur sa peau. Quand elle lui a hurlé dessus, lors d'une grosse colère, et l'a laissé pleurer tout seul. Quand elle l'a mis en danger avec le vers d'un de ses poèmes puis l'a abandonné pendant tellement longtemps. Et bientôt, elle l'abandonnerait à nouveau. Pourrait-il jamais comprendre ? Dans l'obscurité duveteuse, elle jette un œil aux carnets étalés sur la table devant elle. Toute une pile, remplis des histoires des autres, chacun avec ses propres souvenirs et regrets, ses échecs et son amour, tout ce qu'ils auraient aimé pouvoir dire aux enfants qu'ils ne reverraient peut-être jamais. Peut-être que c'est ça, la vie, après tout : une liste infinie de transgressions qui n'empêchent pas les joies mais simplement les recouvrent, les deux listes se mêlant et se confondant l'une l'autre, tous ces petits moments qui constituent la mosaïque d'une personne, d'une relation, d'une vie. La leçon que Bird en tirera : que sa mère est faillible. Qu'elle n'est jamais qu'humaine, elle aussi.

Elle referme le carnet ouvert devant elle, le repose sur la pile avec les autres. Elle emportera ces histoires avec elle de la seule façon désormais possible : elle craque une allumette et met le feu aux carnets.

Puis, parce qu'il lui reste encore quelques instants, parce qu'ils sont tout proches mais pas encore là, elle se met à raconter une dernière histoire. Une lettre d'amour et d'excuses. Une histoire qu'elle n'a jamais eu besoin d'écrire, car elle la connaît par cœur. Elle ferme les yeux et commence à parler.

Bird. Pourquoi je t'ai raconté tellement d'histoires ? Parce que je voulais que le monde ait un sens à tes yeux. Je voulais donner un sens au monde pour toi. Je voulais que le monde ait du sens.

Quand tu es né, ton père voulait que tu portes mon nom. Miu : un jeune plant. Il aimait cette idée de toi comme notre petite pousse. Mais j'ai choisi son nom : Gardner. Le jardinier, celui qui fait pousser les choses. Je voulais que tu ne sois pas seulement la plante, mais le planteur. Que tu aies le pouvoir sur ta propre vie, que tu tournes ton énergie vers l'avenir, que tu t'orientes vers la lumière.

Sauf que certains font une autre lecture de ton nom. Gar, *en vieil anglais : une arme.* Dyn : *une alarme. Gardner, celui qui entend le cri d'alerte et prend les armes. Un guerrier qui protège les autres, qui protège ce qui lui est cher. Je ne le savais pas, à l'époque. Mais maintenant je suis heureuse que tu aies ces deux choses en toi. Quelqu'un qui prodigue des soins, qui prépare l'avenir, et un combattant qui défend ce qui est déjà là.*

Il y a tant d'autres histoires que j'aimerais te raconter. Tu devras les demander à d'autres – ton père, tes amis. Des inconnus bienveillants que tu croiseras un jour. Tous ceux qui se souviendront.

Mais, au bout du compte, toutes les histoires que j'aimerais te raconter n'en forment qu'une. Il était une fois un garçon. Il était une fois une maman. Il était une fois un garçon que sa maman aimait par-dessus tout.

À quel moment s'arrête-t-elle de parler ? À quel moment en a-t-on jamais fini de raconter l'histoire de quelqu'un qu'on aime ? On retourne ses plus précieux souvenirs dans tous les sens, on adoucit leurs angles, on les réchauffe contre soi. On caresse les courbes et les creux de chaque détail qu'on possède, on les mémorise, on les récite encore une fois bien qu'on les ait déjà dans le sang. Qui s'est jamais dit, en se remémorant le visage d'un être aimé disparu :

oui, je t'ai assez regardé, je t'ai assez aimé, on a eu assez de temps, tout ça m'a suffi ?

Elle soulève l'ordinateur au-dessus de sa tête et le fracasse par terre, et dans son dos elle entend la porte s'ouvrir.

Quand Bird et Sadie se réveillent, le soleil se lève juste. Au début, ni l'un ni l'autre ne se rappelle où il se trouve, et puis ça leur revient d'un coup : la cabane. Le projet. Dehors, les arbres sont comme de longues flèches droites pointant vers le ciel. Ils sont certains que le plan de Margaret a réussi, certains qu'il a tout changé et que, quand la duchesse et elle reviendront les chercher, ils retrouveront une ville complètement transformée, un monde remis d'aplomb sur son axe.

Sauf que personne ne vient. Ils terminent leurs céréales et attendent, assis côte à côte sur les marches du perron. Le ciel est couvert, l'air est lourd, étouffant les bruits autour d'eux comme un gros édredon. De temps en temps, ils jureraient avoir entendu quelque chose – un crissement de pneus sur le gravier, le grondement d'un moteur de voiture. Mais personne ne vient.

Elles ne vont pas tarder, affirme Sadie, confiante. Je parie que c'est juste à cause de la circulation. Elles vont arriver.

Il n'y a pas de téléphone dans la cabane, pas d'ordinateur, pas d'Internet. Rien qui puisse les relier au monde extérieur. C'est alors que Bird et Sadie se rendent compte qu'ils savent à peine où ils sont. Sur le trajet, plus ils s'éloignaient de la ville, moins ils faisaient attention aux panneaux. Ça n'avait pas d'importance sur le moment, mais ils songent à présent aux dix-neuf hectares entre eux et la personne la plus proche. Comment fait-on pour trouver quelqu'un dans une telle immensité ? Loin au-dessus des arbres, les nuages s'assombrissent.

Et si personne ne revient jamais ? demande Bird.

Dans le silence environnant, ils réfléchissent à cette question. Ils pourraient vivre ici un certain temps. Ils seraient à l'abri, au chaud, et le sac de provisions que la duchesse leur a laissé pourrait leur durer quelques jours, peut-être un peu plus. Mais après ?

Peut-être qu'on peut trouver un voisin et utiliser son téléphone, suggère Sadie.

Mais ils savent tous les deux que c'est impossible. Dans quelle direction iraient-ils, comment repéreraient-ils une autre maison et, une fois là-bas, qui appelleraient-ils, de toute façon ? Ils essaient d'imaginer : ils pourraient remonter la longue allée de gravier jusqu'à la route, et puis suivre celle-ci. Elle doit bien mener quelque part, qu'elle aille vers la ville ou dans le sens opposé, mais en tout cas ça les conduirait jusqu'à des gens. Et ensuite ? Ils s'interrompent, hésitants, ne sachant trop ce qui les attendrait après. La personne qui les trouverait préviendrait sans doute les autorités, et ils seraient emmenés, séparément. Ils entendent soudain un bruissement, des craquements, et se raidissent d'impatience, mais il n'y a personne, aucun mouvement à l'horizon ; c'est seulement le vent qui se lève et étrangle les arbres. Les branches s'agitent et se débattent dans l'air. Bird ne savait pas que la forêt pouvait être aussi bruyante, aussi sauvage.

Il est peut-être arrivé quelque chose, avance-t-il.

Il ne le dit pas, mais tous les deux y pensent : peut-être qu'elles se sont fait prendre, Margaret, la duchesse ou les deux à la fois ; peut-être qu'elles ont été capturées et que personne ne viendra jamais les chercher. Ou bien – une idée encore pire, qui leur vient presque à l'unisson bien que ni l'un ni l'autre n'ose la formuler tout haut – peut-être que ce sont les autorités qui viendront les chercher, qui sont déjà en route jusqu'à eux. L'air se rafraîchit brusquement, leur donnant la chair de poule.

Sadie secoue la tête. Comme si, en refusant de le croire, elle pouvait forcer l'univers à lui donner raison.

C'est impossible, rétorque-t-elle. Elles sont trop prudentes, elles ont tout planifié. Elles ne laisseraient jamais faire une chose pareille.

Viens, on rentre, déclare Bird en se levant, mais Sadie ne bouge pas. Viens, répète-t-il. Regarde, de toute façon il va pleuvoir.

En effet, l'air est devenu moite et piquant, un orage est sur le point d'éclater. Mais Sadie reste fermement plantée sur les marches, serrant ses genoux contre elle.

Rentre si tu veux, dit-elle. Moi, j'attends ici. Elles vont arriver, je le sais.

Bird hésite sur le pas de la porte, ne voulant pas la laisser seule, ne voulant pas rester seul lui-même. Un pied dedans, un pied dehors, il scrute l'allée de gravier qui s'enfonce entre les arbres et disparaît au loin après le tournant. Toujours rien, alors que de grosses gouttes commencent à tomber, laissant des éclats sombres sur les marches en bois.

Sadie, insiste-t-il. Sadie. Viens.

La pluie siffle autour d'eux comme des milliers de serpents minuscules, et le sol se cabre sous l'impact des gouttes. Elles criblent la terre de trous qui s'élargissent en cratères et se remplissent pour former des flaques. Elles ricochent sur le gravier de l'allée et sur les marches, bondissant jusqu'à mi-chevilles. Elles ricochent sur Sadie, qui ne bouge toujours pas, loyale, têtue, les yeux rivés sur l'allée, jusqu'à ce que, trempée jusqu'à l'os, elle finisse par rentrer.

Bird referme la porte, et le silence qui s'ensuit, après le tourbillon et le grondement de l'orage, paraît assourdissant. Les vêtements de Sadie dégouttent à ses pieds. Elle ne s'essuie même pas le visage, laissant ses cheveux ruisseler d'eau sur ses joues, si bien que Bird n'arrive pas à savoir si elle pleure. Il tend le bras pour lui poser la main sur l'épaule, mais elle le repousse d'un geste vif.

Ça va, assure-t-elle.

Elle part se changer dans sa chambre et, quand elle revient, elle a quelque chose à la main.

Regarde, dit-elle. Regarde ce que j'ai trouvé dans la table de nuit.

Un petit flacon orange fermé par un couvercle blanc. Elle le secoue et, à l'intérieur, des comprimés crépitent comme de la grêle.

Ils déchiffrent ensemble l'étiquette délavée : *Duchess, Claude. En cas de crise d'angoisse, prendre 1 comprimé.* La date de péremption remonte au milieu de la Crise. Sadie dévisse le couvercle.

Il n'en reste que deux, annonce-t-elle. Sur un total de… – elle consulte l'étiquette – cent cinquante.

Méthodiquement, alors que la pluie tambourine sur le toit, ils fouillent tous les recoins cachés de la maison. Dans la commode : de l'huile essentielle de lavande, un guide de médication, trois sortes de somnifères. Des lettres dans une langue qu'ils ne comprennent pas, avec des timbres étrangers. Dans l'autre table de nuit, un crayon brisé, un livre de mots croisés, une bouteille de whisky vide, une boîte de cartouches vide. Ils remarquent à présent les deux creux affaissés de chaque côté du matelas, l'usure sur la moquette à l'endroit où quelqu'un a dû se lever, matin après matin, cherchant à rassembler la force et la volonté nécessaires pour affronter une nouvelle journée. Ils remarquent la fêlure dans la lampe de chevet, là où elle s'est cassée et a été réparée. Des traces de brûlure çà et là sur le parquet, où des cigarettes ont laissé tomber des braises.

Ils ont du temps à ne plus savoir qu'en faire. Régulièrement, ils croient entendre un bruit, quelqu'un approcher, mais quand ils se précipitent pour regarder par la fenêtre, ce n'est jamais rien d'autre que le vent, la pluie qui fouette les murs de la cabane, les arbres qui craquent et gémissent dans la tempête. Dans la cuisine, au fond du placard le plus haut, ils trouvent de vieux paquets de pâtes et de haricots secs dont la date limite de consommation remonte à avant leur naissance.

Pour la première fois, ils arrivent à se représenter ce que ça a dû être. Les longs mois d'attente, retranchés ici, au fond des bois. À se demander ce qui pouvait bien se passer au-delà, à s'inquiéter de savoir quand ça allait les atteindre. À redouter le type de monde qui les attendrait quand ils réémergeraient. Ils avaient eu le luxe de cette retraite, blottis dans cette confortable maison, avec l'eau courante, le chauffage et largement de quoi se nourrir. Ils avaient pu se terrer là en attendant que le pire de la Crise soit passé. C'est à présent Bird et Sadie qui y ont échoué ensemble, et ils comprennent à leur tour que cette cabane est le seul endroit où ils peuvent se sentir en sécurité, un refuge auquel ils s'agrippent désespérément. Quelqu'un va-t-il venir ? De qui s'agira-t-il, quelles nouvelles apportera-t-il du monde extérieur, sera-t-il un ami ou un ennemi, et quand arrivera-t-il ? Vont-ils mourir ici, seuls et barricadés, enfermés et coupés du reste du monde ? Et cela sera-t-il meilleur ou pire que ce qui aurait pu leur arriver s'ils avaient pris le risque de rester en ville ? Et puis quelle importance, au fond ?

Au milieu de ce gris après-midi, ils allument un nouveau feu, car ils ont besoin de chaleur, de réconfort, de quelque chose qui danse, qui brille, qui vive. C'est plus facile, cette fois, ils savent comment faire, et ils regardent les flammes dévorer les gros titres sur les boules de papier journal.

« LE DOW JONES EN BAISSE POUR LE QUATRIÈME MOIS D'AFFILÉE – LA FED ENVISAGE UN SAUVETAGE FINANCIER ».

« UNE MANIPULATION DES MARCHÉS CHINOIS SANS DOUTE À L'ORIGINE DE LA CRISE ».

Même une fois que le feu a pris, ils continuent à feuilleter la pile de journaux, parcourant les titres, les photos de une. Ils remontent le temps. « L'INTERDICTION DES GRANDS RASSEMBLEMENTS RESTERA EN VIGUEUR TOUT LE MOIS D'AOÛT ». « LA CHAMBRE PROPOSE DES MESURES POUR EXPULSER LES ÉLÉMENTS SUBVERSIFS PRO-CHINOIS ». « LES SONDAGES MONTRENT UN SOUTIEN MASSIF À LA PROPOSITION DE LOI PACT ».

Stop, déclare Sadie en reposant les journaux sur la pile. Je n'ai pas envie d'en voir plus.

Sans un mot, ils alimentent le feu, rajoutant une brindille çà et là, lui offrant une bûche qu'ils poussent par petits à-coups vers les flammes en attendant anxieusement qu'elle s'embrase. Quelques gouttes de pluie s'insinuent par la cheminée, produisant des crépitements et des sifflements de vapeur. Tous les deux sentent, sans en parler, qu'ils doivent maintenir ce feu en vie, que s'il s'éteint quelque chose de terrible arrivera, que quelque chose de précieux et d'irrécupérable sera perdu, que le fait de le maintenir en vie est leur seul recours ; que, de façon inexplicable, non seulement leur sort mais celui du monde dépend de leur capacité à garder ce feu allumé. S'ils y arrivent, ils en sont persuadés, Margaret et la duchesse reviendront les chercher, non seulement la mère de Bird sera saine et sauve mais elle leur annoncera que son plan a fonctionné, que tout a brusquement changé, que tout ce qu'il fallait corriger a été réparé. C'est un miracle qu'ils auront mérité. S'ils laissent le feu s'éteindre…

Ils préfèrent ne pas y penser, ne pas mettre de mots sur ces peurs. Ce soir-là, ils ne se donnent pas la peine de cuisiner, se contentant de piocher dans le sac de provisions chaque fois qu'ils ont faim : fruits secs, crackers, amandes grillées… ils grignotent toute la soirée. Quand la nuit tombe, ils ne se retirent pas dans leurs chambres respectives mais restent côte à côte devant la cheminée, à regarder les flammes consumer les bûches une par une.

Lorsqu'ils jettent un coup d'œil dehors, tout paraît brouillé, indécis. Ce ne sont plus des arbres mais une impression d'arbres : des taches vertes zébrées de traînées sombres et mouillées. Ce n'est plus la mer calme de la veille mais une masse informe gris ardoise qui enfle et bouillonne à la limite de leur champ de vision. Ils ne voient pas très loin ; une brume flotte dans l'air, comme des embruns salés, et ils ferment les rideaux pour ne pas avoir sous les yeux la bataille terrifiante qui fait rage dehors. Le vent grince contre le toit, les fenêtres, le sol. La pluie est tellement forte qu'on la confond avec le rugissement de l'océan. Ils sont comme une barque prise dans la tempête, ballottée dans tous les sens. Où est le haut, où est le bas ? Ils n'en sont plus sûrs. Le parquet en bois pourrait être le pont chaviré ; la pluie martelant le toit pourrait être les vagues qui fouettent et rongent la quille sous leurs pieds.

J'ai peur, dit Bird.

Sadie glisse une main réconfortante dans la sienne, chaude, moite et vivante.

Moi aussi, dit-elle.

Jusqu'à tard dans la nuit, ils continuent d'alimenter le feu vorace, ni l'un ni l'autre prêt à capituler. C'est seulement bien après minuit qu'ils s'assoupissent, puis se réveillent alors que le feu est en train de mourir et que la pièce se refroidit. Ils mettent une nouvelle bûche, parviennent à le ressusciter, à le faire renaître de ses cendres encore et encore, jusqu'à ce que, peu avant que l'aube ne colore le ciel d'un gris doré, ils finissent tous les deux par s'endormir, côte à côte sous la couverture en laine qui gratte, et le feu par s'éteindre.

Ils se réveillent frigorifiés, la nuque raidie, regardent la cheminée éteinte, puis se regardent l'un l'autre.

Ça ne fait rien, s'empresse d'affirmer Sadie. Ça ne compte pas. Il fait presque jour, maintenant.

Elle dit ça avec toute son ancienne assurance effrontée, mais il sait qu'elle a besoin de sa confirmation.

Il acquiesce.

Oui, c'est bon, dit-il.

Dehors, le grondement de la tempête s'est tu. Le silence enfle et résonne, leurs oreilles s'accoutument peu à peu à l'absence de bruit. Le clapotis de la pluie est discret, désormais, comme des doigts qui pianotent sur une table. Au lieu d'une clameur indistincte, ils arrivent à identifier des sons individuels. Un tout petit filet d'eau qui ruisselle contre la vitre. Le *ploc-ploc* régulier d'une goutte qui tinte sur la gouttière comme une clochette. Soudain, un premier oiseau qui fait ses gammes juste avant l'aube, et un deuxième qui lui répond.

Bien qu'il ne fasse pas encore jour, ils prennent leur petit déjeuner en finissant le paquet de céréales car, pensent-ils, même au bout du monde, c'est le genre de chose qui leur permet d'être mieux préparés à la suite des événements, quelle qu'elle soit. Puis, sans se concerter, ils reprennent leurs places sur les marches du perron, même s'ils ne savent toujours pas très bien ce qu'ils attendent. Le ciel commence à peine à s'éclaircir. Après l'orage de la veille, l'air paraît propre et vif, les oiseaux s'interpellent d'un arbre à l'autre. Détrempé par la pluie, le monde semble un peu plus foncé – les rochers sont passés d'un chamois clair à un doré profond, la terre d'un gris-brun à un quasi-noir –, mais tout est toujours là. Un écureuil, les yeux ensuqués, émerge de son trou, se laisse pendre par les pattes de derrière et s'étire lascivement, d'abord d'un côté, puis de l'autre. Aux pieds de Bird, deux fourmis industrieuses soulèvent une miette tombée de son bol de céréales et entament le long et périlleux trajet retour jusqu'à leur maison.

Peut-être que c'est possible. Peut-être que tout va bien, qu'il y a juste eu un retard, peut-être que Margaret et Domi sont en route pour venir les chercher, saines et sauves, triomphantes.

Je les entends, s'exclame Sadie en se levant d'un bond.

Elle a raison : ils l'entendent tous les deux, une voiture qui crisse sur la longue allée de gravier à travers les bois. Du perron, ils la voient approcher. C'est la voiture de la duchesse, tellement urbaine et incongrue dans ce décor, une fine balle brillante qui perce la forêt au ralenti. Elle avance tout doucement, presque avec réticence. Sadie prend la main de Bird, ou l'inverse, ils ne savent plus trop, et ils regardent la voiture rouler vers la cabane avec une lenteur insoutenable. Au bout d'un moment, ils discernent deux silhouettes à l'avant, bien qu'à travers les vitres teintées ils ne puissent reconnaître leurs visages, seulement une forme sombre sur le siège passager et une autre au volant. Puis la voiture s'arrête, le moteur se coupe et la portière s'ouvre du côté passager, mais ce n'est pas elle, c'est un homme, un grand corps d'homme qui se déplie et se tourne vers eux, et Bird réprime un cri en le reconnaissant. C'est son père. Au volant, la duchesse a une mine grave, et ils comprennent qu'il s'est passé quelque chose de terrible.

Papa, s'écrie Bird. Papa.

Mais aucun son ne sort de sa bouche. À ses côtés, Sadie fond en larmes.

Et, comme s'il l'avait quand même entendu, son père se met à courir vers lui, vers eux, et les enveloppe tous les deux dans ses bras.

Elle a attendu, la duchesse. Elle a attendu dans son palais doré, toute la soirée et une bonne partie de la nuit, que Margaret la rejoigne.

Dès que tu as l'impression qu'ils t'ont repérée, avait-elle dit. Ne traîne pas, M., pars avant qu'ils aient le temps d'arriver jusqu'à toi. Ne joue pas avec le feu… tu as toujours tendance à te laisser emporter.

Margaret avait acquiescé.

Mais ensuite elle avait continué à parler, encore et encore, bien au-delà du moment où Domi pensait qu'elle s'arrêterait, bien au-delà de ce qui paraissait raisonnable, de ce qui paraissait prudent, et même au-delà de ce qui paraissait possible. Quand Domi comprit que Margaret ne viendrait pas, qu'il y avait clairement un problème, le ciel était passé du jour à la nuit et commençait de nouveau à s'éclaircir, alors elle monta dans sa voiture et prit la direction de Brooklyn. La voix de Margaret s'était quasiment tue, les autorités découvrant et détruisant les haut-parleurs les uns après les autres à mesure qu'elles resserraient leur étau autour d'elle, mais au moment de traverser le pont, peu après trois heures du matin, Domi l'entendit de nouveau : la voix de sa vieille amie, plus forte à présent, plus distincte, sortant des haut-parleurs que la police avait ratés ou pas encore trouvés, comme si, maintenant qu'elle était tout près, ses mots résonnaient plus nettement. Elle racontait les histoires de ceux qui ne pouvaient pas les raconter eux-mêmes, tantôt avec tristesse, tantôt avec colère ou tendresse, mille personnes criant par sa bouche.

Mais, arrivée à quelques rues de la maison abandonnée, Domi sut que les choses avaient mal tourné. Il régnait tout à coup un silence glaçant. Les routes étaient barrées à partir de Flushing Avenue, elle ne put même pas s'approcher du parc de Fort Greene. Un cordon de voitures de police, sirènes éteintes mais gyrophares allumés, encerclait tout le quartier, et elle dut se résigner à faire demi-tour et à rentrer chez elle. Elle savait déjà ce que cherchaient les flics, et qu'ils l'avaient trouvé. Pourtant elle attendit, surveillant son téléphone, dans l'espoir que l'écran s'éclaire et que ce soit Margaret qui l'appelle de quelque part, n'importe où, pour lui dire qu'elle allait bien.

Lorsque son téléphone sonna enfin, la matinée était bien entamée et c'était le coup de fil qu'elle attendait. Elle était prête. Oui, elle était bien propriétaire de la maison en question. Hein ? Ils avaient trouvé *quoi* à l'intérieur ? Non, un choc total, et pas des plus agréables, comme ils pouvaient l'imaginer. Non, elle n'avait aucune idée de comment… quoique, en y repensant, il y avait un Digicode à l'arrière. Cette femme avait dû réussir à le forcer et à ouvrir la porte. Hein, quoi, qu'est-ce qu'elle faisait là-bas ? Quelle horreur ! Non, elle ne s'y était jamais rendue elle-même. Son père l'avait achetée pendant la Crise dans l'intention de la rénover, mais il ne l'avait jamais fait et elle en avait hérité, et depuis elle était restée inhabitée, en l'état. D'ailleurs c'est ce qui en faisait un endroit plutôt sinistre. Elle ne s'en servait pas mais elle ne se sentait pas encore prête à la vendre. Claude Duchess, il s'appelait. Oui, comme la société Duchess Technologies, c'était la même famille. Oui, bien sûr, elle allait sécuriser davantage les lieux à l'avenir ; elle ajouterait un système d'alarme, des caméras de surveillance. Vu tout ce qui se passait ces temps-ci, on n'était jamais trop prudent. Si les autorités pouvaient l'informer quand elles auraient fini leur travail… C'était bien aimable de leur part, elle appréciait énormément le service qu'elles fournissaient à toute la communauté. D'ailleurs, ça lui rappelait qu'elle voulait faire un don pour soutenir les policiers dans leur mission. Non, non, c'est *elle* qui les remerciait.

Pendant ce temps-là, elle cherchait. Margaret ne lui avait pas dit grand-chose, mais les bribes qu'elle connaissait déjà suffisaient. C'était étonnant, tout ce qu'on arrivait à retrouver juste à partir d'un nom, à condition de demander aux bonnes personnes. Le nom Ethan Gardner la mena jusqu'à Harvard, puis jusqu'à la liste du personnel de la bibliothèque, et enfin à ce qu'il lui fallait : une adresse à Cambridge, dans une des résidences universitaires. Pas de numéro de téléphone, mais de toute façon elle n'aurait pas pris le risque d'appeler. Elle mit près de cinq heures à rejoindre Boston, la circulation s'épaississant à mesure que l'après-midi avançait vers la soirée, complètement bouchée à l'entrée de Stamford, puis de New Haven et de Providence. Le temps qu'elle arrive à Cambridge, il était à peine plus de seize heures. Elle se gara devant le bâtiment du campus et attendit. Peut-être qu'elle l'avait déjà raté, peut-être qu'il ne travaillait pas le vendredi, peut-être qu'il était déjà rentré du travail, ou qu'il n'était jamais parti, ou bien qu'elle n'était pas au bon endroit et qu'elle avait fait tout ce chemin pour rien. Elle faillit abandonner. Mais finalement, un peu après vingt et une heures, il apparut – un peu plus vieux, un peu plus grisonnant, mais le même visage que dans son souvenir, toutes ces années auparavant. Habillé pareil, même : une chemise bleu clair rentrée dans le pantalon, une veste en velours côtelé. À l'époque, elle ne comprenait pas ce qui avait pu tant fasciner Margaret, mais à présent elle pensait le voir : une certaine tendresse en lui, la promesse qu'il pouvait y avoir de la douceur dans ce monde.

Au moment où il passait à sa hauteur, elle sortit de la voiture.

Ethan ? demanda-t-elle, et il se retourna, surpris, hésitant, scrutant son visage pour chercher à y reconnaître quelque chose. C'est Domi, dit-elle, et elle vit son regard s'éclairer. Je suis là au sujet de Margaret.

Et avant qu'il réponde quoi que ce soit, elle ajouta : Et de Bird.

Il avait trouvé l'appartement vide en rentrant du travail ce lundi-là, et son cœur s'était figé. C'était donc arrivé, avait-il pensé dans sa panique : malgré toutes ses précautions, ils avaient fini par l'emmener. Noah, avait-il crié en allumant les lumières dans le salon, puis dans la chambre, en faisant de nouveau le tour de l'appartement, comme si Bird était simplement une clé égarée. C'est alors seulement qu'il vit le petit mot sur la table, le dessin, le bout de papier avec écrit *New York, NY*. Même après toutes ces années, il reconnaissait encore l'écriture de Margaret, pointue, rapide, assurée, et il comprit.

Il ne pouvait pas appeler la police : dès qu'ils commenceraient à enquêter, ils établiraient le lien avec Margaret, fouilleraient allègrement dans son dossier et en ouvriraient un sur Bird. Il pouvait se rendre à New York, mais ensuite ? Il n'avait d'autre choix que d'attendre. Si Bird retrouvait Margaret, se rassura-t-il, ils le contacteraient. Il se refusa à réfléchir à l'éventualité contraire.

Le mardi matin, il appela le collège de Bird pour dire qu'il était malade, et en fit autant à son travail. Si Bird revenait, il serait là pour l'accueillir. Il passa la journée à faire les cent pas dans l'appartement, à attraper ses dictionnaires et à les reposer. Encore et encore, il regardait le dessin que Margaret avait envoyé : les chats, l'armoire. Quel message avait pu y voir Bird ? Le soir, il oublia de dîner. Où était Bird ? Avait-il trouvé Margaret ? Et sinon… ? Cette nuit-là, dans un état semi-délirant, il rêva qu'il était dans son ancien appartement avec Margaret et que la Crise faisait encore rage autour d'eux. Au matin, dans les vapes, épuisé, il se réveilla seul, sous le lit vide de Bird, et il appela de nouveau le collège et le travail pour dire qu'ils étaient malades. En manque de sommeil, il ne cessait de s'assoupir. Chaque fois, il se réveillait convaincu d'avoir entendu la voix de Bird, mais il n'y avait jamais personne.

Le vendredi matin, il retourna travailler ; il avait épuisé ses jours de congé. À la bibliothèque, il fit rouler son chariot dans les rayons en prenant tout le temps nécessaire pour aligner soigneusement les livres, remettre chaque chose à la place précise qui était la sienne. À la fin de son service, il traîna encore, redoutant l'appartement vide. Au lieu de rentrer directement, il se rendit dans l'angle sud-ouest du niveau D et passa les étagères au peigne fin jusqu'à ce qu'il le trouve : le petit livre avec, en couverture, un chat et un garçon qui ressemblait un peu à Bird.

Cette version, découvrit-il, était différente de celle que racontait Margaret. Ici, les parents avaient trop d'enfants, ils envoyaient le garçon étudier chez les prêtres, et le bâtiment n'était pas une maison mais un temple. Peut-être qu'elle ne s'en souvenait pas bien, ou qu'elle avait modifié l'histoire pour se l'approprier. Ou peut-être existait-il simplement plusieurs versions de ce conte traditionnel. Que pouvait-il bien évoquer à Margaret et à Bird que lui ne voyait pas ? Il le relut encore et encore, jusqu'à la fermeture de la bibliothèque, à la recherche d'un message, d'un indice qui résoudrait tout et lui indiquerait où était sa famille. Mais le livre ne lui révéla rien.

Il y songeait encore en rentrant chez lui à pied après la tombée du soir. Quel que soit le sens de cette histoire, il ne se cachait pas dans les mots eux-mêmes, mais ailleurs. C'était alors que Domi était sortie de sa voiture et l'avait interpellé.

À l'aube, ils reprirent la route vers le Connecticut. Il n'y avait plus de circulation, tout le monde était chez soi, volets fermés. Dans certains endroits, les lampadaires commençaient déjà à s'éteindre, mais dans la berline de Domi ils filaient sur l'autoroute de façon parfaitement fluide. Sur des tronçons entiers, leur voiture était la seule en vue, et ils fendaient l'obscurité dans la petite bulle de lumière découpée par leurs phares. Comme s'il n'y avait plus rien ni personne d'autre au monde. Pendant un long moment, Ethan ne décrocha pas un mot et Domi, comme pour remplir le silence, fit la conversation toute seule. Elle lui avait déjà parlé des choses les plus urgentes, bien sûr : de ce qui était arrivé à Bird, de la maison abandonnée, du plan. De là où ils allaient. Mais, maintenant que le plus important était dit, elle avait le loisir de revenir sur les détails. L'impression que lui avait donnée Margaret quand elles s'étaient revues pour la première fois. J'ai compris, dit Domi, qu'elle avait été heureuse avec toi. Dans la vie qu'elle avait eue. Parce qu'elle avait l'air tellement triste de la perdre. Ça se voyait dans ses yeux.

Elle raconta tout à Ethan, du mieux qu'elle put : les carnets de Margaret, ses voyages d'une famille à l'autre, jusqu'à ce qu'il puisse quasiment les visualiser, ses multiples déplacements comme des lignes de points de suture hachurant la carte du pays pour essayer de recoudre une plaie béante.

Tu aurais dû entendre ça, commenta Domi. Tu aurais dû entendre sa voix qui sortait de…

Elle agita la main en l'air, et la voiture fit une légère embardée.

… qui sortait de partout. De l'air. Et les gens qui s'arrêtaient pour l'écouter. J'ai regardé par la fenêtre et je les ai vus, cloués sur place. Comme des statues. On aurait dit qu'elle avait changé tout le monde en pierre.

Sauf, songea-t-elle – mais ceci, elle ne put se résoudre à le dire tout haut, elle n'arriverait jamais à l'exprimer –, sauf que certaines de ces statues de pierre étaient en larmes. Elle s'était accrochée à ça, même quand les forces de l'ordre avaient débarqué pour localiser les haut-parleurs et les écraser sous leurs bottes, même quand elles avaient ordonné à la foule de se disperser, même quand il n'y avait plus rien eu à voir de sa fenêtre qu'un trottoir désert et quelques fragments de fils électriques et de plastique sur le bitume. Ces gens évaporés avaient séché leurs larmes et repris le cours de leur vie, mais ces larmes n'en avaient pas moins existé, ne serait-ce que quelques instants, et elle se disait que ce n'était pas rien, que ça comptait.

C'est un gentil garçon, dit-elle à la place. Bird. Il est très mignon.

Après un court silence, elle ajouta : Il lui ressemble tellement. Il vous ressemble à tous les deux.

C'est vrai, répondit Ethan, et ils se turent à nouveau.

Dehors, la route défilait, lumineuse dans l'éclat de leurs phares.

On aurait dit Pompéi, raconterait un témoin par la suite. Tout le monde pétrifié exactement tel qu'il était. Vous restiez là, et ça vous engloutissait. En vous détruisant et en vous préservant à la fois.

Une autre femme garderait ce moment en elle toute sa vie, et des années plus tard, alors qu'elle visiterait le musée d'Histoire naturelle avec sa fille, elle verrait dans les vitrines les animaux empaillés, si réalistes qu'on pouvait croire qu'ils s'étaient simplement figés, comme des cambrioleurs pris dans le faisceau d'une torche, et que dès que vous auriez le dos tourné ils reprendraient vie et fileraient en douce. Devant le diorama d'un lion tapi près d'un troupeau d'antilopes – avec derrière eux l'air de la savane peint qui vibrait d'un éclat doré, des chacals qui rôdaient dans l'ombre, tous, prédateurs et proies, paralysés par quelque force invisible –, elle se rappellerait soudain cette soirée, alors que le jour déclinait et que cette voix leur parlait à tous, ce sentiment d'être entourée d'inconnus qui, étonnamment, partageaient la même expérience. Elle se souviendrait de l'homme assis sur le banc en face d'elle – les cheveux grisonnants, le visage dur, vêtu d'un pantalon de treillis trop large, les semelles déchirées de ses chaussures laissant apparaître ses chaussettes grises –, de la façon dont leurs regards s'étaient croisés, et de la confirmation tacite qu'ils avaient échangée : *Oui, moi aussi, je l'entends*. Elle ne reverrait jamais cet homme, mais là, dans le musée, elle se souviendrait de lui, elle se souviendrait que, d'une certaine manière, il avait compté pour elle, qu'ils étaient liés et qu'ils s'étaient trouvés, elle se souviendrait du sentiment d'être unis par cet instant surréaliste dans le temps, et elle serait de nouveau paralysée, captivée, son regard transperçant le lion et les antilopes pour plonger dans le passé, jusqu'à ce que sa fille la tire par la main et lui demande pourquoi elle pleurait.

Je n'arrive pas à comprendre, ne cesse de répéter Domi en se frottant les yeux avec le bas de la paume, son eye-liner de la veille étalé en cernes noirs rageurs, la tête de Sadie blottie contre son épaule. Pourquoi elle a pris un tel risque. On en avait parlé. Je croyais qu'elle avait compris.

Tu connais Margaret, répond Ethan. De temps en temps, elle se laissait emporter. C'était une sauvage.

Domi et lui partagent un rire triste. Tout ce qui les exaspérait chez elle leur devient précieux.

Ils parlent d'elle au passé, remarque Bird, et il sourit presque devant leur naïveté et leur manque d'imagination. Ils ont l'air certains qu'elle n'est plus là, mais pas lui. Je te promets que je reviendrai, lui a-t-elle dit, même s'il se rend compte à présent qu'elle n'a pas précisé quand. Seulement qu'elle reviendrait. Et il continue à y croire. Elle reviendra. Un jour, d'une façon ou d'une autre. Sous une forme ou une autre. Il la trouvera, s'il cherche suffisamment. Des choses étranges peuvent se produire. Elle peut très bien être là, quelque part, sous une forme différente, comme dans les contes : déguisée en oiseau, en fleur, en arbre. S'ils cherchent vraiment bien, ils la trouveront. Et tout en pensant à ça, il a justement l'impression de la voir : dans le bouleau dont les feuilles pleuvent doucement sur eux, dans le faucon qui tournoie dans le ciel en lançant son cri strident et mélancolique. Dans le soleil qui commence juste à percer à travers les arbres, colorant tout d'une pâle lueur dorée.

Et maintenant ? demande-t-il.

Mais il connaît déjà la réponse. Maintenant, ils ont le choix. Ils peuvent tous retourner à la vie qu'ils avaient avant. Bird et son père peuvent retourner à Cambridge, lui au collège, son père à la bibliothèque, à remettre les livres dans les rayonnages. Ils peuvent faire comme si de rien n'était, continuer à dire que non, ils ne la connaissent pas, ils n'ont pas eu de nouvelles depuis des années. Qu'ils n'ont rien à voir avec elle, rien à voir avec ce qui s'est passé, qu'ils n'auraient jamais fait une chose pareille, que bien sûr ils ne pensent pas comme ça. Quant à Sadie, la duchesse leur affirme qu'elle peut lui trouver un endroit sûr, mais à voir l'expression sur le visage de son amie, Bird sait ce qui se produira : elle s'enfuira, elle continuera à s'enfuir, comme elle faisait avant de rencontrer Margaret, elle continuera à chercher ses parents, à chercher une issue à tout ça, et elle disparaîtra dans la nature. Et donc ils en reviendront tous au point où ils en étaient avant, comme si rien de tout ça n'avait existé, comme si ça n'avait rien changé, comme si ça ne voulait rien dire.

Ou alors, ils peuvent continuer. Ils peuvent continuer à chercher – les parents de Sadie, les familles qui ont perdu des enfants, les enfants eux-mêmes. Margaret, qui est peut-être encore en vie quelque part, bien qu'aucun d'entre eux n'ose le formuler, y compris à lui-même. Ils peuvent continuer à collecter des histoires et à trouver des façons de les partager. Des façons de les transmettre et de les mémoriser. Il faudra qu'ils se cachent, comme Margaret pendant toutes ces années, qu'ils se faufilent entre les ombres, qu'ils se déplacent de faveur en faveur. Pour écouter et recueillir. Refuser de laisser les choses mourir. Ils peuvent accepter d'être changés par ce qu'a fait Margaret, faire en sorte que ça change les choses. Ils peuvent continuer à rouler ce rocher vers le sommet de la montagne.

Quelque part, peut-être, quelqu'un est en train de dire à quelqu'un d'autre : *Écoute, il s'est passé ce truc fou l'autre soir et je n'arrête pas d'y penser.* Des jours plus tard, voire des semaines, la voix de Margaret toujours logée dans les replis de leur cerveau, les histoires qu'ils ont entendues comme une broche complétant un circuit électrique, éclairant des sentiments longtemps restés dans le noir. Illuminant des coins d'eux-mêmes qu'ils ne soupçonnaient pas. *Écoute, j'ai réfléchi.* Huit millions de gens, et toutes ces histoires circulant par le bouche-à-oreille. Cela ferait-il basculer même une seule personne ? Une sur huit millions, une fraction infinitésimale. Mais pas rien. Une personne qui absorberait cette histoire et la transmettrait. *Écoute.*

Quelque part, une personne qui finirait par dire à d'autres : *Écoute, ce n'est pas normal.*

Aucun d'entre eux ne sait vraiment comment ça pourra marcher, où ils iront, comment ils trouveront leur chemin, mais ce n'est pas impossible, et pour l'instant ça leur suffit.

Avant qu'ils repartent, Domi prend Bird par la main.

J'aurais aimé que tu l'entendes, dit-elle, le visage rose et bouffi, gonflé par le poids de ce qu'elle porte. J'aurais aimé que tu l'entendes parler.

Et, un jour, il l'entendra. Un jour, il rencontrera quelqu'un qui, en apprenant son histoire, lui dira doucement. *Je m'en souviens, j'étais là, je n'oublierai jamais*. Quelqu'un qui le lui répétera, le tout dernier passage du happening de sa mère, la seule histoire qu'elle n'a pas lue mais dite, en direct, avec ses mots à elle. Quelqu'un qui la lui récitera presque mot pour mot, parce que ce sera resté gravé en lui depuis qu'il l'aura entendue, toutes ces années plus tôt, ce fameux soir quand, de nulle part et de partout, une voix s'est mise à parler dans le noir pour répandre des messages d'amour.

À présent, Domi dit : Ses poèmes.

Il y a des années, explique-t-elle, je suis entrée dans une librairie et je suis tombée sur le livre de ta mère, sur une table. Je savais qu'elle finirait par en écrire un. Je l'ai acheté aussitôt et je l'ai lu d'une traite. Ça faisait des années qu'on ne s'était pas parlé. Je lui en ai longtemps voulu, tu sais. Vraiment. Je ne pensais jamais la revoir, jusqu'à ce qu'elle débarque chez moi à l'improviste. Mais ces poèmes, ils m'ont hantée. J'entendais sa voix quand je les lisais. Je n'arrêtais pas de repenser à tout ce qu'on avait vécu ensemble. Ils me rappelaient qui on était, à l'époque.

Bird retient son souffle. Serait-ce possible ? songe-t-il. Qu'elle l'ait encore ? Qu'elle le sorte de son sac et le lui dépose entre les mains, usé et cabossé ?

Mais Domi secoue la tête.

Je l'ai brûlé, dit-elle. Quand elle a commencé à être recherchée. Personne ne savait que j'en avais un exemplaire, et peut-être que personne ne l'aurait jamais su, mais je l'ai quand même brûlé. J'ai été lâche. C'est ce que j'essaie de te dire, Bird : je suis désolée. Je ne l'ai plus.

Bird sent des larmes monter dans sa gorge. Il hoche la tête et commence à se détourner, mais Domi n'a pas terminé.

Il y avait un poème, dit-elle à voix basse, presque comme si elle se parlait à elle-même, ou qu'elle essayait de se souvenir d'un rêve à moitié effacé. Un poème qui m'a complètement…

Elle se frotte le sternum, comme si elle pouvait encore sentir la trace du coup.

Je l'ai relu je ne sais pas combien de fois, tu sais. Parce qu'il exprimait quelque chose que je ressentais mais sur lequel je n'arrivais pas à mettre le doigt, et que les mots cristallisaient l'espace d'un instant, juste au moment où je les lisais. Tu vois ce que je veux dire ?

Bird acquiesce, bien qu'il ne soit pas certain de voir.

Je crois, poursuit-elle, je crois que je serais capable de te l'écrire. Le poème, je veux dire. Je peux me tromper sur un ou deux mots, mais je crois – je *crois* – que je le connais encore par cœur. Ça te plairait ?

C'est alors qu'il comprend comment ça va se passer. Comment il va la retrouver. Ce qu'il va faire à l'avenir, en plus de tout ce que la vie lui présentera. Quelque part, il y a des gens qui connaissent encore ses poèmes, qui en ont dissimulé des bribes dans les recoins de leur esprit avant de mettre le feu aux pages entre leurs mains. Il ira les trouver, il leur demandera ce qu'il leur reste en mémoire, il assemblera leurs souvenirs, si fragmentaires et incomplets soient-ils, bouchant les trous des uns grâce aux pleins des autres, et de cette façon, morceau par morceau, il la couchera de nouveau sur le papier.

Oui, dit-il, merci. Ça me plairait beaucoup.

NOTE DE L'AUTRICE

Le monde de Bird et de Margaret n'est pas exactement le nôtre, mais ce n'est pas totalement un autre non plus. Même si la plupart des événements et des circonstances de ce livre n'ont pas d'équivalents directs, je me suis inspirée de nombreux faits réels, à la fois passés et présents – et certaines des choses que j'avais imaginées sont devenues des réalités le temps que ce roman soit terminé. Margaret Atwood a écrit à propos de *La Servante écarlate* : « Je voulais créer un jardin imaginaire, mais que les crapauds y soient bien réels. » Ce qui suit est donc la liste de quelques-uns des vrais crapauds – et, inversement, des signaux d'espoir – qui ont guidé mes réflexions durant l'écriture.

Il existe une longue histoire, aux États-Unis et ailleurs, des enlèvements d'enfants comme outil de contrôle politique. Si cela touche un point sensible chez vous – comme je l'espère –, je vous invite à vous documenter sur les nombreux exemples, passés et actuels, d'enfants retirés à leur famille : la séparation des familles d'esclaves, les pensionnats d'État pour autochtones (comme celui de Carlisle, en Pennsylvanie), les injustices inhérentes au système des familles d'accueil, les séparations de familles de migrants qui ont toujours lieu à la frontière sud des États-Unis, et j'en passe. C'est un sujet qui mériterait une bien plus grande attention, et le livre de Laura Briggs (non traduit en français) *Taking Children: A History of American Terror* en offre déjà un précieux tour d'horizon.

La pandémie qui a débuté en 2020 a produit une vive hausse des discriminations envers les Asiatiques, mais ce n'est pas un phénomène nouveau non plus : cette discrimination a de longues et profondes racines dans l'histoire américaine. En écrivant ce roman, j'avais à l'esprit des exemples bien réels, notamment – parmi tant d'autres – les camps d'internement pour Américains d'origine japonaise pendant la Seconde Guerre mondiale, le meurtre raciste de Vincent Chin en 1982 et la récente « *China Initiative* » du département de la Justice, visant à débusquer de supposés espions chinois dans les secteurs américains de la recherche et de l'industrie. Si vous découvrez ce sujet et souhaitez en savoir plus, je vous suggère de commencer par les ouvrages suivants : *The Making of Asian America : A History*, d'Erika Lee ; *Yellow Peril!: An Archive of Anti-Asian Fear*, de John Kuo Wei Tchen et Dylan Yeats ; *Infamy: The Shocking Story of the Japanese American Internment in World War II*, de Richard Reeves et *From a Whisper to a Rallying Cry: The Killing of Vincent Chin and the Trial that Galvanized the Asian American Movement*, de Paula Yoo. De nouveaux livres sur l'expérience des Américains d'origine asiatique sont publiés chaque année, et je suis reconnaissante à leurs auteurs d'éclairer les nombreuses facettes de ce sujet complexe et inépuisable.

Je suis fascinée par la façon dont les contes populaires et la langue sont à la fois conservés et lentement altérés à mesure qu'ils se transmettent d'une génération à l'autre – et par le fait que nous y trouvons un sens différent selon les circonstances de notre vie. La version de *La Belle au bois dormant* dont se souvient Bird est tirée du volume des contes de Grimm que j'avais quand j'étais petite et, tout au long du livre, Margaret raconte à Bird un mélange d'histoires occidentales et asiatiques qui me sont restées de ma propre enfance. Le conte japonais au centre de ce roman a été popularisé par la traduction anglaise de Lafcadio Hearn en 1898, puis re-raconté sous de multiples formes au fil des années. La version livrée ici, avec toutes ses variations, est la mienne. En ce qui concerne les questions linguistiques, le *Online Etymology Dictionary*, plusieurs forums spécialisés et les recherches de mon père sur l'histoire des caractères chinois m'ont été d'une aide incalculable pour inspirer les leçons étymologiques d'Ethan, même si toute erreur éventuelle ne serait évidemment due qu'à moi.

Pour les différentes formes de protestation dans le roman, je me suis inspirée d'une grande diversité de sources, mais d'une manière générale le concept d'art guérilla m'a beaucoup guidée, ainsi que les écrits de Gene Sharp sur la protestation non violente. La toile en laine dans le parc du Common s'inspire de diverses opérations pacifistes de tricot urbain aux États-Unis et en Grande-Bretagne, tandis que les enfants de glace de Nashville trouvent leur source dans l'installation nocturne surprise de statues – comme celles de Donald Trump nu créées par le collectif artistique INDECLINE pour protester contre sa politique – et dans les images obsédantes d'enfants en cage propagées par RAICES (le Centre d'éducation et de services juridiques pour les réfugiés et les migrants) afin d'attirer l'attention sur les séparations de familles de migrants à la frontière américano-mexicaine. Les manifestations non violentes du mouvement serbe Otpor, les protestataires syriens anti-Assad et d'autres groupes, notamment ceux si bien décrits par Srđja Popović dans *Comment faire tomber un dictateur quand on est seul, tout petit, et sans armes*, m'ont donné l'idée du bloc de béton et du pied-de-biche à Austin, des balles de ping-pong à Memphis et des bouchons de bouteilles de Margaret, tout en influençant l'esprit général des autres protestations artistiques. J'ai toujours eu aussi dans un coin de la tête la lutte des Hong-Kongais pour la démocratie, en particulier contre la récente loi de « sécurité nationale » imposée par la Chine. Je suis également très reconnaissante à Anna Deavere Smith, dont je n'ai découvert le travail qu'après avoir terminé ce livre mais qui est néanmoins clairement une des précurseuses du projet de Margaret.

Plusieurs personnes réelles font une apparition dans ce roman : Anna Akhmatova est arrivée dans ma vie et m'a permis d'assembler divers morceaux de cette histoire grâce au genre de hasard heureux qui vous fait croire au destin. On peut lire ses poèmes pour se familiariser avec sa vie et son œuvre. J'ai eu l'honneur de nommer un de mes personnages – qui s'élève courageusement contre l'injustice – d'après Sonia Lee Chun, en guise de remerciement à sa famille pour son généreux soutien à Immigrant Families Together. Margaret évoque la mémoire de Latasha Harlins et d'Akai Gurley ; puissions-nous ne jamais oublier leur nom et leur vie. Enfin, après avoir terminé ce livre, j'ai découvert l'existence d'un groupe Facebook qui se sert du hashtag #ourmissinghearts (« nos cœurs disparus ») pour sensibiliser l'opinion publique à la question des personnes disparues. Je leur sais gré du travail qu'ils accomplissent pour essayer d'apporter de la sérénité à des familles en attente de réponses.

Je n'ai hélas pas eu beaucoup de mal à imaginer le PACT, ses justifications et ses possibles répercussions sur la société : il y a bien trop de fois où la liberté d'expression est bâillonnée – et la discrimination rationalisée – sous prétexte de « protection » et de « sécurité ». Alors même que j'écrivais ce roman, l'actualité m'a fourni un tas d'exemples contemporains, aussi bien aux États-Unis qu'ailleurs, et je suis sûre qu'il y en aura d'autres entre le moment où j'écris cette note et celui où vous la lirez. Il n'est pas facile d'analyser sa propre époque, mais le fait de me tourner vers l'histoire m'a offert une mise en perspective. Les ouvrages sur le maccarthysme, dont *Les Délateurs*, de Victor S. Navasky, et *The Age of McCarthyism: A Brief History with Documents*, d'Ellen Schrecker et Phillip Deery, m'ont donné un aperçu glaçant de la façon dont la peur peut devenir omniprésente ; *Perilous Times: Free Speech in Wartime*, de Geoffrey R. Stone, recense des dizaines d'exemples historiques qui trouvent des échos terrifiants dans l'époque actuelle ; et des livres comme *When Paris Went Dark: The City of Light Under German Occupation, 1940–1944*, de Ronald C. Rosbottom, m'ont aidée à réfléchir aux frontières floues entre résistance, tolérance et complicité. Plus généralement, *De la tyrannie : vingt leçons du XXe siècle*, de Timothy Snyder, a été une puissante piqûre de rappel sur la vitesse à laquelle l'autoritarisme peut s'imposer (et sur ce qu'on peut y faire), et *Le Pouvoir des sans-pouvoir*, le classique essai politique de 1978 de Václav Havel, m'a fait changer d'avis sur le rôle qu'un seul individu peut avoir dans la chute d'un système bien établi. J'espère qu'il a raison.

REMERCIEMENTS

On ne fait jamais rien seul, et je ne remercierai jamais assez les très nombreuses personnes qui m'ont aidée tout au long du chemin.

Je ne sais toujours pas ce que j'ai fait pour mériter mon agent, Julie Barer, mais je sais que je lui dois beaucoup. Mon éternelle reconnaissance à toi, Nicole Cunningham Nolan, et à tout le monde chez The Book Group. Point final.

Merci, comme toujours, à mon éditrice, Virginia Smith Younce, pour ton calme imperturbable et tes conseils infaillibles (et pour savoir me fournir en glaces exactement quand j'en ai besoin), et merci à Caroline Sydney de faire en sorte que tout se passe comme sur des roulettes. Une fois de plus, Juliana Kiyan, Matthew Boyd, Danielle Plafsky, Sarah Hutson, Ann Godoff, Scott Moyers et toute l'équipe de Penguin Press ont accompagné la venue au monde de ce livre avec une bienveillance et un amour incroyables ; je ne pourrais pas imaginer mon travail entre de meilleures mains. Jane Cavolina, ma correctrice, continue d'avoir une patience de sainte et un œil de lynx.

Au Royaume-Uni, un immense merci à Caspian Dennis et Clare Smith pour leur soutien constant, ainsi qu'à Grace Vincent, Celeste Ward-Best, Hayley Camis, Kimberley Nyamhondera et tout le monde chez Little, Brown UK ; à Nicole Winstanley et Deborah Sun de la Cruz chez Penguin Random House Canada. Merci à Jenny Meyer et Heidi Gall d'aider mes livres à trouver de si bonnes maisons à l'étranger, et à tous mes éditeurs et traducteurs à travers le monde de faire partager mes mots aux lecteurs.

Merci à Ayelet Amittay, Tasneem Husain, Sonya Larson, Anthony Marra, Whitney Scharer et Anne Stameshkin pour vos précieuses relectures et commentaires en cours de route, ainsi qu'aux membres de mon groupe d'écriture, qui sont autant de guides et de soutiens infatigables. Mes conversations avec Jenn Fang et Dolen Perkins-Valdez ont alimenté mes réflexions et rendu ce livre infiniment plus solide (et Jenn, merci pour l'arbre généalogique de Marie).

Merci à Jenni Ferrari-Adler, Marissa Perry Stuparyk, Ariel Djanikian et Anne Stameshkin (encore) pour ce week-end dans la forêt, le canapé près du feu et presque vingt ans de discussions profondes ; merci à Catherine Nichols de me mettre le cerveau en ébullition autour de nos déjeuners de *ramen*, et d'avoir eu la bonté de me prêter le nom « Bird » ; merci à Jermaine Brown pour ses conseils sur les aspects juridiques des placements d'enfants et pour cette remarque glaçante : « Avec un système judiciaire complaisant, tout est possible. » Un immense merci à Peter Ho Davies pour sa sagesse et ses conseils, et une immense gratitude d'avoir partagé cette histoire au sujet de son père – j'espère que la lecture que j'en donne fera écho.

La Guggenheim Foundation m'a apporté son soutien pour ce projet et, encore plus important, y a cru dès le début, sans quoi je ne me serais sans doute jamais lancée dans l'écriture de ce livre. La Cambridge Public Library m'a offert non seulement un endroit où écrire mais aussi d'infinies sources d'inspiration grâce à ses ouvrages, ses mécènes et ses bibliothécaires. Merci pour tout ce que vous faites, et merci à Kate Flaim d'avoir organisé cette visite des coulisses qui a nourri mon imagination.

Enfin et surtout, merci à ma famille. Ma mère et ma sœur continuent à me soutenir dans cette folle aventure d'écriture depuis plus de quarante ans. Ce n'est pas facile d'avoir un écrivain dans la famille, alors merci de m'avoir permis de le devenir et de partager vos histoires avec moi. J'espère que je vous rends fières. Merci à mon mari de m'apporter à déjeuner quand j'ai oublié de manger, de m'écouter patiemment quand je radote sur la trame de l'intrigue et sur mes recherches, d'endosser plus que sa part de tâches familiales et ménagères pendant que je suis en train d'écrire, et d'avoir foi en mon travail même quand la mienne vacille. Je me sens tellement chanceuse, et reconnaissante, de faire ce voyage avec toi. Et pour finir, merci à mon fils : tu continues d'être ce que j'ai créé de mieux.

Cet ouvrage a été composé et mis en page
par PCA, 44400 Rezé

Imprimé en France par
CPI Brodard & Taupin
en juillet 2024
N° d'impression : 3057553

#lisez!
engagé
www.lisez.com
Pour plus d'information :
Imprimé sur du papier issu de forêts gérées durablement.

Pocket – 92 avenue de France, 75013 PARIS

S34121/01